KB177549

DONGSUH MYSTERY BOOKS 35

THE SPECIALTY OF THE HOUSE

특별 요리

스탠리 엘린/황종호 옮김

동서문화사

옮긴이 황종호(黃鍾灝)

서울대영문과졸업. 서울대대학원영문학전공. 서울대·성균관대·제주대 교수, 대림대학장 역임. 한국미스터리클럽부회장, 추리동인지 〈미스터리〉 편집위원. 옮긴책 P.D. 제임스 《검은 탑》 크리스티 《쥐덫》 《오리엔트 특급》 등이 있고 미스터리문학평론을 많이 썼다.

DONGSUH MYSTERY BOOKS 35

특별요리

스탠리 엘린 지음/황종호 옮김

초판 발행/1977년 12월 1일

중판 1쇄 발행/2003년 1월 1일

중판 2쇄 발행/2006년 8월 1일

발행인 고정일/발행처 동서문화사

창업 1956. 12. 12. 등록 16-345(윤)

서울강남구신사동 540-22 ☎ 546-0331~6 (FAX) 545-0331

www.epascal.co.kr

＊

편찬·필름·제작 일체 「동판」 자본으로 이루어짐에 따라
출판권 소유권자 「동판」에서 제조출판판매 세무일체를 전담합니다.

사업자등록번호 211-90-02201

ISBN 89-497-0116-2 04840

ISBN 89-497-0081-6 (세트)

특별요리

차례

머리글

제니에게

머리글

EQMM(엘러리 퀸즈 미스터리 매거진)의 제2회 콘테스트를 마감한 지 꼭 한 달 뒤인 1946년 11월 22일, 편집장 밀드레드 포크가 그날의 편집상 문제를 토의하기 위해 전화를 했다. 그녀가 그 날의 우편물 속에서 중요한 것을 수화기에 대고 읽으면 우리는 거기에 대한 답변의 요지를 전달했다. 그런 다음 그녀는 교정쇄에서 바로잡아야 할 부분을 적고, 다음달 호의 광고문안——이것은 언제나 '오늘밤 곧 인쇄소로' 보내도록 정해져 있는 것 같았다——을 베껴썼다. 그녀는 또 읽어야 할 책의 제목을 적고 나서 "아참, 그 프랑스어 소설의 번역을 준비해 달래야겠어요" 하고 말했다. 겸해서 페이지 할당 문제도 해결하고, 그런 다음 우리는 다음 호의 표지 색판 교정쇄에 대한 의견을 나누었다. "그리고 5년 동안이나 찾아오다 가까스로 런던에서 발견한 그 초판본을 전보로 주문하는 일도 잊지 말아요." 이리하여 우리는 문제가 복잡하게 얽히는 하루의 바다를 헤엄쳐서 마침내는 늘 정해진 그 항구로 돌아왔다.

"그 뒤로 새 원고가 들어왔소?"

"네, 꽤 많이 들어왔습니다. 한아름이나."

"눈에 띌 만한 것은?"

"두 편쯤 됩니다. 오늘 밤에 보내드리지요."

"특이한 건가요?"

"읽어보시면 알 겁니다."

"기성 작가의 작품이오?"

"아니오, 대리인도 거치지 않고 작가가 직접 보내온 것입니다. 어쩌면 처녀작인지도 모르겠군요."

말해 두지만, 우리가 유명 작가의 새로 쓴 작품 이상으로 환영하는 것이 있다면 그것은 신인이 쓴 걸작이다. 발견의 스릴은 재발견의 환희를 능가하는 것이다.

1946년 11월, 우리가 스탠리 엘린의 《특별요리》——처음의 제목은 《로빈슨 식당의 주방장》——를 접하게 된 것도 이상과 같은 경위에서였다. 얼마나 멋진 날이었는지 모른다. 그때 스탠리 엘린은 30살로——쓸데없는 이야기지만 나는 41살이다——나무랄 데 없는 반려자이며 재치있고 가차없는 객관성을 지닌 아는 평론가와 결혼하여 사랑하는 딸 수잔이 겨우 6살이었다.

《특별요리》의 호응도는 처음에는 완만했다. 우리는 이 작품을 저자의 양해를 얻어 EQMM 제3회 콘테스트의 응모 작품 속에 넣어 1년 뒤인 1947년 크리스마스에 최우수 처녀작으로 특별상을 받도록 했다. 작품이 활자화된 것은 그로부터 4개월 뒤인 1948년 5월호 EQMM 지상에서였다. 그때 스탠리 엘린은 이미 장편 처녀작 《절벽》을 써냈는데, 이것 역시 1948년 4월에 사이몬 앤드 샤스터 사에서 출판되었다.

첫출발은 우선 순조로웠다. 이 처녀작이 발표되자, 친구나 친지 가운데 한사람이거나 또는 놀랍게도 이따금 우리를 알아보는 낯선 독자가 '살집좋은 어깨를 뒤에서 살짝 부드럽게 치는' 일이 1주일이 멀다 하고 일어났다. 그리고 우리가 돌아보면 으레 스탠리 엘린의 쇼킹한 《특별요리》에 대해 감탄의 인사를 듣는 것이 일쑤였다.

"당신들이지요" 하고 그들은 말하는 것이었다. "그 아밀스턴 양(羊) 이야기를 잡지에 실은 것은? 아주 걸작이었습니다. 아주 훌륭했습니다. 생각하면 지금도 소름이 끼칩니다."

그때마다 우리는 이상하게 몸이 부르르 떨렸다. 우리에게 말을 걸어온 사람들이 경험한 '무서운 전율'은 너무도 순수하고 불순물이 없으며, 아무리 시간이 흘러도 효력이 사라지지 않기 때문이다.

이 작품이 1948년도 엘러리 퀸 콘테스트 수상 작품집의 한 편으로 실린 지도 벌써 10년 이상 되었는데, 우리는 한 달에 한 번 이상 틀림없이 거리에서나 무슨 회합 자리에서나 또는 식사 도중 —— 이건 가장 좋지 않은 일이다, 한참 맛있게 먹고 있는데 '아주 부드럽게' 친다는 것은! —— 누군가에게 붙잡혀 성화를 받곤 한다.

"왜 언젠가 실렸던 식당 이야기 같은 작품을 좀 더 많이 싣지 않습니까? 그 작품은 정말 대단했습니다!"

독자들이란 절대로 잊어버리지 않는다. 우리도 잊어버리지 않는다. 간단히 말하자면 《특별요리》는 '잊을 수 없는 작품'임을 입증한 것이다. 이제 이 《특별요리》는 거의 전설적인 작품이 되어가고 있다. 말하자면 이 작품은 이제 그 분야에서의 새로운 고전이 되었으므로 우리로서도 이쯤에서 간직해 두었던 이야기를 하여 영혼의 평화를 구해도 좋을 때가 아닌가 하는 생각이 든다. 왜냐하면 1947년에 최우수 '처녀작'으로 이 작품에 특별상을 준 것은 다름 아닌 바로 우리였는데, 독자나 평론가 중에 이것을 모독 행위로 생각한 이들이 적지 않았기 때문이다. 즉 《특별요리》는 좀 더 큰 상, 그 해의 최우수작에 해당하는 으뜸상을 받아야 할 작품이라고 생각했던 것이다.

앤토니 버우처는 그 작품을 '정교하고 치밀한 걸작'이라 불렀으며, '작가가 처음으로 세상에 내놓은 작품으로는 지금까지 읽은 것 중에서도 가장 뛰어난 작품'이라고 격찬했다. 범죄와・서스펜스에 일가견이 있는 크리스토퍼 모리는 〈북 오브 더 맨스 뉴스(Book Of The Man's News)〉 잡지에 "《특별요리》는 1948년도 엘러리 퀸 콘테스트 수상 작품집의 다른 작품을 다 합친 것과 맞먹는 가치를 지니고 있다 …… 괴기성과 긴장감에 있어서는 앞니부터 어금니까지 가지런한 틀니에 비교할 만큼…… 그 맛은 국물이 듬뿍 들어 있는 진짜 브르트블스트(순대 같은 요리)이다"라고 평했다.

그 뒤 스탠리 엘린은 EQMM지가 개최하는 콘테스트에 해마다 참가하여 놀라운 기록을 수립했다. 제4회 콘테스트에선 3위로 입상했고 제5, 6회 콘테스트에신 연속 2위를 획득했다(1952년에는 사이몬 앤드 샤스터 사에서 장편 처녀작을 능가할 만한 걸작 《니콜라스 거리로 가는 열쇠》가 출판되었다. 제7, 8회 콘테스트에서도 역시 2위를 차지했고, 제9회에 이르러 내놓은 작품 《파티의 밤》을 포함하여 연속 5회나 2위 입상이라는 당당한 기록을 세웠다. 그리고 1955년 4월에는 《파티의 밤》을 비롯한 모든 뛰어난 단편 작품에 대해 미국 탐정작가 클럽에서 주는 추리소설 작가 최고의 영예인 에드거 앨런 포 상을 수여했다. 자랑스러운 수상 파티가 있었던 날 밤에 이미 14살로 성장한 딸 수잔의 얼굴 가득히 빛나던 만족스러운 표정! 그리고 제10회 콘테스트에서는——1954년 말에 결과가 발표되있는네——마짐내 스탠리 엘린의 《결단을 내릴 때》가 1위로 입상했다. 이것은 그 해에 활약한 모든 작가를 대상으로 EQMM지가 수여하는 최고의 상이다.

10년의 세월이 흐르는 동안 스탠리 엘린의 재능이 크게 자라고 원숙해져서 훌륭한 열매를 맺은 것이다. 1946년으로 거슬러 올라가는 그의 작품은 견고하고 충실한 특질——튼튼하고 긴밀한 문체와 함축

성과 상상력이 풍부한 구상——을 갖추고 있다.

그러나 《특별요리》 속에서 뿐만 아니라 우리 주변의 '난잡하지 않은 세계'에도 똑같이 스며드는 공포의 동인에 대한 지칠 줄 모르는 집념과 믿을 수 없으리만큼 강한 지각과 힘과 뛰어난 민감성 및 이 모든 것과 함께, 그리고 이 모든 것을 통해 작가로서의 스탠리 엘린은 성장했으며 그의 작품은 새로운 격조를 보여주었다. 왜냐하면 후기에 이르면서 그의 작품에는 보다 큰 문제가 다루어지고 현대 생활의 비극으로 이어지는 등장인물과 사건에 보다 의미심장한 뉘앙스가 함축되었기 때문이다.

이른바 직업작가로서의 스탠리 엘린의 방법. 그 열띤 정신과 수련에 대해 우리는 저자에게 직접 들은 자료를 가지고 있다. 이를테면 그는 '프루스트의 서재처럼 코르크 벽으로 방음 장치가 된 밀실에 타이프라이터 한 대'가 있는 방을 이상적인 작업실로 생각하고 있다. 또한 그의 최대 난관이 '최초의 한 구절'이라는 것도 알고 있다. 그는 '이것이면 되었다고 여겨지는 첫 한 문장'이 생각날 때까지 괴로움을 겪는다. 어떤 때에는 첫머리의 한 구절을 42번이나 추고했다고 하는데, 놀라운 동시에 인상적인 일이다. 그의 작품의 주제는 트릭적인 면도 없고 복잡하지도 않다. 스탠리 엘린의 작품에는 거짓된 꾸밈이 없다. 그는 흔히 자기 스스로 '사회적 통념'이라 부르고 있는 것으로부터 출발한다. 즉 경제적 안정을 위해서라면 무엇이든 내던질 수 있는 소시민적 감성을 지닌 자의 비극, 언뜻 보기에 바위처럼 안정된 중류가정에 밀어닥치는 살인 사건의 영향, 밍크 코트를 입고 캐딜락을 타고 다니는 계층에 대한 미국 젊은 세대의 선망 등이다.

집필을 시작하는 시기는 정해져 있지 않다. 그는 매일 몇 마일이고 걸어다니면서 뉴욕시에서 간행되고 있는 모든 신문을 훑어 본다. 그러는 동안에도 줄곧 어떠한 작품의 아이디어를 배양하고 있는 것이다. 이윽고 아이디어의 씨가 완전히 자라게 되면 그는 작업실에 들어앉아 작품을 다 써낼 때까지 하루에 8시간 내지 14시간씩 쉬지 않고 계속 일한다. 한 페이지를 써내면 반드시 정서(淨書)를 한다. 정서는 한 번으로 끝나는 수도 있고──이것은 정말 기적이지만──대여섯 번 정도가 될 때도 있으며, 때로는──그는 '미칠 것만 같다'고 표현하고 있지만──열두세 번 이상 다시 쓰는 경우도 있다. 그러나 이 것이 스탠리 엘린의 방법이다. 그는 앞의 한 페이지가 가능한 한 완전하게 다듬어져 있지 않으면 다음 페이지로 넘어갈 수 없는 것이다. 그의 집필 속도는 비교적 느린데다 첫 줄을 착수하기 전 몇 주일 동안이나 구상의 핵심에 대해 심사숙고를 거듭하는 것이 보통이므로 더욱 늦어질 수 밖에 없다.

　그런데 스탠리 엘린이라는 인물 자체와 경력과 풍채는 어떨까? 그는 1916년 10월 6일 뉴욕에서 태어났다. 1936년에 브루클린 대학을 졸업한 문학사로, 보일러 집의 견습공으로 일한 적도 있다. 직업작가로 나서기 전에는 철공이었다. 취미는 축구와 권투를 관람하는 일, 오페라나 재미있는 대화에 귀를 기울이는 일, 그리고 야구 구경이다. 브루클린 다저스 팀을 응원하는 열성은 대단하다. 반대로 뉴욕 자이언트 팀을 싫어하는 데에도 철저하다. 키는 보통이지만, 그 점만을 제외하면 듬직한 사나이다. 그는 자기의 풍채를 곧잘 '혹심한 겨울 준비를 갖춘 알래스카의 갈색 곰'에 비유한다. 특기할만한 것은 그 자신의 말에 의하면 '엡스타인의 조상(彫像)이 지니는 묘한 미완성의 느낌을 주는 용모'이다. 바쁜 중에도 좀처럼 개성을 잃는 일이 없는 인물로, 우리가 아는 한 누구에게서나 호감을 사고 존경받는 사람이다.

　그리하여 여기 스탠리 엘린의 첫 단편집이 완성되었다. 이것은 고전적인 처녀작 《특별요리》로 시작되어 1955년도 EQMM 콘테스트 1

위 입상작 《결단을 내릴 때》로 끝나며, 10편을 연대순으로 수록했다. 우리는 스탠리 엘린을 발견한 일——이렇게 말하는 것은 그의 업적 중 일부를 차지하려고 우리의 작은 역할을 과대하게, 그리고 교활하게 표현한 것이지만——을 자랑스럽게 여기고 있다. 또 우리는 그가 지금까지 쓴 단편 작품이 하나같이 EQMM지상에 발표되었다는 사실을 자랑스럽게 생각한다. 또한 우리는 그의 첫 단편집에 머리글을 쓰게 된 일을 영광스럽게 생각한다.

또 한 가지 말해 둘 일이 있다. 우리가 보기에 스탠리 엘린의 단편 작품집은 이 분야에서 매우 비중 있는 것으로, 우리는 그 중요성을 가능한 한 깊이 새겨두려 한다. 그러므로 지금 여기서 우리는 스탠리 엘린의 단편집 《특별요리》를, 에드거 앨런 포의 〈작품집〉을 비롯하여 전에 발표된 탐정·범죄·미스터리 단편 작품집 가운데 가장 중요한 작품들을 집대성한 퀸 선서(選書)의 제1권으로 지정한다.

스탠리 엘린의 단편집 《특별요리》는 근대에 이르러 이 분야에서 위대한 업적을 남긴 같은 종류의 책들과 어깨를 나란히 하여 책장에 꽂혀야 할 책이다. 이 책이 〈퀸 선서〉 제113호로서 영원히 그 판이 끊이지 않기를 진심으로 바라는 바이다.

엘러리 퀸

특별요리

"여보게, 여기일세" 하고 래플러가 말했나.

코스틴의 눈에 들어온 것은 인적이 없는 거리의 차갑고 끈적끈적한 어둠을 양쪽에서 갈라놓은 듯 내달아 지은 집으로, 그 일대에 늘어서 있는 집들과 이렇다하게 다른 점이 없는 네모진 갈색 콘크리트 건물 앞이었다. 발 밑 지하실의 쇠창살을 끼운 창문에서 두터운 커튼 사이로 불빛이 깜박깜박 새어나오고 있었다.

"쳇! 이건 꼭 음침한 움막 같은데요" 하고 코스틴은 말했다.

"미리 말해 두지만, 빌비로즈라는 가게는 겉모양에 신경을 쓰지 않는다네. 악취미와 노이로제가 유행하는 요즈음에도 아직 그 유행을 따르지 않고 있지. 오랜 전통을 유지하며 가스등 조명을 켜둔 십은 이 거리에서 이 집 하나뿐일 걸세. 들어가보면 알겠지만 옛스럽고 꾸밈없는 튼튼한 가구와 셰필드의 식기, 게다가 깊숙한 구석에는 거미줄이 있을지도 모르네. 50년 전의 단골손님이 본 것과 똑같은 거미줄이!" 하고 래플러는 엄격하게 말했다.

"어쩐지 칭찬하는 말이 신통치 않군요, 그리고 그다지 위생적이라고 할 수도 없겠는데요." 코스틴이 말했다.

"한 발자국 안으로 들어가면," 래플러는 말을 계속했다. "오늘날의 비위생적인 세계와 인연을 끊고, 사치스럽지는 않아도 옛부터 내려오는 품격있는 분위기에 잠깐 젖어 볼 수가 있을 걸세. 나로서는 그런 것이야말로 바로 요즘 세상에서 가장 부족한 일이라고 보네."

코스틴은 어색하게 웃으며 "그렇다면 이건 레스토랑에 온 게 아니라 절에 온 것 같지 않습니까!" 하고 말했다.

머리 위에서 비치는 파리한 가로등 불빛을 통해 래플러는 동행자의 얼굴을 들여다 보았다. 그는 갑자기 입을 열었다.

"어쩌면 자네를 이리로 데리고 온 것은 잘못인지도 모르지."

코스틴은 기분이 상했다. 급료를 넉넉히 받고 꽤 훌륭한 직함도 가지고 있지만 그는 이 거들먹거리는 키 작은 사나이의 고용인에 지나지 않는 것이다. 그러나 그는 조금이나마 자기의 감정을 설명하고 싶은 충동을 참을 수가 없었다.

코스틴은 쌀쌀하게 말했다.

"뭣하다면 나는 오늘 밤의 계획을 다음 기회로 미뤄도 괜찮습니다."

혈색이 좋은 보름달 같은 얼굴의 래플러는 황소같은 눈으로 코스틴을 돌아다 보았다. 이상하게도 침착성을 잃은 것 같았다. 이윽고 그는 말했다.

"그건 절대로 안돼. 자네가 함께 식사를 해준다는 일이 중요한 걸세." 그는 코스틴의 팔을 꽉 잡고 앞장서서 지하실로 통하는 철문으로 들어섰다. "여보게, 우리 회사에서 음식 맛을 알 만한 사나이는 자네 하나뿐이거든. 이처럼 훌륭한 스빌로즈의 요리 맛을 알면서도 그것을 아무와도 함께 나누지 못한다는 것은 마치 훌륭한 걸작 예술품을 어떤 방에 집어넣고 잠가버려 아무에게도 보여주지 못하는 것과 같은 심정이라네."

코스틴은 어느 정도 기분이 풀렸다.

"알겠습니다. 종종 그런 사람이 있지요."

"그런 것과는 전혀 달라!" 래플러는 날카롭게 소리쳤다. "나는 벌써 몇 년 동안이나 그런 심정으로 스빌로즈의 요리 맛을 가슴에 접어두고 혼자만 알아왔는데, 이제 더 이상 참을 수 없게 된 걸세."

래플러가 문 옆에서 무엇을 만지작거리는가 싶더니 안에서 시대에 뒤떨어진 잡아당기는 식의 벨소리가 기묘하게 울렸다. 안쪽 문이 삐걱 소리를 내며 열렸다. 그리고 하얗게 빛나는 이로 겨우 어둠과 분간할 수 있는 검은 얼굴이 코스틴의 눈 앞에 나타났다.

"네?" 하고 그 얼굴이 말했다.

"래플러 씨와 동행이 한 사람 있네."

"네" 하고 그 얼굴은 다시 한 번 말했는데, 이번에는 분명히 '어서 들어오라'는 말투였다.

그 얼굴이 옆으로 비켜서자 코스틴은 오늘 밤에 한턱 낼 사람의 뒤를 따라가다 한 단밖에 안되는 계단에 걸렸다. 문이 삐걱 소리를 내며 뒤에서 닫혔다. 그는 눈을 깜빡거리며 작은 현관 안에 서 있었다. 그리고 지금 눈을 크게 뜨고 노려보고 있는 것은 바닥에서 천장까지 닿는 큰 거울에 비친 자신의 모습임을 알았다.

"분위기라……" 하고 그는 깜짝 놀란 다음 안심한 듯 말하고, 안내히는 대로 자리에 앉으며 혼자 웃었다.

코스틴은 2인용 작은 테이블을 사이에 두고 래플러와 마주앉아 두리번두리번 주위를 둘러보았다. 그다지 넓다고 할 수는 없었지만 조명이라고는 대여섯 개의 기둥에서 약한 빛을 내뿜고 있는 가스등 뿐이어서 그 빛을 되비치며 흐릿하게 보이는 벽이 굉장히 멀리 있는 것처럼 느껴졌다.

되도록 손님들끼리 상대방을 의식하지 않도록 놓여진 테이블의 수는 기껏해야 여덟 개 내지 열 개 정도였다. 어느 테이블에나 손님이 있었으며, 몇 안되는 종업원이 조용하고도 경쾌하게 주문을 받으며 테이블 사이를 돌아다녔다. 둘레에서는 부드럽게 그릇 부딪치는 소리, 칼로 음식 자르는 소리, 도란도란 이야기 나누는 소리가 들릴 뿐이었다. 코스틴은 기분좋은 듯이 고개를 끄덕였다.

래플러는 상대방이 알아차릴 만큼 크게 기쁨의 한숨을 내쉬었다.

"자네는 틀림없이 나의 기분을 알아줄 줄 알았네. 그런데 알아차렸나, 여자가 하나도 없다는 것을?"

코스틴은 눈으로 되물었다.

"이곳 주인 스빌로는 부인들이 가게에 오는 것을 환영하지 않는다네. 참으로 효과적인 방법을 써서 말일세. 얼마 전 나도 한 번 직접 그 장면을 본 일이 있다네. 그때 그 부인은 한 시간도 넘게 테이블에 앉아 있었는데 도무지 요리를 갖다주지 않더군" 하고 래플러가 대답했다.

"떠들어대진 않았습니까?"

"떠들어댔지." 래플러는 그때 일을 생각해 내고 웃음을 터뜨렸다. "그래서 다른 손님들에게 폐를 끼치고 그녀와 함께 온 남자를 초조하게 만들었어. 그뿐이었네."

"스빌로 씨는?"

"나타나지 않았네. 그가 뒤에서 조종을 하고 있었는지, 아니면 그동안 가게에 없었는지 그건 나도 모르네. 그러나 아무튼 일방적인 승부였어. 그 부인도, 그리고 그녀를 데리고 와서 소동을 일으키게 한 남자도 두 번 다시 이 가게에서 본 일이 없네."

"보고 있던 다른 손님들에게도 좋은 본보기가 되었겠군요" 하고 코스틴은 웃었다.

종업원이 왔다. 초콜릿 빛 피부, 오똑한 코와 아름다운 모양의 입술, 촉촉히 젖은 큰 눈, 비단처럼 광택이 좋고 마치 모자를 쓴 것처럼 보이는 은백색의 머리카락 등으로 보아 틀림없이 동인도 근처 어딘가에서 왔으리라고 코스틴은 생각했다. 종업원은 빳빳한 마직 테이블보를 펴더니 커다란 커트글라스에서 손잡이가 있는 두 개의 잔에 물을 따라 테이블 위에 올려놓았다.

"오늘 밤 특별요리가 나오나?"

종업원은 미안한 듯이 미소지으며 마치 동화 속에 나오는 왕궁의 하인장처럼 훌륭한 잇몸을 드러내 보였다.

"죄송합니다, 손님. 오늘 밤에는 특별요리가 안되겠습니다."

래플러는 실망의 표정을 띠었다.

"요전부터 상당히 오래 되었는데, 벌써 한 달이 되지 않았나. 더욱이 오늘 밤에는 여기 있는 이 친구에게……."

"알고 계시겠지만, 그렇게 간단히 만들 수 없는 것이라서……."

"으음, 그건 알고 있네."

래플러는 낙심한 듯이 코스틴을 쳐다보며 어깨를 으쓱했다.

"자네에게 스빌로즈에서 나오는 가장 훌륭한 요리를 맛보게 해주려고 했는데 유감스럽게도 오늘 밤 메뉴에는 없다네그려."

종업원이 말했다.

"요리를 가져올까요, 손님?"

래플러가 고개를 끄덕이자 놀랍게도 종업원은 더 이상 묻지 않고 가버렸다.

"미리 주문해 놓았습니까?" 하고 코스틴이 물었다.

"아니, 이건 미리 설명해 둘 걸 그랬군. 스빌로즈에서는 골라 먹을 수가 없다네. 지금 이 방에 있는 손님은 모두 같은 것을 먹을 수밖에 없지. 내일 밤에는 또 내일 밤대로 다른 메뉴의 요리가 나온다네. 선택하는 것이 아니라 나오는 것을 잠자코 먹어야 하는 거지" 하고 래플러는 대답했다.

"아주 색다르군요" 하고 코스틴이 대답했다. "그렇다면 때로는 만족할 수 없는 일도 있을 게 아닙니까? 만일 가져온 요리가 입에 맞지 않으면 어떻게 하지요?"

래플러는 엄숙하게 말했다.

"그 일이라면 걱정할 것 없네. 자네의 혀가 얼마나 고급인지는 모르지만 스빌로즈에서 나오는 요리를 먹어보면 자네도 아마 입맛을 다시게 될 걸세. 그건 내가 보증하지."

코스틴의 의아해하는 얼굴 표정을 보고 래플러는 미소지었다.

"게다가 이것은 편리한 방법이라고 할 수도 있지. 여느 레스토랑의 경우, 앉아서 메뉴를 대하게 되면 손님은 으레 난처한 물음에 부딪치게 되거든. 어떤 것으로 할까 하고 망설이다가 적당히 아무거나 주문하고 보면 음식이 나오기도 전에 곧 후회하고 말지. 그것은 아무리 사소한 일이라 할지라도 일종의 긴장감을 주어 식사의 즐거움을 줄이는 원인이 된다네.

거기에 비해 이곳 방식을 생각해 보게. 다른 곳에서는 요리사가 백 종류나 되는 갖가지 주문 요리를 만드느라고 주방에서 법석을 떨어야 하는데, 이곳 주방장은 침착하게 자신만만한 한 가지 일에만 몰두하면 된단 말일세."

"그렇다면 당신은 이곳 주방장을 직접 보신 적이 있습니까?"

"아니, 유감스럽게도 아직 못 보았네" 하고 래플러는 슬픈 듯이 말했다. "내가 지금 한 말은 여기서 몇 년 동안 주워들은 것을 꿰어맞추어 멋대로 만들어낸 공상일세. 이곳 주방장을 직접 보고 싶은 기분이 나에게 달라붙어 떨어지지 않아 이제는 강박관념 비슷한 것이 되었다는 것을 인정하지 않을 수 없네."

"그런 사실을 주인에게 말해 본 일이 있습니까?"

"물론 말해 보았지, 열 번도 넘게. 그러나 언제나 어깨를 으쓱해보이고는 그 자리에서 거절할 뿐일세."

"그래요? 그건 좀 지나친 것 같은데요?"

"아니, 아닐세! 그 정도의 명인이 되고 보면 쓸데없는 예의에 구애받을 필요가 없네. 아무튼 나는 아직 희망을 버리지 않았다네." 래플러는 당황해서 부인했다.

종업원이 두 개의 수프 접시를 들고 다시 나타나서는 수학적인 정확성으로 적절한 위치에 놓더니 작은 뚜껑이 달린 수프 그릇에 맑은 수프를 조심스럽게 따랐다. 코스틴은 스푼으로 약간의 호기심을 가지고 맛을 보았다. 코스틴은 눈살을 찌푸리면서 소금 그릇과 후추 그릇을 찾으려고 손을 내밀어 더듬어보았으나 그런 것은 테이블 위에 없었다. 그가 눈을 드니 래플러가 자기를 보고 있었다. 자기 혀의 기호를 말살시켜 버리는 일이 내키지 않았지만, 그러나 모처럼 마음먹고 한턱 쓰는 래플러에게 처음부터 실망을 줄 수는 없었다.

코스틴은 미소띤 얼굴로 수프를 가리키며 말했다.

"아주 훌륭한 맛이군요."

래플러도 미소를 보내며 냉담하게 말했다.

"훌륭하다는 생각은 조금도 없으면서. 아무래도 싱거워서 좀 더 조미료를 넣었으면 하는 생각이 간절하지? 나는 다 알고 있네." 그는 자신두 모르게 눈썹을 치켜올린 고스틴의 얼굴을 들여다보며 말을 이었다. "왜냐하면 몇 년 전 나의 반응도 자네와 똑같았으니까. 첫숟갈을 입에 떠넣는 순간 지금 자네가 한 것처럼 소금과 후추 그릇을 찾으려고 손을 내밀었다네. 그리고 스빌로즈의 식탁에는 손님이 직접 간을 맞출 수 있는 조미료를 준비해 놓지 않았다는 사실을 알고 놀랐었지."

코스틴은 깜짝 놀라며 "소금도!" 하고 소리쳤다.

"소금도라니, 자네가 그런 것을 바라고 있다는 그 자체가 자네 혀가 거칠어졌다는 증거일세. 어쨌든 지금부터 자네도 나와 똑같은 과정을 겪게 되리라고 생각하네. 그 수프를 거의 다 먹어갈 무렵이 되면 소금이 있었으면 하는 마음이 완전히 없어질 걸세. 틀림없이."

래플러가 한 말은 사실이었다. 접시 바닥이 보이기 전에 코스틴은 차츰 미묘한 맛이 나는 수프를 정신없이 먹고 있었다. 래플러는 다 먹고 난 빈 접시를 옆으로 밀어놓고 팔꿈치를 테이블에 올려놓은 채 쉬었다.

"자아, 어떤가, 내가 한 말을 인정하겠나?"

"놀랍군요! 네, 인정합니다" 하고 코스틴은 말했다.

종업원이 재빨리 테이블 위를 치우고 있는 동안 래플러는 목소리를 낮추어서 말했다.

"이제 자네도 알게 될 걸세. 테이블에 조미료를 준비해 놓지 않는 건 스빌로즈의 여러 가지 색다른 특징 가운데 하나에 지나지 않는다는 사실을. 좀 더 설명해 줄까. 이를테면 여기서는 알코올 성분의 음료수는 일체 나오지 않네. 아니, 마시는 것이라고는 사람이 태어나서 맨 처음 마셨던 유일한 자연의 음료수, 맑고 차가운 물밖에는 내놓지 않아."

"그보다 먼저 어머니의 젖이 있잖습니까?"

코스틴은 흥미없는 듯 덧붙였다.

"그러나 여보게, 나부터도 그렇지만 스빌로즈에 오는 손님은 대개 그런 것을 마시는 성장의 첫 단계는 이미 지났다고 인정해 주어야 겠지."

코스틴은 웃었다.

"그렇습니다."

"좋아, 그리고 담배도 금물일세. 어떤 형태의 것이든 담배라는 이름이 붙은 것은 일체."

"아니, 그렇다면 이 스빌로즈 가게는 미식가의 성스러운 집회소라기보다 절대 금주주의자의 비밀 집회소라고 해야겠군요." 코스틴이 말했다.

"그것은 자네가 미식과 포식을 혼동하고 있기 때문일세"라고 래플러는 엄숙하게 말했다. "포식이라는 것은 무턱대고 경험 범위를 넓힘으로써 이미 포만한 자기의 감각을 더욱 자극시키려고 하지. 이에 반하여 참된 미식가가 존중하는 것은 간소함일세. 보잘것없는 옷을 입고 익은 올리브 열매의 맛을 본 고대 그리스인이라든가, 아무것도 없는 방에서 한 송이 꽃이 보여주는 아름다운 곡선에 정신을 잃는 일본인이라든가, 미식가의 진수는 그런 데 있는 걸세."

"그러나 이따금 목을 적시는 한 잔의 브랜디라든가, 한 대의 파이프 담배를 피운다든가, 그 정도의 일은 지나치다고 할 수 없지 않습니까?" 하고 코스틴이 의심스럽다는 듯이 말했다.

"자극성이 있는 것과 마취성이 있는 것을 번갈아 섭취한다는 것은," 하고 래플러는 설명했다. "미각의 섬세한 밸런스를 시소처럼 움직여서 음식을 맛보는 순수한 능력을 손상시키게 되지. 스빌로즈의 단골이 된 뒤 몇 년 동안 나는 그 사실을 절실하게 깨달았네."

"실례합니다만 왜 그런 일에 그토록 심오한 비학적 농기를 갖다 붙이십니까? 그보다 대중 음식점의 자리세가 비싸기 때문이라든지, 아니면 이렇게 좁고 꽉 막힌 방에 담배 연기가 차게 되면 손님이 도망쳐 버리기 때문이라든지 이런 속된 이유 때문이라고는 생각지 않습니까?" 하고 코스틴은 말했다.

래플러는 머리를 설레설레 내저었다.

"스빌로를 만나면 자네도 그 자리에서 상대방이 속된 동기에서 그렇게 할 사람이 아니라는 것을 알게 될 걸세. 사실 지금 자네에게 말한 '미학적'인 동기를 나에게 처음으로 인식케 한 것도 스빌로일세."

"대단한 인물이군요."

코스틴은 때마침 가져온 요리를 보면서 말했다.

래플러는 커다란 고깃조각을 우물우물 씹어서 삼킬 때까지 아무 말도 하지 않았다.

"나는 과장하여 말하는 것은 싫어하는 편이지만 내가 생각하기에 스빌로는 인류문화의 정점에 이른 사람일세!" 하고 그는 말했다.

코스틴은 어이가 없는 듯이 눈썹을 치켜올리며 야채며 파란 것이라고는 전혀 곁들이지 않은 짙은 소스에 담근 불고기를 보았다. 솔솔 피어오르는 김은 사람을 애타게 하는 미묘한 향기를 띠고 콧구멍을 간지럽혔으며 입 속에 침이 돌게 했다. 그는 그 한 조각을 마치 모짜르트 작곡의 복잡한 교향곡을 분석하듯 천천히 생각하면서 씹었다. 바싹 탄 바깥쪽의 짙은 맛에서부터 시작하여 물어뜯은 턱의 압력으로 설익은 중심부에서 스며나오는 담백하고 기묘하며 영혼을 녹이는 듯한 피의 맛에 이르기까지 변화는 정말 뭐라고 표현할 수 없는 기막힌 맛이었다.

그것을 씹어 삼키자 굶주린 짐승처럼 또 한 조각을 입에 넣었다. 그리고 또 한 조각. 상당히 애쓰지 않으면 빨리 또 한 조각을 먹고 싶어 모처럼의 진미를 천천히 맛볼 겨를도 없이 삼켜버릴 것만 같았다. 접시의 바닥이 보이기까지 완전히 입 속에 휩쓸어 넣었을 때, 비로소 그는 자기도 래플러도 단 한 마디 말도 없이 숨도 쉬지 않고 후식까지 다 끝마쳤음을 알았다. 코스틴이 그 점을 지적하자 래플러가 말했다.

"이런 요리를 앞에 놓고 말할 필요가 있다고 생각하나, 자네는?"

코스틴은 초라하고 어두운 방 안과 조용하게 식사하고 있는 사람들을 새삼스러운 듯이 다시 둘러보았다.

이윽고 그는 조그맣게 대답했다.

"네, 정말 그렇습니다. 처음에 여러 가지로 의심한 일에 대해 진심으로 사과하겠습니다. 스빌로즈를 칭찬한 당신의 말에는 한 마디도 과장이 없습니다."

"물론이지!" 하고 래플러는 기쁨에 넘친 표정으로 말했다. "그러나 자네는 아직 일부분밖에 맛보지 못한 걸세. 자네가 오늘 밤에 먹은 것은 그 특별요리에 비하면 말할 수 없이 형편없는 걸세!"

"뭐라고요!" 하고 코스틴은 소리쳤다. "그 특별요리라는 게 뭡니까? 나이팅게일의 혀인가요, 아니면 유니콘의 고기인가요? 무엇입니까?"

"그런 게 아니네. 양고기야" 하고 래플러는 말했다.

"양……."

래플러는 몇 번이나 자기 혼자 줄곧 감흥에 잠기는 것 같았다.

"만일" 하고 그는 가까스로 입을 열었다. "내가 자신을 전혀 억제하지 않고 그 요리에 대해 느끼고 있는 대로 말한다면, 자네는 나를 아마 미치광이라고 생각할 걸세. 그러나 사실 나는 그것을 생각하는 것만으로도 미칠 것만 같네. 기름진 갈비도 아니고, 질긴 닭고기도 아닐세. 그런 것이 아니라 아주 진기한 종류의 양고기 중에서도 가장 좋은 고기야. 원산지의 이름을 따서 아밀스턴 양이라고 하지."

코스틴은 미간을 찌푸렸다.

"아밀스턴……."

"아프가니스탄과 러시아의 경계에 있는 조그만 황무지일세. 스빌로가 우연히 한 이야기들을 듣고 내가 상상하건대, 아밀스턴은 조그마한 고원으로, 그곳에서 얼마 안되는 희귀한 양떼가 풀을 뜯고 있는 모양일세. 스빌로즈는 재주껏 그곳에 왕래할 수 있는 허가를 얻어, 아밀스턴 양을 메뉴에 올릴 수 있는 유일한 레스토랑을 꾸려나가고 있는 셈이지. 그러나 특별요리가 나오는 일은 좀처럼 드물기 때문에 그 날을 만나게 되는 것은 운에 맡길 수밖에 없네."

"하지만 그 날을 미리 알려주어도 좋을 것 같은데요" 하고 코스틴이 말했다.

"그렇게 하지 않는 이유는 간단하네" 하고 래플러는 설명했다.

"이 고장에는 많이 먹는 것을 무슨 자랑처럼 여기고 있는 사람들이 얼마든지 있어. 그러므로 만일 그런 이야기가 잘못되어 그런 사람들의 귀에 들어가기라도 하면 그들은 호기심에서 그 요리를 맛보게 될 것이고, 그렇게 되면 이곳 테이블에 앉아 있는 우리들이 쫓겨나게 되지 않겠나."

"그러나 아무리 그렇더라도 지금 이곳에 와 있는 사람들이 이 고장에서──이것은 결국 이 넓은 세계에서라는 말과 같은 뜻입니다만──스빌로즈라는 가게를 알고 있는 손님의 전부라고 할 수는 없을 텐데요?" 하고 코스틴은 이의를 주장했다.

"맞는 말도 아니지만 아주 틀린 말도 아닐세. 단골손님 가운데 한두 사람은 뭔가 까닭이 있어 얼굴을 보이지 않는 사람도 있는 모양이지만."

"설마!"

"하지만 사실이 그렇다네" 하고 래플러는 얼마쯤 협박하듯이 말했다. "손님들이 각각 비밀을 굳게 지키는 것을 의무로 알고 있어. 오늘 밤 나를 따라온 새로운 친구로서 자네도 자연히 그 의무를 지게 된 셈이지. 믿어도 되겠나?"

코스틴은 얼굴을 붉혔다.

"어쨌든 나는 당신의 고용인이니까요, 그것만으로도……. 다만 나는 이런 훌륭한 요리를 왜 좀 더 많은 사람들에게 맛보게 해주지 않는지 그게 의문스럽습니다."

"그런 자선사업 같은 짓을 하면 어떻게 되는지 모르겠나?" 하고 래플러는 엄격하게 되물었다. "바보같은 녀석들이 잔뜩 몰려와서 구운 오리고기를 초콜릿 소스에 먹게 하다니, 듣지도 못한 일이니 어떠니 하며 매일 밤 투덜댈 걸세. 그런 일을 상상해 보게. 참을 수 있겠나, 자네는?"

"아니오" 하고 코스틴은 그 말을 인정했다.

"옳은 말씀이라고 인정할 수밖에 없군요."

래플러는 피곤한 듯 의자 등받이에 힘없이 기대어 분명치 않은 동작으로 손을 눈 가에 가져갔다. 그는 조용히 말했다.

"나는 고독한 사람일세. 그것도 결코 스스로 원해서가 아니지. 자네에게는 이상하게 들릴지 모르지만, 아니, 틀림없이 이상하게 여겨질 터이지만 나는 진심으로 이 레스토랑을, 모든 것이 차갑기만 한 이 세상에서 이 따뜻한 은신처를 친구처럼 가족처럼 느끼고 있다네."

코스틴은 이 순간까지 전제적인 고용주, 거만한 주인으로밖에 생각되지 않았던 상대방에 대해 저항하기 힘든 동정심이 기분좋게 뿌듯해진 뱃속에서 움직이기 시작하는 것을 느꼈다.

2주일째 끝무렵쯤에는 코스틴이 래플러를 따라 스빌로즈의 저녁식탁에 참석하는 일이 이미 정해진 하나의 의식처럼 되어버렸다. 매일 5시가 조금 지나면 코스틴은 복도로 나가 자신이 사무실로 쓰고 있는 작은 칸막이 방을 잠근다. 코트를 멋지게 왼쪽 팔에 걸쳐든 다음 문의 유리에 비춰보아 홈버그 모자가 적당한 각도로 머리에 얹혀 있는

지 확인한다. 예전 같으면 그리고 나서 담배를 입에 물고 불을 붙였을 터이지만 얼마 전 래플러의 말을 들었으니만큼 잠시 금연의 효과를 시험해 볼 작정이었다. 그리고 복도를 걷는다. 그러면 래플러가 어깨 너머로 다가와서 헛기침을 하는 것이었다.

"저어, 코스틴, 오늘 밤에 특별한 계획이 없겠지?"

"네" 하고 코스틴은 대답한 다음 "정처없는 떠돌이입니다" 라든가, "무슨 일이든 상대해 드리겠습니다" 라든가, 아무튼 그 비슷한 농담을 한다.

왜 이따금 거절하거나 임기응변으로 빠져나오지 못할까 하고 스스로 생각해 보지만, 눈에 띄게 뜨거운 래플러의 눈빛과 팔을 잡은 그의 손에서 전해져 오는 탁 터놓은 친근감이 그로 하여금 아무 말도 못하게 막아버리는 것이다.

언제 어떻게 될지 전혀 짐작할 수 없는 요즘 세상에 고용주와 우정으로 맺어지는 일만큼 확실한 자기보호의 발판이 어디 있겠느냐고 코스틴은 생각했다. 안쪽 사무실 상황을 직접 아는 여비서의 말에 의하면 래플러가 코스틴에 대해 칭찬이 대단하다는데, 그것으로 미루어 보아도 벌써 그 효과가 나타나기 시작한 모양이었다. 아무튼 좋은 징조이다.

게다가 요리까지! 비할 데 없는 스빌로즈의 요리! 말라서 뼈가 앙상했던 코스틴은 생전 처음 몸무게가 늘어난 것을 알고 기뻐서 어찌할 바를 몰랐다. 겨우 2주일밖에 안되었는데, 부드러워진 뼈가 탄력있는 살 밑으로 묻혀버리는 등 아무래도 전체적으로 비만증세까지 보이기 시작하지 않는가! 어느 날 욕실에 들어가 자신의 몸을 잘 살펴보고 코스틴은 어쩌면 지금 토실토실하게 살찐 래플러도 스빌로즈의 단골이 되기 전에는 마르고 뼈가 앙상하지 않았을까 생각했다.

그러고 보니 래플러의 권유를 받아들임으로써 잃은 것은 하나도 없고 모두 얻은 것이다. 아니, 그렇게 자랑하던 아밀스턴 양고기의 맛을 보고, 아직 모습을 보이지 않은 스빌로를 한 번 본 다음 한두 번 거절하는 편이 오히려 관심을 끄는 데 효과적일지도 모른다. 그러나 그때까지는 거절하지 않는 편이 좋을 것이다.

그날 밤, 즉 그가 처음으로 스빌로즈에 발을 들여놓았던 날로부터 꼭 두 주일이 되던 날 밤에 드디어 코스틴의 소원 두 가지가 다 이루어졌다. 그는 아밀스턴 양고기를 맛보고 스빌로도 보았다. 그런데 두 가지 다 그의 예상을 뛰어 넘었다.

두 사람이 자리에 앉자 곧 종업원이 허리를 굽혀 "오늘 밤에는 특별요리입니다" 하고 정중한 목소리로 말했는데, 코스틴은 이 갑작스러운 일에 대한 기대로 가슴이 두근거리는 것을 의식했다.

눈 앞 테이블 위에 놓인 래플러의 두 손이 부르르 떨리는 게 보였다. '아무래도 이건 제정신을 가진 사람들이라고 말할 수 없겠군.' 하고 코스틴은 정신이 번쩍 들었다. '사려도 있고 교양도 있는 당당한 두 사나이가 하나같이 언제 고깃조각을 던져줄까 애태우고 있는 두 마리의 고양이처럼 정신을 못 차리고 있다니!'

"당연하지!"

래플러의 목소리에 놀라 코스틴은 자리에서 뛰어 일어날 뻔 했다.

"고금을 통한 요리의 걸작 중에서도 걸작! 드디어 그것을 눈 앞에 놓고 자네가 감격에 가슴을 설레는 것도 당연하고말고."

"이렇게 그걸 아십니까?" 하고 코스틴은 숨이 넘어갈 듯이 물었다.

"어떻게 아느냐고? 약 10년 전에 나도 자네와 똑같은 경험을 했기 때문일세. 그 기억과 지금 자네가 취한 그 태도에 미루어 보건대, 인간이 아직도 고기에 굶주려 정신을 못 차리는 본능을 벗어나지 못했다는 사실을 실감하고 자네가 스스로 굴욕을 느꼈으리라는 걸

간단히 알 수 있네."

"그런데 여기 있는 다른 사람들 말입니다만, 모두 같은 것을 느끼고 있을까요?" 하고 코스틴은 소곤소곤 말했다.

"자네 스스로 판단해 보게."

코스틴은 가까운 데 있는 테이블을 살짝 둘러보았다.

"과연……." 그는 잠시 사이를 두었다가 다시 말을 이었다. "대체적으로 얼굴들이 환하다고 말할 수 있겠군요."

래플러는 머리를 약간 한쪽으로 갸웃하며 말했다.

"저기 빈자리에 늘 앉아 있던 사람이 나중에 알면 아마 실망할 걸세."

코스틴은 그쪽을 보았다. 그곳 테이블에 백발의 사나이가 혼자 앉아 있는 것이 유난히 눈에 띄었다. 그 맞은쪽 자리가 비어 있는 것을 보고 코스틴은 눈살을 찌푸렸다.

"아아, 그리고 보니 저 자리에는 언제나 작달막하고, 머리가 벗어진 사나이가 앉아 있었지요? 2주일 동안 그의 얼굴이 보이지 않는 것은 오늘 밤이 처음이군요."

"2주일이 아니라 요 10년 동안이라고 하는 편이 옳겠지" 하고 래플러는 가엾다는 듯이 말했다. "비가 오나 눈이 오나, 걱정이 있거나 괴로움이 있거나, 내가 이곳에 처음 왔을 때부터 단 하루도 스빌로즈에서 그 사람의 얼굴이 보이지 않았던 날이 없었네. 그 사람이 처음으로 나오지 않은 날 밤에 아밀스턴 양고기의 특별요리가 나왔다고 말해 주면 대체 어떤 표정을 지을까?"

코스틴은 막연한 불안을 느끼며 다시 그 빈자리를 쳐다본 다음 중얼거렸다.

"항상 왔었다구요?"

"래플러 씨, 그리고 친구분, 잘 오셨습니다. 정말 잘 오셨습니다.

정말정말 잘 오셨습니다. 아니, 일어서지 마십시오. 자리를 만들라고 이르지요."

갑자기 마치 기적처럼 자리가 하나 테이블 옆에 선 사람 밑에 나타났다.

"아밀스턴 양고기는 걸작이지요. 내가 직접 나서서 하루 종일 습기 찬 부엌에서 시원찮은 요리사가 잘못 없이 제대로 할 수 있도록 총지휘를 했답니다. 제대로 하는 것이 가장 중요한 일이니까요, 안 그렇습니까? 그런데 당신 친구는 잘 모르겠군요. 소개해 주시겠습니까?"

그는 마치 매끄러운 물의 흐름이 소용돌이치듯 이야기했다. 그 목소리는 잔물결을 일으키며 고양이의 목에서처럼 가릉가릉 울렸으므로 코스틴은 깜짝 놀라 잠자코 상대방을 바라보고 있을 뿐이었다. 누구를 향해 말하는 것도 아닌 혼잣말 같았다. 그러나 아주 폭이 넓고, 한 음절이 나올 때마다 젖혀지고 일그러지며 잘 움직이는 얇은 입술 사이에서 흘러나왔다. 납작한 코, 그 밑에 성긴 수염이 한 줄로 나 있었다. 미간이 넓은 동양적인 두 눈이 가스등 빛을 받아 반짝거리고 있었다. 주름 하나 없는 이마 윗부분에서 뒤쪽으로 넘겨 빗은 길고 매끄러운 머리털은 빛깔을 잃어 희끄무레했다. 참으로 이상한 얼굴이었다. 그러면서도 언젠가 어디에서 본 사람 같은 느낌이 들어 코스틴을 괴롭혔다. 금방 머리에 떠오를 것 같으면서도 아무래도 기억해 낼 수가 없었다.

래플러의 목소리가 코스틴이 기억해 내려고 애쓰는 일을 중단시켰다.

"이쪽은 스빌로 씨, 이 사람은 코스틴 씨요. 서로 잘 친해보시오."

코스틴은 일어나서 스빌로의 손을 잡았다. 따뜻하고 보송보송했으며 돌처럼 딱딱했다.

"잘 오셨습니다, 코스틴 씨. 정말 잘 오셨습니다. 이렇게 누추한데도 마음에 드셨습니까? 정성껏 대접하겠습니다" 하고 스빌로는 가릉거리는 목소리로 말했다.

래플러는 소리 없이 웃으며 말했다.

"코스틴은 벌써 2주일이나 계속해서 왔다오. 당신의 요리에 이제 슬슬 길들여지고 있을 거요."

스빌로의 시선이 코스틴 쪽으로 돌아왔다.

"그렇게 칭찬해 주셔서 정말 기쁩니다. 와주시는 것이 칭찬해 주시는 게 아니겠습니까? 그리고 나는 거기에 요리로 보답하는 거지요. 아밀스턴 양고기는 지금까지 손님이 잡수신 어느 요리보다 고급입니다. 자신 있습니다. 재료를 구하기가 힘들고, 요리하기도 힘들지요. 그러나 그만한 값어치는 있답니다."

코스틴은 그 얼굴의 인상을 물리치려고 애쓰며 다른 말을 꺼냈다.

"한 가지 궁금한 점이 있습니다. 지금 말씀하신 것처럼 그렇게 애써서 힘들게 구한 아밀스턴 양고기를 왜 가게에 오는 손님 누구에게나 내놓습니까? 가게의 평판을 유지하기 위해서라면 늘 내놓으시는 메뉴로도 충분하다고 생각합니다만."

스빌로는 마음껏 미소지었으므로 얼굴이 거의 동그래졌다.

"그것은 심리학적인 설명이 필요할지도 모르겠군요. 훌륭한 것은 다른 사람과 나누어 먹어야 합니다. 그렇지 않습니까? 나누어주고 기뻐하는 사람의 얼굴을 보면 이쪽도 말할 수 없이 기분이 좋아지기 때문이지요. 아니면…… 다만 좋은 장사가 되기 때문인지도 모릅니다." 그는 어깨를 으쓱했다.

"그럼, 그건 그렇다 하고." 코스틴은 계속 끈질기게 물었다. "당신이 손님에게 요구하는 습관에 대해 묻는 겁니다만, 왜 대중 음식점이 되거나 아니면 회원제의 클럽으로 만들지 않습니까?"

상대방의 눈이 갑자기 날카로운 빛을 내며 코스틴의 눈 속을 들여다보더니 외면했다. "옳은 말씀입니다. 그 까닭을 말하지요. 이 세상에서 가장 손님을 적게 받는 클럽이 일반 음식점보다 다른 사람에 대하여 알려고 하지 않기 때문입니다. 이 가게에서 당신의 일을 꼬치꼬치 캐묻는 사람은 아무도 없습니다. 당신이 어떻게 살아왔는지 알고 싶어하는 사람도 없습니다. 여기서 하는 일은 그냥 먹는 일뿐입니다. 우리는 손님의 이름과 주소는 물론 왜 왔는지, 또는 왜 오지 않게 되었는지도 알려고 하지 않습니다. 나오시면 누구든지 언제나 반갑게 맞이합니다. 그러나 오지 않게 되어도 전혀 실망하지 않습니다. 이것으로 대답이 되었을까요?"

코스틴은 상대방의 태도에 놀라 더듬거리며 말했다.

"나는 무엇을 캐물을 생각으로 그런 말을 한 것은 아닙니다……."

스빌로는 혀 끝으로 얇은 입술을 핥았다.

"아니, 괜찮습니다." 그는 열심히 부정했다. "손님이 무엇을 캐물었다는 것은 아닙니다. 다만 나로서는 그런 일에 상관하지 않는다는 거지요. 그러니 무슨 말이라도 사양 말고 물어보십시오."

"여보게, 그만해두게, 코스틴. 스빌로 씨를 겁낼 건 없어. 나는 이 사람과 벌써 여러 해 동안 사귀어왔지만, 말솜씨는 요리솜씨만큼 훌륭하지 못하다는 것을 잘 알고 있지. 나는 자네를 알기 전 옛날부터 이 가게의 모든 은전을 받아왔다네. 물론 주방장을 보여주는 일만은 별도로 말일세" 하고 래플러가 말했다.

"그렇습니다. 그것은……." 스빌로는 미소지었다. "다음 기회가 올 때까지 기다려 주시기 바랍니다. 그밖의 일이라면 무엇이든 다 들어드리겠습니다."

래플러는 유쾌한 듯 손바닥으로 테이블을 두드렸다.

"자아, 보시오! 어떻소, 스빌로 씨. 툭 털어놓으란 말이오! 누구든 직원 외에 성스러운 주방에 들어가 본 사람이 있소?"

스빌로는 눈을 뜨고 열띤 어조로 말했다.

"당신의 머리 위에 있습니다. 나는 그 초상에게 보여주었습니다. 아주 친한 친구로서 가장 오랫동안 가게를 아껴주시던 분. 그분이 우리 가게의 주방에는 절대로 들어갈 수 없는 것이 아니라는 증거입니다."

코스틴은 그 그림을 보고 새삼 생각나는 일이 있어 깜짝 놀랐다.

"저건……" 하고 그는 흥분해서 말했다. "유명한 작가로 당신도 아시겠지요? 아주 신랄하고 아이러니컬한 단편소설을 썼으며, 갑자기 멕시코로 간 다음 행방불명된 작가 말이오!"

"알고말고!" 하고 래플러는 큰소리로 대답했다. "몇 년 동안이나 그 초상 바로 밑에 앉아 있으면서도 그것을 깨닫지 못했었다니!" 그는 스빌로 쪽을 보았다. "친한 친구라고 하셨지요? 행방불명되어 충격을 받으셨겠군요."

스빌로의 얼굴이 갑자기 길다래진 것 같았다.

"네, 그야 뭐……. 그러나 여러분, 이렇게 생각지 않으십니까? 그 사람의 사는 방법보다도 죽는 방법이 더 멋지다고 말입니다. 아주 가엾은 사람이었지요, 즐거움이란 우리 가게의 테이블에 앉아 있을 때 뿐이라고 곧잘 말했었답니다. 불쌍하지요? 그런데 내가 그 사람에게 해 준 일이라고는 우리 주방을 보여준 일밖에 없습니다. 그러나 막상 보고 나면 다른 데와 조금도 다를 바 없는 보통 주방이랍니다."

"확실히 죽었다고 생각하시는 모양인데 그러나 증거가 없지요?" 하고 코스틴이 말참견을 했다.

스빌로는 초상을 자세히 바라보며 부드러운 목소리로 대답했다.

"그렇습니다, 좀처럼 있을 수 없는 일이지요, 안 그렇습니까?"

요리가 나오자 스빌로는 벌떡 일어나 손수 시중을 들었다. 불타는 듯한 눈초리로 그는 쟁반 위에서 뚜껑이 덮여 있는 냄비를 들더니 그 속에서 새어나오는 향기를 느긋하게 맡았다. 그리고 단 한 방울의 소스도 남기지 않도록 조심하면서, 소스가 뚝뚝 떨어지는 고깃덩어리를 두 개의 접시에 나누어 담았다. 마치 아까부터 이 일을 하여 지친 것처럼 헐떡이면서 그는 다시 자리에 앉았다.

"어서 드십시오!"

코스틴은 신경을 집중하여 한 입 깨물어 삼켰다. 그는 포크 끝을 멍한 눈초리로 바라보며 숨을 죽여 말했다.

"아니, 이건!"

"맛있지요. 생각했던 것보다?"

코스틴은 황홀함을 참으려는 듯 고개를 내저었다.

"처음으로 아밀스턴 양고기의 맛을 본 자는, 사람이 자기 영혼 속을 들여다볼 수 있다면 틀림없이 이럴 거라고 생각하겠지요."

"그럴지도 모르지요." 스빌로는 냄새가 나는 뜨뜻한 숨결이 그의 콧구멍을 간지럽힐 정도로 얼굴을 바짝 갖다댔다. "정말 자신의 영혼을 슬쩍 들여다본 건지도 모릅니다."

코스틴은 상대방이 감정을 상하지 않도록 슬쩍 몸을 빼려고 했다.

"그럴지도 모르지요" 하고 그는 소리내어 웃으면서 말했다. "아니, 이렇게 되고 보니 어금니와 손톱을 드러낸 야만인과 다름없어요. 욕설이라고 오해하시면 곤란합니다만, 아밀스턴 양이 이 세상에 있는 한, 사람들은 교회를 짓고 하느님을 모시겠다는 기특한 마음을 갖지 않는 편이 좋을 것 같습니다."

스빌로는 일어나서 코스틴의 어깨에 손을 살짝 얹었다.

"좋은 생각을 해내셨군요. 언젠가 전혀 아무것도 할 일이 없을 때, 잠시 어두운 방에 우두커니 앉아 이렇게 이 세상 일을, 현재의 일이나 장래의 일을 생각해 보면……조금은 종교에 나타난 양의 의미에 마음이 쏠리는 수도 있겠지요(그리스도교에서 '양'이란 희생물, 예수 그리스도를 가리키는 상징으로 되어 있다). 꽤 의미심장하지요? 아니, 이거…….." 그는 두 사람에게 코가 땅에 닿도록 머리를 숙였다. "오랫동안 모처럼의 식사를 방해했군요. 하지만 아주 유쾌했습니다." 그는 코스틴에게 고개를 끄덕여보였다. "그럼, 꼭 다시 뵙도록 하겠습니다."

이가 빛나고 눈이 빛나는 스빌로는 테이블 사이를 누비며 가버렸다.

코스틴은 몸을 돌려 스빌로의 뒷모습을 바라보며 물었다.

"내가 저 사람의 기분을 상하게 했을까요?"

래플러가 접시에서 눈을 들어 그를 천천히 쳐다보았다.

"기분을 상하게 했느냐고? 천만의 말씀! 저 사람은 그런 말을 주고받는 일을 굉장히 즐기지. 아밀스턴 양고기를 내놓는 것은 그에게 있어 축제 의식 같은 거라네. 그렇게 정색하도록 만들어놓으면 앞으로 누군가를 개종시키려고 마음먹은 목사보다도 더 끈질기게 이야기하러 올 걸세."

코스틴은 아직도 눈 앞에 스빌로의 얼굴이 가물거리는 것을 느끼며 접시 앞으로 돌아앉았다.

"재미있는 사람입니다, 굉장히."

그 얼굴에서 받은 인상의 근원을 생각해 내려고 애쓰다 가까스로 기억해 낸 것은 그로부터 한 달이나 지나서였다. 그때 그는 갑자기 침대 속에서 큰 소리로 웃어댔다. 아, 그랬었군! 《이상한 나라의 앨리스》에 나오는 사람을 잡아먹고 싱글싱글 웃는 그 체셔 고양이와 스빌로의 얼굴이 똑같았던 것이다!

다음날 저녁 차갑게 불어치는 바람을 안고 레스토랑을 향해 거리를 걸어가며 코스틴은 그 사실을 래플러에게 털어놓았다. 래플러는 그런 시시한 생각은 하지 말라는 듯한 표정을 지었다.

"자네 말이 옳을는지도 모르지. 그러나 나에게는 판정자의 자격이 없네. 아무튼 내가 그 이야기를 읽은 것은 아주 오래 전의 일이니까. 정말이지 아주 먼 곳에서 들려오는 소리처럼 가물가물 생각날 뿐이네."

래플러의 말에 대답이라도 하듯 길 저쪽에서 째지는 듯이 악을 쓰는 소리가 들려와 두 사람은 발길을 멈추었다.

"누가 무슨 일을 당하고 있군. 저걸 보게!" 래플러가 말했다.

스빌로즈로 들어가는 입구에서 그리 멀지 않은 곳에 엎치락뒤치락하는 두 사람의 모습이 보였다. 그것은 앞뒤로 비틀거리다가 한덩어리가 되어 몸부림치더니 보도 위로 쓰러졌다. 다시 또 외쳐대는 가련한 소리가 들리자 래플러는 뚱뚱한 몸집치고는 재빠르게 그쪽으로 달려갔고, 코스틴도 조심스럽게 그 뒤를 따라 달려갔다.

거리에 길게 뻗어 있는 것은 검은 피부빛과 흰 머리카락으로 보아 스빌로즈의 종업원인 듯했다. 그는 손가락으로 자기 목을 죄려드는 두 개의 큰 손을 떼어내려고 했으나 힘이 부치는지, 다만 가차 없이 온 몸무게를 실어 자기를 누르고 있는 큰 사나이를 밀어내기 위해 힘없이 무릎을 움직이고 있을 뿐이었다.

래플러는 숨을 헐떡이며 다가갔다. 그는 소리쳤다.

"그만두시오! 대체 왜들 이러시오?"

금방이라도 튀어나올 것 같은 눈이 애원하듯 래플러 쪽으로 향했다.

"살려주십시오…… 이 사람이…… 취해서……."

"취했다고?"

상대방이 몹시 더러운 선원복을 입고 있다는 것을 코스틴은 알아보았다. 그의 입에서 풍기는 술 냄새가 지독했다.

"남의 주머니에 손을 처넣으면서, 뭐 취했다고, 이 자식!"

사나이가 손가락에 한층 더 힘을 주어 목을 죄었으므로 스빌로즈의 종업원은 신음 소리를 내었다.

래플러는 선원의 어깨를 붙잡으며 소리쳤다.

"놓아! 놓아주라니까!"

그러나 다음 순간 래플러는 떠밀려서 코스틴에게 부딪쳤으며, 그여세로 두 사람이 한꺼번에 뒤로 비틀거렸다.

선원이 자기 몸에 손을 대자 래플러는 맹렬하게 반격했다. 아무 말도 않고 그는 선원에게 덤벼들어 무방비상태인 얼굴이며 옆구리를 마구 때리고 걷어찼다. 상대방은 조금 어이없어하는 것 같더니 후다닥 일어나 래플러 쪽으로 덤벼들었다. 한순간 두 사람은 서로 힘껏 휘어잡고 있었는데, 거기에 코스틴이 합세하여 세 사람이 함께 땅바닥에 쓰러졌다. 이윽고 래플러와 코스틴은 서서히 몸을 일으켜 두 사람 앞에 쓰러져 있는 사나이를 내려다보았다.

"너무 취해서 정신을 잃었나?" 하고 코스틴이 말했다. "쓰러질 때 머리를 찧었나? 어쨌든 경찰을 불러야겠군."

"아니, 안됩니다!" 종업원은 불안정한 다리를 짚고 일어서더니 비틀거렸다. "경찰이라니요, 그러면 스빌로 씨에게 폐를 끼치게 됩니다. 제발 부탁이니……."

그가 코스틴을 붙잡고 애원하였으므로 코스틴은 래플러의 얼굴을 바라보았다.

"아아, 부르지 않겠네. 경찰의 손이 닿지 않을 걸세. 내버려둬도 머지않아 이 돼지 같은 살인자 녀석을 잡아갈 테지. 그런데 대체 왜 이런 일이 벌어졌나?" 하고 래플러가 말했다.

"아주 고주망태가 되도록 취해 있었지요. 이리 비틀 저리 비틀 하며 걸어오기에 아무 생각 없이 몸을 받쳐주며 피하려고 손을 내밀었더니 느닷없이 도둑놈이라고 소리치면서 덤벼들었습니다."

"그럴 줄 알았네." 래플러는 부드럽게 종업원의 등을 밀며 걷기 시작했다. "자아, 어서 가서 일을 하게."

검은 사나이는 너무 감격해서 금방이라도 울 것만 같았다.

"목숨을 살려주셔서 고맙습니다. 무엇이든 내가 해드릴 수 있는 일이 있다면……."

래플러는 스빌로즈의 문으로 통하는 길로 접어들었다.

"아니, 아무것도 아닐세, 그런 일쯤은. 가서 스빌로 씨가 야단치거든 우리에게로 보내게, 변명해 줄 테니까."

"목숨을 바쳐서라도……."

이것이 안쪽 문을 닫을 때 뒤에서 두 사람의 귀에 들린 마지막 말이었다.

"그런 법이 어디 있나, 코스틴!" 하고 2, 3분 뒤 테이블을 향해 의자를 끌어당기며 래플러는 말했다. "소위 문명인이라는 사람이 알코올 냄새를 물씬 풍기며, 가까이 다가왔다고 해서 아무 죄도 없는 사람을 죽일 정도로 두들겨패다니……."

코스틴은 어떻게든 그럴 듯한 말을 하여 이 사건으로 흥분한 기분을 달래려고 했다.

"알코올 종류를 좋아하는 사람들은 일종의 노이로제에 실려 있지요. 그 선원이 그렇게 된 것도 틀림없이 뭔가 그 나름의 이유가 있었을 겁니다."

"이유? 물론 있겠지. 인간이 조상으로부터 물려받아온 잔인성!"

래플러는 크게 무엇을 끌어안는 듯한 몸짓을 해보였다.

"우리가 여기에 이렇게 앉아서 정신없이 고기를 먹어대는 것은 무엇 때문인가? 다만 배고픔을 채우기 위해서만은 아닐세. 우리의 핏속에 흐르고 있는 본능이 해방시켜 달라고 외치기 때문이지. 생각 좀 해보게, 코스틴. 내가 언젠가 스빌로 씨는 문명의 정점에 이른 사나이라고 한 말을 기억하고 있나? 이젠 그 뜻을 알겠지? 멋진 사나이야. 그는 인간의 자연적인 본성을 잘 알고 있네. 흔히 볼 수 있는 하찮은 사람들과는 달라. 그는 우리 인간의 영혼 깊은 곳에 숨어 있는 야성을 죄 없는 제삼자에게 해를 미치지 않고 만족시켜 주기 위해 최대한의 노력을 하고 있는 걸세."

"아밀스턴 양고기를 처음으로 먹었을 때의 일을 생각하면 당신이 무슨 말을 하고자 하는지 잘 알겠습니다. 그런데 이제 또 그럭저럭 그 맛을 볼 때가 되지 않았을까요? 벌써 한 달이 넘었으니까요" 하고 코스틴은 말했다.

종업원이 물을 따르며 망설이듯 말했다.

"죄송합니다, 오늘 밤에는 특별요리가 없습니다."

"들었나?" 하고 래플러는 신음하듯 말했다. "이거 아무래도 이번 특별요리는 내 입에 들어올 것 같지 않군."

"설마, 당치도 않은 말씀입니다, 그건!"

코스틴은 놀라서 그를 쳐다보며 말했다.

"에이, 가버릴까……."

래플러는 단숨에 물을 반쯤 마셨다. 종업원이 곧 물잔을 가득 채웠다.

"나는 회사의 남미 출장소에 예고 없이 시찰여행을 떠나게 되었네. 1월이나 2월에 말이야. 일정이 얼마나 되는지 모르지만."

"반드시 가봐야 할 정도로 출장소의 성적이 떨어졌습니까?"

"아니, 실적이 떨어졌다기보다 좀더 성적을 올리고 싶어서 그러네." 래플러는 갑자기 싱긋 웃었다. "그리고 스빌로 씨에게 지불할

많은 식사 대금을 잊어서는 안되겠지. ”

“사무실에선 그런 이야기가 없었는데요. ”

“자네가 알고 있을 정도라면 갑작스러운 출장이라고 할 수 없겠지. 나 말고는 아니, 나하고 자네 말고는 아무도 모를 걸세. 출장소에 있는 사람들이 꿈에도 생각하지 않고 있을 때 느닷없이 찾아가고 싶은 거야. 어떻게들 하고 있는지 알아보기 위해서 말일세. 이쪽 사무실에는 어디 휴양하러 가는 것으로 해두겠네. 피로를 풀기 위해 어딘가 요양소에라도 간 줄 알게 해두는 거야. 아무튼 주요 인물들이 든든하니까 이쪽 일은 걱정 없네. 이를테면 자네같은 실력가가 있으니까. ”

“내가요 ? ” 하고 코스틴은 놀라서 말했다.

“내일 출근하면 승진 발령을 받을 걸세. 유감스럽게도 내 손으로 줄 수는 없지만. 알겠나 ? 그것은 이번 일과는 아무 관련도 없네. 자네의 일솜씨가 훌륭하기 때문에 나는 아주 크게 감사하고 있네. ”

코스틴은 칭찬을 받고 얼굴을 붉혔다.

“내일 사무실에 나오지 않는다면 오늘 밤에 떠나신단 말씀입니까 ? ”

래플러는 고개를 끄덕였다.

“지금 좌석 예약으로 좀 복잡한데, 그것이 잘되면 뭐랄까 이 식사가 한동안 헤어지는 송별회 자리가 되겠군. ”

“뭐라고 할까요…… 니는 진심으로 좌식 예약이 이루어지지 않기를 바라고 있습니다. 이렇게 여기서 함께 식사한다는 것은 나에게 있어 생각할 수 없을 정도로 큰 뜻을 지니게 된 것 같은 기분이 듭니다” 하고 코스틴은 천천히 말했다.

종업원의 목소리가 말을 중단시켰다.

“요리를 가져올까요, 손님 ? ”

갑작스러운 말에 깜짝 놀라 두 사람 다 그쪽을 쳐다보았다.

"부탁하네" 하고 래플러가 엄숙하게 말했다. "아직도 기다리고 있었나? 나는 몰랐네."

"내가 염려하는 것은" 하고 그는 종업원이 저쪽을 보자 코스틴을 향해 말했다. "이번의 아밀스턴 양고기를 놓치지 말았으면 하는 일인데, 솔직히 말해 오늘 밤에는 그 요리를 먹게 되지 않을까 하는 기대로 벌써 1주일이나 출발을 미뤄왔으므로 더 이상은 도저히 연기할 수가 없네. 자네가 여기서 그 요리를 먹게 되거든 내가 없는 것을 딱하게 생각해 주게."

코스틴은 소리내어 웃었다. 그는 가져온 요리 앞으로 다가앉으며 말했다.

"네, 그야 물론이지요."

그가 접시 안에 있는 음식을 다 먹어갈 때 종업원이 소리도 없이 다가왔다. 그것은 언제나 그 테이블을 담당한 종업원이 아니라 아까 격투를 벌인 피해자였다.

"여어!" 하고 코스틴이 말했다. "어떤가, 기분은? 아직 가라앉지 않았나?"

종업원은 코스틴에게는 전혀 관심을 보이지 않았다. 그다지 서두르지도 않았으며, 아주 긴장된 것 같은 태도로 그는 래플러 쪽을 보고 있었다.

"손님" 하고 그는 속삭였다. "당신은 내 목숨을 살려주었습니다. 손님 덕분이라고 생각합니다. 그 은혜를 갚아드리겠습니다!"

래플러는 깜짝 놀라며 세게 머리를 저었다.

"아니, 은혜를 갚겠다니, 그럴 필요 없네, 알겠나? 그처럼 진심으로 고맙다는 인사를 받은 것만으로도 충분해. 자아, 일이나 열심히 하고, 그런 말은 이제 그만하게."

종업원은 꼼짝도 하지 않았으며 목소리가 조금 높아졌다.

"손님이 받드는 하느님 앞에 맹세하고 말씀드립니다. 비록 손님이 원하시지 않더라도 나는 손님을 살려드려야 합니다! 주방에 오시면 안됩니다. 이것은 손님이 살려주신 내 목숨과 손님의 목숨을 바꾸는 거나 다름없는 일입니다. 오늘 밤이든, 이 세상에 살아 계실 동안은 어느 날 밤이든 스빌로즈의 주방에는 결코 들어가지 마십시오!"

래플러는 너무 기가 막혀 의자 속에서 몸을 뒤로 젖혔다.

"주방에 가지 말라고? 왜 가면 안되지? 물론 스빌로가 허락해 줘야 되겠지만, 대체 그게 어떻다는 건가?"

억센 손 하나가 코스틴의 등에 놓이고 또 하나가 종업원의 팔을 잡았다. 종업원은 입을 굳게 다물고 눈을 내리깐 채 얼어붙은 듯 꼼짝도 하지 않았다.

"대체 무엇이 어떻게 되었습니까, 손님?" 하고 가릉거리는 목소리가 말했다. "마침 잘 왔군요, 이 가게의 일이라면 나는 무엇이든지 다 대답해 드릴 수 있습니다."

래플러는 후유 하고 안도의 숨을 내쉬었다.

"아아, 스빌로 씨, 마침 잘 와주었소, 이 사람이 나보고 절대로 주방에 가지 말라고 하는데, 그게 무슨 말이지요?"

여유있게 웃는 흰 이가 보였다.

"그거야 뭐, 이 사람은 진심으로 친절한 마음에서 한 말입니다. 성질이 과격한 주방장이 소중한 주방으로 내가 누구를 안내할 것이라는 소문을 듣고 화가 머리 끝까지 났답니다. 말할 수 없이 화가 났다는군요! 그 자리에서 그만두겠다고 위협할 정도로 말입니다. 그렇게 되면 스빌로즈는 어떻게 되는지 아시겠지요? 나는 잘 달래어, 훌륭한 신분의 손님 앞에서 솜씨를 발휘해 보이는 것이 얼마나 명예로운 일인가를 납득시켜서 이제 완전히 기분이 풀렸습니다."

스빌로는 종업원의 팔을 놓았다. 그는 부드러운 목소리로 말했다.

"자네 담당은 여기가 아니야. 다시는 틀리지 않도록 하게, 알겠나?"

종업원은 눈을 제대로 처들지도 못하고 슬금슬금 가버렸다. 스빌로는 테이블 앞으로 의자를 끌어당겨 앉더니 손으로 가볍게 머리를 쓰다듬었다.

"제가 그만 비밀을 말해버렸군요. 오늘 밤에 주방을 보여드리겠다는 말을 불쑥 해서 깜짝 놀라게 해드릴 작정이었습니다. 그러나 깜짝 놀랄 일은 이제 끝났고, 남은 것은 안내하는 일뿐입니다."

래플러는 이마의 땀방울을 닦으며 신나는 듯 물었다.

"진심이오? 우리에게 정말 오늘 밤 당신 가게의 요리 만드는 현장을 보여주겠소?"

스빌로는 날카로운 손톱으로 테이블보에 선을 그어서 그 위에 흐릿한 직선의 손톱자국을 남겼다.

"아아, 그것은 좀 어려운 문제인데요." 그는 테이블보에 난 선을 자세히 들여다보았다. "래플러 씨, 당신은 10년의 오랜 단골입니다. 그러나 여기에 계신 이 친구분은……."

코스틴은 손을 들어 다음 말을 막았다.

"네, 오늘 밤에는 당연히 래플러 씨만을 초대하는 것이므로 내가 있으면 거치적거린다는 것을 잘 압니다. 실은 오늘 밤 다른 사람과 약속이 있었지요. 따지고 보면 벌써 나갔어야 하는 건데…… 걱정할 것 없습니다, 조금도."

"아니, 그건 안되네. 그렇다면 불공평해. 지금까지 쭉 즐거움을 함께 나누어왔는데! 코스틴, 그렇게 기다리던 소원을 모처럼 풀어준다 해도 혼자서야 기쁨이 반으로 줄어들겠지. 이번만은 아마 스빌로 씨도 특별히 허락해 줄 걸세" 하고 래플러가 말했다.

두 사람은 동시에 스빌로의 얼굴을 쳐다보았다. 스빌로는 할 수 없다는 듯이 어깨를 으쓱했다.

코스틴은 벌떡 일어났다.

"아닙니다, 여기에 더 이상 오래 있다가는 모처럼의 당신 즐거움을 망쳐버리게 되겠군요. 더욱이 화를 잘 내는 주방장이 당신에게 식칼을 들이댈 장면을 상상하니 나는 아무래도 그 자리에 없는 편이 좋을 것 같습니다. 그럼, 이만 가보겠습니다" 하고 그는 농담삼아 말했다. 그는 래플러가 미안한 듯이 잠자코 있자 기운을 북돋아 주듯이 말을 계속했다. "그리고 당신은 스빌로 씨에게 맡기겠습니다. 틀림없이 멋진 구경거리를 보여 주시겠지요."

그가 손을 내밀자 래플러는 아플 정도로 꼭 쥐었다.

"정말 미안하이, 코스틴. 다시 만날 때까지 저녁은 언제나 여기서 먹으며 내가 돌아오기를 기다려주게. 그렇게 오래 비우지 않을 걸세."

스빌로는 코스틴이 나가도록 길을 비켜주었다.

"또 오십시오, 손님, 기다리고 있겠습니다. 안녕히 가십시오."

코스틴은 잠시 현관 앞에서 걸음을 멈추고 목도리를 두른 다음 홈버그 모자를 알맞은 각도로 비스듬히 썼다. 그는 만족한 듯 거울에서 등을 돌렸다. 그리고 이미 주방으로 통하는 문 앞에 가 서 있는 래플러와 스빌로에게 마지막으로 눈길을 던졌다.

스빌로의 한쪽 손은 어서 들어가라는 듯 문을 활짝 열고 있었고, 또 한쪽 손은 아주 부드럽게 래플러의 살집좋은 어깨 위에 얹혀 있었다.

뛰는 놈 위에 나는 놈

그 하숙집은 어느 방이나 다 똑같았다. 지저분하고 바닥에 리놀륨을 깔았으며, 놋쇠 침대가 놓여 있고……. 그러나 클랩트리는 그 구인 광고에 응모한 날, 자기 방에 단 한 가지 다른 곳보다 좋은 점이 있다는 것을 알았다. 그것은 복도에 있는 공중 전화가 바로 자기 방 문 앞에 있어 귀만 잘 기울이고 있으면 언제나 따르릉 울리자마자 금방 달려갈 수 있다는 점이었다.

이 사실을 알게 되자 그는 자기 소개서 끝에 서명을 하고, 그 옆에 전화번호를 써 넣었다. 그 번호를 써넣을 때 펜을 잡은 그의 손이 조금 떨렸다. 그 편지를 읽는 사람에게 이 전화가 마치 자기의 소유물인 것 같은 인상을 줄지도 모른다고 생각하자 어쩐지 사기꾼이라도 된 듯한 기분이 들었기 때문이다. 그러나 이런 수단에 의해 얻어지는 일종의 신용이 어쩌면 자신에게 유리할지도 모른다는 계산이 결국 이겼다. 그러기 위해서 그때까지 소중히 간직하고 있던 눈처럼 새하얀 양심을 많이 희생시키긴 했지만.

사실 그 광고라는 것이 전적으로 기적과도 같았다. '구인'란에 '직원 구함. 능력있고 착실·정직·근면한 사무 경험자로 45~50살. 대우 보통. 자세한 이력서 우송 바람. 사서함 111호'라고 씌어 있었는데, 클랩트리는 안경 너머로 도저히 믿을 수 없는 듯한 눈초리로 그것을 읽었다. 그리고 보통 월급을 받으며 아무리 힘든 일이라도 하려는 사람이나 또는 같은 광고문을 자기보다 몇 분, 아니, 어쩌면 몇 시간 먼저 읽었을지도 모르는 자기와 같은 나이의 사람들을 상상하고 당황하여 어쩔 줄 몰라했다.

그가 쓴 편지는 《편지 잘 쓰는 법》이라는 책의 '구직란' 예문으로 실려도 될 만큼 잘된 것이었다. 나이는 48살, 건강 상태는 최고, 현재까지 독신. 한 회사에 30년 근속했음. 충실하게 과실 없이 근무했음. 훌륭한 정근과 출근 시간을 엄수하는 것으로 기록을 세웠음. 그런데 불행하게도 회사가 다른 큰 회사에 합병되어 그에 따라 유감스럽게도 수많은 유능한 사원들이 일자리를 잃게 되었음. 근무 시간——문제가 안됨. 유일한 관심사는 아무리 많은 시간이 걸리더라도 내가 맡은 일을 완성시켜 놓는다는 것임. 급료——고용주의 처분에 맡기겠음. 전에는 주급 50달러를 받고 있었는데, 물론 이것은 오랜 세월에 걸쳐 나의 가치를 증명한 다음에 받은 대우였음. 언제라도 면접에 응할 수 있음. 신용 및 신원 조회는 아래와 같음. 서명. 그리고 전화번호.

그는 이런 내용의 편지를 필요한 어구가 한 자 한 구절도 빠지지 않고 가기 있을 지리에 있다고 안심할 수 있을 때까지 십여 차례나 고쳐 썼다. 그리고 예전에 장부 정리하던 솜씨를 발휘하여 동판 인쇄와 같이 반듯반듯한 필적으로 겨우 써낸 문장을 비상시에 대비해서 사두었던 특제 고급 편지지에 베껴서 부쳤다.

이렇게 한 다음 답장이 우편으로 올 것인지, 전화로 올 것인지, 아니면 전혀 오지 않을 것인지 애타게 기다리며 클랩트리는 끝없이 길게 느껴지는 2주일을 보냈다. 그런 뒤 마침내 자기 이름이 전화선을 타고 우레 소리처럼 울려나오는 순간이 왔다.

"네," 하고 그는 날카로운 목소리로 대답했다. "클랩트리입니다! 제가 편지를 드렸습니다."

"조용히 하시오, 클랩트리 씨, 조용히" 하고 상대방의 목소리가 말했다.

그것은 자기가 이야기하고자 하는 문장을 하나씩 끊어서, 그리고 그것을 또 잘게 찢어서 잘 음미한 다음 수화기에 대고 말하는 것처럼 가늘고 또렷한 목소리로, 마치 꽉 쥐어짜면 자비가 뚝뚝 떨어질지도 모른다고 생각하고 있는 것처럼 수화기를 꼭 쥔 클랩트리를 그 자리에 얼어붙게 하는 힘을 지니고 있었다.

"당신의 편지를 받았는데" 하고 그 목소리는 여전히 괴로울 만큼 신중한 어조로 계속 말했다. "정말 마음에 들었습니다. 그러나 결정을 하기 전에 우선 고용조건을 분명히 해 두고 싶소. 괜찮겠습니까, 지금 여기서 말해도?"

'고용'이라는 말이 클랩트리의 뇌리를 뚫고 울려퍼지자 그는 비틀거렸다.

"괜찮습니다! 말씀하십시오!"

"그럼, 우선 첫째로 당신은 스스로 사무실을 맡아서 해나갈 자신이 있습니까?"

"사무실을 맡아서요?"

"아니, 뭐 얼마나 큰 사무실일까, 어떤 책임을 맡게 될 것인가 하는 걱정은 하지 않아도 됩니다. 당신이 해야 할 일은 어떤 종류의 비밀보고서를 정기적으로 작성하는 것인데, 당신은 자신의 사무실을 갖고 그 문에다 당신 이름을 붙이며…… 물론 직접적으로는 누구의 감독도 받지 않는 셈입니다. 아시겠지요? 따라서 신용할 수 있는 인물을 선택하는 일이……."

"네" 하고 클랩트리는 말했다. 그러나 그 비밀보고서라는 것은……."

"당신 사무실에는 몇몇 회사의 이름을 써놓은 리스트가 준비되어 있습니다. 그리고 그 리스트에 오른 회사의 일에 대해 자주 기사를 싣는 경제신문과 잡지가 여러 가지 올 겁니다. 당신은 그러한 기사들을 언제나 주의해서 보아두었다가 날마다 그것을 보고서로 작성하여 내게 우송해 주면 됩니다. 경제 이론이라든가 문장을 잘 쓴다든가 하는 것은 전혀 필요 없는 일이라는 것을 아울러 말해 두겠습니다. 정확, 간결, 명료 이 세 가지가 모토입니다. 아시겠습니까?"

"네, 잘 알았습니다" 하고 클랩트리는 말했다.

"됐소. 당신의 근무 시간은 오전 9시부터 오후 5시까지이고, 1주일에 6일 근무입니다. 분명히 말해 두지만 착실히 근무하고 출퇴근 시간을 꼭 지켜야 합니다. 이 점에 대해서는 하루 종일 나의 감시를 받고 있다는 것을 알아주시오. 이렇게 심하게 말해서 기분 상했습니까?" 그 목소리는 말했다.

"아니, 그렇지 않습니다!" 클랩트리는 말했다.

"그럼, 이야기를 계속하지요. 사무실 위치와 방 번호를 말할 테니 오늘부터 1주일이 지나거든 그곳에서 근무를 시작해 주시오." 전화의 목소리가 말했다.

연필도 종이도 손 가까이에 없어 클랩트리는 주소를 필사적으로 기억 속에 쑤셔 넣었다.

"그곳에 가면 준비가 완전히 갖추어져 있을 거요. 문도 잠겨 있지 않고, 책상 서랍을 열면 열쇠 두 개가 들어 있습니다. 하나는 그 방 열쇠, 또 하나는 서류장 열쇠입니다. 책상 속에는 아까 내가 말한 리스트와 보고서를 쓰는 데 필요한 도구들이 들어 있습니다. 서류장 속에는 우선 먼저 착수해야 할 간행물이 들어 있습니다."

"실례지만 그 보고서라는 것은?"

"리스트에 오른 회사와 조금이라도 관계가 있는 것은 하나도 빠뜨리지 말고 사업상 거래에서부터 인사 이동에 이르기까지 모조리 포함해야 합니다. 그리고 매일 귀가하는 길에 우체통에 넣어주시오, 알겠습니까?"

"한 가지 여쭤보고 싶은 일이……" 하고 클랩트리는 말했다. "누구 앞으로 어디로 보내야 합니까?"

"뻔한 일 아니오" 하고 상대방은 꾸짖듯이 잘라말했다.

클랩트리는 몸이 움츠러들었다.

"당신이 알고 있는 사서함으로 보내시오."

"알았습니다" 하고 클랩트리는 대답했다.

"다음으로" 다행히도 목소리는 신중한 어조로 되돌아가 말했다.

"급료에 대한 일입니다. 아마 당신도 아시리라 믿습니다만, 여기에 대해서는 여러 가지 고려해야 할 일이 있어 신중을 기했습니다. 결국 나는 옛날의 교훈을 따르기로 했습니다. '좋은 일꾼에게는 보수를 아끼지 말라'는 말인데 들어본 일이 있습니까?"

"네" 하고 클랩트리는 말했다.

"그리고 무능한 일꾼은 언제라도 바꿔친다'라는 것을 염두에 두고 나는 당신에게 주급 52달러를 드릴 작정인데, 그것으로 되겠습니까?" 하고 그 목소리는 말했다.

클랩트리는 너무 놀라 전화기를 들여다본 다음 정신을 가다듬고 나서 입을 열었다.

"네, 뭐……." 그는 숨을 헐떡였다. "네, 그건 뭐, 뭐랄까요……."

전화의 목소리가 엄격하게 그를 가로막았다.

"그러나 이것은 어디까지나 임시입니다. 아시겠지요? 당신은——이건 자주 하는 말이 아닙니다만——자기의 역량을 증명할 때까지는 말하자면 임시 채용이라고 할 수 있지요. 일을 안전하게 해주느냐, 아니면 완전히 못쓰게 만드느냐, 둘 중의 하나일 겁니다."

클랩트리는 이처럼 겁을 주는 말에 모든 것이 허사가 된 듯한 기분이 들었다.

"있는 힘껏 해보겠습니다. 열심히 하겠습니다."

전화의 목소리는 무자비하게 계속했다. "그리고 이 일은 비밀스러운 성격을 띤 것이라는 사실, 이 점을 늘 염두해 두어야 합니다. 아무에게도 이 일에 대한 것을 말하지 말 것. 사무실에서 일하는 데 필요한 것은 모두 내가 준비해 줄 테니까, 누구에게 무슨 의논을 할 필요가 있었다는 변명은 통하지 않습니다. 그리고 가까이에 있으면 써보고 싶은 것이 사람의 마음이라 전화는 일부러 놓지 않았습니다. 근무 시간에 전화를 걸어 쓸데없는 이야기로 시간 낭비하는 것을 싫어한다고 나무라지는 않겠지요?"

하나밖에 없는 여동생이 20년 전에 세상을 떠난 뒤, 화제가 무엇이든 클랩트리와 대화를 나누고 싶어하는 사람은 아무도 없었다. 그러나 그는 다만 "네, 결코"라고 대답하는 것으로 그쳤다.

"그럼, 지금 이야기한 조건으로 승낙하는 거지요?"

"네." 클랩트리는 대답했다.

"뭐, 알아보고 싶은 일이라도……?"

"한 가지 있습니다. 급료에 대한 것인데, 어떻게……" 하고 클랩트리는 말했다.

"매주 주말에 당신 앞으로 보내질 겁니다." 전화의 목소리가 대답했다. "현금으로, 그밖에 또?"

클랩트리의 마음 속에는 지금 질문이 산더미 같을 터인데도 한 가지도 생각나지 않았다. 생각이 나지 않아 머뭇머뭇하다 보니 그 목소리는 즉시 "그럼, 부탁하겠습니다" 하고 말했다.

이윽고 수화기를 놓는 금속적인 소리가 들렸다. 클랩트리는 자기도 수화기를 놓으려고 정신을 차리고 보니, 그제야 자기 손이 수화기를 너무 꼭 쥐고 있어 내려놓기가 좀 힘들다는 것을 알았다.

클랩트리가 전화의 목소리가 일러준 주소를 찾아갔을 때, 그곳에 빌딩 같은 것이 전혀 없었다 해도 그다지 놀라지 않았으리라. 그러나 그곳에는 빌딩이 있었고, 건물도 상당히 컸으며, 건물 안에는 사람들이 잔뜩 엘리베이터를 타고 아래위로 오르내리고 있었다. 복도를 왔다갔다하는 사람들은 다른 사람의 일에 끼어들 겨를이 없다는 눈초리로 그를 쳐다보며 지나쳐가곤 했다.

사무실도 있었다. 그것은 맨 위층, 구부러진 복도 구석에 자리하고 있었는데, 그 복도를 지나 다시 위로 올라가는 계단이 활짝 열려져 있는 문 저쪽으로 계속되고, 그 너머로 납작하게 잿빛으로 붙어 있는 하늘이 보였다.

가장 인상적인 것은 문에 '클랩트리 연합 통신사'라고 굵게 쓴 글씨였다. 문 안쪽은 도저히 믿을 수 없을 정도로 작고 좁은 방이었는데, 안에 놓인 물건들이 터무니없이 커서 실제보다 작아보였다. 문으로 들어서자 바로 오른쪽에 주책없이 큰 서류장이 있었다. 그 옆에 바싹 붙여져 책상이 놓여 있는데, 그것도 너무 커서 그쪽 벽면을 다 차지하고 있었다. 그 옛스러운 책상 앞에 회전의자 하나가 놓여 있었다.

반대쪽 벽에 나 있는 창문도 이 물건들과 조화를 이루고 있었다. 폭이 넓고 꽤 길다란 창문으로, 창턱 높이가 클랩트리의 무릎까지 왔다. 그제야 그는 흘끔 창문 밖으로 눈길을 돌려 바로 옆 빌딩에 이쪽으로 난 창문이 없기 때문에 두드러지게 효과를 드러낸 까마득한 아래쪽에 펼쳐진 거리를 내려다보았다. 순간 그는 현기증을 느꼈다.

한 번 보는 것만으로도 충분했다. 클랩트리는 창문 밑부분이 열리지 않도록 걸쇠를 단단히 걸고, 윗부분만 여닫을 수 있게 했다.

열쇠는 서랍 속에 들어 있었다. 펜과 잉크와 한 통의 펜촉과 압지, 그리고 필요하다기 보다는 우선 감동을 주는 대여섯 가지의 소도구가 다른 서랍 속에 들어 있었다. 우표도 있었다. 그러나 무엇보다 기뻤던 것은 '클랩트리 연합통신사'라는 직함과 사무실 번호와 빌딩 이름이 새겨진 편지지와 봉투가 많이 들어있는 점이었다. 그것을 보고 클랩트리는 기쁜 나머지 곧 펜을 들어서 몇 줄 시험삼아 써본 다음, 그 낭비에 놀라 그 페이지를 뜯어내어 잘게 찢어 발치에 있는 쓰레기통에 버렸다.

이윽고 그는 곧 바로 앞에 준비된 일에 노력을 기울였다. 서류장 안에는 당황할 만큼 많은 분량의 간행물이 있었다. 그것을 한 줄 한 줄 자세히 조사해 나가야 하므로 클랩트리는 한 페이지씩 읽어나가며 줄곧 약속한 대로 책상 속에 있는 리스트에 실린 회사의 이름이 나왔는데도 알아보지 못하고 지나친 게 아닐까 하는 걱정에 사로잡혔다. 그래서 그는 다시 한 번 마치 장난삼아 일하고 있는 듯한 자책감에 쫓기며 같은 페이지를 되읽었다. 그러나 찾아내고 싶지 않았던 잘못은 결국 마지막까지 발견되지 않았으며, 끝부분에 와서야 알 수 없는 신음소리를 내는 것이었다.

한순간 그는 자기 앞에 쌓여 있는 간행물의 산더미를 영원히 완전하게 해치울 수 없을 것 같은 기분을 느끼기도 했다. 그리고 조금은 일이 진척되어 간다는 생각에 기쁜 나머지 한숨을 쉬는 동시에, 내일 아침이면 틀림없이 또 새로 많은 우편물이 와서 결국 일이 다시 잔뜩 밀릴 것이라 생각하고 풀이 죽는 것이었다.

그러나 이처럼 골치아픈 일만 계속되는 동안에도 숨돌릴 틈이 전혀 없는 것은 아니었다. 즉 그 가운데 한 가지는, 매일 보고서를 만들다 보니 어느 틈에 자기가 그 일을 즐거운 마음으로 하고 있다는 사실을 알고 클랩트리는 얼마쯤 놀랐던 것이다. 그리고 또 한 가지는 매주 어김없이 지폐 한 장 모자라는 일 없이 그의 급료가 든 네모 봉투가 오는 것이었는데, 그것은 반드시 순수하게 기쁘기만 한 순간은 아니었다.

클랩트리는 조심스럽게 봉투 끝을 뜯어 돈을 꺼낸 다음 세어서 낡은 지갑 속에 가지런히 넣었다. 그리고 나서는 언젠가 내일 아침부터 회사에 나오지 말라는 통지서를 받았을 때의 무서운 경우를 생각하면서 손 끝을 봉투 속에 넣어 살펴보았다. 이것은 언제나 싫은 순간으로, 그런 일이 있고 나면 반드시 기분이 나빠지고 가슴이 두근거리며 한동안 다시 일에 몰두한 뒤라야 겨우 가라앉곤 했다.

이윽고 일은 그의 일부가 되었다. 이미 타이프로 친 리스트를 볼 필요도 없었다. 거기 씌어 있는 회사 이름은 그의 머릿속에 뚜렷이 새겨져서, 밤에 잠이 안 올 때면 그 리스트를 두세 번 외면 이상하게도 마음이 가라앉아 잠을 잘 수가 있게 될 정도였다. 그 가운데서도 특히 한 회사의 이름이 그의 주의를 끌었다. '능률 기계주식회사'라는 이름인데, 그 회사는 분명 위기에 처해 있었다. 대폭적인 인사 이동이 있었고, 다른 회사와 합병한다는 소문이 떠돌았으며, 주가가 증권 시장에서 급격히 오르내렸다.

몇 주일이 지나고 몇 달이 되는 동안에 리스트에 있는 어떤 회사의 이름에서나 생생한 개성을 느끼게 되자 클랩트리는 몹시 유쾌했다. 아말가메테드 회사는 차근차근 성공을 거두어 바위처럼 견실했다. 유니버셜 회사는 새 기술의 개척에 바쁘고 성급했다. 나머지 회사들도 모두 그 나름대로……. 그러나 클랩트리의 마음에 드는 것은 뭐니뭐니해도 능률기계회사로, 그는 한두 번이 아니라 여러 차례나 자신이

해야 할 의무보다 더 깊은 관심을 거기에 쏟고 있는 자신을 알아차리고 그때마다 당황하여 마음을 가다듬었다. 어디까지나 객관성이라는 것을 존중해야만 한다. 그렇지 않으면……

그것은 정말 마른 하늘에 날벼락과 같은 일이었다. 그가 여느 때와 다름없이 제 시간에 점심을 먹고 돌아와서 사무실문을 여니, 바로 앞에 고용주가 서 있었다.

"들어오시오, 클랩트리 씨." 그 맑고 가느다란 목소리가 말했다.

"문을 닫고."

클랩트리는 문을 닫고 소리없이 그 자리에 섰다.

"아무래도 나는 뚜렷한 인상을 남에게 주는 모양이오" 하고 그 방문객은 좀 재미있다는 듯이 말했다. "당신까지도 알아보는 것을 보니 말이오. 물론 알겠지요, 내가 누구인지?"

클랩트리의 마비된 감각기관은 툭 튀어나온 큰 구근 같은 눈을 자기에게 고정시키고 있는 사람에게서 탄력있어 보이는 큰 입을 가진 통처럼 키가 작고 동그란 인물이라는 인상을 받았다. 아니, 그보다 그 사나이는 늪 언저리에 여유있게 웅크리고 앉아 있는 개구리와 똑같았고, 자신은 우연히도 재수없게 그 옆에 기어가서 잡아먹히기 직전인 파리와 같다는 생각이 들었다는 편이 더 적당할 것이다.

"아마도" 하고 클랩트리는 떨리는 것을 참으며 말했다. "나를 고용하고 계신 미스터…… 미스터……."

굵은 둘째 손가락이 클랩트리의 옆구리를 간질이듯 쿡 찔렀다.

"급료만 어김없이 지불하고 있으면 이름이야 아무려면 어떻소. 안 그렇소, 클랩트리 씨? 그러나 편의상 조지 스펠빈이라고 해둡시다. 아주 흔한 이름이죠. 당신은 지금까지 스펠빈이라는 이름을 가진 사람을 만나본 일이 있소, 클랩트리 씨?"

"없습니다" 하고 클랩트리는 비참한 기분으로 대답했다.

"그러면 당신은 연극 같은 것을 그리 많이 보러 가지 않는 모양이군요. 그거 참, 다행한 일이오. 말이 나온 김에 하는 말인데, 소설이나 영화에 정신없이 몰두하는 일도 없겠지요?"

"나는 매일 신문을 읽고 있습니다" 하고 클랩트리는 반발했다.

"신문에는 읽을 만한 것이 많지요. 그리고 이 점만은 알아주셔야겠는데요, 스펠빈 씨, 즉 이곳에서 일하고 신문을 읽는 것만으로도 그 밖의 일에 마음쓰기가 그리 쉽지 않습니다. 물론 신문만은 빼놓지 않고 다 읽고 있습니다."

상대방의 커다란 입이 양쪽 끝을 향해 일그러지며 나타난 표정을 클랩트리는 미소라고 생각하고 싶었다.

"그 말이야말로 당신에게 듣고 싶었던 답변이오. 사실이오, 클랩트리 씨. 이건 정말 사실이오! 나는 사실에만 관심을 가진 사람을 원했는데, 지금 한 당신의 말은 처음에 받은 당신의 편지와 마찬가지로 내가 사람을 올바르게 골랐다는 것을 증명해 주었소. 나는 크게 만족합니다, 클랩트리 씨!"

클랩트리는 그제야 몸 속의 피가 혈관으로 힘차게 흐르는 것을 느꼈다.

"정말 고맙습니다, 스펠빈 씨. 나는 열심히 일하고 있습니다만 도무지 뭐가 뭔지…… 좀 앉으시지 않겠습니까?"

클랩트리는 자기 앞에 버티고 서 있는 통 같은 몸체를 끌어안듯이 팔을 돌리며 저쪽에 있는 의자를 제자리로 끌어당기려 했으나 손이 닿지 않았다. 그는 더듬거리며 말했다.

"방이 좀 좁아서요. 물론 이것으로 훌륭합니다만……."

"그럴 테지요, 물론." 스펠빈은 창문 바로 앞까지 물러나서 의자를 가리켰다. "자아, 당신이 앉는 게 좋겠소, 클랩트리 씨, 내가 이렇게 찾아온 용건을 말하는 동안. "

　명령하는 것 같은 손짓의 마력에 조롱당하듯 클랩트리는 비틀거리며 의자에 주저앉았다. 그리고 의자를 빙글 돌려 창문과 그를 등지고 있는 작달막한 사나이 쪽을 보았다.

　"만일 오늘의 보고에 대해 물어보실 게 있다면" 하고 클랩트리는 말했다. "아직 완전히 끝나지 않았습니다만, 그러나 능률기계주식회사가……."

　스펠빈은 냉담하게 그 화제를 뿌리쳤다. 그는 천천히 말했다.

　"그런 것을 이야기하러 온 게 아니오. 내가 지금 당면해 있는 문제의 해답을 찾으러 온 거요. 당신은 그 해답을 찾는 일을 도와줄 수 있으리라 생각합니다. "

　"문제라니요?" 클랩트리는 갑자기 자기가 위대해진 것 같은 느긋한 기분을 맛보았다. "무슨 일이든 도와드리겠습니다, 스펠빈 씨. 내가 할 수 있는 일이라면 힘껏. "

　사나이의 튀어나온 눈알이 그의 눈을 걱정스러운 듯이 들여다보았다.

　"그럼, 묻겠는데, 클랩트리 씨, 사람을 한 명 죽여줬으면 하는데, 어떻겠소? "

　"뭐라고요? 나로서는 도무지 무슨 이야기인지 뜻을 알 수가 없는데요" 하고 클랩트리는 소리쳤다.

　"이렇게 말한 거요. " 스펠빈은 신중하게 한 마디 한 마디 또박또박 끊어서 다시 말했다. "사람을 한 명 죽여줬으면 하는데, 어떻겠소? "

　클랩트리는 멍하니 입을 벌렸다.

　"하지만 나는 할 수 없습니다! 난 못해요, 그런 일은! " 하고 클랩트리는 말했다. "그런 일을 하면 살인자가 될 게 아닙니까! "

　"그렇지요" 하고 스펠빈이 말했다.

"농담이겠지요, 그건?"

클랩트리는 웃으려고 했으나, 굳어버린 목에서 가까스로 나온 것은 헐떡이는 듯한 씩씩거리는 소리에 지나지 않았다. 억지로 웃는 그 가 없은 웃음마저 바로 앞에 버티고 서 있는 돌 같은 얼굴을 대하자 도 중에 쑥 들어가고 말았다.

"정말 죄송합니다, 스펠빈 씨. 죄송합니다, 참으로. 그러나 그런 일을 경솔하게…… 그런 말은 들어본 적도…… "

"클랩트리 씨, 사실을 말하자면 내 이름 내 본명은 당신이 부지런 히 읽고 있는 재계 잡지에 계속 나오고 있소. 나는 끊임없이 파이 에 손가락을 디밀어서 언젠가는 반드시 속에 든 자두를 찾아낼 거 요. 아예 툭 터놓고 말하자면, 나는 당신으로서 도저히 상상할 수 도 없을 정도로――물론 당신도 이따금 그런 꿈을 꾸겠지만―― 큰 부자이며 유력한 사람이오. 적어도 그런 신분에 있는 사람이 하 찮은 농담을 하거나 한낱 고용인과 시시덕거려 쓸데없이 시간을 보 내지는 않소. 나는 바쁜 몸이오, 클랩트리 씨. 만일 나의 부탁에 대답해 줄 수 없다면 분명히 거절하고 뒷일은 나에게 맡겨 주시 오!"

"나로선 할 수 없습니다" 하고 클랩트리는 연약하게 말했다.

"곧 그렇게 말했어야지" 하고 스펠빈은 말했다. "그리고 나를 화 나게 하지 말아야 하오. 솔직히 말해서 당신이 즉석에서 응하리라고 는 나도 생각지 않았고, 만일 그렇게 했다면 나는 사람을 잘못 보아 도 이만저만 잘못 본 게 아니라고 생각했을 거요. 알겠소, 클랩트리 씨, 그런 질문이 단 한 번도 침입할 여지가 없었던 당신의 평온무사 한 생활이 나로서는 부럽소. 아니, 정말이오. 나는 부자가 되기까지 의 경력 중에서 단 한 가지 오점이라 할 수 있는 실수를 저지르고 말 았소. 그것이 시간이 흐르는 동안 잔인하고 빈틈없고 위험성을 잔뜩 지닌 어떤 사나이에게 발각되어, 그 뒤로 줄곧 나는 그 사람이 하라는 대로 움직이게끔 되어버렸소. 즉 그 사나이는 공갈범이오. 자기가 파는 물건에 너무 비싼 값을 매겨서 결국 스스로 그 댓가를 치르지 않을 수 없는, 다시 말해서 자기 무덤을 자기가 파는 그런 흔해빠진 공갈자에 지나지 않는 거요."

"당신은 그 사나이를 죽일 작정입니까?" 클랩트리는 쉰 목소리로 말했다.

스펠빈은 터질 것처럼 부푼 머리를 흔들며 엄격하게 항의했다.

"내겐 내 손바닥에 앉은 파리를 죽일 용기도 없소. 솔직히 말해서 클랩트리 씨, 나는 아무래도 폭력을 휘두르는 일은 할 수 없는 성질이오. 이것은 여러 가지 뜻에서 괜찮은 일이긴 해도 지금 이러한 경우에는 너무 힘에 겨워서…… 왜냐하면 아무래도 그 사나이를 죽여야 하니까요." 스펠빈은 한숨을 쉬었다. "그렇다고 해서 이것이 돈을 주고 살인청부업자에게 부탁할 일은 아니오. 만일 임시변통으로 그런 자에게 부탁하게 되면 요컨대 한 사람의 공갈자를 처치하고 또 다른 공갈자를 얻게 되는 셈이므로 아무리 생각해도 좋은 방법이 아니오." 스펠빈은 또 한숨을 쉬었다. "그러니 클랩트리 씨, 결론은 단 한가지밖에 없다는 걸 당신도 알겠지요? 즉 그 골치아픈 녀석을 처치하는 책임은 오로지 당신 어깨에 걸려 있는 거요."

"나에게요!" 클랩트리는 큰 소리로 말했다. "대체 어떻게 내가 그런 일을…… 당치도 않습니다!"

"글쎄, 어떨까요" 하고 스펠빈은 무뚝뚝하게 말했다. "당신은 뻔히 알면서도 자신을 궁지에 몰아넣고 있는 것 같군요. 다시 돌이킬 수 없는 곳까지 가버리기 전에, 클랩트리 씨, 만일 당신이 나의 부탁을 들어주지 않겠다면 오늘 이곳을 나간 뒤 다시는 출근할 필요가 없다는 것을 분명히 말해 두겠소. 나는 자기의 책임을 다할 수 없는 직원을 너그럽게 보아줄 수가 없으므로……."

"너그럽게 보아줄 수가 없다고요!" 하고 클랩트리는 말했다. "그건 너무합니다, 스펠빈 씨. 그건 너무……나는 이렇게 열심히 일하고 있는데……."

안경이 흐릿하게 흐려졌다. 그는 그것을 벗어 잘 닦은 다음 다시 코 위에 올려놓았다. "게다가 나에게 그런 비밀을 털어놓으시다니, 나로서는 전혀 알 수 없는 일입니다. 이것은." 그는 당황하며 덧붙였다. "이것은 경찰이 해결할 문제입니다!"

놀랍게도 스펠빈 씨는 저래도 괜찮을까 여겨질 만큼 얼굴이 새빨개져서 온 몸을 흔들며 웃음 소리를 온 방 안에 퍼뜨렸다.

"용서해 주시오." 이윽고 그는 헐떡이며 가까스로 말했다. "용서해 주시오. 나는 다만 당신이 경찰에 출두하여 나의 고용주가 이렇게 도리에 벗어난 말을 했다면서 묘한 얼굴로 일러바치는 장면을 상상해 보았을 뿐이오."

"오해하지 마십시오. 나는 협박하고 있는 것이 아닙니다, 스펠빈 씨. 나는 다만……" 하고 클랩트리는 말했다.

"나를 협박한다고? 당신이? 그거 참, 클랩트리 씨, 대체 당신과 나 사이에 어떤 관련이 있다고 생각하는지 말해 보시오."

"관련이라고요? 나는 당신이 고용한 고용인이 아닙니까? 여기 이렇게 방까지 마련해 주시고……."

스펠빈 씨는 부드럽게 미소지으며 말했다.

"참 어리석은 망상이오. 누가 보나 당신은 나 같은 사람과는 도저히 관계있어 보이지 않는 정체불명의 일을 하고 있는 작자요."

"하지만 나를 고용한 것은 당신이 아닙니까, 스펠빈 씨! 나는 구인 광고를 보고 이력서를 써서……."

"분명히 그렇긴 하오." 스펠빈은 말했다. "그러나 유감스럽게도 응모 기한은 그전에 이미 마감이 되었었소. 내가 공손한 거절 편지에서 당신에게 설명한 것처럼. 왜 그렇게 묘한 표정을 짓고 있지요, 클랩트리 씨? 당신 편지와 거기에 대한 나의 거절 편지의 사본을 분명히 함께 묶어 서류철에 보관해 두었으므로, 필요할 때면 언제든지 내보일 수 있게 되어 있소."

"하지만 이 사무실이…… 이 방 안의 것과 여기서 받고 있는 신문이며 잡지는……!"

스펠빈은 정중하게 머리를 내저으며 말했다.

"클랩트리 씨, 당신은 단 한 번이라도 매주 받는 수입의 출처를 의심해 본 일이 있소? 이 빌딩의 지배인에 대해서도, 이 방 안에 있는 물건을 판 장사꾼에 대해서도, 이곳에서 받고 있는 신문이며 잡지를 내고 있는 출판사에 대해서도, 이 사무실 주인이 누구냐 하는 문제는 아무도 당신만큼 중요시하고 있지 않소.

물론 당신의 이름으로 된 편지와 거기에 동봉한 돈만으로도 지금까지 해온 일이 좀 변칙적이라고는 생각하오.

그러나 나도 두려워할 건 하나도 없소. 장사꾼이란 돈만 제대로 지불해 주면 그뿐, 다른 일은 조금도 염두에 두지 않으니까요."

"하지만 나의 보고서는!" 하고 클랩트리는 그제야 자기가 대체 누구인가 하는 문제가 심각하게 걱정되기 시작하여 소리쳤다.

"분명히 보고서라는 것은 있소. 즉 그것은 이렇게 된 거요. 발명의 재주가 뛰어난 클랩트리 씨는 내가 보낸 서설의 편지를 받자 그럼 자기도 독립해야겠다고 결심했소. 그리고 당신은 경제계 정보 통신이라는 일을 생각해 내고, 나에게까지 그 통신을 구독시키려고 한 것이오! 물론 나는 딱 잘라 거절했지요. 처음에 당신이 보낸 정보 통신과 거기에 대한 나의 거절 편지가 분명히 보관되어 있소. 당신은 어리석은 자의 집념으로 도무지 단념하려들지 않았소. 어리석은 자라고 말한 까닭은, 그런 통신은 나에게 전혀 쓸모가 없기 때문이오, 나는 그 통신에 나오는 회사들과는 아무 관계도 없으므로 당신이 왜 그렇게 잘못 생각하고 있는지 전혀 알 수가 없소. 사실 아무래도 클랩트리라는 사나이는 괴짜 중에서도 가장 정도가 심한 자가 아닌가 하는 생각이 들었지만, 그런 일에는 숙달이 되어 있었으므로 더 이상 상대하지 않고 매일 보내져오는 것을 받자마자 곧 찢어 없애기로 하고 있었던 거요."

"찢어없앴다고요 !" 클랩트리는 멍해져서 말했다.

"그렇다고 해서 불평할 수는 없을 텐데요 ?" 하고 스펠빈은 조금 머뭇거리며 말했다. "당신같은 성격의 사람을 찾아내기 위해서 광고에는 아무래도 부지런하고 착실한 사람이어야 한다는 조건을 내세울 필요가 있었던 거요. 그렇게 말한 이상 열심히 일하는 데 대한 댓가를 지불해주는 것은 나의 의무라고 하더라도, 그 결과를 어떻게 처분하건 당신에겐 아무 관계가 없는 일이라고 생각합니다."

"나와 같은 성격……." 클랩트리는 그 말을 되뇌며 절망적으로 말했다. "살인을 하기에 알맞다는 말인가요 ?"

"그렇고말고요."

커다란 입이 꽉 다물어져 불길함을 느끼게 했다.

"좀더 잘 알아들을 수 있게 말해 줄까요, 클랩트리 씨 ? 즐거움도 되고 도움도 되는 일이어서 지금까지 살아오는 동안 나는 인간에 대해 자세히 관찰해 보았소. 마치 과학자가 현미경으로 벌레를 관찰하듯, 그리하여 나는 하나의 결론에 도달했소. 내게 오늘날의 성공을 가져다준 그 결론이란 다음과 같소. 즉 인간이라는 동물의 대다수에게 있어 중요한 것은 동기나 결과가 아니라 자기에게 주어진 역할이라는 사실이오.

내가 낸 광고는 클랩트리 씨, 그런 인간을 한 사람 고용하는 게 목적이었소. 그것도 틀에 박혀 있는 사람을. 그 광고에 응모하는 편지를 보냈을 때부터 지금까지 당신은 한 번도 나의 기대를 저버리지 않았소. 동기도 결과도 염두에 두지 않고 오로지 맹목적으로 자기에게 주어진 역할만을 수행해 왔소. 그래서 이번에는 살인이 당신의 역할이 된 셈이오. 특히 이번에는 동기도 설명하고 결과까지 분명히 일러 주었소. 지금까지 해왔던 것처럼 주어진 역할을 성실하게 이행하든가, 아니면 모처럼의 일을 허사로 돌리든가, 둘 중의 하나요."

클랩트리는 분명히 소리쳤다. "일이라고요! 감옥 속에 들어가 앉아 있는 것이 무슨 일입니까! 교수형을 당할 사람에게 무슨 일입니까!"

"아니, 아니지요." 스펠빈은 조용히 말했다. "내가 나 자신까지 말려들어갈지도 모르는 함정에 당신을 빠뜨릴 것 같소? 당신은 지금 머리가 어떻게 된 게 아니오? 그렇지 않다면 당신의 안전은 내 몸의 안전이나 다름없다는 것쯤 분명히 알아줘야 하잖소. 그리고 그 안전을 보증하기 위해서는 당신을 이 사무실에 두고 일에 열중하도록 하는 것이 상책이라는 것을 잘 알고 있어야 하오."

"가명을 쓰고 시치미 뚝 떼고 하는 일이니까 서슴없이 그런 말을 하겠지요!" 클랩트리는 원망스러운 듯이 말했다.

"이걸 알아야 하오, 클랩트리 씨, 현재의 내 지위로 보아 나의 정체를 폭로하는 것은 조금도 어려운 일이 아니오. 그러나 동시에 이렇게 말할 수도 있소. 만일 당신이 나의 부탁을 듣고 실행하면, 그때부터 당신은 범죄자이므로 되도록 남의 눈에 띄지 않아야 하오. 반대로 나의 부탁을 듣지 않는다면 미리 말해 두지만, 어느 쪽을 택하느냐 하는 것은 완전히 당신의 자유요. 당신이 나를 어떤 위치로 몰아붙이든 당신은 위험한 입장에 설 뿐이오. 이 세상에서 당신과 나의 관계를 알고 있는 사람은 아무도 없소. 그리고 지금까지 나를 협박해 왔으며, 그 때문에 이제 나의 밥이 되어야 할 협박자의 일도 아무도 모르오. 다시 말해서 그 사람이 죽든 당신이 나를 고발하든 나에게는 아무 영향도 미치지 않는단 말이오, 클랩트리 씨.

나의 정체를 알아내는 것은 지금 말했듯이 어려운 일이 아니오. 그러나 클랩트리 씨, 그것을 미끼로 하여 뭔가 내게 수작을 걸면 감옥이나 정신병원에 들어가게 될 것이오."

클랩트리는 자기 기력의 마지막 한 방울이 허공으로 날아가버리는 것을 느꼈다.

"모든 것이 계획적이었군요."

"그렇소, 모든 것이 계획적이지요. 당신을 이 계획에 끌어들인 뒤부터 목적을 향해 그 계획을 착착 진행시키고 있을 뿐이오. 그러나 그러기 전에 나는 깊이 생각하고, 검토하고 또다시 연구하여 완전한 것으로 만들었소. 이를테면 이 방, 지금 내가 있는 이 방도 나의 목적에 꼭 맞는 것을 발견하기까지 꽤 오랫동안 애를 써서 찾았지요. 가구와 도구류들도 이 목적에 맞는 것으로 골라 이런 식으로 배치한 거요. 어떻게 했느냐고요? 그건 이렇소.

당신이 거기 그렇게 앉아 있으면 이 방을 찾아온 손님은 아무래도 이 자리에 지금 내가 있는 이 자리에 갇히게 될 것이오. 그 손님이란 물론 아까 말한 사나이오. 그 사나이는 들어와서 이곳에 설 거요. 열어놓은 창문을 뒤로 하고. 그리고 그는 당신에게 친구가 맡기고 간 봉투를 달라고 할 것이오. 그러면 이 봉투를……."

스펠빈은 봉투를 책상 위로 던져주었다.

"당신은 책상 속에서 꺼내어 그에게 주어야 하오. 그러면 그 사나이는 언제나 취하는 태도를 결코 바꾸지 않는 사람이니까 그 점에 대해서도 이미 연구가 끝났소. 틀림없이 그것을 윗옷 안주머니에 넣으려고 할 거요. 그러면 그때를 노려서 힘껏 떠밀면 상대방은 단번에 창문 아래로 떨어져버릴 것이오. 모두 해서 1분도 채 걸리지 않을 거요. 그렇게 하고 나서 곧……." 스펠빈은 조용히 말을 이었다. "당신은 창문을 닫고 하던 일을 계속하는 거요."

"누군가가…… 경찰이……." 클랩트리는 작은 목소리로 속삭였다.

스펠빈은 말했다.

"발견하겠지요, 가엾게도 그곳 계단을 끝까지 올라가 옥상에서 떨어져 죽은 남자의 시체를. 그 가엾은 사나이의 안주머니에서는 이 슬픈 사건의 동기를 설명하고, 이런 일을 하여 주변 사람들에게 폐를 끼쳐 죄송하다는 변명——자살이라는 것은 변명에 도움이 되는 구실이니까요, 클랩트리 씨——과 조용히 평화로운 무덤에 묻어달라는 부탁의 말을 깨끗이 타이프로 친 유서가 나올 것이오. 그리고……."

스펠빈은 기도하듯 두 손 끝을 마주 합쳤다.

"유서에 있는 마지막 부탁은 어김없이 이루어질 거요."

"하지만 만일" 하고 클랩트리는 말했다. "만일 어쩌다 잘못되면? 그 사나이가 그 자리에서 봉투를 뜯어 안에 든 것을 꺼내어 본다면? 아니면…… 그와 비슷한 일이 생긴다면?"

스펠빈은 어깨를 으쓱했다.

"그러면 그 사나이는 잠자코 이 방을 나와 나중에 직접 나에게로 담판하러 올 것이오. 알겠소, 클랩트리 씨? 그런 일을 하는 자들은 상대방에게서 이런 말을 듣는 일이 좀처럼 없기 때문에, 그런 일을 당했을 경우에는 농담으로 돌리고 웃어버리는 것이 보통이오. 그렇지 않으면 황금알을 낳는 거위를 죽이게 되는 결과를 가져오게 되니까. 아니, 클랩트리 씨, 만일 지금 당신이 말한 일이 현실적으로 일어난다면, 그것은 즉 내가 함정을, 좀더 교묘한 함정을 다시 파놓아야 할 필요가 생길 뿐이오."

스펠빈은 주머니에서 커다란 회중시계를 꺼내 들여다보더니 다시 집어넣었다.

"자아, 그만 가볼까. 당신과 이야기하고 있는 것이 지루해서가 아니라, 지금 말한 그 사나이가 머지않아 이곳에 모습을 나타낼 것이기 때문이오. 뒷일은 당신의 판단에 맡기겠소. 조심해야 할 것은 단 하나, 그 사나이가 찾아왔을 때 이 창문이 활짝 열려 있는 일이오."

스펠빈은 창문을 들어올려 활짝 열어놓고 되었다는 듯이 고개를 끄덕이며 아래를 내려다 보았다.

"봉투는 서랍 속에." 그는 서랍을 열고 봉투를 넣은 다음 다시 꼭 닫았다. "어떻게 할 것인가, 일이 닥쳐왔을 때 어느 쪽을 택할 것인가는 당신의 자유요."

"자유? 하지만 그 사나이는 봉투를 달라고 하기 위해 오는 거라고 당신이 방금 말하지 않았습니까!" 클랩트리는 나무라듯이 말했다.

"그야 그렇게 말하겠지요, 달라고. 그러나 그런 것은 모른다고 말하면 그는 잠자코 돌아가서 나중에 나에게 연락을 취할 거요. 만일 그렇게 되면 결과적으로 당신과 나의 고용관계는 끊어진 것으로 알아주기 바라오."

스펠빈은 문 앞까지 가서 문손잡이에 손을 대었다.

"그러나 만일 그 사나이가 나 있는 곳으로 오지 않으면, 그것은 당신이 임시 채용의 시험 기간을 마치고 유능하고 충실한 고용인이라는 신용을 확보하는 게 되는 거요."

"하지만 보고서를…… 찢어서 버린다고……." 클랩트리는 말했다.

"물론이지요." 하고 스펠빈은 조금 놀란 듯이 말했다. "그러나 당신은 지금까지 해온 것처럼 꼬박꼬박 보고를 해주면 되는 거요. 다시 말해 두지만, 당신의 보고서 내용이 나에게 무의미하건 말건 그것은 문제가 되지 않소, 클랩트리 씨. 그것은 형식적인 일이니까. 이 형식적인 일을 당신이 지키는 것이야말로 아까도 말했듯이 나의 안전을 보증하는 최선의 길이지요."

문이 열리고 또 소리도 없이 닫히자 클랩트리는 그 방에 혼자 남게 되었다.

이웃 빌딩의 그림자가 무겁게 책상 위에 그림자를 던지고 있었다. 클랩트리는 손목시계를 들여다보려다가 이제 방이 어두워져 문자판을 읽을 수 없다는 것을 알고 머리 위의 전등 끈을 잡아당기려고 일어섰다. 그때 문을 크게 노크하는 소리가 들렸다.

"들어오시오" 하고 클랩트리는 말했다.

문이 열리고 두 개의 그림자가 나타났다. 한 사람은 자그마하고 단정한 사나이였으며, 또 한 사람은 키가 큰 순경으로 같이 온 사나이를 위압하듯 서 있었다. 자그마한 사나이가 안으로 들어와 요술쟁이가 모자 속에서 토끼를 꺼내는 것 같은 손짓으로 큰 지갑을 꺼내 잠깐 열어 안에 있는 카드를 보인 다음 곧 접어서 다시 주머니에 넣었다.

"경찰입니다. 샤프 부장이라고 합니다." 그 사나이는 짤막하게 말했다.

"아아, 그렇습니끼?" 클랩드리는 징궁하세 고개를 끄덕이며 말했다.

"일을 방해하여 죄송합니다만 몇 가지 물어 볼 일이 있어서……." 작은 사나이는 빠른 어조로 말했다.

그것이 신호인 듯 몸집 큰 순경이 꼭 요령만을 적기에 알맞아 보이는 수첩과 연필을 가지고 들어와서 곧 받아쓸 수 있게끔 준비를 갖추었다.

클랩트리는 안경 너머로 그 수첩과 작은 사나이를 바라보았다.

"네 네, 물어보십시오. 뭐든지 상관없습니다, 조금도."

"클랩트리 씨지요?" 하고 작은 사나이가 말했다.

클랩트리는 깜짝 놀랐으나 곧 문에 자기 이름이 씌어 있다는 것을 생각해 내고는 "네" 하고 대답했다.

샤프는 차가운 눈초리를 흘끔 그에게 던지더니 경멸하는 듯한 시선으로 방 안을 휘둘러보았다.

"당신 사무실입니까?"

"네."

"오후에 줄곧 여기 계셨습니까?"

"1시부터 줄곧. 12시에 식사를 하고 1시 정각에 돌아오지요."

"틀림없이……." 샤프는 자기 어깨 너머로 턱을 치켜올렸다.

"저, 문은 낮부터 계속 열려 있었겠지요?"

"일을 하는 동안에는 늘 닫아두고 있습니다."

"그럼, 누가 계단으로 저 복도 어딘가에 올라왔다 하더라도 이 방에서는 보이지 않겠군요?"

"네, 보이지 않겠지요, 나의 눈에는." 클랩트리는 말했다.

샤프는 책상을 보고 무의식적으로 엄지 손가락을 턱으로 가져갔다.

"혹시 창 밖을 내다보고 계시지 않았습니까?"

"그거야…… 일하는 동안에는 내다볼 틈이 없어서……." 클랩트리는 말했다.

"그럼, 점심때가 지난 다음 창문 밖에서 무슨 소리가 들리지 않았습니까? 그러니까 예사롭지 않은 무슨 소리가 들리지 않았습니까?" 하고 샤프는 말했다.

"예사롭지 않은 소리라고요?" 클랩트리는 애매하게 말했다.

"고함 소리 말입니다. 누가 외치는 소리. …… 들리지 않았습니까?"

클랩트리는 미간을 찌푸렸다.

"그러고 보니 들렸습니다, 네. 그렇게 오래되지 않았는데, 분명히 들렸습니다. 누군가가 깜짝 놀란 듯한, 겁을 먹은 듯한 꽤 큰 소리였지요. 이곳은 언제나 조용하므로 싫어도 들리게 마련이지요."

샤프는 어깨 너머로 천천히 수첩을 접고 있는 동료 경관에게 고개를 끄덕여보였다.

"그럼, 이야기가 맞아들어가는군. 그 사람은 뛰어내리는 순간에 마음이 변하여 줄곧 무서운 고함을 지르며 떨어진 걸세. 아니……." 샤프는 클랩트리 쪽으로 돌아서며 절대적인 신뢰를 갖고 진상을 털어놓았다. "당신도 알 권리가 있을 겁니다. 이렇게 폐를 끼쳐드렸으니까요. 약 한 시간 전에 어떤 사나이가 옥상에서 거꾸로 뛰어내렸습니다. 주머니 속에 든 유서로 자살임이 분명해졌지만, 일단 조사해 보는 것이 우리의 임무니까요."

"그 사나이가 누구인지 아셨습니까?" 클랩트리가 말했다.

샤프는 어깨를 으쓱해보였다.

"괴로움을 지나치게 짊어진 사람들이 흔히 있는 법입니다. 젊고 잘 생기고, 입고 있는 옷도 고급이었지요. 다만 납득이 안 가는 것은 그렇게 좋은 옷을 입을 만큼 여유있는 사람에게도 견딜 수 없는 괴로움이 있었다니, 그것이 무엇일까 하는 점입니다."

제복을 입은 순경이 비로소 입을 열어 윗사람을 대하는 어조로 말했다.

"그가 남긴 유서로 보건대 조금 정신이 돈 사람이 아닐까요?"

"그런 식으로 죽으려면 조금 정신이 돌지 않고서는 안될 거야." 샤프가 말했다.

"부장님은 정말 냉정하시군요" 하고 순경은 찬탄하듯이 말했다.

샤프는 문의 손잡이를 잡고 잠깐 망설이더니 클랩트리를 향해 말했다.

"실례했습니다. 기분 좋은 일은 아닙니다. 아무튼 당신은 어떤 뜻으로는 운이 좋았다고 할 수밖에 없습니다. 아래층에서는 그 사나이가 바로 이 방 창문에서 떨어지는 것을 보았다는 여자아이가 몇 있었으니까요."

샤프는 문을 닫으며 한쪽 눈을 찡긋해 보였다.

클랩트리는 무거운 구두 소리가 완전히 사라질 때까지 우두커니 서서 닫힌 문을 바라보고 있었다. 이윽고 의자에 앉아 책상 쪽으로 바싹 끌어당겼다. 잡지며 편지지가 좀 난잡하게 책상 위에 흩어져 있었다. 그는 그 잡지를 차곡차곡 귀가 맞도록 쌓아놓았다.

클랩트리는 펜을 들자 펜촉을 잉크 병에 담그며 또 한 손으로는 자기 앞에 놓인 종이의 위치를 바로잡았다. 그리고 그는 신중하게 써내려갔다.

"능률기계주식회사는 두드러지게 경영 개선의 징후를 나타내며……."

크리스마스 이브의 흉사

　아직 어렸을 때 나의 눈에는 벨람 저택이 굉장히 인상적으로 비쳤었다. 당시 새로 지은 저택은 어디를 보나 눈부시게 빛나고 있는 것 같았다. 빅토리아 왕조풍의 기와, 벽의 돋을새김, 색유리…… 이러한 것들이 혼돈과 뒤얽혀 거대한 기억의 퇴적을 이루어 한눈에 도저히 전체의 모습을 볼 수가 없었다. 그러나 올해 크리스마스 이브의 황혼 무렵 그 앞에 서 있는 내 가슴에 이미 지난날의 인상은 조금도 남아 있지 않았다. 그 번쩍거림은 퇴색한 지 이미 오래였고 목조 부분도 유리도 금속도 모두 음울한 잿빛으로 변했다. 햇빛을 가리기 위해 커튼을 쳐놓은 창문은 마치 지나가는 사람들을 흰 눈으로 흘겨보고 있는 것 같았다.

　지팡이로 두드리니 셀리아가 문을 열었다. 그녀는 말했다.

　"바로 손 밑에 초인종이 있는데……."

　셀리아는 어머니의 장롱 속에서 꺼낸 것으로 보이는, 역시 시대에 뒤떨어진 주름이 많은 검은 드레스를 입고 있어서 전보다 더 캐틀린, 즉 죽은 그녀 어머니의 만년의 모습과 닮아 보였다. 뼈가 앙상한 몸매, 꼭 다문 입술, 이마의 주름살이 다 펴질 정도로 꼭 잡아당겨서 묶은 머리에는 거의 빛깔이 없다. 그녀는 잘못하여 건드리기라도 하면 누구든지 물어뜯을 것처럼 버티고 있는 강철로 만든 덫을 연상케 했다.

"나는 알고 있소, 셀리아, 초인종에 전선이 이어져 있지 않다는 것을."

나는 그녀의 앞을 지나 부지런히 안으로 들어갔다. 돌아보지 않아도 그녀가 무서운 눈초리로 나를 노려보고 있다는 것을 알 수 있었다. 그녀는 화가 난 듯 경멸하는 것처럼 코를 킁킁거리며 문을 거칠게 닫았다. 순간 음침한 어둠이 깔리며 메마르고 황폐한 냄새가 목으로 밀려들었다. 나는 벽의 스위치를 더듬었는데, 곧 셀리아가 날카롭게 나무라는 소리가 들려왔다.

"안돼요, 불을 켜선 안돼요!"

나는 어둠 속에 허옇게 보이는 상대방의 얼굴을 들여다보며 말했다.

"셀리아, 연극 같은 짓은 질색이오."

"우리집에는 불행이 있어요, 당신도 아실 텐데요."

"물론, 그러나 아무리 연극을 해보여도 나에겐 통하지 않소" 하고 나는 대답했다.

"올케가 죽었어요, 나와 아주 친했던 사람이……."

나는 어둠 속에서 한 발자국 그녀 쪽으로 다가서서 지팡이 끝을 그녀의 어깨에 걸쳤다. "셀리아, 당신 집안의 고문변호사로서 한 마디 주의를 해두겠소. 그야 사인에 관한 심문이 끝나고 당신은 완전히 깨끗한 몸이 되었소. 그러나 당신이 들으라는 듯이 중얼거리는 고인 추도의 말을 단 한 마디라도 그대로 받아들이는 사람은 앞으로 아무도 없을 것이오. 그 사실을 알아둬야 하오, 셀리아."

그녀가 갑자기 뒤로 물러섰으므로 나는 하마터면 지팡이를 떨어뜨릴 뻔했다.

"그런 말을 하러 일부러 오셨나요?"

"나는 당신의 남동생이 만나고 싶어하지 않을까 하여 온 것이오. 말이 나온 김에 말하겠지만, 기분 나빠하지 마오. 내가 그 사람과 이야기하는 동안 당신은 다른 곳에 가 있는 것이 좋을 거요. 떠드는 것은 딱 질색이니까."

"그렇다면 당신이 그를 가까이 하지 않는 것이 좋을 텐데요!" 하고 그녀는 큰 소리로 말했다. "그 아이는 심문에 입회했어요. 그는 나의 혐의가 풀려지는 것을 자기 눈으로 직접 확인했단 말이에요. 머지않아 나에게 품은 좋지 않은 감정도 없어질 거예요. 하루라도 빨리 그렇게 될 수 있도록 그 아이를 가까이하지 말아요."

그녀는 분노의 감정이 나타낼 수 있는 가장 험악한 징후를 보이고 있었다. 나는 그 기세를 꺾기 위해 몸을 홱 돌려 한 손으로 어두운 계단의 난간을 잡으며 올라가기 시작했다. 그러나 그녀는 필사적으로 매달리며, 나에게 말하는 것이 아니라 마치 삐걱거리는 발 밑의 계단 소리와 내기라도 하듯 커다랗고 기분나쁜 목소리로 말했다.

"만일 그 아이 쪽에서 사과하면 나는 용서해 주겠어요. 처음에는 용서해 줄 수 있을지 어떨지 나도 알 수 없었지만, 이제는 분명하게 깨달았어요. 너그러운 마음으로 저의 갈 길을 밝혀 주십사고 하느님께 기도를 드렸더니, 인생은 짧은 것이므로 그렇게 사람을 미워하면 안된다는 계시가 있었어요. 그러니 그 아이 쪽에서 숙이고 들어오면 나는 용서해 주겠어요."

계단 맨 위에 이르렀을 때 나는 갑자기 발이 걸려 하마터면 엎어질 뻔했다. 나는 허둥지둥 일어서며 소리쳤다.

"불을 켜지 않으려거든 셀리아, 하다못해 다니는 길이라도 깨끗이 치워두는 게 어떻소. 왜 이런 것을 이런 데 내동댕이쳐두는 거요?"

그녀는 한숨을 쉬며 말했다.

"그것은 모두 제시의 거예요. 괜히 찰리의 눈에 띄게 되면 또 생각이 나서 괴로워할테니까 이렇게 하는 것이——모두 밖에 내던져두는 것이 좋아요."

그러더니 그녀의 목소리가 경계하는 빛을 띠었다.

"하지만 당신은 그런 일을 찰리에게 말하지는 않겠지요? 그런 쓸데없는 말은 하지 않겠지요?"

그녀는 도망치려는 나의 귓가에 대고 끈질기게 같은 말을 되풀이할 때마다 목소리가 한층 높아져, 가까스로 찰리의 방으로 들어가 손을 뒤로 돌려 문을 닫았을 때는 마치 끽끽 울어대며 머리 둘레를 날아다니는 박쥐를 간신히 쫓아버린 듯한 기분이 들었다.

다른 방과 마찬가지로 찰리의 방도 빈틈없이 커튼을 쳐놓았다. 그러나 머리 위의 샹들리에에 켜져 있는 단 하나의 전구 빛이 한순간 나의 눈을 현혹시켰으므로 두 번이나 다시 본 뒤에야 겨우 침대에서 몸을 내밀어 한쪽 팔꿈치를 눈 위에 올려놓은 찰리의 모습이 눈에 띄었다. 그는 천천히 일어나서 나를 쳐다보았다. 잠시 뒤 그는 턱으로 문 쪽을 가리키며 말했다.

"으음——누님은 당신에게도 불을 켜주지 않았군요?"

"그렇다네" 하고 나는 말했다. "그러나 길은 알고 있지."

"그녀는 두더지 같답니다" 하고 그는 말했다. "어둠 속에서 내가 밝은 곳을 걸어돌아다니는 것보다 더 잘 돌아다니지요. 그렇게라도 하지 않는 한 거울에 비치는 내 모습을 보고 무서워서 기절할 테지요."

"아아" 하고 나는 말했다. "그녀는 몹시 깊이 생각하고 있는 모양이더군."

그는 강치 (물개과에 속하 는 바다짐승)가 우는 것 같은 짧고 날카로운 웃음 소리를 내 었다.

"그것은 그녀가 아직도 자신의 죄에 대해 겁을 먹고 있다는 증거지 요. 지금 그녀가 하는 말이란 자기가 제시를 얼마나 사랑했는지 모 르며, 그런데 그만 죽어서 얼마나 슬픈지 모른다는——이 두 가지 뿐입니다. 틀림없이 그녀는 지겨울 정도로 똑같은 말을 되풀이하면 모두가 믿어줄지도 모른다고 생각하고 있을 겁니다. 앞으로 두고 보면 알겠지요."

나는 모자와 지팡이를 침대 위에 집어던지고 그 옆에 코트를 놓았 다. 그리고 담배를 꺼내어 상대방이 성냥을 찾아 불을 붙여주기를 기 다렸다. 그의 손이 몹시 떨려 성냥불이 잘 켜지지 않았으므로 그는 투덜투덜 입 속으로 자기에게 화를 냈다. 그리고 나서 나는 천천히 연기 구름을 천장으로 뿜어내며 잠자코 기다렸다.

찰리는 셀리아보다 다섯 살 아래일 텐데, 지금 그의 모습을 보니 오히려 그가 더 나이들어 보여 깜짝 놀랐다. 머리카락은 누이와 마찬 가지로 희끄무레하니 거의 무색에 가까웠으며, 백발이 되어가고 있는 것인지 어떤지 구별할 수가 없었다. 그의 볼은 멋진 은백색 귀밑털로 덮였고, 눈 밑에는 검푸른 피부가 축 늘어져 있었다. 셀리아는 웬만 해서는 휠 것 같지 않은 튼튼한 철근 같은 등뼈가 한 가닥 있는데, 찰리는 서 있든 앉아 있든 마치 금방이라도 앞으로 쓰러지지나 않을 까 생각될 정도로 힘없이 어깨를 축 늘어뜨리고 있었다.

그는 나를 쳐다보며 입 양쪽으로 늘어진 수염을 비틀었다.

"내가 왜 당신을 만나고 싶어하는지 알고 계시지요?"

"대개 짐작은 가네. 그러나 일단 자네 입을 통해서 듣고 싶군" 하 고 나는 말했다.

"솔직히 말하지요, 셀리아에 대한 일입니다. 그녀에게 당연히 걸어야 할 길을 걷게 하는 겁니다. 감옥쯤으로는 안됩니다. 정의로운 법의 손이 그녀를 붙잡아서 교살하는 그것을 이 눈으로 보고 싶습니다!" 하고 그는 말했다.

타버린 담뱃재가 바닥에 떨어졌으므로 나는 구두로 그것을 정성껏 융단 속에 비벼넣었다.

"자네는 심문에 입회했지, 찰리? 그 결과는 자네도 보았을 걸세. 셀리아의 혐의는 벗겨졌네. 다른 증거가 나오지 않는 한 그녀를 죄에 빠뜨릴 수 없어."

"증거라고요? 어떻게 그 이상의 증거가 있을 수 있다는 겁니까? 계단 위에서 두 사람은 몹시 말다툼을 하고 있었습니다. 셀리아는 제시의 소매를 붙잡고 밀어뜨려서 죽였습니다. 훌륭한 살인 아닙니까? 안 그렇습니까? 계단이 가까이 없었으면 닥치는 대로 권총이나 독약을 사용했을 겁니다. 그런 것을 써서 살인한 것과 무엇이 다릅니까?"

나는 지루한 듯이 그 자리에 있는 가죽의자에 앉아 타서 재가 된 잎담배 끝의 새로운 재를 들여다보았다.

"법률적인 측면에서 설명하지." 나는 마치 잘 익혀둔 공식을 외듯 단조로운 목소리로 말했다. "첫째, 목격자가 한 사람도 없네."

"나는 제시가 비명을 지르며 계단으로 굴러떨어지는 소리를 들었습니다. 그리고 내가 방에서 튀어나가보니 마침 셀리아가 자기 방문을 쾅 닫는 소리가 났습니다. 그녀는 제시를 밀어서 떨어뜨려놓고 생쥐처럼 구멍 속으로 도망친 겁니다" 하고 그는 내가 하는 말에는 귀도 기울이지 않고 말했다.

"그러나 자네는 아무것도 본 게 없네. 셀리아의 말에 의하면 자기는 그 자리에 없었으며, 또 달리 목격자도 없었다고 하더군. 즉 셀리아의 말과 자네의 말은 서로 같은 걸세. 아무튼 자네는 목격자가 아니잖나. 단순한 사고였는지도 모르는 일을 살인사건으로 꾸며낼 수는 없지."

그는 천천히 머리를 내저으며 말했다.

"당신은 내가 하는 말을 믿지 않는군요. 당신은 내 말을 진심으로 믿고 있지 않군요. 하기야 내 말을 그대로 믿는다면 당장 이 방을 나가 다시는 보려고 하지 않을지도 모르지만."

"믿든 안 믿든 그런 것은 문제가 아닐세. 나는 다만 법률적인 견해를 말하고 있을 뿐이니까. 동기는 어떤가? 제시를 죽여서 셀리아에게 무슨 이득이 있겠나? 돈이나 재산이 목표가 아니라는 것은 분명하네. 그녀는 자네와 마찬가지로 재정적으로는 완전히 자립하고 있으니까."

찰리는 침대 끝에 걸터앉아서 두 손을 무릎 위에 놓고 내 쪽으로 몸을 내밀었다. 그는 한숨을 쉬는 듯한 소리를 내었다.

"아아! 돈과 재산이 목표가 아니라……"

나는 어쩔 수 없다는 듯이 두 팔을 벌려보았다.

"생각해보게, 안 그런가?"

"그러나 당신은 아실 텐데요" 하고 그는 말했다. "목표가 비로 나라는 것을. 내가 나의 본심대로 인간답게 살려고 하면 언제나 반드시 방해꾼이 끼어들었습니다. 아시다시피 처음에는 심장 발작이 있는 노인이었고, 어머니가 돌아가시어 이제 겨우 자유롭게 살 수 있나 했더니 이번에는 셀리아가 아침에 일어나서 밤에 잠들 때까지 어디를 가나 얼굴을 내미는 겁니다. 그녀에겐 남편도 없고 자식도 없습니다. 그 대역이 바로 나란 말입니다!"

나는 조용히 말했다.

"그녀는 자네의 누님일세, 찰리. 그녀는 자네를 사랑하고 있네."

그는 아까와 똑같은 짧고 불쾌한 웃음 소리를 내었다.

"그녀는 담쟁이덩굴이 자기가 휘감은 나무를 사랑하듯 나를 사랑하고 있습니다. 지금 생각해 보아도 어째서 그렇게 되는지 잘 모르겠지만, 그녀가 독특한 눈초리로 노려보면 내 속에 있는 힘이 쑥 빠져버립니다. 제시와 알게 되기까지 줄곧 그런 식으로 살아왔지요. 제시를 집으로 데리고 와 우리가 결혼했다고 셀리아에게 선언했던 날의 일을 나는 아직도 기억하고 있습니다. 드러내놓고 반대하지는 않았지요. 그러나 그때의 그 뜨거운 눈초리를 나는 잊을 수가 없습니다. 제시를 계단에서 밀어떨어뜨렸을 때의 그녀 눈초리가 틀림없이 그랬을 겁니다."

"그러나 자네는 심문할 때 그녀가 제시를 위협하거나 마음을 상하게 하는 일을 본 적이 없다고 대답하지 않았나?"

"본 적은 한 번도 없습니다. 그러나 제시가 날이 갈수록 우울해져 마침내는 하루 종일 말 한 마디 없이 지내고 밤마다 잠자리에서 훌쩍이므로 왜 그러느냐고 물어도 대답을 하지 않았지요. 그러니 나로서도 대강 짐작할 수밖에요. 제시가 어떤 여자였는지 당신도 아시지 않습니까? 그다지 영리하지도 않고 미인도 아니었지만 무던한 성격으로 나를 무척 사랑해 주었습니다. 그 생명의 불꽃이 결혼한 지 겨우 한 달도 못되어 그림자를 감춰버렸으므로, 왜 그렇게 되었는지 그 이유는 나도 알 수 있었습니다. 나는 제시에게도 말했고 셀리아도 설득했지요. 그러나 둘 다 잠자코 고개를 가로저을 뿐이었습니다. 내가 할 수 있는 일이라고는 두 사람 사이를 왔다갔다 하며 그때그때 임시변통으로 넘기는 수밖에 없었습니다. 그러나 마침내 파국이 찾아와서 제시가 죽어 있는 것을 보았을 때 나는 조금도 놀라지 않았습니다."

"셀리아를 알고 있는 사람은 아무도 놀라지 않았겠지. 그러나 그렇다고 해서 거기서 범죄사건을 만들어 낼 수야 없지 않겠나" 하고 나는 말했다.

찰리는 꽉 쥔 주먹으로 두 무릎을 치고 초조한 듯이 몸을 양옆으로 흔들었다.

"대체 어떻게 해야 됩니까? 그것을 당신에게 묻고 싶습니다. 어떻게 하면 됩니까? 그녀 때문에 나는 계획한 일을 하나도 실행하지 못하고 일생을 마쳐야 합니까? 그녀는 그것을 목표로 하고 있습니다. 나는 이대로 아무것도 못한 채 끝나고, 그녀는 아주 멋지게 죄를 벗어나려는 속셈이겠지요. 그리고 나서 몇 달이 지나면 모든 일이 가라앉아 두 사람의 관계도 제자리로 돌아갈 것이라고 말입니다."

"찰리, 자네는 결코 결말이 나지 않는 일에 일생을 허비할 작정인가?"

그는 일어나서 문 쪽을 응시하고 있더니 이윽고 나에게로 시선을 옮기며 속삭이듯 말했다.

"아니, 나도 할 수 있는 일이 있습니다. 어떤 일인지 아시겠습니까?"

찰리는 상대방이 대답하지 못할 게 뻔한 어려운 수수께끼를 내고 반응을 기다릴 때처럼 기대에 찬 표정으로 나를 쳐다보았다. 나는 그와 얼굴을 마주보며 일어나서 천천히 고개를 내저었다.

"아니, 자네가 어떤 것을 생각하고 있는지는 모르지만 그런 생각은 머릿속에서 내쫓아버리는 것이 좋을 걸세."

"어물쩍하고 속이려들지 마십시오. 셀리아만큼 영리하다면 살인죄를 숨기고 감쪽같이 빠져나갈 수 있다고 당신은 생각하겠지요. 그러나 나도 셀리아만큼은 영리하다고 생각되지 않습니까?" 하고 그는 말했다.

나는 그의 두 어깨에 힘주어 손을 올려놓았다.

"여보게, 부탁일세, 찰리, 그런 식으로 말하지 말게."

그는 나의 두 손을 뿌리치고 벽가로 물러섰다. 그의 눈은 불타고 입술이 말려올라가 이가 드러나보였다. 그는 소리를 질렀다.

"그럼, 어떻게 해야 하는 겁니까, 나는! 제시는 이제 죽어서 무덤에 묻혔습니다. 그러니까 모든 것을 없었던 일로 하고 잊어버리란 말입니까! 셀리아가 언제까지나 나를 무서워하며 사는 것이 지겨워져서 마침내 나마저 없애버리려고 할 때까지 가만히 앉아서 기다리란 말입니까?"

이 말에 나는 나이도 잊고 위엄을 지녀야 할 침착성도 잊고 자신도 모르게 말투가 거칠어졌다.

"잘 듣게, 찰리. 자네는 심문이 있은 뒤부터 이 집에 들어앉아 꼼짝하지 않고 있네. 이제는 슬슬 밖에 나가서 거리라도 거닐며 주위로 눈을 돌려봐도 좋을 때가 되었지 않나."

"그렇게 돌아다니며 가는 곳마다 남의 손가락질을 받고 웃음거리가 되란 말입니까!"

"그렇게 해보게" 하고 나는 말했다. "그런지 어떤지 시험해 보지도 않고 결정내리는 것은 비겁하네. 알 샤프가 오늘 밤 그의 술집에 자네 친구들이 몇 명 모이니까 자네도 와서 오래간만에 얼굴이나 좀 보이라고 하더군. 그렇게 해보게. 그렇다고 해서 무슨 도움이 된다고 할 수는 없지만, 아무튼 이것이 나의 충고일세."

"그런 데 가봐야 아무 도움이 되지 않을 거예요" 하고 셀리아가 말했다.

문이 열리고 그녀는 방 안의 불빛을 받아 눈을 가늘게 뜨며 문가에 우뚝 서 있었다. 찰리는 그녀 쪽을 보면서 주먹을 쥐었다폈다했다.

"셀리아, 이 방에는 절대로 들어오지 말라고 했잖아!"

그녀의 표정은 움직이지 않았다.

"들어가지 않았어. 저녁식사가 다 되어 알리러 왔을 뿐이야."

찰리는 거칠게 그녀 앞으로 한 발자국 내디뎠다.

"셀리아, 저 문에 귀를 대고 내 말을 엿듣고 있었지? 안 들었으면 다시 한 번 말해줄까?

"무섭고 부정한 말을 들었다. 집 안에 불행한 일이 있는데 밖에 나가서 술을 마시고 떠들어보라는 말을. 나는 그 말에 절대로 반대야." 그녀는 쌀쌀하게 말했다.

찰리는 어이가 없는 듯 상대방을 뚫어지게 쳐다본 채 그 자리에서 해야 할 말도 생각해 낼 수 없는 것 같았다. 이윽고 그는 말했다.

"셀리아, 그게 진심으로 하는 말이야! 세상에서 가장 뱃속이 검은 위선자나 미치광이가 아닌 이상 진심으로 그런 말을 할 수는 없을 거야!"

그 말은 그녀의 분노에 불을 붙였다. 그녀는 고함을 질렀다.

"미치광이라고? 너야말로 그런 말을 잘도 지껄이는구나. 방에만 틀어박혀서 중얼거리며 마음 속으로 무슨 일을 꾸미고 있는지 모르겠다!"

그녀는 갑자기 내 쪽으로 돌아섰다.

"당신은 찰리와 이야기를 하셨지요? 그렇다면 알았겠군요. 어쩌면 이 아이는……."

"동생은 당신이니 다름없이 세성신이오, 셀리아" 하고 나는 힘주어 말했다.

"그렇다면 이런 때 찰리가 술집에 가야 할지 어떨지 잘 아시잖아요, 당신은 어떻게 그런 일을 권하시지요?"

그녀는 사악한 승리감을 드러내보이며 마지막 한 마디를 갑자기 나에게 던졌으므로 나는 완전히 이성을 잃고 말았다.

"만일 당신이 제시의 물건을 처분하려들지만 않았더라도, 셀리아, 그 말을 좀더 솔직히 들어줄 수 있었을 텐데……."

이런 말을 한 것은 분명히 경솔한 일이어서 입 밖에 내는 순간 나는 후회했다. 말릴 틈도 없이 찰리는 내 앞을 지나쳐서 떨리는 두 손으로 셀리아의 팔을 와락 낚아챘다.

"아아, 셀리아…… 제시의 방에 들어갔단 말이지?" 그는 상대방을 거칠게 흔들며 화를 냈다. "대답해 봐!"

그는 상대방의 얼굴에 나타난 두려움과 당황한 표정에서 곧 무언의 대답을 알아차리자 마치 손 안에 있는 그녀의 팔이 새빨갛게 단 쇠라도 되는 것처럼 내던지며 머리를 떨구고 앞으로 고꾸라지듯 몸을 숙였다.

셀리아는 달래는 듯한 손짓을 해보이며 그를 설득했다.

"찰리, 하지만…… 그녀의 물건이 옆에 있으면 네가 괴로워할 게 아니니? 너를 위해서 한 일이야."

"어디에 있지?"

"계단 옆에 있어, 찰리. 거기에 다 있다."

그는 위태로운 발걸음으로 복도로 나갔다. 그 발자국 소리가 차츰 멀어짐에 따라 나의 심장의 고동도 차츰 여느 때의 상태로 돌아갔다. 셀리아는 이쪽으로 돌아서서 나를 쳐다보았다. 그 얼굴에 나타난 증오의 표정을 보고 나는 곧 이 집에서 나가야 한다는 것을 깨달았다. 나는 침대 위에서 내 물건을 집어들고 그녀의 앞을 지나치려고 했으나 상대방이 문 앞을 가로막았다. 그녀는 가라앉은 목소리로 속삭였다.

"당신은 대체 무슨 짓을 하고 있는 거예요? 이제 그것을 모조리 다시 제자리에 갖다 놓아야 할 것 아니에요, 정말 귀찮아요! 나는 그걸 다 제자리에 갖다 놓아야 한단 말이에요!"

"자업자득이지" 하고 나는 차갑게 말했다.

"이……" 하고 그녀는 말했다. "이 늙은이, 차라리 그녀와 함께 당신을……."

나는 그녀를 향해 힘껏 지팡이를 내리쳤다. 상대방이 신음 소리를 내었다.

"당신네들의 고문변호사로서, 셀리아. 주의해 두겠는데, 분명히 자기를 위해 이롭지 않은 말은 자고 있을 때 외에는 하지 않도록 하시오!" 하고 나는 말했다.

그녀는 곧 입을 다물었으나, 만일을 위해 나는 다시 문 밖으로 나갈 때까지 줄곧 그녀를 앞장서게 했다.

벨람 서택에서 알 샤프의 술집까지는 걸어서 겨우 2, 3분 거리인데다 살을 에는 듯한 매운 겨울의 공기 속을 혼자 걷자니 발걸음이 자연히 빨라져 잠시 후 그곳에 닿았다. 알 샤프는 카운터 너머에 서서 바쁘게 유리잔을 닦고 있었는데, 내가 들어오는 것을 보자 쾌활하게 인사했다.

"메리 크리스마스! 잘 오셨습니다, 선생님."

"메리 크리스마스!" 하고 니도 밀하고 나서, 보기만 해도 마음이 따뜻해지는 술병과 술잔을 카운터 위에 늘어놓는 것을 지켜보았다.

"선생님은 마치 크리스마스 같군요" 하고 그는 순수하고 독한 술을 두 잔 따르며 말했다. "지금도 그런 생각을 하고 있던 참입니다. 틀림없이 올해도 오실 때가 되었다고."

우리 두 사람은 건배를 했다. 그리고 나자 알 샤프는 무슨 비밀 이야기라도 하듯 카운터 너머로 어깨를 내밀었다.

"거기서 곧장 오셨습니까?"

"그렇다네" 하고 나는 대답했다.

"찰리를 만나셨습니까?"

"물론, 셸리아도."

"그래요. 뭐, 이렇다할 일은 없지요. 나도 그녀가 쇼핑하러 가는지, 밖으로 나온 것을 보았습니다. 머리를 푹 숙이고 검은 숄을 어깨에 두른 채 마치 무엇에 쫓기듯 종종걸음으로 가더군요. 그야 실제로도 그런 기분이겠지만……." 알 샤프는 말했다.

"그럴 테지" 하고 나는 말했다.

"그러나 문제는 찰리입니다. 밖에 나온 것을 전혀 보지 못했지요. 얼굴 좀 보게 나오라고 하더라는 말을 전하셨습니까, 선생님?"

"물론 그렇게 전했네." 나는 대답했다.

"뭐라고 대답하던가요?"

"불행한 일이 있은 지 얼마 안되는데, 그런 곳에 가면 안된다고 셸리아가 말하더군."

알 샤프는 뜻이 담긴 휘파람을 부드럽게 불며 둘째 손가락으로 이마를 비볐다.

"어떨까요? 그 두 사람을 저렇게 함께 있도록 내버려두어도 괜찮을까요? 사정이 그러했으니, 찰리가 그것을 어떻게 받아들이느냐에 따라서 또 이상한 일이 일어날 수도 있을 텐데요."

"오늘 밤에도 좀 그런 기미가 보였네. 그러나 위험은 모면했지" 하고 나는 말했다.

"일단 요다음까지는 말이지요?"

"그때는 내가 또 그곳에 가 있기로 하지."

알 샤프는 나를 보며 머리를 내저었다.

"그 집은 아무것도 바뀌는 일이 없었습니다. 정말입니다, 아무것도. 그러니까 선생님은 처음부터 답을 알고 있는 겁니다. 선생님이 지금 이렇게 여기 오셔서 거기서 있었던 일을 말해 주시리라고 처음부터 내가 알고 있었던 것도 그 때문입니다."

나의 콧구멍에는 아직 그 집의 낡아빠진 냄새가 남아 있었다. 그 냄새가 입고 있는 옷에서 완전히 빠져나가려면 앞으로 며칠이나 걸릴까……

"오늘이라는 날만은 그야말로 영원히 달력에서 없어져버렸으면 좋겠네" 하고 나는 말했다. "제시를 잊으면 안되네. 그 집과 그 집 안에 있는 모든 것이 망해버릴 때까지 제시는 줄곧 두 사람에게 달라붙어 떨어지지 않을 걸세."

알 샤프는 미간을 좁혔다.

"정말이지 이 거리에서 그처럼 기분 나쁜 사건은 달리 없을 겁니다. 낡아빠진 도깨비집, 무엇에 쫓기고 있는 듯 종종걸음으로 거리를 달려가는 여자. 그리고 사나이는 방에 틀어박힌 채 벽만 노려보고…… 도대체 그때부터…… 언제였지요, 선생님, 제시가 굴러떨어진 것은?"

시선을 조금 옆으로 돌리자 알 샤프의 등 뒤에 있는 거울에 내 얼굴이 비쳤다. 혈색이 좋고 턱이 튀어나온 얼마쯤 회의적인 얼굴.

"20년 전……"

나는 지루한 듯 얼빠진 나의 목소리가 그렇게 말하는 것을 들었다.

"꼭 20년 전 오늘밤이었지……"

애플비 씨의 질서정연한 세계

애플비 씨는 테없는 안경을 쓰고 희끗희끗한 머리를 앞가리마를 타서 빗고, 질서있게 구성된 세계에 우연이란 없다고 확신하는 일에 참된 기쁨을 맛보는 자그마한 몸집의 꼼꼼한 사나이였다. 따라서 자기 아내를 처치하는 가장 효과적인 방법을 탐색할 때도 어디를 가면 찾을 수 있는지 잘 알고 있었다.

그 책──그것은 법의학 교과서였다──을 발견한 건 몇 권의 비슷한 책이 꽂힌 헌 책방 책꽂이에서였다. 하나같이 말할 수 없을 만큼 무참히 낡아서 개의 귀처럼 늘어진 책들 속에서 그 한 권만이 그럭저럭 참을 수 있는 상태에 있었으므로 그것을 골랐던 것이다. 좀더 자세히 들여다보니 그 속에 수록된 것은 대부분 광기와 욕망의 가공할 만한 연구였으며 참으로 긴박감을 주는 사진이 여러 장 삽입되어 있었다. 선량한 사람이라면 누구나 대체 이 세상에는 이렇게 무서운 도깨비들이 얼마나 많이 돌아다니고 있을까 하고 의심하지 않을 수 없을 정도였다. 그러나 그 가운데 한 가지 예만은 정당하게 자기가 구하고 있는 것과 같았으므로 그는 최고의 열성으로 그 연구를 시작했다.

그것은 X라는 부인──그 책에는 X부인이니 Y씨니 Z양이니 하는 이름이 많았다──에 관한 사건으로, 그녀는 자택에서 우연히 조그만 융단에서 미끄러지는 바람에 나뒹굴어 죽은 모양이었다. 그러자 고인의 이익을 대표하는 변호사는 그녀의 남편을 살인죄로 고발하고, 검시관은 심문 석상에서 그의 죄상을 입증하려던 참에 피고가 뇌출혈로 급사했기 때문에 사건은 갑작스럽게 종결되었다는 것이었다.

이 모든 것은 아내의 재산을 조급히 자기 것으로 하고자 하는 욕망을 그 남편의 동기로 지목한 점에서 애플비 씨의 처지와 너무도 비슷하여 상당한 흥미를 느낄 수 있었다. 그러나 이보다 더 중요한 것은 그 사건의 실제적인 세부사항이었다. 남편의 주장에 의하면 X부인은 그에게 물잔을 가져다 주려고 했는데, 그때 우연히 그녀의 발치에 있는 조그만 융단이 미끄러졌다는 것이었다. 조그만 융단은 곧잘 미끄러지는 법이다.

이에 대해 끈기있는 변호사는 의학계의 권위자 모씨를 참고인으로 출정케 하였다. 이 권위자는 수많은 도면을 인용하여서──그것은 모두 솜씨있게 복제하여 그 책에 수록되어 있었다. ──물잔을 받는 시늉을 하며 한쪽 손을 아내의 어깨에, 또 한쪽 손을 턱에 대고 갑자기 밀어냄으로써 아무 단서도 남기지 않고 피해자가 융단 위에서 구른 것과 같은 결과를 가져오게 하는 것은 남편에게 있어 아이들 놀이처럼 손쉬운 일이라는 사실을 뚜렷이 밝혔다.

그러나 분명히 말해 두어야 할 일은, 이 도면과 설명을 싫증 느끼지 않고 연구함으로써 애플비 씨가 의도한 것은 탐욕스럽고 비도덕적인 사나이가 도리에 어긋난 욕망을 채우려 했던 행위와는 전혀 다른 것이다. 그로서도 돈이 필요했던 것은 사실이지만, 그것은 자신이 신성한 삶의 보람이라고 생각하는 것을 유지하기 위한 자금이었다. 그

삶의 보람이란 즉 세상에 둘도 없는 그의 가게 '애플비 미술 골동품 점'에 지나지 않았지만.

그 가게야말로 애플비 씨의 우주에 있어서는 태양이었다. 20년 전에 아버지가 남겨준 약간의 유산으로 사들인 것인데, 아주 잘 운영될 때도 가난한 생활을 겨우 꾸려나갈 정도였다. 따라서 최악의 경우에는——늘 그렇긴 했지만——아무래도 어머니의 선의에 기대 숨겨둔 돈 몇 푼을 끌어낼 수밖에 다른 도리가 없었다. 그런데 어머니가 단돈 1페니라도 순순히 내놓는 사람이 아니었으므로 가게가 위기에 처했던 일이 벌써 몇 번인지 모른다. 그래도 결국은 지금까지 유지해왔다. 다시 말해서 이 가게는 애플비 씨에게 있어, 어머니에게 있어서의 애플비 씨와 같은 성격을 가진 것이었기 때문이다. 이 불행한 삼각관계는 결국 어머니의 죽음으로 인해 결판이 났지만, 막상 그렇게 되고 보니 애플비 씨는 어머니가 이 질서정연한 작은 세계를 유지해오는 데 있어 그의 생각이 미치지 못할 정도로 큰 역할을 해왔다는 사실을 알게 되었다. 이것은 그녀가 가끔 마련해 준 돈만을 두고 말하는 것이 아니라 그의 평상시의 습관에도 관계된 일이었다.

그는 음식에 까다로운데다 조심스러웠다. 그의 어머니는 요리를 함에 있어 굽는 것이며 익히는 것에 완전히 숙달되어 있었다. 또 집 안에 물건들이 있어야 할 자리에 없으면 그의 신경은 곤두서게 마련인데, 생전의 어머니는 절대로 그런 일이 없도록 보증해 주는 신 같은 존재였다. 그렇기 때문에 그녀의 죽음은 그의 생활에 어마어마하게 크고 불편한 공간을 남기게 되었다. 이 공간을 메우는 방법을 생각하다 결혼이라는 것을 염두에 두게 되었으며, 이어서 이번에는 마침내 그것을 실행에 옮겼다.

그의 아내는 안색이 맑지 못하고 입술이 얇은 여자로, 외모며 거동이 돌아가신 어머니와 너무나도 비슷하여 이따금 방에 들어설 때 놀라곤 했다. 아내는 다만 한 가지 점에서 그를 실망시켰다. 즉 그녀는 '가게'가 그에게 얼마나 소중한 것인가를 이해하지 못했으며, 또 거기에 대한 그의 감정을 이해하지 못했다. 이 사실이 처음으로 드러난 것은 영업상 잃은 비용을 얼마쯤이나마 메울 수 있는 융자문제에 대해 그가 이야기를 꺼냈을 때였다.

애플비 부인은 장래의 남편에게서 구혼을 받았을 때 이미 한창 때를 지나 어느 정도 시들어가고 있기는 했지만, 그녀를 위해 공정하게 이야기한다면 자기에게 마침내 결혼의 기회가 찾아왔다는 기분만으로 그 구혼을 받아들인 것은 아니었다. 이런 마음의 비밀을 노골적으로 입 밖에 내어 말한다면 틀림없이 그녀는 볼을 붉히겠지만 그녀에게 구혼을 승낙하게 한 것은 무테 안경 뒤에 있는 그의 크고 슬퍼보이는 두 눈이었다. 그 눈은 겉으로는 진지한 체하면서 그 바닥에 무언가 깊은 감정을 숨기고 있는 것처럼 보였다. 아무튼 그 '숨겨진 것이'――정말 숨겨져 있다고 한다면――그녀로서는 도저히 알아볼 수 없는 깊은 곳에 있다는 사실을 알게 된 것은 결혼하고 얼마 안되어서였는데, 그녀는 다만 어깨를 움츠리며 그 일을 머리에서 쫓아내고 그 뒤로는 그의 음식을 되도록 정성껏 만드는 데 전념했다. 그러나 안된 일이지만, 애플비 미술 골동품점이 실은 빛좋은 개살구였다는 사실을 받아들이는 데 있어서의 감정은 그와 달랐다.

그녀는 민첩하게 필요한 조사를 한 뒤 거기에 대한 의견을 약간 열을 올리며 남편에게 이야기했다.

"골동품이라고요! 아니, 그건 잡동사니를 모아다 놓은 게 아니에요? 한푼의 값어치도 없고 먼지만 쌓이게 하는 쓰레기더미지 뭐예요!" 그녀는 째지는 목소리로 말했다.

그녀로서는 돈만 아는 범속한 평가자의 눈에는 아무 가치가 없는 것으로 비칠 그 물건들이 애플비 씨에게는 생명과 다름없는 귀중한 보물이라는 사실을 이해할 수가 없었다. 가게는 어렸을 때부터 손이 닿는 물건은 거의 다 수집하고 분류하고 정리하여 보존하지 않고는 못 배겼던 그의 이상한 버릇에서 비롯되었다. 그리고 금이 간 모조품인 세브르(프랑스 세느강 하류지방) 도자기며 매끈하지 못한 가짜 치펜델 가구며 녹슨 사벨 등 '가게'에 있는 물건은 무엇이나 그의 소유에 속하는 기간이 길어지면 길어질수록 값어치가 올라가는 것이었다. 다른 사람은 몰라도 애플비 씨에게는 어느 물건이고 다 영원히 변치 않는 귀중품이었다. 그러므로 기묘한 일이긴 하지만 이따금 상담이 성립되어 어떤 물건을 내놓게 되었을 때는 그야말로 절실한 고통을 느꼈다. 물건 평가에 자신이 없는 손님은 그 고통스러운 표정을 슬쩍 훔쳐보고 이것은 여간해서 만나기 힘든 귀한 물건인지도 모른다고 생각할 정도였다. 다행히도 애플비 씨의 여윈 얼굴이 고통스러운 표정으로 일그러지는 것은 물건 그 자체에 대한 애석함이 아니라, 그 물건이 없어짐으로써 생기는 공간——얼마 안되는 공간이긴 하지만——이 가져오는 무질서 때문이라는 사실을 한순간이라도 알아차린 손님은 없었다.

아무튼 애플비 부인은 모르는 척 동정심도 없이 몰아세웠다.

"많지도 않지만, 나의 재산은 내가 죽은 뒤에 마음대로 하세요. 아셨지요, 내가 죽은 뒤에라야 해요."

이리하여 그녀는 자기도 모르게 자신을 심판하고, 나아가서는 살해당하고 싶어하고, 마침내 실제로 살해당하기를 기다리고 있을 뿐인 모습으로 바뀌고 말았다. 마침내 그 시기가 오자 애플비 씨는 헤아릴 길 없을 정도로 가치있는 그 교과서에서 얻은 지식을 활용하여 그 가르침이 미세한 점에 이르기까지 정확한 것을 알았다. 일은 신속하고 평온한 가운데 바지에 물이 조금 튄 것을 제외하고는 아주 멋지게 끝났다. 경찰의사는 이처럼 작은 융단은 주정뱅이가 운전하는 차보다도 더 많은 인명을 빼앗아간다고 하였으며, 조사를 담당한 경관은 장례식을 치르는 데 자기가 도와줄 수 있는 일이 있으면 무엇이든 해주겠다고 친절하게 말하여 그것으로 만사는 무사히 끝나게 되었다.

너무도 간단하게——사실 드라마틱한 점은 약으로 쓰려고 해도 없었다——정리가 되었으므로, 그로부터 1주일쯤 뒤 적당히 동정을 나타낸 변호사가 이미 이 세상 사람이 아닌 아내의 유산을 정리하게 되었을 때에야 비로소 애플비 씨는 갑자기 훌륭한 새 세계가 자기 앞에 펼쳐져 있음을 깨달았을 정도였다.

때로는 감정보다 사려분별을 중히 여겨야 할 일이 있는 법이다. 애플비 씨는 무엇보다도 우선 사려분별이 있는 사람이었다. 죽은 아내의 유산이 정리되자 '가게'를 본디 위치에서 멀리 떨어진 다른 장소로 옮겼다. 두 번째의 애플비 부인이 갑자기 죽은 뒤에도 가게를 옮겼고, 여섯 번째의 애플비 부인이 처치되었을 때도 가게를 옮기는 일은 이제 실속있는 정식적인 재산 취득 순서의 한 부분이 되었다.

죽은 부인들은 모두 혈색이 나쁘고 얇은 입술을 꼭 다문 여윈 여자들로, 음식 솜씨가 뛰어난데다 일상생활의 규율과 질서를 어김없이 지키는 점에서 너무도 비슷했으므로 애플비 씨는 그녀들을 개별적으로가 아니라 '전체로서' 기억하고 있는 것 같았다. 구별할 수 있는 기준은 단 한 가지 각자의 은행예금 합계를 상징하는 숫자였다. 그래서 애플비 씨는 처음 두 사람은 각기 4로, 세 사람째는 놀랍게도 3으로, 그리고 마지막 세 사람은 각기 5로 기억하고 있었다. 다른 어떤 사람의 기준에 비춰보아도 그 총액은 상당한 자산임에 틀림없었지만, 각 부분은 마치 파리가 한 마리씩 굶주린 카멜레온에게 잡아먹히듯 차례차례 담담하기 이를 데 없는 애플비 미술 골동품점에게 잡아먹혔으므로 여섯 번째의 애플비 부인을 묻은 지 얼마 안되어 애플비 씨는 지난 어느 때보다도 곤란한 재정상태임을 발견하게 되었다. 사태가 너무 궁핍했으므로 솔직히 말해서 5의 상대를 맞아들이고 싶었지만, 4로도 견딜 수 있다고 생각했을 정도였다. 마사 스태지스가 그의 인생에 뛰어든 것은 아주 적절한 시기였으므로 겨우 15분 동안 대화를 나누었는데도 그는 마음 속에 자리한 4니 5니 하는 일을 완전히 쫓아낼 수 있었다.

마사 스태지스는 아무리 적게 보아도 6은 될 것 같았다.

그녀가 지금까지 애플비 씨가 만난 여자들과 전혀 다르다는 것은 재산이 많다는 점뿐이 아니었다. 과거의 아내들과는 달리 마사 스태지스는 사람 그 자체에 있어서도, 옷차림에 있어서도, 또 행동에 있어서도 아주 '칠칠치 못한'――이러한 표현이 떠올라 그는 약간 몸서리가 쳐졌다――남자라 해도 지나치지 않은, 말하자면 보기 흉한 커다란 몸집의 여자였다.

제대로 화장을 하고 옷이며 머리 모양을 매만진다 하더라도 사람 앞에 내놓아 부끄럽지 않게 되기는 까마득한 이야기지만, 그러나 여러 가지 점으로 미루어보아 마사 스태지스는 일부러 그런 평범한 여자들의 차림새에 도전하고 있는 듯한 데가 있었다. 사람을 놀라게 하는 오렌지 빛깔로 물들인 머리는 위로 아무렇게나 틀어올렸으며 퉁퉁하니 살찐 얼굴에는 오히려 역효과를 내려는 듯 무섭게 분을 처발랐고, 옷차림은 본인은 물론 입기가 편하겠지만 보는 사람으로 하여금 고통을 느끼게 할 정도로 화려했다. 그리고 구두에도 잘 손질하여 보관하지 않고 오랫동안 발만 편하게 신고 다닌 낡은 흔적이 뚜렷했다.

이런 것들과, 그것이 보는 이에게 주는 효과에 대해서 마사 스태지스는 전혀 무관심한 듯했다. 그녀는 애플비 미술 골동품점 안을 정력적으로 성큼성큼 걸어다니며 그 근처에 있는 움직일 수 있는 물건을 덜컹덜컹 움직여보았다. 애플비 씨가 새삼스럽게 얼굴 앞의 공기를 손으로 휘저으며 기침을 해보였지만, 그녀는 전혀 개의치 않고 계속 담배를 피워대며 연달아 불을 붙였다. 그리고 끊임없이 계속 큰 소리로 지껄여댔다. 그 나직하고 쉰 목소리는 '가게' 안의 공기를 묘하게 흔들어놓았다.

두 사람이 처음 만나 14분이 지나자 그녀는 비록 약간이긴 하지만 애플비 씨의 첫인상을 바꾸도록 만드는 하나의 행동을 보여줬다. 즉 각 물건의 값에 대해 나타내는 고려의 정도였다. 그녀는 물건을 자세히 들여다보고, 정찰가격을 보고, 그리고 나서 좀더 자세히 이리저리 음미한 다음 분명히 신통치 않은 듯한 얼굴로 다음 물건으로 옮겨가는 형편이었다. 그리하여 애플비 씨는 가게 물건과 자기의 인내력에 이변이 생기기 전에 어떻게든 빨리 그녀를 쫓아내겠다고 생각하며 따라다녔다. 그러나 15분 만에 그녀는 그 말을 한 것이다.

"나는 은행에 50만 달러의 예금이 있어요. 그러나 이런 잡동사니에는 동전 한 푼도 쓸 마음이 없어요" 하고 마사 스태지스는 즐거운 듯이 경멸하는 어조로 말했다.

마침 그때 애플비 씨는 담배연기를 조금이나마 없애려는 준비 동작으로 손을 얼굴 앞으로 올리고 있었다. 그 손이 힘없이 옆으로 떨어지는 동안 그의 마음속에는 놀라울 만한 여러 가지 문제가 떠올랐다. 그중 하나는 그녀의 왼손 중요한 손가락에 반지가 끼워져 있지 않다는 사실이었다. 그밖에는 주로 단기 채권이나 장기 채권이나 이자율에 관계된 일종의 수학적인 문제들이었다. 그리고 손이 옆구리에 닿았을 때 이런 문제들은 이미 해결 도상에 있는 거나 마찬가지였다.

여기에 마사 스태지스의 칠칠치도 못하고 눈에 거슬리는 성격이 일의 진행에 박차를 가했다는 것도 주의할 문제일 것이다. 다른 사람이었다면 그녀가 '그 말'을 입 밖에 낸 뒤 그녀를 바라볼 때, 현명한 사진사가 부유하지만 그다지 인상이 좋지 못한 사람을 촬영함에 있어

카메라의 렌즈에 끼는 일종의 필터를 통해 보듯 했을지도 모른다. 그러나 그러한 자기기만을 할 수 없는 애플비 씨는 그 대신 짐을 내릴 때의 기쁨을 상상하면서 무거운 짐을 지고 가는 남자에 자신을 견주기로 했다. 마사 스태지스와 결혼한다는 것은 중요한 수학적인 문제를 몇 가지 해결해 줄 뿐만 아니라, 이 세상에서 더없이 불쾌한 존재를 하나 없애주는 의인(義人)의 기쁨을 맛볼 수 있는 행위이기도 했다.

그래서 그는 전에 없이 슬픈 빛을 눈에 담고 그녀를 쳐다보며 말했다.

"정말, 미안합니다, 미시즈······ "

'미시즈'라고 불린 여자는 이름 앞에 오는 미시즈라는 말 뒤에 힘을 주어 자기 이름을 말했으며, 애플비 씨는 변명하듯 미소를 지었다.

"아니, 갑작스럽게······ 그런데 나로서는 세련된 취미와 교양을 지닌──'당신과 같은' 이라는 말은 조심스럽게 공중으로 날려버렸다──분이 훌륭한 예술작품을 소유하는 기쁨을 모르시다니 말할 수 없이 유감스럽습니다. 그러나 '떡 본 김에 제사지낸다'는 속담도 있지 않습니까?"

마사 스태지스는 날카롭게 그를 쳐다보며 귀의 고막이 쩌렁쩌렁 울릴 만큼 커다랗게 웃음을 터뜨렸다. 한순간 유머라고는 잘 모르는 애플비 씨는 혹시 자기가 잘못하여 걱정스러운 효과를 가져오는 큰 실언을 한 게 아닐까 하고 어두운 의혹에 사로잡혔다.

"잠깐만!" 하고 마사 스태지스는 말했다. "내가 이런 소름끼치는 물건을 사다 보관하려고 왔다고 생각한다면, 그건 큰 오해예요. 나는 친구에게 보낼 선물을 고르려고 온 거예요. 그 친구는 강철 몽둥이처럼 단단하고 멋이라고는 전혀 없는 그야말로 울화통이 터질 만큼 따분한 사람이지요. 그래서 그 사람에 대한 나의 마음을 나타내기에 적당한 물건을 선물하려는 거예요. 그런데 이 가게에 진열되어 있는 물건이 안성맞춤일 것 같군요. 가능하다면 그 사람이 그 물품을 받는 현장에 내가 있을 수 있도록 배달해 줬으면 좋겠어요."

애플비 씨는 이 말에 자신도 모르게 비틀거렸으나 늠름하게 곧 다시 똑바로 섰다. 그는 고개를 가로저으며 분명히 말했다.

"그런 일이라면 거절합니다, 절대로 거절합니다!"

"그런 법이 어디 있어요" 하고 마사 스태지스는 말했다. "당신이 배달해 주지 않겠다면 이쪽에서 수배를 하겠어요. 이런 일을 하려면 나 자신이 그 자리에 있어 결과를 확인하지 않고서는 보람이 없다는 것쯤 당신도 아실 텐데요……."

애플비 씨는 화가 치밀어오르는 것을 가까스로 참았다.

"배달을 말하는 게 아닙니다. 분명히 말해 두겠는데, 손님과 같은 마음으로 사는 분에게는 이 가게의 물건을 팔 수 없습니다. 아무리 많은 돈을 내더라도."

마사 스태지스는 멍하니 입을 벌리고 되물었다.

"그게 무슨 말이지요?"

이것은 위험한 순간으로, 애플비 씨도 그것을 자각하고 있었다. 그의 다음말은 또다시 그 요란스러운 웃음의 발작을 일으키게 할 것이고, 그것은 그를 완전히 때려눕힐지도 모른다. 또한 그녀를 영원히 '가게'에서 몰아내는 나쁜 결과를 가져올지도 모르며, 반대로 그때 그 자리에서 그에게 유리한 문제를 결정하게 될지도 모르는 일이었다. 그러나 그것은 어쨌든 맞닥뜨려야 할 순간이라고 애플비 씨는 자포자기하며 생각했다. 어찌되었든 마사 스태지스도 여자임에는 틀림없는 것이다. 애플비 씨는 깊이 숨을 들이마시고 나서 조용히 말했다.

"이 가게의 영업 방침입니다. 손님이 사려는 물건의 가치를 완전히 인정하고 거기에 알맞는 보존상의 주의와 애착을 보증해 주지 않는 한 절대로 팔 수 없습니다. 지금까지도 줄곧 그런 방침으로 해왔고, 내가 여기에 버티고 있는 한 이것은 절대로 바꾸지 않을 겁니다. 그 외의 방법은 나로서는 신성 모독의 행위로밖에 볼 수가 없습니다."

그는 노기를 띠고 마사 스태지스를 쳐다보았다. 손 가까이 의자가 하나 있었는데, 그녀가 거기에 털썩 주저앉았으므로 쩍 벌린 다리에 치마가 달라붙어 그 보기흉한 구두가 무참하게 드러나보였다. 그녀는 또 한 개비의 담배에 불을 붙인 뒤 성냥의 불꽃을 통해 가늘게 뜬 실눈으로 그를 바라보며 공기를 조금 휘저은 다음 연기를 뿜어냈다.

"재미있는 이야기군요, 좀더 자세히 말해 줬으면 좋겠는데요."

경험이 없는 이로서는 그때까지 전혀 모르던 사람에게서 아주 개인적인 지식을 끌어내는 일이 상당히 복잡하게 생각될 것이다. 그러나 그때까지 몇 번이나 그러한 지식에 자기의 이해를 걸어온 애플비 씨로서는 식은 죽 먹기였다. 아주 짧은 시간 안에 그는 마사 스태지스의 재산에 대한 자기의 평가가 상당히 정확했으며, 그녀는 친척도 없이 고독한 처지인데다 결혼 반대론자도 아니라는 증거를 잡았다.

이 마지막 증거는 그 뒤로 매일처럼 가게에 찾아와서 의자에 버티고 앉아 끝도 없이 지껄여대는 그녀에게서 끌어낸 것이었다. 그녀가 지껄이는 말은 대개 애플비 씨와 놀라울 정도로 비슷한 그녀의 아버지에 대한 것이었다.

"옷차림까지 똑같아요" 하고 마사 스태지스는 회상하는 어조로 말했다. "머리 끝에서 발 끝까지 단정하고, 그것도 자기 자신만 그런 게 아니었어요. 날마다 집 안을 두루 살피고 다니며 구석구석까지 잘 정리되어 있는가 확인하는 거예요. 돌아가시는 날까지 늘 그랬어요. 돌아가시기 한 시간 전에 벽에 걸린 그림이 비뚤어져 있는 것을 일어서서 바로 잡았던 일이 생각나는군요."

'가게'의 벽에 걸린 그림이 조금 비뚤어져 있어 약간 초조한 마음으로 바라보고 있던 애플비 씨는 마지못해 그곳에서 주의를 다른 데로 옮겼다.

"그래, 돌아가실 때까지 당신은 곁에 있어 드렸군요?"

그는 동정어린 목소리로 물었다.

"네, 그래요."

"그랬었군요." 애플비 씨는 밝은 목소리로 말했다. "그만한 희생에 대해서는 뭔가 그 나름의 보답이 있었기 때문이 아니었습니까? 특별히——이렇게 말하면 뭣하지만——당신만한 분이라면 마음만 먹으면 늙은 아버지 곁을 떠나서 결혼할 수도 있었을 텐데 말입니다."

마사 스태지스는 한숨을 쉬었다.

"그럴지도 모르고 그렇지 않을지도 모르지요" 하고 그녀는 말했다. "나에게도 꿈이 있었다는 것만은 부인하지 않겠어요. 그러나 꿈은 역시 꿈일 뿐이고, 앞으로도 결국 꿈으로 끝나고 말 거예요."

"어째서요?" 하고 애플비 씨는 격려하듯이 물었다.

"왜냐하면 나는 아직 나의 이상형에 꼭 맞는 남자를 한 사람도 만나지 못했으니까요. 나도 이제 여학생이 아니에요, 애플비 씨. 누가 나에게 진지한 마음으로 열중해 오지 않나 확인하기 위해 은행예금을 축낼 생각도 없고, 솔직히 말해서 상대방의 동기 같은 기야 아무래도 괜찮아요. 다만 남의 손가락질을 받지 않을 정도의 온당한 사람으로, 잠시라도 나를 소홀히 여기지 않고 소중히 알아주는 사람이어야 해요. 그리고 돌아가신 아버지의 생각이 생생하게 떠오르지만 않는다면……." 마사 스태지스는 우울하게 말했다.

애플비 씨는 그녀의 어깨 위에 손을 살짝 올려놓고는 정중하게 말했다.

"미스 스태지스, 그런 상대방을 만나지 못할 리가 있겠습니까?"

그녀는 감정이 고조됨에 따라 한층 더 부어오른 듯한 못난 얼굴로 그를 바라보았다.

"진심으로 하시는 말인가요, 애플비 씨? 정말 그렇게 생각하세요?"

그녀를 내려다보며 미소짓는 애플비 씨의 눈에는 성의가 깃들어 있었다. 그는 따뜻하게 말했다.

"당신이 생각하고 있는 것보다 훨씬 가까운 곳에 있을지도 모릅니다."

지금까지의 경험은 애플비 씨에게 일단 얼음이 깨지면 숨을 한 번 크게 들이마시고 용기를 내어 뛰어드는 것이 상책이라는 것을 가르쳐 주었다. 그래서 그는 며칠 뒤 느닷없이 프로포즈를 했다.

"미스 스태지스, 고독한 남자에게는 이제 더 이상 고독을 참을 수 없을 것 같은 때가 반드시 오기 마련입니다. 그럴 때 운좋게도 존경과 애정을 아낌없이 쏟을 수 있는 여성을 만나게 되면, 그 사나이는 그야말로 행운아라고 할 수 있지요. 미스 스태지스 실은 내가 그런 사람입니다."

"어머나, 애플비 씨!" 하고 마사 스태지스는 볼을 붉히며 말했다. "정말 지나친 칭찬을…… 하지만……."

마음을 결정짓지 못하는 것 같은 그녀의 어조에 그의 마음은 가라앉았다.

"잠깐만!" 하고 그는 급히 말을 가로막았다. "만일 뭔가 의심스러운 점이 있다면 지금 이 자리에서 대답할 수 있도록 얼른 말씀해주십시오. 이렇게 부탁했다고 해서 벌받을 일은 없을 겁니다."

"그야 그럴지도 모르지만……" 하고 마사 스태지스는 말했다. "애플비 씨, 나는 결혼이라는 것에 내가 걸고 있는 기대를 그대로 채워 줄 각오가 되어 있는 사람이 아니면 아예 결혼하지 않는 편이 낫다고 생각해요. 즉 앞으로 남은 생애를 다 걸 만큼 절대적인 헌신의 준비가 되어 있지 않으면……. ”

“미스 스태지스, ” 하고 애플비 씨는 엄숙하게 말했다. “나는 꼭 그렇게 할 것을 약속드립니다. ”

“남자들이란 아주 간단하게 그런 말을 하지요. ” 그녀는 한숨을 쉬었다. “그러나 물론 생각은 해보겠어요, 애플비 씨. ”

그토록 칠칠치 못한 여자가 마음을 결정짓기를 기한도 없이 기다린다는 것은 아주 우울한 일이었다. 그로부터 며칠이 지난 뒤 애플비 씨는 게인즈보로 게인즈보로 앤드 골딩 법률사무소로 출두하라는 불손한 편지를 받았지만, 그의 우울함을 조금도 덜어주지 못했다. 굶주린 이리 같은 채권자들에게 쫓기고 있는 때인지라 그로서는 최악의 사태밖에 상상할 수가 없었던 것이다. 그러나 가보고 나서 게인즈보로 게인즈보로 앤드 골딩은 채권자가 아니라 마사 스태지스를 대리하는 것임을 알자 놀라움과 아울러 가슴을 쓸어 내렸다.

언뜻 보기에 그 법률사무소의 소장인 듯한 나이든 게인즈보로는 목의 살이 축 늘어져 칼라가 거의 덮일 정도로 살찐 작달막한 사나이였는데, 큰 물고기와 같은 눈으로 애플비 씨를 자세히 살펴보았다. 나이가 아래인 게인즈보로도 그 형과 꼭 닮았으나 목의 살이 형만큼은 늘어지지 않았다. 골딩은 뾰족한 얼굴을 한 침착한 젊은이였다.

“이것은 아주 미묘한 문제라서……” 하고 나이든 게인즈보로가 유리알 같은 눈으로 애플비 씨를 바라보며 말했다. “우리들의 소중한 의뢰인인”

그러자 나이 아래인 게인즈보로가 고개를 끄덕이며 뒷말을 덧붙였다. “미스 스태지스가 당신과 결혼하고 싶다는 뜻을 비추셨습니다. ”

거북하게 의자에 앉아 있던 애플비 씨는 기분좋은 흥분에 사로잡혀서 자신도 모르게 몸을 움직거렸다. 그는 말했다.

“그래서요? ”

나이든 게인즈보로는 말을 계속했다. "그래서 미스 스태지스는 자신의 재산이 어떤 구혼자의 눈에나 좋은 미끼로 보이리라는 것을 너무도 잘 알고 있으므로" 게인즈보로는 놀라 항의하려는 애플비 씨를 퉁퉁한 손을 들어 말렸다. "그 문제는 그대로 덮어두기로 하겠다는 것입니다."

"무시한다, 즉 보류하겠다는 뜻입니다" 하고 나이 아래인 게인즈보로가 엄격한 어조로 말했다. "다만 구혼자에게 결혼생활에서 다른 기대를 완전히 이루어줄 마음의 준비가 되어 있는 경우에 한한다는 조건부입니다만."

애플비 씨는 열성을 띠고 말했다.

"마음의 준비는 되어 있습니다."

"애플비 씨, 전에 결혼하신 일이 있었습니까?" 나이든 게인즈보로가 불쑥 말했다.

애플비 씨는 재빨리 궁리했다. 과거의 전력에 대하여 거짓말을 했다가는 자칫 스스로 목을 죄는 함정을 파는 결과를 가져올는지도 모른다. 아예 솔직히 인정하면 그것을 예방할 수도 있을 뿐만 아니라 군소리할 수도 없을 것이다.

"있습니다" 하고 그는 대답했다.

"이혼하셨습니까?"

"천만에요!" 하고 애플비 씨는 진심으로 놀라며 말했다.

게인즈보로 형제는 만족한 듯이 서로 마주보았다.

"좋습니다" 하고 나이 위인 게인즈보로가 말했다. "아주 좋습니다. 그런데 애플비 씨, 어쩌면 실례되는 질문일지도 모릅니다만, 도덕감이 느슨해진 요즘에는……."

"그런 일이라면 염려 마시기 바랍니다" 하고 애플비 씨는 단호하게 말했다. "나는 부도덕이라는 것과는 인연이 없습니다. 담배라든가, 독한 술이라든가, 그리고……."

"방종한 여자라든가?" 하고 나이 아래인 게인즈보로가 딱 잘라 말했다.

"네. 그런 것들은 나와 인연이 멉니다." 애플비 씨는 얼굴이 빨개지며 대답했다.

나이든 게인즈보로는 고개를 끄덕였다.

"아무튼 미스 스태지스는 경솔한 결단을 내리지 않습니다. 앞으로 한 달 이내에 당신에게 답변을 할 테니까, 그 동안에――이 늙은 이의 충고를 들을 생각이 있다면 말하겠는데――부지런히 그녀의 비위를 맞추시오. 아무래도 여자니까요, 애플비 씨. 여자들이란 누구나 다 비슷비슷하거든요."

"그렇겠지요" 하고 애플비 씨는 내답했다.

"헌신입니다" 하고 나이 아래인 게인즈보로가 말했다.

"시종일관 변함없는 헌신, 이것이 결정의 관건이 될 겁니다."

애플비 씨는 혼자 있게 되자 그 말은 '가게'와 그것이 상징하는 질서바른 세계를 옆으로 밀어놓고, 그 대신 전혀 마음이 끌리지 않는 마사 스태지스의 모습을 들어앉히라고 자기에게 요구하고 있다는 사실을 알게 되었다. 물론 일시적인 것이다. 일단 마사 스태지스가 정당한 혼인 수속을 마치고 여섯 명의 애플비 부인과 마찬가지로 저 세상 사람이 되기만 하면 풍족한 보수가 약속될 것은 확실했지만, 그렇다고 해서 그녀와의 강제적인 친교를 조금이나마 견디기 쉽게 해주지는 못했다. 게다가 애플비 씨는 장래의 신랑으로만이 아니라 동시에 장래의 홀아비로서의 입장에서 사물을 보고 있었으므로, 그녀가 결혼 문제에 대해 장황하게 늘어놓는 재미도 없는 말 한 마디 한 마디에 뜻하지 않게 내포되어 있는 빈정거림에 역겹고 아니꼬운 느낌이 치밀어 올랐다.

"나는 말이에요" 하고 마사 스태지스는 열변을 토했다. "어쨌든 이혼 같은 것을 한 사나이는 누구와 결혼하든 다시 이혼하게 된다고 생각해요. 요즘 파혼하는 이들을 보세요. 거의 어느 경우나 마치 쇼핑이라도 하듯 값만 물어보며 그 일대를 돌아다니며 결국 자기가 구하는 것을 찾아내지 못하는 그런 남자가 원인이 된다는 것을 알 수 있어요. 하지만 나와 결혼할 남자는——." 그녀는 충분히 겨냥한 것처럼 말했다. "침착하고 한눈을 팔지 않는 사람이어야 해요."

"물론 그렇고말고요" 하고 애플비 씨는 말했다.

마사 스태지스는 다시 애플비 씨가 유난히 초조해하고 있을 때 말을 꺼냈다. "내가 들은 바에 의하면 원만한 결혼은 여자의 수명을 연장시킨다고 하더군요. 결혼에 대한 말 가운데 가장 뛰어난 말이라고 생각지 않으세요?"

"물론 그렇게 생각하고말고요." 애플비 씨는 말했다.

이 시험기간 중인 한달 동안 그는 때에 따라 억양의 변화를 주긴 했지만 대사는 '물론이지요.'라는 한마디만을 하기로 작정한 것 같은 기분이 들었다. 그러나 그 달이 끝나 갈 무렵 축하객이라고는 게인즈보로 형제와 골딩밖에 없는 결혼식에서 그 하나뿐이던 바보스러운 대답 대신——주례인 목사와의 문답에서——"네"라고 대답하는 데까지 이르렀으므로 작전으로는 우선 성공했다고 볼 수 있었다.

식이 끝나자 곧 애플비 씨는 불쾌하게도 신부와 함께 사진실로 끌려들어가 골딩의 끈질긴 감독 아래 여러 장의 사진을 찍은 다음 기쁘게도 신랑 신부 각자가 상대방을 자기 재산과 소유물 및 기타 일체의 상속인으로 지정하는 서류를 교환했다.

이런 경사가 진행 중인데도 불구하고 가끔 애플비 씨가 방심한 태도로 보인 것은 다만 이제 눈 앞에 펼쳐질 장래에 대한 계획에 생각을 빼앗기고 있었기 때문이다. 작은 융단——지난 여섯 차례에 걸쳐 참으로 멋지게 도움이 되어주었던, 말하자면 정평이 있는 작은 융단을 싹 깔아놓고 이윽고 때가 오면 물을 한 잔 갖다달라고 부탁한다. 그리고 한쪽 손을 여자의 어깨에, 또 한쪽 손을…… 그때까지는 적당한 날짜를 두어야 한다. 그렇다고 해서 '가게'를 노린 탐욕스러운 채권자들이 가해 올 압력에서 너무 멀리 연장해도 안된다. 유언장에 서명하는 그녀의 손에 쥐어진 펜을 바라보며 우선 그 시기를 2, 3주일 안으로 해야겠다고 그는 마음먹었다. 이미 유언장을 손 안에 넣은 이상 더 오래 기다린다는 것은 무의미한 일이다.

그러나 최초의 1주일이 채 지나기도 전에 애플비 씨는 2, 3주일로 결정했던 그 예정을 눈 딱 감고 고쳐야겠음을 깨달았다. 머뭇거릴 여지가 없었다. 아무튼 그는 그 결혼 생활을 영위해 나갈 준비가 전혀 없었던 것이다.

예를 하나 들자면, 마사가 어머니에게서 물려받은 갈색 사암으로 지어진 동굴 같은 집──그녀의 집인 동시에 이제는 그의 집이기도 하지만──은 난잡함의 본보기와도 같았다. 이 집에서는 무엇이 옆에 굴러다니든 주워 올릴 필요가 없다는 것이 원칙인 듯했다. 왜냐하면 어차피 언젠가는 어디로 굴러들어갈 게 뻔한 일이기 때문이었다. 아무튼 방마다 기절할 정도로 난잡한 잡동사니가 가득 쌓여 있었다. 안에 든 것들이 넘쳐나올 듯한 벽장이며 서랍 속의 물건들은 아무렇게나 뒤섞이고 자리가 바뀌어서 그 근처에 흩어져 있는 물건과 뒤범벅이 되었으며, 어디를 보니 먼지가 얇은 막이 되어 쌓여 있었다. 이런 것은 끝없이 계속되는 흑판에 손톱으로 한 가닥 자국을 내어 계속 선을 긋고 있는 것처럼 섬약한 그의 신경을 닳아들어가게 하였다.

새 아내가 가장 열심히 하는 것은 참으로 공교롭게도 애플비 씨가 무엇보다도 신경을 써주기 바라는 일이었다. 즉 그녀는 많은 요리를 만들곤 하여 식사 때가 되면 부엌과 식당 사이를 쉬지도 않고 왔다갔다 강행군하며 애플비 씨가 여태까지 경험해 보지 못했을 정도로 수많은 요리 접시를 테이블 위에 늘어놓는 것이었다.

처음에는 머뭇머뭇 항의도 해보았지만, 거기에 대해서 새 아내는 아직 처음이기 때문이라며 특별히 설명까지 해주었다. 특히 요리에 관한 한 어떠한 비평에도——어떤 접시의 것을 남김으로써 하는 무언의 비평에까지도——견딜 수 없을 정도로 민감하여 분명히 불만을 표시했으므로, 그 뒤부터 애플비 씨는 울며 겨자먹기로 설익은 고기며 진한 소스며 맛없는 파이 같은 요리의 총공격을 받아 마침내 끊임없는 소화불량으로 고통을 받기에 이르렀다. 자기가 정열을 다해 만든 요리를 자꾸 먹음으로써 이상적인 남편임을 증명해 달라고 졸라대는 아내의 강요도 그의 고통을 덜어주지는 못하였다. 그녀가 덜 된 음식을 가득 담은 접시를 실룩거리는 그의 코 밑에 밀어놓으면, 애플비 씨는 사자떼 앞에 끌려나온 순교자같이 용기를 내어 적당히 익은 담백한 음식을 달라고 울부짖는 소화기관에 강제로 할당된 몫을 쑤셔 넣는 것이었다.

아내의 장례식을 마치고 묘지에서 돌아와 뜨거운 홍차와, 토스트와, 운이 좋으면 알맞게 삶아진 달걀이라도 하나 곁들여 산뜻한 식사를 하고 쉬는 환상은 그가 가장 흐뭇하게 여기는 백일몽의 한 장면이 되고 말았다. 그러나 이 꿈도——그 속에서 그는 집 안을 깨끗이 치우려고 하지만——날마다 눈을 뜨면 벌어질 일이 기다리고 있는 것을 생각하니 그의 마음을 들뜨게 하기에는 불충분했다.

자기에게 관심을 쏟도록 요구하는 아내의 강요는 날이 갈수록 더해갈 뿐이었다. 그리고 어느 날 그녀가 남편에게 자기보다 '가게' 일에 더 열중하고 있다고 노골적으로 비난했을 때, 애플비 씨는 마침내 마지막 단계를 실행해야 할 때가 왔음을 깨달았다. 그날 밤 그는 작은 융단을 집으로 가지고 돌아가 거실과 부엌으로 통하는 복도 사이에 조심스럽게 깔았다. 마사 애플비는 그다지 내키지 않는 얼굴로 그가 하는 일을 지켜보고 있었다.

"상당히 낡았군요. 뭐예요, 아피. 오래된 미술품인가요?" 그녀가 말했다.

그녀는 남편을 아피라고 불렀다. 그렇게 부르는 것을 그가 싫어한 다는 것은 전혀 염두에 없는 듯이 아주 태연했다. 지금도 그는 얼굴 을 찡그렸다.

"미술품이라고까지 할 것은 못돼" 하고 애플비 씨는 일단 양보했 다. "그러나 여러 가지 이유에서 추억이 담긴 물건이지. 나에게는 더 없이 소중한 것이오."

다행히도 애플비 부인은 그를 보고 미소지었다.

"나를 위해 그것을 가지고 오셨군요?"

"물론 그렇지" 하고 애플비 씨는 말했다.

"어쩌면, 자상하기도 하셔라! 당신은 정말 자상한 분이에요." 애 플비 부인은 말했다.

그는 아내가 뒤축이 찌그러진 신을 질질 끌며 그 융단을 밟고 복도 반대쪽의 작은 테이블에 있는 전화 앞으로 걸어가는 것을 지켜보며 그녀가 매일 밤 대개 같은 시간에 전화를 하니까 그 시간에 사고를 꾀하면 어떨까 하는 생각이 들었다. 그것은 틀림없이 유리할 것이다. 그 전화는 대수로운 볼일도 없는데 그냥 습관상 거는 모양이므로 틀 림없이 그 시간에 또 그 융단 위를 지나갈 것이다. 그러므로 이때 단 번에 결판낼 수 있는 위치에서 기다리고 있으면 될 것이다.

그러나 그러한 상황에서 어떻게 하는 것이 그녀에게 다가가는 최선 의 방법일까 하는 문제가 생긴다고 애플비 씨는 안경을 닦으며 생각 했다. 지금까지의 경험이 최선의 방법임에는 분명하지만, 전화를 거 는 일과 물잔을 가져오게 하는 일을 동시에 연결시킬 수만 있다면…

…

"무엇을 그렇게 멍하니 생각하고 있지요, 아피?" 애플비 부인이 명랑하게 말했다.

그녀는 수화기를 놓고 복도로 가로질러와서 마침 융단 한가운데에 서 있었다. 애플비 씨는 안경을 코 위에 다시 걸치고 안경을 통해 그녀를 관찰했다. 그는 설득하듯이 말했다.

"부탁이니 그렇게 부르지 말아주오. 내가 싫어한다는 걸 당신도 잘 알지 않소."

"참 당신도! 나는 귀여운 호칭이라고 생각하는데요" 하고 아내는 딱 잘라 말했다.

"나는 그렇게 생각지 않아."

"하지만 나는 좋은 걸요" 하고 그녀는 더 이상 이야기하고 싶지 않다는 태도로 말했다.

"아무튼 내가 이야기를 걸기 전에 당신이 생각하고 있었던 것은 그런 게 아니었을 거예요." 그녀는 입을 삐죽이 내밀어 말했다.

그 뚱뚱하고 칠칠맞은 여자가 입을 뽀죽이 내민 모습은 마치 오랜 세월 손길에 스쳐 형태가 달라진 납인형과 똑같다고 생각하며 애플비 씨는 정말 감동했다. 그러나 뭔가 좀더 그럴 듯한 대답을 생각해 내기 위해 감동은 일단 제쳐놓기로 했다.

"실은 요즘 내 옷이 형편없다는 생각을 하고 있던 참이오. 전에도 말했었지만, 만족스럽게 단추가 제대로 붙어 있는 것이 한 벌도 없는 정도거든."

애플비 부인은 사납게 말했다.

"곧 달아놓지요."

"그럼, 내일쯤 해주겠소?"

"글쎄요" 하고 그녀는 말하며 계단 쪽으로 갔다. "그만 자요, 아피. 나는 굉장히 피곤해요."

애플비 씨는 생각에 잠기며 그녀의 뒤를 따라갔다. 내일은 하고 그는 생각했다. 장례식 때 단정한 옷을 입으려면 내일쯤 아무 양복이나 한 벌 양복점으로 가지고 가서 손질해 달라고 부탁해 둬야지…….

그는 그 옷을 집으로 가지고 돌아와서 잘 걸어 두었다. 이윽고 저녁식사를 마치고 거실에 앉아 거의 무한이라고 느껴질 정도로 오랜 시간 동안 아내의 쉰 목소리에 귀를 기울였다. 하기야 시계는 아직 9시도 되지 않았지만.

그리고 마침내 그녀가 천천히 의자에서 몸을 일으켜 방에서 복도 쪽으로 나가는 것을 보자 그는 흥분으로 가슴이 두근거렸다. 그녀가 전화기를 잡으려고 할 때 애플비 씨는 헛기침을 세게 하며 말했다.

"미안하지만 여보, 물을 좀 갖다주지 않겠소?"

애플비 부인은 돌아서서 그를 쳐다보았다.

"물이요?"

"미안하오" 하고 애플비 씨는 말하고 그대로 기다리고 있었다.

그녀는 조금 망설이더니 수화기를 제자리에 놓고 부엌 쪽으로 갔다. 부엌에서 물잔 씻는 소리가 들리고 잠시 뒤 그녀는 물잔을 들고 그쪽으로 다가오고 있었다.

그는 그 수고를 위로하듯 그녀의 디룩디룩 살찐 어깨 위에 한쪽 손을 놓고, 또 한쪽 손으로는 마치 그녀의 볼에 헝클어져 내려온 머리카락을 쓸어 올려주려는 듯 위로 올렸다.

"다른 부인들한테도 다 이렇게 해주었나요?"

하고 애플비 부인이 조용히 물었다.

애플비 씨는 손이 공중에서 얼어붙고, 그 차가움이 뼛속까지 전류처럼 전달되는 것을 느꼈다.

"다른? 다른 부인들이라니, 그게 무슨 뜻이오?" 그는 가까스로 말했다.

아내는 그를 향해 기분나쁜 미소를 보이고 있었으나 그녀가 들고 있는 물잔이 조금도 움직이지 않는다는 것을 그는 알았다.

"다른 여섯 명의 부인 말이에요" 하고 그녀는 말했다. "그것도 내 계산으로 여섯 명이지만. 어때요, 그 밖에 또 있었나요?"

"천만에!" 하고 말하다 말고 그는 허둥지둥 자기에게 브레이크를 걸었다. "무슨 말인지 나로서는 전혀 알 수가 없군!"

"이봐요, 아피, 설마 여섯 명의 부인을 그렇게 잊어버릴 수는 없겠지요? 물론 내가 너무 사랑스러워 다른 부인들을 생각할 여지가 없다면 또 모르지만 말이에요. 그렇다면 정말 멋진 일이에요. 그렇지 않아요?"

"전에 결혼한 일은 있지" 하고 애플비는 커다랗게 말했다. "그 일은 분명히 말해 두었잖소. 그러나 여섯 명의 부인이라니, 그건 당치도 않은 말이오!"

"물론 당신은 결혼한 일이 있다고 말했어요. 그 결혼 상대자가 누구였었는지 조사하는 것은 문제도 아니었어요. 그밖에 다른 사람의 일도, 당신 어머니의 일도, 알겠어요, 아피? 게인즈보로 씨는 아주 영리한 사람이에요."

"그럼, 게인즈보로가 그런 말을 했군!"

"천만에요, 이 어리석은 양반!" 하고 그의 아내는 얕보듯이 말했다. "나는 줄곧 당신보다 한발 앞서 있었어요. 처음에 당신을 척 보았을 때부터 나는 당신이라는 사람을 다 들여다볼 수 있었어요. 어때요, 이런 말을 듣고 놀랐겠지요?"

애플비 씨는 나뭇가지인 줄 알고 살모사를 붙잡은 사나이와도 같은 충격을 받고 싸웠다. 그는 헐떡거리며 물었다.

"어떻게 알았지?"

"어떻게라니요? 당신은 우리 아버지와 똑같았기 때문이에요, 모든 점에서 참을 수 없을 정도로 깔끔한 옷차림, 거만한 태도로 들려준 도덕 이야기까지 당신은 아버지와 똑같았기 때문이에요. 나는 그런 아버지를, 그 아버지가 어머니에게 취한 처사를 생각하고 일생 동안 미워했었지요. 아버지는 돈을 목적으로 어머니와 결혼했고, 악몽같은 하루하루가 계속되다가 결국 재산이 탐나 어머니를 죽여버렸어요!"

"죽였다고?" 하고 애플비 씨는 놀라서 물었다.

"뭘 새삼스럽게 놀라지요!" 하고 그녀는 날카롭게 말했다. "당신은 그런 일을 자기밖에 할 수 없는 줄 알았나 보지요? 그래요, 아버지는 어머니를 죽였어요. 계획적인 살인이었다고 말해도 돼요. 그렇게 말하는 것이 당신 마음에 든다면. 물을 한 잔 갖다달라고 부탁하고는 어머니가 물잔을 내밀자 붙잡아서 목을 꺾어버렸던 거예요. 당신의 방법과 너무도 비슷하지 뭐예요!"

애플비는 현재의 사태를 뚫고나갈 믿기 어려운 계시가 마음 속에 떠오름을 느꼈으나 받아들이지 않았다. 그는 다그쳐물었다.

"어떻게 됐소, 그 아버지는? 말해 주오, 어떻게 됐는지! 붙잡혔소?"

"아니, 붙잡히지 않았어요. 증인이 없었거든요. 그러나 게인즈보로 씨는 어머니의 변호사인 동시에 친한 친구였어요. 그래서 어머니의 죽음에 의심을 품고 심문을 청구했지요. 그리고 심문 장소에 있던 의사를 불러다 물어보았어요. 그 의사는 아버지가 실은 어머니를 죽이고 마치 융단 위에서 미끄러져 죽은 것처럼 보이게 할 수도 있었다는 것을 말했어요. 그러나 판결이 내리기 전에 아버지는 심장마비로 죽어버렸지요."

"그럼, 바로 그 사건이군. 내가 읽은 그 사건" 하고 애플비 씨는 신음하듯 말하다가 차갑게 비웃는 아내의 시선을 받자 입을 다물었다.

"아버지가 죽었을 때" 그녀는 서슴없이 말을 계속했다. "나는 맹세했어요. 언젠가는 반드시 아버지와 똑같은 사람을 찾아내어 그 사람에게 아버지가 당연히 보내야 했을 그런 생활을 하게끔 하리라고. 나는 그 사람의 버릇과 취향을 다 알고 있으면서도 전혀 만족시켜 주지 않는 거예요. 그 사람이 나와 결혼한 건 돈이 목적이라는 것도 알고 있지만, 내가 죽을 때까지는 단돈 1페니도 마음대로 쓰지 못하게 해주는 거에요. 내가 눈을 감으려면 아직도 까마득해요. 왜냐하면 그 사나이는 내가 되도록 오래 살 수 있도록 열심히 시중들어 주기 때문이지요."

애플비 씨는 그녀가 그렇게 흥분해 있음에도 불구하고 본디와 같은 위치에 서 있다는 것을 알아차렸다.

"어째서 그 사나이는 그런 일을 당하는 거지?" 하고 그는 부드럽게 말하며 1인치쯤 거리를 좁혔다.

"이상하게 들리지요, 아피?" 하고 그녀는 말했다. "그러나 당신의 여섯 부인이 하나같이 다 물잔——이것과 너무도 비슷한 물잔이지요?——을 가지고 오는 도중 융단——이것과 아주 비슷한 융단이지요?——위에서 미끄러져 쓰러져서 죽은 것에 비한다면 그다지 이상할 것도 없어요. 아주 기묘하지요. 이처럼 여러 차례 우연이 거듭되면 누군가를 교수형에 처하게 할 수 있다는 생각을 게인즈보로 씨가 한 거예요. 특히 그 누군가를 살인 용의자로 재판에 끌어낼 수 있는 근거가 될 구실이 있다면."

애플비 씨는 갑자기 칼라가 꽉 끼어 못 견딜 것 같은 기분이 들었다.

"그건 내 질문에 대한 답변이 안되는데?" 하고 그는 교묘하게 화제의 방향을 돌렸다.

"어째서 내가 당신의 목숨을 연장시키기 위해 열심히 일하리라 자신하고 있는 거지?"

"자기 부인이 자기를 교수형에 처할 수 있는 입장에 있다면, 누구나 다 그만한 일은 알 텐데요."

"그렇지 않아! 내 생각엔 그런 사나이는 되도록 빨리 상대방을 처치해 버릴 것 같은데." 애플비 씨는 숨막힌 목소리로 소리쳤다.

"그래요. 하지만 그렇게 되면 준비해 두었던 자료가 말을 하는 거예요."

"준비? 무슨 준비지?" 애플비 씨는 다그쳐 물었다.

"기쁘군요, 설명하게 해주셔서" 하고 그녀는 말했다. "사실 이제 설명하지 않으면 안될 때가 온 것 같아요. 그러나 이렇게 여기 서 있는 것은 힘들어요."

"그런 건 아무래도 좋소." 애플비 씨는 초조하게 말하며 어깨를 움츠렸다.

"좋아요, 그럼, 설명하지요" 하고 그녀는 쌀쌀맞게 말했다. "게인즈보로 씨는 당신의 결혼에 대한 서류를 다 갖고 있어요. 지금까지의 부인이 왜 죽었는가, 그리고 그 유산을 당신이 손에 넣은 시기가 늘 가게의 빚을 치러야 할 시기와 똑같았다는 사실도. 게다가 만일 내가 죽으면 곧 조사를 하여, 거기에 따라 필요한 조치를 취해달라고 부탁한 내 편지도 가지고 있어요. 게인즈보로 씨는 정말 실력자예요. 지문이며 사진도……."

"지문과 사진!" 애플비 씨는 소리쳤다.

"물론이지요. 아버지가 생전에 외국으로 도망칠 준비를 다 해놓고 있었다는 사실을 아버지가 세상을 떠난 뒤에야 알게 되었었지요. 그러나 게인즈보로 씨는 만일 당신이 그런 생각을 가지고 있다면 일찌감치 포기해 버리는 것이 당신을 위한 길임을 보증해 주었어요. 어디로 도망을 치든 당신을 찾아오는 것은 식은 죽 먹기니까요."

"대체 나를 어떻게 하겠다는 거지?" 하고 애플비 씨는 못참겠다는 듯이 물었다. "이렇게 된 이상 함께 있을 생각은 없을 테고, 그렇다면……."

"천만에요, 이제 당신은 그런 너절한 가게는 그만 집어치우고 앞으로는 하루 종일 나와 함께 집에 있어야 해요."

"가게를 집어치우라고!" 그는 비명을 질렀다.

"알겠어요, 아피? 내가 죽었을 경우 사정을 잘 조사해 달라고 부탁한 편지에 특별히 어떻게 죽었을 경우라는 것을 지정하지 않았다는 사실을 잊지 마세요. 나는 사시사철 당신을 옆에 두고서 길고 즐거운 인생을 보낼 생각이에요. 그러다가 어쩌면——이건 어디까지나 '어쩌면'이지만——그 편지와 증거 일체를 당신에게 넘겨줄 마음이 생길지도 몰라요. 아주 신중히 나를 위해 신경써 주는 편이 얼마나 당신을 위하는 일인지 아셨겠지요?"

갑자기 요란스레 전화 벨이 울렸다. 애플비 부인은 그쪽을 향해 고개를 끄덕여보였다.

"저렇게 전화를 걸어오는 게인즈보로처럼 신중하게 말이에요. 그는 매일 밤 9시에 내가 무사히 행복하게 있다는 것을 전화로 확인하지 않으면 당장 세상에서 가장 무서운 결론을 향해 뛰어들 거에요."

"잠깐!" 하고 애플비 씨는 소리쳤다.

그가 수화기를 귀에 대자 울려나오는 목소리는 어김없이 게인즈보로였다.

"여보세요" 하고 나이든 게인즈보로의 목소리가 말했다.

"아내는 지금 전화를 받을 수가 없는데요. 무슨 용건이지요?'

"애플비 씨, 나는 게인즈보로입니다. 나는 당신 부인과 급히 할 말이 있습니다. 10초만 기다릴 테니 부인을 전화기 앞으로 나오게 해주십시오. 아시겠습니까?"

애플비 씨는 마지못해 아내 쪽으로 돌아서서 수화기를 내밀었다.

"자아."

그녀가 물잔을 놓으려고 몸의 방향을 바꾼 순간 발 밑에 있는 융단이 쭉 미끄러져나오는 것을 보고 그는 놀라움에 숨을 삼켰다. 몸의 균형을 잡으려고 허우적거리는 그녀의 팔이 허공에서 버둥거렸고, 물잔이 그의 발치에 내동댕이쳐져 말끔히 줄을 세운 바지를 적셨다. 그녀의 얼굴은 째지는 듯한 비명으로 일그러졌다. 그러자 그녀의 몸은 마룻바닥을 구르듯 나가떨어져 지금까지 여러 차례 보아온 낯익은 자세로 축 늘어져버렸다.

그것을 바라보며 애플비 씨는 손에 든 수화기에서 가느다란 목소리가 흘러나오는 것을 가까스로 의식하고 있었다. 날카로운 목소리가 계속 말했다.

"이제 10초가 지났소, 애플비 씨! 아십니까? 시간이 지났습니다!"

호적수

　그날 밤 근무처에서 돌아온 조지 휴네커는 분명히 이상한 흥분에
사로잡혀 있었다. 여느 때에는 생기에 찬 볼이 불그레하고 테 없는
안경 너머로 보이는 눈이 번쩍였다. 그리고 여느 때 같으면 아주 소
중한 것을 다루듯 구두에서 덧신을 벗겨내어 복도 구석에 깔린 매트
위에 가지런히 놓아두었을 텐데, 오늘은 마치 초조한 듯이 벗어서 옆
에 내팽개쳤다. 그리고 모자도 외투도 벗지 않은 채 가지고 온 꾸러
미를 풀어 작고 납작한 가죽 케이스를 끄집어냈다. 그 케이스를 열자
낡은 녹색 비로드로 싼 상자 안에 간소한 세공을 한 체스(서양 장기)
의 검고 흰 말이 루이즈의 눈에 들어왔다.

　"어때, 아름답지?" 하고 조지가 말했다. 그는 말 하나를 사랑스러
운 듯 손가락으로 더듬었다. "이 세공을 봐. 물론 정중하게 유리장
안에 신주 모시듯 모셔놓은 진품은 아니지만 어느 것이나 다 예쁘고,
언제든지 활기있게 움직일 것 같잖아. 진짜 상아와 흑단으로 일일이
세공한 거야."

　루이즈는 눈을 가늘게 떴다.

"당신 이거 얼마 주고 사셨어요 ? "

"돈은 한 푼도 주지 않았어. 산 게 아니라 올리치스 씨가 준거야. "

"올리치스 씨라고요 ? " 하고 루이즈는 말했다. "언젠가 당신이 우리집 점심식사에 초대했었던 그 별난 노인 말이지요 ? 의자에 앉아 카나리아를 노리는 고양이처럼 멍하니 우리를 쳐다보고, 이쪽이 말을 꺼내지 않는 한 한 마디도 지껄이지 않으려던 그 사람 말이지요 ? "

"여보, 루이즈 ! "

"'여보, 루이즈'라는 말은 제발 그만두세요. 그 사람을 내가 어떻게 생각하고 있는지는 벌써 오래 전에 당신에게 분명히 말해 두었을 텐데요. 그러니까 조금 물어봐도 괜찮겠지요 ? 그 훌륭한 올리치스 씨가 왜 갑자기 이런 물건을 당신에게 줄 마음이 생겼을까요 ? "

"그건 말이오. " 조지는 머뭇거리며 말했다. "으음…… 그 사람은 줄곧 건강상태가 좋지 못했는데, 이제 앞으로 두세 달만 더 근무하면 원만히 정년퇴직이 된다는군. 그런데 내가 그 사람의 일을 거의 다 대신해줬었거든. 그런데 오늘로서 그만 돌봐주어도 된다며, 고맙다는 표시로 이것을 선물한 거요. 무척 아끼던 물건인데, 그 사람으로서는 최대한의 호의를 베푸는 뜻으로 이것을 준 모양이오. "

"어머나, 너그러우신 올리치스님 ! " 하고 루이즈는 쌀쌀맞게 말했다. "당신의 노고에 대한 보답이라면, 좀더 실용적인 것이 우리에게 좋다는 것을 그분은 생각할 수 없었을까요 ? "

"난 당연히 해야 할 일을 했을 뿐이오, 루이즈. 그러니까 돈이나 다른 물건을 주었다면 받았을 리가 없지. "

"결국 핑계없는 무덤은 없단 말이군요. " 루이즈는 코를 킁킁거렸다. "좋아요, 자기 것은 자기가 치우세요. 모두 제자리에 질서정연하게. 자아, 그럼, 저녁을 들기로 해요. 이제 준비가 거의 다 되었으니까요. "

그녀가 부엌 쪽으로 가자 조지는 어떻게든지 그녀의 마음을 풀어주려는 듯 뒤를 따라갔다.

"루이즈, 올리치스 씨가 아주 재미있는 이야기를 하더군."

"그러셨겠지요."

"세상에는 체스가 필요한 사람들이 있다는 거요. 그리고 그런 사람들은 체스에 숙달됨에 따라 자기가 얼마나 그것을 필요로 했던가를 알게 된다더군. 그런데 내가 생각하기에 당신과 내가 그렇게 되어서는 안될 이유가 전혀……."

그녀는 걸음을 딱 멈추더니 두 손을 허리에 대고 그를 노려보았다.

"당신은 내가 집 안을 치우고, 시장을 봐오고, 따뜻한 요리를 만들고, 바느질을 하여 녹초가 된 뒤 느긋하게 앉아서 당신과 놀이 연습을 했으면 좋겠다는 거지요? 50고개를 넘은 분치고는 당신도 꽤 묘한 생각을 해냈군요."

그는 복도에서 외투를 벗으며 '정말 나에게는 나이를 잊어버릴 기회가 거의 주어져 있지 않아. 적어도 루이즈가 그렇게 생각하고 있는 동안에는…….' 하고 생각했다.

그가 30살이 다 되어갈 무렵, 즉 결혼하고 몇 달 뒤 그녀의 입에서 처음으로 이제 좀 나잇값을 하면 어떻겠느냐고 나이 타령이 나왔었다. 그 뒤 해가 바뀜에 따라 늘 우연한 일이 동기가 되어 그 나이 타령이 나오곤 했다. 그녀의 바람이 적어지기는 했지만.

다만 한 가지 성가시게도 으레 루이즈에게 선수를 빼앗기는 바람에 모처럼의 확실하고 좋은 일을 버리게 된다든가, 생활이 편치 않을 때——루이즈의 의견으로는 그런 때는 없었다고 하지만——아이를 낳는다든가, 아주 싼값으로 빌릴 수 있는 집이 있는데도 현금으로 집을 산다든가 하는 일에 그녀가 반드시 시시비비 따지고 들어 단호한 태도를 취한다는 것을 그도 알고 있었다. 그러나 집에 손님을 부르거나, 그가 읽어보고 재미있었던 책을 권하는 일에나, 협주곡 방송에 라디오 다이얼을 맞추는 일에나, 또는 지금의 경우처럼 체스를 해보려는 생각을 말했을 때 그녀가 이처럼 심하게 반대하는 것은 그로서 이해할 수 없는 일이었다.

그녀는 분명히 잘라 말했다. 손님을 초대하는 일은 번거로운데다가 돈이 들 뿐이며, 작은 활자는 눈을 버리게 하고, 협주곡은 깨질 것 같은 두통의 원인이 되고, 그리고 체스에 허비할 시간은 낼래야 낼 수가 없다고.

두 사람이 결혼하기 전에는 모든 면에서 이렇지는 않았던 것 같다고 조지는 불만스럽게 회상했다. 늘 친구들과 어울려 떠들썩하니 책이며 음악 같은 것이 화제의 대상에 오르면 루이즈는 밝고 활기차게 흥미를 보이며 이야기에 끼어들었던 것이다. 그런데 지금 그녀가 하고 싶어하는 것은 매일 밤 뜨개질거리를 무릎 위에 올려놓고 앉아 라디오에서 떠들어대는 만담 같은 것을 듣는 일 말고는 아무것도 없었다.

건강상태가 좋지 않은 것도 다 그런 것이 원인일는지 모른다. 번갈아가며 쑤시고 결리어, 마치 통증이 늘 붙어살고 있는 듯 계속 아픔에 시달렸다. 가끔씩 그 아픔이 너무도 뼈아프게 느껴져 조지까지 농정의 통증이 온 몸을 치닫는 것 같은 기분이 들 때가 있을 정도였다. 집 안에 있는 약상자에는 약이 가득차 있고, 두 사람의 식사는 점점 더 빈약해져 부드럽고 맛없는 조제약같이 변했으며, 마침내는 조지가 막연히 '부인병'이라고 추측하는 병의 치료를 위해 매달 루이즈 앞으로 오는 의사의 청구서가 상당한 액수에 이르게 되었다.

그래도 조지는 이러한 악조건에도 불구하고 루이즈가 남편이 바라는 최대한의 훌륭한 아내라는 것을 인정하기에 인색하지 않았다. 그의 급료는 결코 쓰고 남을 정도가 아니었지만, 루이즈는 그 돈을 한

푼두푼 절약하여 1만 5천 달러의 예금을 은행에 저금하고 있었다. 그 사실을 아는 사람은 두 부부 외에 없었다. 루이즈는 누구와 말을 하든, 보다시피 이렇게 가난한 생활을 하고 있다는 태도를 버리지 않아 옆에서 듣고 있는 조지로 하여금 늘 당황하게 만들곤 했다. 그러나 루이즈는 돈을 저축하는 최선의 길은 얼마가 되든 자기가 저축하고 있다는 사실을 사람들에게 알리지 않는 것이라며, '저축한 1센트는 번 1센트'와 마찬가지니까 그녀도 돈을 버는 조지와 같이 두 사람의 수입에 기여하고 있는 거라고 주장했다. 이 말이 조지의 당황한 마음을 가라앉혀주지는 못했지만, 루이즈의 지혜와 융통성에 대한 경의로 일단 겉으로는 무사히 넘길 수 있었다.

게다가 그의 집이 언제나 반짝거리는 바늘처럼 깨끗하고, 그가 입는 옷은 정성껏 손질이 되었으며, 그의 건강에 대해서도 유난스러울 정도로 신경쓰고 있다는 점을 아는 한, 아내를 체스의 상대역으로 삼으려다 실패한 사소한 일을 문제삼기보다는 오히려 자신에게 주어진 복을 세는 쪽을 택하는 것이 훨씬 나았다. 만일 다그쳐 캐물었다면 조지 자신도 아마 인정했겠지만, 아무튼 이것은 말하자면 희생적인 행위이긴 했다. 왜냐하면 일단 아내와 함께 체스의 말을 손에 잡았다면 그 순간 그는 열렬한 체스 애호가가 되어버렸을 테니까. 라디오 소리가 크게 울리고, 루이즈가 여념없이 뜨개질 바늘을 움직이고 있는 옆에서 저녁 시간의 즐거움인 체스판을 노려보며, 이 게임은 상대방이 있어야 보다 흥이 날것 같다고 그는 이따금 생각하곤 했다. 그는 결코 비꼬아서 생각한 것은 아니었다. 비꼰다는 것은 본디 조지의 성질에는 맞지 않는 일이었다.

올리치스 씨는 그에게 이 체스 세트를 줄 때 언제든지 상대해 주겠다고 했었다. 그러나 루이즈는 이미 그 신사가 그녀의 집에서 환영받을 만한 손님이 아님을 지적했으며, 또한 별 이유도 없이 가정을 비우고 돌아다니는 사람에 대해서도 분명한 의견을 가끔 이야기했으므로 조지는 그 이야기를 꺼내지 않는 편이 좋으리라고 생각했다. 그 대신 그는 《체스를 권함》이라는 제목의 소책자를 읽고, 그 권유에 따라 다른 논문과 좀더 어려운 교본을 보았으며, 나아가서 체스에 대해 쓴 여러 가지 문헌의 세계로——그 크고 복잡한 세계로 비틀거리며 끌려들어갔다.

먹을 때도 마실 때도 잠잘 때도 체스에 대한 일이 머리를 떠나지 않았다. 그는 고금의 명인들 솜씨를 연구하여, 마침내 그들이 거둔 작은 승리에 대한 기사가 나와 있는 장과 절까지 들추어 인용할 정도에 이르렀다. 서반, 중반, 그리고 종반의 전법을 그는 공부했다. 교묘한 책략을 쓴 술책에서부터 일방적으로 가차없는 힘을 모아 다짜고짜 적을 쳐부수는 급전으로 돌신하는 국부 전투에 치우치기 쉬운 분별없는 침략을 삼가는 법도 배웠다. 그때까지 들어본 일도 없었던 이름이 그가 가는 먼 지평선 위에서 춤을 추었다. 앨레카인, 캐퍼블랑카, 라스카, 님조비치…….

그는 발견의 기쁨에 취하여, 그들의 우주인 흑단과 상아의 미로를 더듬어 그 뒤를 쫓았다.

그러나 아직 부족한 것이 한 가지 있었다. 그것은 적수——자기와 부딪쳐 시험해 볼 수 있는 상대자였다. 가끔 그는 외로운 생각이 들었다. 책을 가까이 놓고 마음 속으로 따지며 수를 놓아보는 것도 분명 하나의 즐거움이다. 그러니 똑같은 수를 생각함에 있어서도 체스판을 앞에 놓고 마주앉아 판을 자기에게 유리하도록 전개하며 이쪽을 쳐부수려고 버티고 있는 상대방이 있다면 더욱 커다란 즐거움이 될 것이다. 이리하여 이쪽이 말을 하나 움직이면 거기에 대해 누군가가 손을 내밀어서 응수해 오는 장면을 보았으면 하는 소망이 차츰 굶주림처럼 심해져갔다. 이윽고 그것은 일종의 기묘한 강박관념이 되어서, 그 때문에 벽이나 난로의 통나무에 비친 루이즈의 그림자가 갑자기 움직이거나 하면 조지는 아무도 없는 맞은쪽 의자에서 누군가가 눈에 띄기를 기대하며 깜짝 놀라 눈을 드는 일이 가끔 있었다.

그럭저럭하는 동안 그는 그 인물을 상당히 뚜렷이 볼 수 있게 되었다. 꽤 그를 많이 닮은 조용하고 명상적인 인물로, 희끗희끗해지기 시작한 머리며 체스 판을 향해 몸을 구부릴 때 자칫하다가는 흘러내릴 듯한 테 없는 안경이 정말 그와 똑같았다. 이 상대방의 체스 실력은 그보다 좀 나은 편으로, 그를 이길 만큼 뛰어나지는 않았지만 그래도 조지로서는 이따금 승리를 거두기 위해 온 힘을 다해 싸워야만 했다.

게다가 그는 지금 그 인물에 대하여 기대하고 있는 일이 한 가지 있었다. 체스의 관례에 구애받는 자는 아마 이것을 어느 정도 이단적이라고 생각할지도 모른다.

즉 그 인물은 으레 백을 잡으려고 하는 것이다. 백을 잡은 쪽은 언제나 선수를 달려 어쩌다가 전세가 달라지기 전에는 줄곧 공세를 편다. 조지는 언제나 흑을 쥐고 백의 돌격과 침공을 빗나가게 하는 한편, 서서히 그 총공격에 대비하는 견고한 벽을 구축하는 일을 좋아했다. 이 방법이야말로 체스 게임을 습득하는 길이라고 조지는 자신에게 타일렀다. 방어를 철저히 하여 불패의 방법을 습득한 이상 무슨 공격인들 막지 못하겠느냐 라고.

그러나 방어를 하려면 역시 공격을 가하는 수법을 알아야 하므로 결국 조지는 스스로 자부심을 가질 만한 한 가지 독창적인 해결에 이르렀다. 즉 그는 체스 판에 말을 늘어놓고 흑의 진지 뒤쪽에 자리를 차지한 다음, 백을 대신해서 첫수를 둔다. 그런 다음 그것을 흑으로 맞겨누고, 또다시 백을 대신 움직인다. 이처럼 승부가 날 때까지 같은 일을 되풀이하는 것이었다.

그러나 애처롭게도 오래지 않아 그 방법의 결함이 명백히 드러났던 것이다. 물론 그는 흑의 편을 들었고, 처음부터 양쪽 전략을 다 알고 있었으므로 흑은 한판 또 한판 어이가 없을 정도로 쉽게 승리를 거두는 것이었다. 이런 식으로 무미한 경험을 20번이나 거듭하고 난 뒤 조지는 절망에 빠져 의자등받이에 힘없이 몸을 기대었다. 만일 한쪽을 대신해서 말을 움직이는 동안 또 한쪽의 일을 완전히 머릿속에서 쫓아낼 수만 있다면 아무 문제도 없을 텐데! 그러나 이것은 논리적으로 언젠가 책에서 읽은 아득한 옛날 기억과 궤도를 같이한 기대라는 데 생각이 미치어 그는 안타까웠다. 그것은 만일 두 마리의 뱀에게 서로의 꼬리를 물게 한다면, 상대방을 완전히 삼켜버리기까지 무섭게 투쟁할 것이라는 생각이었다.

우울하게 그 일을 생각해 본 나음 그는 다시 말을 늘어놓고 테이블을 빙 돌아서 백의 의자로 자리를 옮겼다. 만일 자기가 백이라면 어떤 수를 쓸 것인가? 게임이란 한편의 실력만으로 진행되는 것이 아니라 적수에 대한 지식에 의해서도 좌우된다고 그는 스스로에게 말하였다. 또한 상대방의 게임을 이끌어가는 방법에만 달린 것이 아니라 그 인격, 성격, 천성적인 자질에 의해 성립되는 것이라고, 조지는 비어 있는 흑의 의자를 테이블 너머로 엄숙하게 바라보며 그 사실을 생각했다. 그리고 천천히 신중하게 첫수를 놓았다.

그런 다음 그는 재빨리 테이블을 돌아서 흑의 자리에 앉았다. 이렇게 하는 편이 훨씬 쉽다고 그는 생각하며 거의 만사직으로 백에 대해 응수를 했다. 마음 속에 가슴설레는 스릴을 느끼며 그는 자리에서 일어나 빨리 이번에는 흑의 일을 완전히 머릿속에서 몰아내려고 애쓰면서 다시 체스 판을 사이에 두고 반대쪽으로 돌아갔다.

"대체 당신은 뭘 하고 있는 거예요?"

조지는 깜짝 놀라 눈 앞이 캄캄해져 시선을 고정시킬 수 없는 듯 사방을 둘러보았다. 루이즈는 입술을 꼭 다문 채 뜨개질거리를 무릎 위에 놓고, 마치 방 전체가 그를 향해 눈살을 찌푸리고 있는 듯 못마 땅한 태도로 그를 쳐다보고 있었다. 그는 설명하려고 입을 벌리다가 허둥지둥 생각을 달리했다.

"아니, 아무것도 아니오, 정말 아무 일도 아니라니까."

"아무일도 아니라고요!" 루이즈는 엄격하게 나무랐다. "누가 이 근처를 돌아다니다 그 모습을 보면, 아마 이 집에는 당신이 편히 앉 을 만한 의자가 하나도 없나 보다고 오해하겠어요, 아시겠어요, 나는 ......"

거기서 그녀의 목소리는 꼬리를 끌며 사라졌다. 눈이 유리알처럼 생기있게 빛났으며, 몸은 온 힘을 다해 주의를 집중하고 있어서 딱딱 하게 굳어졌다. 마치 라디오에 출연하고 있는 희극배우가 상대방의 모욕에 대해 스튜디오의 청중들이 분명 웃음을 터뜨릴 수밖에 없을 정도로 심한 다른 모욕적인 말로 응수한 것과 같았다. 루이즈는 다시 뜨개질거리로 손을 뻗쳤다. 그녀의 입술 양쪽 끝이 약간 위쪽으로 치 켜올라가는 듯했다. 조지는 다행이라고 생각하고 그 기회를 놓칠세라 흑 뒤쪽에 있는 의자에 파묻히듯 앉았다.

그는 지금 막 굉장한 발견을 하려는 찰나에 있었는데 하고 생각했 다. 그러나 엄밀히 말해서 그것은 무슨 발견이었을까? 육체적으로 자리를 바꾸는 것이 그를 객관적인 두 사람의 실체로 분리하여 명백 히 다른 두 사람의 기사를 가상하는 일을 가능케 했던 것이었을까? 만일 그렇다면 이제 어쩔 수 없는 궁지에 빠진 것이라고 그는 체념했 다. 왜냐하면 그렇게 일어나서 빙빙 돌며 왔다갔다하는 까닭을 루이 즈가 납득할 수 있도록 설명할 수는 도저히 없을 것 같았기 때문이 다.

그러나 만일 체스 판 그 자체가 한 수를 둘 때마다 빙그르르 회전

한다면 어떨까? 아니면, 하고 생각하며 조지는 차츰 더해가는 흥분을 느꼈다. 체스라는 것은 완전히 지능적인 게임이므로 만일 충분히 게임에 숙달한다면 판 따위는 전혀 필요없을 정도니까. 요컨대 중요한 것은 둘 차례가 되었을 때 자기를 완전히 상대방으로 탈바꿈하는 일이 아닐까?

자아, 이번에는 백이 둘 차례다, 하고 조지는 자기가 이행할 역할에다 관심을 쏟았다. 그는 백 쪽에서 두는 것이므로 틀림없이 백이 둘 것으로 보이는 수를 두어야 한다. 뿐만 아니라 백의 기사가 느낄 것으로 보이는 감정을 전적으로 실감있게 느껴야만 한다. 그러나 정신을 집중하여 노력하면 할수록 그가 노리는 목표는 잡기 힘들어졌다. 몇 번이나 백의 말을 잡으려고 손을 뻗치는 순간, 틀림없이 흑이 둘 것으로 보이는 수에 대한 지식이 한 방울의 수은처럼 머릿속으로 대구르르 굴러들어와 미칠 것만 같은 패배감을 느꼈다. 이처럼 밖으로 보이지 않는 괴로움이 그를 괴롭혔다.

바야흐로 이것은 그에게 달라붙어 밤마다 그는 연습에 열중했다. 몸무게가 줄고, 얼굴이 여위어 쪼글쪼글해졌다. 그래서 루이즈는 식사 때마다 그의 옆에 붙어앉아 메뉴에 관심을 갖게 하려고 애썼다. 일에 대한 흥미도 없어져서, 당장 그 자리만 모면하는 식으로 일을 했으므로 처음에는 좀 놀랍게 생각하고 초조해 하던 상사도 마침내는 불길한 징조가 아닐까 하고 머리를 갸우뚱거리게 되었다.

그러나 한 번의 승부가 있을 때마다, 한 수를 둘 때마다, 하나의 노력을 기울일 때마다 조지는 그만큼 목적에 다가가고 있음을 느끼고 환희에 가슴을 설레었다. 틀림없이 그 순간이 올 것이라는 확고한 신념을 가지고 자신을 타일렀다. 체스 판 맞은쪽을 객관적으로, 전혀 무관심하게, 그 의도며 계획에 대해 정말 거기에 앉아 있는 산 인간을 상대 하듯이 바라볼 수 있을 때가. 그리고 그 날이 오면 그는 자기를 능가하는 어떤 명인 기사를 물리쳤다고 주장할 수 있는 승리를 얻은 셈이 된다.

그는 한 수를 둘 때마다 다음 수 뒤에는 틀림없이 그 승리가 기다리고 있다는 데 너무도 굳은 자신을 가지고 있었으므로, 마침내 그 승리가 찾아왔을 때는 다만 기분좋은 만족과 온 신경이 해방되는 평온함을 느낄 뿐이었다. 마치 하루 종일 열심히 일한 뒤 잠자리에 들 때와 같은 느낌이라고 그는 기쁘게 생각했다. 정말 그런 종류의 느낌이었다.

그는 사소한 실수로 흑 쪽을 위험한 국면으로 몰아넣게 되었으므로, 잘 생각한 뒤 승정의 말을 백 쪽에게 큰 타격을 주는 멋진 방어를 할 수 있는 쪽으로 움직였다. 거기에 대해 백이 어떻게 응수할 것인가를 연구하려고 얼굴을 들었을 때, 그는 '백'이 테이블 맞은쪽 자리에 두 손 끝을 가볍게 맞대고 입술에 빈정거리는 미소를 띠며 앉아 있는 것을 보았다.

"아하!" 하고 백은 기분좋은 듯 말했다. "당신으로선 아주 멋진 수인데, 조지."

그리하여 조지의 만족감은 경솔한 손가락에 닿아서 터져버린 비누방울처럼 사라져 버렸다. 그 말은 그를 노하게 만든 동시에 모욕을 주었던 것이다. 그와 마찬가지로 불쾌했던 것은, 백이 조지가 예상하던 인물과는 전혀 다른 사람이라는 점이었다. 백을 쌍둥이처럼 조지와 닮았다고는 생각지 않았지만, 실제 얼굴 모습이 어디를 보나 너무도 비슷하여 마치 그가 매일 아침 면도할 때 들여다보는 거울 속에서 본 영상이라고 해도 지나치지 않을 정도였다. 그러나 이 영상에는 조지의 진짜 영상과는 달리 아주 압도적인 힘과 거만함이 있는 것 같았다. 저기 있는 것은 책상에 붙어앉아 재미없는 숫자의 나열을 계산하는 그런 사나이가 아니라 긴 회의 테이블 윗자리에 앉아 과단성과 생기있는 재치로 중대한 결재를 내리는 그런 인물이라는 걸 깨닫고 조지는 약간 불안한 마음이 들었다. 내일의 일에 대해서는 그다지 신경 쓰지 않고 그보다는 오늘의 일, 오늘이 제공해 주는 좋은 일만 생각하는 사나이, 그리고 그러한 것의 가치를 잘 알고 있는 그런 사나이였다.

백이 입고 있는 최고급 양복에서, 손톱을 잘 손질한 날씬한 손에서, 눈에 보이는 기품과 힘에서, 조지의 눈을 바라보는 엄격하면서도 명랑한 눈의 반짝임에서 그런 사실을 쉽게 알아차릴 수 있었다. 조지가 자기 바로 앞에 굴러다니고 있는 것으로 보이는 생각을 잡으려고 손을 멈칫멈칫하고 있는 사실을 깨달은 것은 백의 눈을 들여다보았을 때였다.

그 눈 속에는 자기의 영상이 뚜렷이 나타나 있었다. 어쩌면 그것은 단순한 영상이 아닌지도 모른다. 어쩌면……

백이 자기의 말을 하나 움직였으므로 조지의 생각은 거기서 끊어지고 말았다.

"당신 차례요, 당신이 게임을 계속할 거라 생각하고 하는 말이오만……" 백이 대수롭지 않은 듯이 말했다.

조지는 체스 판을 보고, 아직 자기 쪽 형세가 유리하다는 사실을 알았다.

"어째서 내가 계속할 마음이 없겠소? 이쪽 형세는……"

"지금으로 봐서는 좋지만" 하고 백은 그 자리에서 밀침견을 했나.

"당신은 먼 앞을 내다보는 일을 잊어버리고 있소. 나는 이길 것을 목표로 게임을 하고 있는 거요. 그런데 당신은 다만 지지 않으려는 생각만 염두에 두고 있을 뿐이오."

"둘러치나 메어치나 같은 말 아니오!" 조지가 대답했다.

"아니, 다르지. 그 증거를 말해 볼까요? 나는 이 승부에서도, 그

밖에 언제 승부를 해도 틀림없이 이기오" 하고 백은 말했다.

그 뻔뻔스러움이란 조지를 아찔하게 할 정도였다.

"마로치는 체스의 명수였지만, 끈질기게 버텨가는 전술을 쓰지 않았소. 만일 그의 게임 솜씨를 잘 알고 있다면……" 하고 조지는 반박했다.

"마로치의 게임이라면 나도 당신이나 다름없이 잘 알고 있소" 하고 백은 말했다. "만일 나에게 그와 승부를 겨룰 수 있는 기회가 있었다면 틀림없이 내가 계속 이겼으리라고 단언할 수 있소."

조지는 얼굴이 빨개져서 말했다.

"당신은 자기 자신을 꽤 높이 평가하는군."

그런데 백이 그 말에 대해 반격하는 대신 딱하다는 듯한 눈으로 자기를 바라보고 있어 묘한 감동을 받았다.

"아니, 나를 높이 평가하고 있는 쪽은 당신이오" 하고 백은 천천히 말했다.

그는 마치 감쪽같이 파놓은 함정을 발견하고 문제없이 피할 수 있었다고 말하고 싶은지 머리를 저으며 입술을 약간 벌려 비웃는 듯한 표정으로 일그러뜨렸다.

"당신 차례요."

조지는 머릿속에 떼지어 밀려온 막연하고 불안한 생각들을 애써 옆으로 밀어놓고, 당면한 수를 두었다. 그리고 나서는 분명 자기가 수습할 수 없는 꼴사나운 패배를 당했음을 깨달았다. 그는 두 번째 게임에서도 지고, 그 다음에도 또 지자 네 번째 게임에 들어가 온 힘을 다 기울여 전법을 바꾸려고 했다. 열한 번째의 수를 두려고 할 때 그는 총공격의 기회를 엿보았으나, 망설이다가 결국 그 기회를 놓쳐 또 지고 말았다. 그래서 조지는 찌푸린 얼굴로 상자 속에 말을 집어넣기 시작했다.

"내일 또 와주시겠지요?"

이 말로 조지는 자신이 완전히 백의 위안거리가 되었다는 사실을 인정하고 말았다.

"지장이 없다면."

조지는 갑자기 공포에서 오는 한기를 느끼며 가까스로 말했다.

"지장이 있을 리가 있겠소?"

백은 백의 여왕 말을 집어들고 손가락 사이에서 천천히 굴렸다.

"루이즈가 방해할지도 모르오, 어쩌면. 만일 루이즈가 당신이 이처럼 게임에 열중하는 것을 그대로 둘 수 없다고 결심하면 어떻게 되겠소?"

"그 사람이 그럴 턱이 있소? 지금까지 조금도 그런 눈치를 보인 적이 없소!"

"루이즈는 극단적으로 어리석고 화를 잘 내는 여자라서……."

"아니, 여보시오, 그런 말을 할 필요는 없다고 생각하는데!" 조지는 아픈 곳을 찔려 자신도 모르게 지껄였다.

백은 옆에서 하는 불평같은 건 전혀 들은 척도 하지 않고 말을 계속했다. "게다가 그녀는 이 집의 실권자니까. 그런 종류의 사람은 이따금 아무 까닭없이 자신의 위치를 확인해 보고 싶어하는 법이오."

조지는 최대한의 용기로 분통을 터뜨렸다. 그는 용감하게 말했다.

"만일 그것이 당신의 본심에서 우러나온 생각이라면 당신에게는 다시 이 집의 문지방을 넘을 권리가……."

그의 말이 끝나려는 순간 루이즈가 안락의자에서 몸을 부르르 떨며 남편 쪽을 보았다.

그녀는 활기있는 목소리로 말했다.

"여보, 오늘 밤에는 이제 그만하면 됐어요. 같은 시간을 보내더라도 뭔가 좀더 나은 일을 하며 보낼 수는 없나요?"

"지금 치우려던 참이오" 하고 조지는 당황해서 대답했다.

손을 내밀어 백의 손가락 사이에 끼어있는 말을 받으려다가, 그는 백이 소름끼치는 눈으로 루이즈를 관찰하고 있는 것을 보았다. 이윽고 백은 그가 있는 쪽으로 돌아앉았는데, 그 두 눈이 검은 유리알처럼 반짝였으며 그 속에서 불꽃같이 강렬한 빛이 새나오는 것 같았다.

"그렇지" 하고 백은 천천히 말했다. "저 여자의 사람 됨됨이와, 저 여자가 당신에게 취해온 처사를 생각하면 미워서 몸이 마를 지경이오. 이런 사실을 다 알면서도 당신은 나에게 또 와주기를 바라는 거요?"

지금의 상대방 눈은 냉혹하고 무정해 보이지는 않았다. 또 백이 그의 손에 돌려준 체스 말은 따뜻하고 대견스럽게 느껴졌다. 조지는 머뭇거리면서 헛기침을 한 번 한 뒤 이윽고 말했다.

"그럼, 내일 또."

백의 입술이 또 일그러지며 그 차갑게 비웃는 듯 찌푸린 표정을 지었다.

"내일도, 또 그 다음날도, 당신이 나를 필요로 할 때는 언제든지 오겠소. 그러나 아무리 해봐야 똑같은 일이오. 당신은 결코 나를 이길 수 없을 거요."

백이 자기를 평가함에 있어 결코 잘못 생각하지 않았다는 사실은 시간이 증명해 주었다. 그리고 시간 그 자체도 달력이나 시계 같은 수단에 의하는 것보다 무한히 되풀이되는 체스의 승부에 의해, 또 한 판의 승부를 새기는 서로의 말의 움직임에 의해 훨씬 더 재기 쉽다는 것을 조지는 배웠다. 그것은 즐거운 발견이었다. 그보다 디 기쁜 일은 자신을 에워싸고 있는 세계란 똑똑히 바라보면 마치 쌍안경을 거꾸로 들여다본 대상물과 비슷하다는 사실을 깨달은 것이었다. 함부로 남을 밀어내고 찌르고 흔들어대고 끊임없이 설명이며 변명을 요구하는 사람들의 모습이 여전히 선명하게 보였으나, 요컨대 그것은 배경에 지나지 않은 것이어서 그들이 아무리 가까이 밀려와도 그의 몸에는 손가락 하나 댈 수 없었다.

그런데 단 한 가지 예외가 있었다. 그것은 루이즈였다. 밤마다 세계는 체스 판과 그 맞은쪽 자리에 앉아 있는 백의 모습을 중심으로 둘러싸였다. 그러나 방 한쪽 구석에 뜨개질거리를 무릎에 올려놓고 앉아 있는 루이즈의 주위에는 시끄러운 불평과 피할 길 없이 터질 것 같은 비난의 분위기가 조지를 에워싸며 가득차 있었다.

"왜 그렇게 틈만 있으면 바보 같은 장난에 열중하지요? 뭔가 나에게 이야기할 만한 것도 없어요?" 하고 그녀는 나무랐다.

그런데 사실 따지고 보면 결혼한 지 몇 년 동안에 그는 집안 살림에 대해서는 아무 발언권이 없다는 것, 또 그의 회사에서 같이 일하는 동료의 일 따위는 그녀가 듣고 싶어하지 않는다는 것, 그리고 또 그녀의 말에 의하면 '인텔리 냄새가 풍기는' 문제에 대해 그가 생각하는 일은 본인의 가슴에 묻어두는 편이 좋다는 것을 안 뒤부터 그녀에게 할 이야기가 없었던 것이다.

"사실 그녀의 방법은 적절하지 않소" 하고 백은 비웃듯이 말했다. "만일 당신이 집 안에 필요한 가구 같은 것을 들여놓거나 하면 아주 깨끗해져서 루이즈는 쑥스럽고 이상한 느낌이 들 거요. 또 만일 당신과 함께 일하는 동료들을 너무 잘 알게 되면 루이즈는 그 사람들과 사귀고 대접해야 하므로 자기가 교양이 없다는 것을 모든 사람의 앞에 드러내놓게 될지 모르오. 이런 상황 아래 있기 때문에 그런 비참한 판정을 받는 일을 피하여 자기 혼자만의 진공 같은 세계에 틀어박혀 있는 편이 그녀에게 훨씬 좋지요."

늘 그렇기는 했지만, 백의 태도는 조지를 크게 화나게 만들었다.

"중산모 속에서 꺼낸 듯한 고견은 아주 그럴 듯하게 들리는군요.

그럼, 좀 알아야겠소. 어떻게 당신은 루이즈의 일을 그처럼 잘 알고 있소?"

백은 멍청한 눈으로 그를 쳐다보았다.

"나는 당신이 아는 일을 알고 있을 뿐이오. 당신이 아는 것보다 많지도 적지도 않소."

이 말은 조지의 마음을 아프게 하고 상하게 했지만, 게임에 대한 일을 생각하고 꾹 참았다. 루이즈가 입을 다물어버리자 온 세계는 다시 비현실적으로 돌아갔다. 그렇게 되자 이제 현실의 것은 체스 판과 그 위를 너울너울 날아다니며 공격하고, 조지를 감탄케 하고, 실망과 낙담으로 몰아넣는 대담무쌍한 산뜻한 솜씨로 눈 앞에 보이는 모든 것을 차례차례 쓰러뜨려가는 백의 손이 있을 뿐이었다.

만일 백에게 뭔가 결점이 있다면, 그것은 그의 체스 솜씨가 아니라 게임을 할 때마다 체스의 철학에 대해 약간의 잔소리를 늘어놓는, 그래서 언제나 마지막에는 주제넘게도 으레 조지의 개인문제에 대해 빈정거리는 말을 늘어놓는 불쾌한 화술에 있었다.

"이것 보오, 체스 두는 것을 보면 그 사람의 성격을 다 알 수 있다고 하는데, 그 사실을 알리라 여기고 말하겠소만, 당신은 자기가 언제나 수세를 취하기를 택하고 그리고 언제나 진다는 사실에 중대한 뜻이 있다는 것을 모르겠소?" 하고 백은 언젠가 말했다.

이 정도만이라면 참겠는데, 백이 가장 사납고 악한 모습을 보이는 것은 루이즈가 게임을 방해하고 조지를 비난하거나 체스 판을 치우라고 말할 때였다. 그런 때 백은 턱에 힘을 주고 그녀를 쳐다보았는데, 그 눈 속에서 무서운 증오가 연기를 뿜으며 불타고 있었다.

한번은 루이즈가 체스 판 위에서 말을 하나 집어들어 상자 속에다 거칠게 던져넣었는데, 그때 백이 증오를 참을 수 없는 듯이 갑자기 벌떡 일어났으므로 조지는 그가 어떤 행동으로 나올까 두려워 그를 막기 위해서 놀라 일어났을 정도였다.

"그렇게 놀라 일어날 건 없어요" 하고 루이즈는 나무랐다. "부수지는 않을 테니까요. 그러나 이건 알아야 해요. 만일 당신이 지금처럼 바보 같은 짓을 그만두지 않는다면 내가 손을 털게 해줄 테니까요. 당신을 그전처럼 착실한 인간으로 되돌아가게 하는 데 필요한 일이라면 그런 것쯤 하나도 남기지 않고 다 부숴버리겠어요!"

"맞받아 치시오! 멍하니 있지 말고…… 왜 딱 잘라 말해 주지 못하는 거요!" 하고 백은 말했다.

조지는 그 두 사람 사이에 끼어 이럴 수도 저럴 수도 없어 멍청히 서서 머리를 내젓는 것이 고작이었다.

그러나 그 사소한 사건이 백의 태도에 한 가지 새로운 변화를 가져다주었다. 즉 그 뒤부터 말 끝마다 사악한 의도를 비추는 태도가 시작된 것이다.

"저 여자도 만일 체스를 할 줄 안다면 이렇게 소홀히 여기지는 않을 테고, 그렇게 되면 당신도 두려워할 일이 없어질 거요."

"안됐지만 루이즈는 바빠서 체스할 시간이 없답니다." 조지는 소극적인 태도로 대답했다.

백은 의자에 앉은 채 자세를 바꾸어 그녀를 바라보더니 독기어린 미소를 띠고 다시 돌아앉았다.

"뜨개질을 하고 있군. 저 여자는 언제나 뜨개질만 하던데, 당신은 그것을 바쁘다고 하는 거요?"

"당신도, 참!"

"아니. 나라면 그렇게 말하지 않겠소. 옛날에 페넬로페(그리스신화에 나오는 오디세우스의 아내)는 남편이 돌아올 때까지 몇 년 동안이나 베를 짜서 끈질기게 치근대는 남자들을 가까이 못 오게 했소. 그런 신화에서처럼 루이즈는 몇 년이고 뜨개질에만 열중하여 죽음이 찾아오는 날까지 생명을 근접 못하게 하려는 거요. 저 여자는 무슨 일을 하든 기쁨을 느끼지 못하오. 그것은 누구나 외눈의 반만 있어도 알아볼 수 있는 일이오. 뜨개질을 하여 바늘에서 하나하나 빠져나가는 코는 그대로 죽음으로 다가가는 표시인데, 저 여자는 한순간도 그 사실을 모르고 있기 때문에 그것을 기뻐하고 있는 거요" 하고 백은 말했다.

"그래서 어떻다는 거요! 당신은 그녀가 체스를 하려들지 않는다는 것만으로 그런 당치도 않은 결론을 만들어내려는 거요?" 하고 조지는 믿을 수 없는 말이라는 듯 큰 소리로 말했다.

"체스에 대해서만이 아니오. 생명을 근거로 하여 말하는 것이오." 백은 말했다.

"그래, 그 생명이라는 것은 무엇을 뜻하지요? 지금 당신이 말한 그런 경우에는?"

"여러 가지 것을 뜻하지요. 무엇을 배우려고 하는 의욕, 창조하려는 욕망, 깊은 정서를 느끼는 능력, 그밖에도 많지." 백이 말했다.

"그야 많겠지요. 엄청난 것처럼 말하지만, 그게 전부는 아니오" 하고 조지는 비웃었다.

그러나 백은 입술을 일그러뜨리며 냉소적인 찌푸린 표정을 지을 뿐이었다.

"아아, 대단한 일이오. 루이즈에겐 너무 대단한 일이라 헤아릴 수 없을 것 같은 생각이 드는군요."

그리고 나서 백은 말을 움직여 조지의 관심을 다시 체스 판 위로 쏟게 했다.

마치 백은 조지의 급소를 찾아내어 몇 번이고 탐색을 거듭하는 일에 잔혹한 쾌락을 맛보고 있는 것 같았다. 그리고 체스의 말을 움직이는 한편 말로 상대편을 교란시키는 것이다. 잔혹하고, 빈틈없고,

언제나 반드시 홍수처럼 쏟아붓는 거만한 말투로 피할 수 없는 결론을 향해 돌진하는 것이다. 조지는 절망적으로 괴로워하며 루이즈의 이야기는 앞으로 절대로 하지 말아달라고 부탁해 볼까 하는 생각을 몇 번이나 해보았지만, 실제로 그렇게 할 수는 없었다. 조지의 머릿속에 있는 그 무엇인가가 백의 대화에 나오는 기호는 체스의 기술과 마찬가지로 본인 자신의 일부를 이루는 것으로, 조지가 그에게 상대역을 부탁하려면 백의 조건을 완전히 받아들일 수밖에 없다는 것을 일러주었다.

그리고 조지는 백을 상대역으로 원하고 있었다. 그것도 무턱대고 원하고 있었으며, 집에 돌아가 루이즈에게 한동안 회사에는 나가지 않겠다고 말했던 그 무서운 날 밤에는 더욱 그러했다. 물론 파면당한 것은 아니었지만, 회사에서 몸의 상태가 좋아질 때까지 쉬면 어떻겠느냐는 말을 들은 것은 그냥 웃어넘길 수 있는 일이 아니었다. 루이즈의 얼굴에서 맥이 빠지며 파래지는 것을 보고, 조지는 일생을 통해 지금처럼 건강하게 느껴진 적은 없다고 당황해서 곧 덧붙이기는 했지만.

이어서 루이즈가 그 앞에 떡 버티고 서서 지겹게 들어온 잔소리를 열심히 지껄여대는 광경이 전개되었다. 그런 경황 중에 조지는 백이 했던 말이 격한 분류처럼 뇌리를 치닫는 것을 느꼈다. 루이즈가 기운이 빠져 의자에 주저앉아 멍한 시선을 앞쪽 벽에 못박은 채 위안으로 삼는 뜨개질거리를 무릎 위에 올려놓았다. 그리고 조지는 테이블을 향해 체스의 말을 늘어놓으려고 했다. 그제야 비로소 그는 소금기를 띤 고통의 흐름이 물러가는 것을 느낄 수 있었다.

"그러나 이런 일에 완전히 결정을 내버리는 해결법이 없는 것은 아니오" 하고 백은 조용히 말하고 나서 루이즈 쪽으로 눈을 돌렸다.

"알고 보면 참으로 간단한 해결법이지."

조지는 오싹 소름이 끼치는 것을 느끼며 쉰 목소리로 말했다.

"그런 말은 듣고 싶지 않소."

"당신은 알아차린 일이 있소, 조지?" 하고 백은 말을 계속했다.

"루이즈가 굉장히 소중하게 여기고 있는 그로테스크한 바로크풍의 액자에 넣어 저기 벽에 걸어놓은 저 보잘것없는 그림은 마치 최대한의 소리를 내어 연주하고 있는 오케스트라와 맞서서 자기의 소리를 내려 하고 있는 히스테리컬한 작은 피리와 같다는 사실을."

조지는 체스 판을 가리키며 "당신이 선이오" 하고 말했다.

"아아, 게임 말이오? 게임은 어디로 가지 않소, 조지. 그보다 지금 나는 이 방이 아니, 이 훌륭한 집 전체가 완전히 당신 것이라면 어떨까 하는 생각을 하고 있습니다. 당신 혼자의 것이라면."

"나는 체스를 두는 편이 좋을 것 같소" 하고 조지는 항의했다.

"그리고 또 이런 방법도 있지요, 조지."

백은 몸을 앞으로 굽혔다. 그의 두 눈에서 조지는 다름아닌 자신의 영상이 기묘한 눈초리로 자기를 쳐다보고 있는 것을 보았다.

"또 한 가지 다른 방법이란 스스로를 괴롭히지 않아도 되는 재미있는 것이오. 만일 이 방에 당신 혼자만 있다면, 알겠소, 당신보고 체스를 그만두라고 할 사람은 아무도 없을 거요. 당신은 밤낮으로 체스를 둘 수 있고, 그래도 더 하고 싶다면 다음날 아침까지 밤을 새워 해도 상관없단 말이오!

그러나 그것으로 다 된 게 아니오, 조지. 저 그림을 창문 밖으로 내던지고 좀더 좋은 다른 그림을 걸 수도 있을 것이오. 글쎄, 좋은 판화를 두세 장 걸면 어떨까. 뭐, 어마어마한 대작이 아니라도 되오. 알겠소? 그러나 매일 당신이 이 방에 들어와 그것을 보는 순간 기운이 솟아날 수 있는 느낌의 그림을 두세 장 걸면 되는 거요.

게다가 레코드판도! 요즘 멋진 판이 많다는 것을 나도 알고 있지만, 조지, 방 안에 그런 것이 가득 있다면 어떻겠소? 오페라를 비롯하여 교향곡, 협주곡, 4중주 등 무엇이든 다. 그 중에서 좋은 것을 골라 실컷 즐기는 거요!"

천천히 다가오고 있는 백의 눈 속에 비친 자신의 영상을 쳐다보며 조지는 기쁨에 잠겼다. 그러나 백의 말에 암시된 무서운 의미를 생각하자 그만 머리가 아찔해지는 것 같았다. 그는 두 손으로 귀를 막고 미친 듯 머리를 저었다.

"당신은 미치광이요! 그만해 두시오!" 조지는 소리쳤다.

그러나 귀를 막았는데도 백의 목소리가 여전히 무섭도록 뚜렷하게 들려왔다.

"당신이 두려워하고 있는 것은 고독이지요, 조지? 그러나 그것은 어리석은 생각이오. 기꺼이 당신의 친구가 되어주고, 당신에게 이야기를 걸어오고, 나아가 고맙게도 당신의 이야기에 귀를 기울여주는 사람은 얼마든지 있소. 뿐만 아니라 원한다면 당신을 사랑해 주려는 사람도 얼마쯤 있소."

"고독이라고? 당신은 내가 두려워하고 있는 것이 고독이라고 생각하는 거요?" 조지는 잘못 들은 게 아닌가 의아해하며 물었다.

"그렇지 않다면 뭐요?"

"당신은 나 자신과 다름없이 모두 잘 알고 있잖소." 조지는 떨리는 목소리로 말했다. "당신은 자신이 나를 어떤 방향으로 유도하려고 하는가를 잘 알고 있소. 당신은 내가 아니, 누구이든 이처럼 선량한 사나이가 그런 잔혹한 짓을 할 수 있다고 보다니, 어떻게 그런 생각을 할 수 있소!"

백은 경멸하듯 이를 드러냈다.

"그럼, 한 가지 묻겠는데, 자신은 결점투성이의 어리석은 여자인 주제에 자기보다 굉장히 훌륭한 사나이와 결혼하여 그 사나이를 자기와 같은 수준으로 끌어내리고도 부족하여 자기의 약점과 어리석음을 감추는 일을 생애의 과업으로 삼고 있는 여자보다 더 잔혹한 존재가 있으리라고 생각하오?"

"당신에겐 루이즈에 대해 그렇게 말할 권리가 없소!"

"권리는 다 갖추어져 있소."

백은 엄격한 목소리로 말했다.

조지는 속으로 이 말이 무서운 진실임을 깨달았다. 마침내 그는 허둥거리며 테이블 끝을 꽉 움켜잡았다. 그는 이성을 잃고 소리쳤다.

"싫소, 그런 일을 하는 것은! 그런 일은 하지 않겠소, 절대로!"

"그러나 그렇게 하지 않을 수 없을 거요!" 백도 지지 않았다.

그 목소리에는 너무도 분명하게 무서운 결의가 나타나 있어 조지는 자신도 모르게 눈을 들었다. 마침 루이즈가 날카롭고 작은 발자국 소리를 내며 테이블 쪽으로 다가오고 있는 중이었다. 그녀는 그 자리에 버티고 서서 분노로 입술을 바르르 떨었다. 그리고 그는 혼란된 사고의 중간중간에 그녀가 되풀이해서 퍼붓는 말을 들었다.

그녀는 거칠게 악을 쓰고 있었다.

"바보! 바보! 이 체스 탓이에요! 이제 지긋지긋해요!"

그리고 나서 그녀는 갑자기 체스 판 위로 손을 뻗쳐 말들을 쓸어냈다.

"그만두지 못해!" 하고 조지는 루이즈가 아니라 그녀 앞에 서서 무거운 쇠부지깽이를 휘두르고 있는 백을 향해 소리쳤다. "그만두지 못해!"

조지는 거듭 소리를 지르며 그 부지깽이가 떨어지는 것을 막으려고 달려나갔으나, 이미 때가 늦었다는 것을 깨달았다.

만일 루이즈가 경찰의 시체 상자 안에 자신이 보기 흉하게 나뒹굴어 있는 것을 보았다면 아마 시끄럽게 떠들어댔을 것이다. 그 상자가 질질 끌려 현관문으로 운반될 때, 닦아놓은 마룻바닥에 보일까말까한 조그마한 흠집이 생긴 것을 보았다면 그녀는 틀림없이 큰 소리로 울부짖었을 것이다. 물론 그녀가 살아있다면 말이지만. 그러나 랜드 경감은 부하들이 그 짐을 운반하여 나간 뒤 아무렇게나 문을 닫고 거실로 돌아왔다.

경감보는 분명 체스 테이블 옆 의자에 앉아 있는 조용한 작은 사나이의 심문을 이미 끝낸 것 같았으나 어쩌된 일인지 우울해 보였다. 작은 사나이가 잠자코 앉아 자기 쪽을 지켜보고 있는 앞에서 그는 이마에 주름을 잡으며 수첩에 적어놓은 것을 음미하면서 방 한가운데를 왔다갔다하고 있었다.

"그래서?" 랜드 경감이 물었다.

"네" 하고 경감보는 대답했다. "꼭 한 가지 납득이 안 가는 점이 있습니다. 사실을 종합해서 말씀드리자면, 여기에 지금까지 아무 이상도 없이 인생을 살아왔으며 모든 일을 순조롭게 해결해 온 한 사나이가 있는데, 그 사나이가 갑자기 또 한 사람의 자기, 즉 다른 인격이 생겼다는 것을 알아차리게 된 것입니다. 즉 두 부분으로 분열해 버린 사나이라고 할까요?"

"정신분열증인가? 그다지 이상한 일도 아니잖나." 랜드 경감이 말했다.

"그럴지도 모릅니다" 하고 경감보가 말했다. "아무튼 그 또 한 사람의 자기라는 것이 아주 나쁜 녀석으로 그가 이 살인사건을 일으킨 겁니다."

"모든 사실이 다 들어맞는 것 같군. 납득이 안 가는 점이 뭔가?" 랜드 경감이 말했다.

"꼭 한 가지, 이름 확인에 대한 일입니다."

경감보는 눈살을 찌푸리고 수첩을 들여다보더니 체스 테이블 옆 의자에 앉아 있는 작은 사나이쪽으로 향했다.

"당신의 이름이 뭐라고 했지요?"

작은 사나이는 비난하는 듯 차갑게 비웃는 표정을 지었다.

"아니, 그렇게 여러 차례나 말씀드렸는데 또 잊어버렸단 말입니까?"

작은 사나이는 즐거운 듯이 미소를 지었다.

"나의 이름은 화이트(백)입니다."

너와 똑같다

아녀의 눈에는 그들이 모두 하나의 틀로 찍어낸 듯이 보였다. 모두들 늘씬한 키에 다부진 체격이었다. 알맞게 그을린 얼굴은 수수하게 생겼으며 머리는 시원스럽게 깎아올렸다. 입고 있는 옷은 좀 비싼 듯 점잖아 보였으며, 행동에도 실수가 없었다. 좋은 집안에서 태어나 이름있는 학교를 나왔으나, 본인은 그런 것이 뭐 대수로운 일이냐는 듯 시치미를 뚝 뗀 표정들이었다. 벌집처럼 혼잡한 사람들 틈바구니에서 금테를 두른 유가증권 냄새가 기분좋게 코를 간지럽히는 고딕식 긴물과 미래파 화가의 팔레트처럼 생긴 유리 첨탑의 그림자 속을 헤집고 다니며, 그들은 조심스럽게 행동하여 주위에 휩쓸려 길을 잃는 일이 없었디.

취직의 밑천으로 그들이 몸에 지니고 있는 것은 가문과, 출신 학교와, 윗사람이 말을 걸면 너무 성급한 나머지 허둥대어 예의를 잃는 일이 없는 마음가짐이었다. 사실 그들은 다른 모든 일에서도 그렇지만 자기의 직업에 온통 심혈을 기울이고 있지는 않았다. 돈에 곤란을 받지 않으므로 그럴 필요가 없었던 것이다. 이러한 이유로 하여 아더는 그들을 미워했으며, 동시에 자기가 그들 사이에 낄 수만 있다면 영혼을 내주어도 아깝지 않을 것 같은 심정이었다.

육체적인 조건만이라면 아더도 합격이다. 키가 크고 훌륭한 호남자로, 그 옆을 지나치는 여자라면 누구나 곁눈질을 할 정도였다. 곁눈질이란 상대할 수는 없지만 어쨌든 마음이 끌린다는 것을 뜻하는 증거이다. 그는 또한 빈틈없는 관찰과 자제심으로 아주 진지한 태도를 잃지 않고 있었다. 그러나 그는 이름난 가문 출신도 아니고 유명한 학교를 나온 처지도 아니며, 그다지 많지 않은 급료 외엔 이렇다할 수입원도 없었다. 부모는 이미 돌아가셨으며——유산은 장례식 비용을 지불하기에도 빠듯했다——고등학교를 중퇴한 다음 일자리를 찾아나섰던 것이다. 그 뒤로 마치 초조하게 쫓기듯 몇 번이나 직업을 바꾸어 오다 최근에 와서야 가까스로 호튼 앤드 샘 회사에 자리를 잡게 된 셈이다. 만일 누군가 그에게 묻는 사람이 있다면, 그는 그 자리에서 자기의 전 재산을 1페니의 에누리도 없이——은행의 예금과 지갑 속의 돈과 주머니 속에 든 잔돈까지도 다 합쳐서 얼마인지 대답해 줄 수 있을 것이다. 과연 남자답게 활발히 행동하지 못하는 그의 성격은 그런 면에도 나타나 있었다.

호남자——그야말로 그가 죽도록 미워하는 무리를 상징하는 호칭이었다. 말하자면 그는 그 테두리 밖에 있었다. 어느 날 오전에 호튼 앤드 샘 사무실문이 열리고 어느 단골손님의 두 아들이 배웅을 받으며 나왔다. 그들은 1초의 몇 분의 1동안 아더에게 시선을 던지더니 순간 상대방이 자기들과 같은 계층의 사람이 아니라는 것을 알자 모르는 체 외면했다. 한 마디 말을 나눈 것도 아니고 무슨 일을 당한 것도 아닌데, 그 순간 아더는 증오와 분노를 불태우며 서 있었다. 보복할 수는 없었다. 그 점이 가장 화가 치미는 일이기도 했다. 손가락 하나 건드릴 수 없다. 그들의 가정, 그들이 출입하는 클럽, 어디를 막론하고 그들이 생활의 터전으로 삼고 드나드는 문은 아더의 눈 앞에서 굳게 닫혀 있었다.

뒷모습을 보이며 두 사람이 탄 엘리베이터의 문이 닫히자 비로소 호튼 씨는 아더가 그 자리에 있다는 것을 안 모양이었다. 그는 엘리베이터 문 쪽을 몸으로 가리키며 거의 부드럽게 들리는 목소리로 말했다.

"좋은 젊은이들이지."

그 말은 아더의 가슴에 콱 박혔다. 뿐만 아니라 호튼 씨의 이 감탄한 듯한 말투는 증오에 불타는 아더의 마음에 무책임하게 내뱉은 말처럼 굉장한 효과를 가져다주었다. 저 두 사람은 나와 같은 계층의 사람이지만 너는 그렇지 않다라는…….

게다가 그 자리에는 앤이 있었던 것이다…… 앤 호튼이.

일에 한결같은 열의를 가지고 열중하고, 로맨스에 꽃을 피우려고 애쓰고, 운이 좋으면 사장이나 중역의 딸을 손에 넣어 일석이조의 성공을 기도하는 것은 적어도 야심에 찬 젊은이들의 전통적인 권리이다. 뿐만 아니라 그 딸이 앤 호튼처럼 아름답고 사랑스러우며, 그러면서도 그녀를 아는 사람들의 동경어린 표현을 빌리면 '조금도 제멋대로 구는 일이 없는 정숙한 아가씨'이고 보면 더욱 뜻하지 않은 행운이라 할 것이다.

조금도 제멋대로 굴지 않는다 해도 거기에는 어느 정도 차이가 있다는 사실을 아더는 본능적으로 알고 있었다. 본심으로는 50피트 길이의 선실이 딸린 쾌속선을 갖고 싶지만, 결국은 20피트의 스피드 보트로 참아주는 여자가 제멋대로 구는 여자가 아니라면 분명히 앤 호튼은 제멋대로 군다고 볼 수 없었다. 그러나 이런 여자에게 불타는 정열과 무엇이든 단번에 해치울 수 있는 의기만 가지고 가까이 하려 해봐야 헛일이다. 황금 갑옷을 입고, 순수한 혈통의 명마를 타고, 시내에서 제일가는 뮤지컬 극장의 오케스트라 좌석 지정권 같은 것을 군기처럼 펄럭이며 가지 않으면 안된다. 게다가 구혼자의 뜻을 명백히 해두고 싶다면 가끔씩이 아니라 자주 찾아가지 않으면 안되는 것이다.

아더는 매슈 부인의 하숙집 방 침대에 드러누워 이런 모든 일들을 생각하며 여러 가지 망상을 했다. 그리고 밤마다 마음을 따뜻하게 녹이며 천장을 찬찬히 관찰했다. 그의 사고는 어떤 괴상한 책에 나오는 뱀──자기의 꼬리를 물고 자신의 몸을 먹어들어가는 그 뱀처럼 빙빙 돌아 미칠 것만 같았다. 앤 호튼도 다른 모든 여자들과 같은 눈초리로 그를 바라본 적이 한두 번이 아니었다. 만일 그가 한 발자국 가까이 다가가서 그녀가 요구하는 조건을 들어줄 수 있다는 인상을 심어줄 수만 있다면 반드시 결혼하지 못할 것도 없지 않은가? 그러나 그 조건을 들어주려면 돈이 드는데, 아이러니컬하게도 그의 주머니에 돈이 들어올 가망성이란 그녀와의 결혼이 성공되지 않는 한 있을 것 같지가 않았던 것이다! 일이 잘만 되면 그 보기싫은 녀석들의 얼굴에 내던져줄 만큼 많은 돈이 수중에 들어올 텐데. 하고 그는 생각했다.

이리하여 그의 생각은 차츰 형태를 바꾸어 자신도 모르는 사이에 앤 호튼을 목적으로서가 아니라 하나의 수단으로서 생각하게 되었다. 그렇다면 목적은? 말할 것도 없이 돈을 일일이 세어보는 궁색한 짓을 하지 않고 무엇이든 제일 좋은 것을 손에 넣을 수 있는 훌륭한 신분이다. 무엇이든 제일 좋은 것으로…… 하고 아더는 꿈꾸듯 혼자서 중얼거리며 돈이 듬뿍 드는 아름다운 환상이 천장에 나타나 구름처럼 둥둥 떠다니는 것을 생생히 보았다.

찰리 프린스는 무엇이든 제일 좋은 것만 맛본 젊은이였다. 그가 아더의 생활에 침입해온 것은 어느 날 점심때의 일로, 때마침 아더는 눈앞의 테이블에 호튼 앤드 샘 사무실의 견적서를 펼쳐놓았지만, 마음은 그곳을 떠나 앤 호튼과 20피트의 스피드 보트에 함께 타고 있는 환상을 그리며 커피를 마시고 있었다.

찰리 프린스가 말했다.

"실례합니다, 잠깐 묻겠는데요, 당신은 호튼 영감 밑에서 일하고 있습니까?"

그 목소리에서 가문과 명문 학교 출신의 냄새가 풍겼다. 아주 자연스럽게 나온 '영감'이라는 말 한 마디가 그것을 증명해 주고 있었다. 왜냐하면 그것은 진짜 나이와는 관계없이 누구에게나 적용할 수 있는, 그즈음 '그들' 사회에 유행하는 말이었기 때문이다. 아더는 상대방의 구두에서 양복으로, 셔츠로, 넥타이로, 그리고 모자로 차례차례 시선을 옮기며 순서에 따라 반사적으로 올리버 무어, 브룩스, 샐커, 블론지니, 캐버노(모두 일류 상품을 취급하는 유명한 상점) 하고 짐작해 가다 얼굴에서 딱 멎었다. 이 또한 에누리없이 알맞게 햇볕에 그을린 잘생긴 용모였으며 다른 이들처럼 머리를 짧게 깎았지만, 그밖에 뭔가 조화를 깨뜨리는 것이 있었다. 눈 가장자리의 잔주름과 일그러진 입술……

"그렇습니다. 호튼 사무실에 근무하고 있습니다." 아더는 나른한 듯이 말했다.

"잠깐 여기 앉아도 될까요? 네 이름은 칠리 프린스라고 합니다."

찰리 프린스는 전에 호튼 사무실에서 일한 적이 있었으므로 우연히 테이블 위의 견적서가 눈에 띄자 옛날에 있던 회사의 상태가 지금 어떤가 물어보고 싶은 유혹을 참을 수 없었다고 말했다.

"잘되어가고 있다고 말해도 괜찮을 겁니다." 아더는 대답하다가 갑자기 생각난 듯 덧붙여 말했다. "나는 아무래도 당신을 본 기억이 없는데요……."

"그럴 겁니다. 나는 당신이 근무하기 전에 있었고, 그만둔 뒤 회사에서 나에 대한 말을 하며 떠들어댔을 리도 없을 테니까요. 왜냐하면 사실 나는 이 사무실에 해로운 존재였거든요. 결국은 완전히 신용을 잃어 물러난 셈이었지요. 내가 말하는 뜻을 알겠소?"

"네."

아더는 특별히 누구를 지적한다기보다, 호튼 사무실같이 훌륭한 곳에서 무능해서가 아니라 복종하기 싫어 가벼운 마음으로 그만둘 수 있는 좋은 신분을 가진 자들에 대해 순간적이긴 하지만 씁쓸한 부러움을 맛보았다.

찰리 프린스는 그의 마음의 움직임을 꽤 정확하게 알아차린 모양이었다.

"아니, 그렇지 않소. 능력이 없어서 배겨나지 못했을 거라고 생각한다면 그건 잘못된 거요. 그게 아니라 수표 위조니 뭐, 그런 것으로……."

아더는 눈을 내리깔며 고개를 숙였다.

"알겠소?" 하고 찰리 프린스는 기쁜 듯이 말했다. "그것이 탄로나자 그만 별수없이 자책감에 못 이겨 눈물로 지새웠으리라고 생각하겠지요? 그러나 그렇지 않소. 물론 후회하기는 했지요. 그 주제넘게 구는 굼벵이 같은 회계 녀석에게 꼬리가 잡힐 실수를 저지르다니! 그러나 그것은 나의 책임이라고 볼 수는 없는 일이었소."

"그렇지만 왜 그런 짓을 했습니까?"

찰리 프린스는 눈살을 찌푸렸다.

"내가 다만 스릴을 맛보기 위해 도둑질하는 정신 이상자같이 보이오? 물론 돈 때문이었지요. 나의 경우는 언제나 돈 때문이오."

"언제나라고요?"

"그렇소, 나는 호튼 사무실 말고도 몇 군데서 같은 일을 하고 늘 그 일이 켕겨서 나오곤 했답니다. 솔직히 말해 나는 호튼 사무실에서 그 짓을 할 때는 가장 중요한 초보적 원칙을 아직 몰랐던 거요." 그는 윗몸을 앞으로 내밀며 뜻있게 둘째 손가락으로 테이블을 톡톡 쳤다. "즉 남의 서명을 베낀다는 것은 쓸개빠진 녀석이나 하는 짓이라는 사실을 몰랐던 거요. 정말 바보 같은 짓이지. 가짜 서명을 하려면 진짜와 똑같이 쓸 수 있을 때까지 연습을 거듭할 수밖에 없소. 그밖에 다른 방법은 없소."

"하지만 그렇게 해도 붙잡혔겠지요?"

"그것은 내가 몰랐던 탓이오. 나는 수표를 현금으로 하여 일일이 그것을 출납부에 기입하기가 귀찮아서 써넣지 않았었지요. 그런데 회계라는 녀석이 장부가 맞지 않는다는 것을 알아차리고——그건 당신도 알고 있겠지요?"

아더는 자기가 완전히 상대방의 이야기에 빠져들어갔다는 사실을 알게 됨과 동시에 한 가지 물어보고 싶은 일이 생각났다. 그러나 예의에 벗어나지 않는 말투로 그것을 묻기란 아주 어려운 일이었다.

"그래서 그 뒤에 어떻게 되었습니까? 사무실에서…… 당신은……?"

"체포되었다든가 감방에 들어가게 되었다든가 뭐 그런 것이오, 당신이 묻고 싶은 말은?" 찰리 프린스는 딱하다는 듯한 눈초리로 아더를 쳐다보았다. "설미 그런 일을 딩했겠소? 당신도 그런 사무실들이 세상의 평판에 대해 얼마나 신경쓰고 있는지 잘 알고 있잖소. 쓴 돈은 모두 나의 아버지가 메워주시고, 그것으로 끝난 거지요."

"그것으로 당신의 신상에는 전혀 아무 일도 일어나지 않았습니까?" 아더는 놀라서 물었다.

"아니오." 찰리 프린스는 한 발자국 양보하듯이 말했다. "물론 일이 일어나긴 했었지요. 특히 마지막으로 아버지가 열을 받은 풍선처럼 터져버렸거든요. 그러나 심한 일은 당하지 않았소. 다만 보증금을 받고 자유 이민이 되는 것으로 끝났답니다."

"아니, 뭐라고요?" 아더는 바보처럼 물었다.

"보증금을 받고 자유 이민이 되었다고 말했소. 영국의 전통있는 명문가에서 곧잘 쓰는 수법이지요. 흰 양의 무리에 한 마리의 검은 새끼가 태어난 것같이 눈에 거슬리고 변변치 못한 자식을 오스트레일리아나 어디 눈에 띄지 않는 곳으로 쫓아내고 돈을 보내주는 겁니다. 어쨌든 눈에 띄는 곳에 나타나지 않고 얌전히 있으면 어김없이 정해진 때에 돈을 보내주지요. 나는 그렇게 되어버렸소. 처음에 아버지는 나를 춥고 어두운 거리로 돈 한푼 주지 않고 내쫓겠다고 호통쳤으나, 우리 집 여자들은 모두 마음씨가 착해서 어떻게 잘 봐주도록 아버지를 설득했지요. 나는 매달 정해진 돈을 받고 있습니다. 내가 살아가는 데 필요한 액수의 절반밖에 안된다는 것을 나중에야 알았지만. 그 대신 나는 운전을 잘하여 앞으로 일생 동안 우리 가족이나 친척 친지들 앞에 나타나지 않겠다고 약속했지요. 그런데 이 친척 친지의 눈에 띄는 범위라는 것이 여간 넓은 게 아니어서, 정말이지 그것만은 이해해 주어야 하는데……."

"그럼, 뉴욕 같은 곳에 있으면 안되겠군요?"

"내가 '자유 이민'이라고 말했었지요? 즉 나는 어디에 있으나 괜찮습니다. 나의 가족과 3백만 명쯤 될 친척 친지의 눈과 귀에 띄지만 않으면. 나는 우리 집 고문변호사에게 거처를 알려주어 매달 1일에 돈을 받지요."

"아아, 그렇군요" 하고 아더는 말했다. "지금 들은 것으로 판단하건대 아버지가 아주 좋으신 분 같군요."

찰리 프린스는 한숨을 쉬었다.

"사실 전적으로 나쁜 노인은 아니오. 다만 뭐랄까, 성인인 체하는 착실한 젊은이를 자기 아들로 갖고 싶어하는 욕망이 굉장히 크지요. 그 때문에 인과응보로 나같은 자식을 두었겠지만. 내가 말하는 뜻을 알겠지요? 겉보기에도 빈틈이 없고, 알맹이도 빈틈이 없고, 쇠망치로 두들겨도 불꽃 하나 튀지 않는 그런 사람이오. 만일 내가 그렇다면 모든 일이 척척 풀려나갈 텐데, 공교롭게도 나는 그렇지 못하지요. 가엾은지고, 황야의 이스마엘(아브라함이 아내의 시녀에게 낳게 한 아이. 황야로 쫓겨났음. 구약성서 창세기 제 16장 참조)이여. 돈이 오려면 아직 2주일은 있어야 하는데, 호텔에선 쫓겨나고……."

아더는 흥분이 치솟아 오름을 느꼈다.

"쫓겨나다니요?"

"숙박비를 지불하지 않는 손님에 대한 처분은 어디나 다 같은가 보지요. 아마 법률이나 헌법 같은 것으로 그렇게 정해진 모양이오. 아무튼 매정한 방법이오. 하기야 이렇게 된 것이 남의 일이라고 볼 수는 없으니, 어떻소, 지금 내가 들려준 신상 이야기와 교환 조건이라고 하면 뭣하지만 어떻게 돈 좀 꿔줄 수 없겠소? 아니, 그렇지만 잔돈푼이라면 곤란하고, 많지도 적지도 않은 액수를 부탁하고 싶소. 다음달 1일에는 어김없이 그 돈에 이자를 붙여서 갚겠소. 제발 부탁이오." 찰리 프린스의 목소리는 이제 애원투로 바뀌었다. "나에게 정직하지 못한 면이 있다는 것은 인정히오. 그러나 돈을 갚지 않고 베어먹은 일은 이 세상에 태어난 뒤 한 번도 없었소. 사실 근본을 따지고 보면 여러 가지 골치아픈 일이 생기는 것도 그 빚을 갚는다는 점에서 너무 의리를 지키려고 하기 때문이오."

아더는 한 군데도 흠잡을 데가 없는 찰리 프린스의 옷차림을 바라보았다. 아주 허물없는 태도로 관찰했다. 기분좋게 울려오는 억양 조절이 잘된 목소리를 음미하고 있노라니 서서히 솟아오르는 흥분이 갑자기 현실적인 뜻을 지니게 되었다.

"그건 그렇고" 하고 아더는 말했다. "지금 어디에 삽니까?"

"거처가 없습니다, 추방 처분이 풀리지 않는 한은. 그러나 다음달 1일 약속 시간 정각에 이곳에 나타날 거요. 돈은 어김없이 갚겠소. 맹세해도 좋소. 절대로 걱정하지 않아도 되오. 나의 이야기하는 태도로 보아 속이려 하지 않는다는 것쯤은 알아줘도 될텐데……."

"그런 뜻이 아닙니다" 하고 아더는 말했다. "내가 말하고 싶은 것은 내 방에서 같이 지내지 않겠느냐는 뜻이오. 내가 당신에게 숙박료를 지불하고 짐을 찾아올 만한 돈을 빌려드리면 내 방으로 이사올 마음이 있습니까? 좋은 방입니다. 오래된 집이지만, 손질이 아주 잘되어 있지요. 매슈 부인——하숙집 주인입니다——은 조금 수다쟁이로 수선스럽기는 하지만 살림을 잘합니다. 게다가 하숙비도 싸고, 꽤 절약이 되지요."

여기서 아더는 자기가 무턱대고 물건을 떠맡기려는 강매꾼처럼 떠들어대고 있다는 것과, 찰리 프린스가 당황한 눈초리로 의심스러운 듯이 자기를 바라보고 있다는 것을 알고는 기겁을 하며 입을 다물었다.

"무슨 말이오, 그게?" 하고 찰리 프린스가 말했다. "당신도 돈이 없다는 거요?"

"아니, 돈과는 전혀 관계 없는 일입니다. 그 증거로 돈은 빌려주겠다고 했잖습니까?"

"그럼, 왜 나와 함께 지내고 싶어하는 거요? 나같은 사람하고?"

아더는 용기를 내어 두 주먹을 불끈 쥐고 말했다.

"별수없이 말해야겠군요. 당신은 내가 필요로 하고 있는 것을 몸에 지니고 있기 때문입니다."

찰리 프린스는 눈을 동그랗게 떴다.

"내가요?"

"그렇습니다" 하고 아더는 설명했다. "당신이 지금까지 생활한 환경이라든가 그밖의 것을 나는 타고나지 못했습니다. 그런데 그런 것은 어김없이 겉으로 나타나기 마련이지요. 어떻게 말로 표현할 수는 없지만, 어쨌든 나타납니다. 나는 그걸 압니다. 당신은 만일 지금 내가 아니라 당신 아버지가 좋아하는 그런 사람들과 이야기한다면 이러한 말은 하지 않겠지요? 그러나 그것은 아무래도 좋습니다. 나는 단지 무엇이 당신을 그렇게 만들었나, 무엇이 그들을 모두 그렇게 만들었나 하는 것을 알고 싶습니다. 그것은 좋은 가정에서 자라났다는 증거로서, 돈이 당신에게 칠한 절대로 벗겨지지 않는 왁스 같은 것입니다. 나는 거기에 감화되고 싶은 겁니다."

찰리 프린스는 의심스러운 눈초리로 아더를 지켜보았다.

"그래, 당신은 만일 내가 당신과 함께 지내면 그 이상한 왁스인지 뭔지가 당신 몸에도 배리라고 생각하는 거요?"

"그런 걱정은 내가 하지요" 하고 아더는 말하며 수표책과 펜을 꺼내어 눈 앞 테이블 위에 놓았다. "자아——."

찰리 프린스는 수표책을 바라보며 생각에 잠겼다.

"당신이 나에게서 무엇을 사려고 하는지 전혀 짐작할 수가 없소만 아무튼 사겠다면 팔지요!"

오래지 않아 알게 된 일이지만, 동거인으로서 이 두 사람은 멋진 짝이었다. 왜냐하면 열심히 지껄이는 사람과 열심히 듣는 사람만큼 잘 어울리는 친구는 없기 때문이다. 찰리 프린스로서는 일화며 추억담을 마치 우물 속에서 물을 퍼내듯 끊임없이 지껄여대는 것만큼 신바람나는 일이 없었고, 아더는 마치 열병을 앓는 사람처럼 정신없이 그 이야기에 귀를 기울여 매슈 부인의 하숙집 2층 방에는 따사로운 분위기가 가득차 있었다.

그렇기는 하지만 물론 아주 작은 파리가 기름 속으로 뛰어드는 정도의 번거로움이 전혀 없었던 것은 아니다. 아더가 세밀한 점에 이르기까지 소홀히 하지 않고 자세한 지적을 얻으려고 너무 열심이었으므로 이따금 찰리 프린스는 지나치게 열성적인 청취자를 떠맡게 된 일을 한탄하게 되었다. 예를 들어 막 요트 이야기를 시작하려고 하면 "아니, 잠깐만" 하고 그 요트의 크기며 구조며 조정방법 등을 물은 다음, 각종 작은 배의 특징과 성능 같은 것을 비교하는 강의를 듣고 나서 다시 본디 이야기로 돌아가게 하는 것이다.

이 성가신 절차는 이야기하는 사람의 기세를 이만저만 꺾는 것이 아니었다. 또는 어떤 레스토랑에서 만난 젊은 여자에 대해 이야기하려고 하면 지배인에게는 어떤 말을 하느냐, 어떻게 주문을 하느냐, 팁은 어떻게 주느냐부터 시작하여 그런 자리에 맞는 옷차림 같은 것에 대해서까지 주석을 달아줘야 했으므로 모처럼 하려던 이야기의 묘미를 엉망으로 만들어 버렸다.

또한 비범한 관찰안을 갖춘 찰리 프린스로서는 아더가 차츰 자기와 비슷해져가는 것을 보자 웬일인지 우울한 기분이 들었다. 목소리의 억양, 단어의 선택과 사용방법, 앉음새, 걸음걸이, 서 있는 태도 등 아더가 교묘하게 자기 것으로 받아들인 미묘한 표현은 모두 마치 거울 속의 자기 모습을 들여다보는 것처럼 일종의 불안감을 찰리 프린스에게 주었다.

아더 쪽에서 볼 때 찰리 프린스와의 교제를 통해 진심으로 놀란 일은 상대방이 너무도 어린아이 같고 세상물정을 모른다는 점이었다. 보고 듣고 한 모든 것을 종합해 보건대, 찰리 프린스와 그 동류의 사람들은 유년기에서 청년기에 이르러 그때부터 발육이 멈춰버린 것이라고 아더는 어두운 마음으로 판정을 내렸다. 몸집은 크게 자라 멋진 모습을 갖추게 되지만, 머리와 마음은 더 이상 성장하지 않는 것이다. 어른다운 말투와 태도도 머지않아 익히게 되겠지만 그러나 외모가 아닌 속은 어떨까? 그 대답은 물론 찰리 프린스 앞에서 공언하기가 꺼려지는 성질의 것이었다.

이 점에 대한 그의 감회는 찰리 프린스가 매달 받는 송금으로 한층 더 강해졌다. 매달 1일 매슈 부인은 찰리 프린스에게 오는 한 통의 편지를 들고 생글생글 웃으며 방으로 들어온다. 얼른 보아도 고급 봉투인데다, 그것을 밝은 빛에 비춰보면——사실 찰리 프린스는 언제나 그렇게 하는 것이 습관이었지만——아주 반가운 종이쪽지의 윤곽이 보인다. '제임즈 르웰린'이라는 발행인의 서명이 든 5백 달러짜리 수표이다.

"우리집 고문 변호사지요" 하고 언젠가 찰리 프린스는 설명했다. 그리고 그는 약간 씁쓰레하게 내뱉듯이 덧붙여 말했다. "아버지 혼자로는 나를 억누를 수 없다고 생각했는지, 내가 어렸을 때부터 르웰린 영감이 또 한 사람의 여벌 아버지처럼 군다니까."

찰리 프린스의 말에 의하면 그 금액은 마치 모기의 눈물 정도밖에 안된다는 것이었다.

게다가 매달 두세 시간 동안은 그것이 전부 자기 것이 될 수 있다는 사실이 아더를 한층 더 초조하게 만들었다. 찰리 프린스가 그 수표에 이서를 해주면 아디는 거의 비어 있는 자기의 예금 계좌가 있는 은행에 들러 그것을 현금으로 바꾼다. 돌아오는 길에 그는 하숙비 중 찰리 프린스가 내야 할 돈과, 지난달 말 한두 주일 동안에 찰리 프린스가 그에게서 빌려간 금액을 빼고 난 나머지를 같은 방에 있는 친구의 손에 넘겨준다.

이것은 찰리 프린스가 그렇게 하자고 주장했기 때문이었다.

"하숙비와 나에게 꿔준 돈을 어김없이 받으려면" 하고 그는 말했다. "이렇게 하는 것이 가장 좋소. 게다가 당신은 문제없이 수표를 현금으로 바꿀 수 있잖소. 그러나 나는 성가시게 된단 말이오. 아무래도 과거에 그런 일이 있었던 만큼."

그리하여 매달 몇 시간은 아더가 여느 때와는 전혀 다른 사람이 된다. 찰리 프린스는 싫은 표정도 짓지 않고 옷을 빌려주므로 아더는 수표를 바꾸러 가는 날에는 특별히 맞춘 양복을 입었다. 그것은 마치 그가 맞춰입은 것처럼 그의 몸에 꼭 맞았다. 그 가슴 주머니에는 빳빳한 새 지폐로 5백 달러가 들어 있는 것이다. 하루 동안 마치 여느 때 꿈꾸고 있던 일이 마침내 현실이 된 듯한 환각을 품게 되었다 해도 전혀 놀라운 일은 아니다.

그날 아더가 사장실로 들어가자 앤 호튼이 책상 모퉁이에 걸터앉아 아버지에게 뭐라고 말을 하고 있었다. 그녀는 방으로 들어오는 아더를 힐끗 쳐다보았다. 그런가 했더니 하던 말을 도중에서 삼켜버리고 다시 그를 훑어보았다.

"어머나, 나는 여기에 와서 이분을 벌써 여러 번 뵈었어요. 이젠 서로 소개해 줘도 좋지 않겠어요?" 그녀는 아버지에게 말했다.

그녀의 말투는 호튼 씨를 마치 산 위에 버티고 서서 우레를 내리는 거인처럼 생각하고 있던 아더에게 더없이 감동적이었다. 그러나 호튼 씨가 주저하듯 아더를 바라본 다음 그의 귀에 묘한 음악처럼 들리는 목소리로 소개해 준 것은 보다 더 놀라운 일이었다. 아더는 호감이 가는 젊은이이므로 기꺼이 소개하겠다고 호튼 씨는 부드러운 목소리로 말했던 것이다.

기대하지도 않았던 절호의 기회였다. 그런데 아더는 이것을 여지없이 수포로 만들어 버리고 말았다. 참으로 비참한 이야기였다. 그는 전혀 요령을 알 수 없는 말을 한 것이었다. 그것은 그보다 더 애매하고 알아들을 수 없는 말은 없다고 느껴질 정도였다. 앤 호튼의 얼굴에 나타났던 환한 빛이 사라져가는 걸 바라보며 그는 가슴이 메어지는 듯했다. 그러나 왜 잘되지 않는지 그 원인을 곧 깨달았다. 그로 인해 그는 온 세계를 저주했다.

지금 주머니에 있는 돈은 그의 것이 아니었다. 그 지갑의 '볼록함'은 임시적인 것에 지나지 않으므로 여기까지 밀고 온 것이 고작이지 더 이상은 어떻게 해주지 못하는 것이다. 그렇게 느끼자 그밖의 모든 일들이 뜻없는 것으로 생각되었다. 옷도, 행동도, 고심하여 자기의 것으로 만든 모든 것들이. 돈이 없으면 정말 아무것도 아니다. 돈만 있으면……

돈만 있으면! 이런 생각이 들 때까지는 다만 갈팡질팡하고 있었을 뿐이었다. 그러나 그 생각에 사로잡히자 그는 마치 육체적인 병에 걸린 사람처럼 헐떡였다. 앤 호튼의 사랑스러운 눈에 힐끔 걱정스러운 빛이 떠올랐다. 분명히 그녀는 모성적인 충동이 강한 여자였다. 그녀는 말했다.

"기분이 언짢으신 게 아니에요?"

그 생각, 빛나는 영감이 이제 그의 몸 속을 꿰뚫고 나와 불꽃처럼 타올랐다. 거기에 힘입어 그는 불사조처럼 일어섰다.

"네, 조금." 그의 꺼져들어가는 듯한 목소리는 자기의 귀에도 거의 들리지 않을 정도였다. "하지만 상관없습니다."

"어머나, 댁으로 돌아가서야지요" 하고 그녀는 단호하게 말했다.

"저 밑에 차를 세워 놓았어요. 만일 괜찮다면……."

아더는 마음 속으로 자기 주먹을 들어 자신의 이마를 힘껏 쳤다. 이미 하나의 기회는 놓쳐버렸다. 이제 이 기회도 그냥 보내야만 한단 말인가? 매슈 부인의 하숙집이 이때처럼 초라하게 여겨진 적은 없었다. 그렇게 누추한 집을 그녀에게 보일 수는 없는 것이다.

때마침 영감이 떠올랐다. 그의 입에서 적절하고도 효과적인 대답이 나왔다.

"아직 정리해야 할 일이 밀려 있어서요" 하고 아더는 용기를 내어 말했다. "그냥 두고 돌아갈 수는 없습니다." 그런 다음 그는 마치 몇 시간을 연습한 대사처럼 거침없이 덧붙여 말했다. "그러나 꼭 한 번 뵙고 싶습니다. 내일 밤이라도 지장이 없으시다면……?"

'이것은 내 탓이 아니다, 뭔가 불같은 것이 몸 속 어딘가에서 이상하게 끓어오르면 그 유혹에 이끌려 나 자신도 나를 어떻게 할 수 없게 되니까.' 하고 그는 집요하게 스스로를 타일렀다. 이런 상황이 된 이상 물론 찰리 프린스를 그냥 둘 수가 없었다. 틀어막힌 입에서 괴로운 항의의 신음 소리가 한동안 흘러나왔다. 얼마를 뒹굴다가 찰리 프린스는 침대에 죽어 넘어져버렸다. 아더의 손가락은 그가 죽은 후에도 꼬박 1분쯤 그의 목을 누르고 있었다. 완전을 기하기 위한 것이었다.

살인을 하고 감쪽같이 도망치고 싶다면 군중 속에서 상대방을 노려 그의 배에 탄환을 쏜 다음 재빨리 도망쳐야 한다는 말이 있다. 이것은 그 말 자체가 진실이라기보다는 지나치도록 교묘하게 궁리한 살인 방법은 범인이 붙잡히는 원인이 된다는 것을 에둘러 말한 것이리라. 그런 뜻에서 본다면 과연 아더는 현명하게 살인을 한 셈이었다. 본인이 그런 것을 다 알고 한 일은 아니지만.

사실 앤 호튼과 헤어진 순간부터 그의 손가락이 가까스로 찰리 프린스의 목을 떠난 순간까지 그는 다만 무엇을 할 것인가 하는 건 알고 있었지만, 그것을 어떻게 할 것인가는 생각할 겨를도 없었다. 즉 일종의 맹목적인 열병 상태에 있었던 것이다. 그리고 현실적으로 일어난 일에 대한 공포에 소스라쳐 눈 앞에 쓰러져 있는 시체를 내려다보며 일어섰을 때, 그는 어찌할 바를 몰랐다.

찰리 프린스의 영혼은 어딘가로 가버렸다. 그것은 의심할 여지도 없었다. 그러나 육체는 남아 있다. 이것을 대체 어떻게 해야 한단 말인가?

벽장 속에 넣으면 적어도 눈에 띄지 않겠지만, 그렇게 해봐야 무슨 소용이겠는가? 매슈 부인이 매일 아침 방을 청소하고 쓰레기통을 비우기 위해 올라온다. 벽장문은 잠글 수 없게 되었으므로 그 문을 절대로 열어보지 않는다고 장담할 수는 없다.

그보다 저 구석에 놓여 있는 찰리 프린스의 트렁크는 어떨까? 시체를 저 속에 넣어서 어디로 보내버린다면? 그러나 어디로 보낸단 말인가?

그는 계속 그 문제를 해결하려고 정신을 집중했으나, 결국은 시체를 넣은 트렁크를 보낼 만한 곳이 없다는 결론에 이르러 살인은 아직 완전히 끝나지 않았다고 체념하는 수밖에 없었다.

그러나 트렁크에 관심을 갖게 된 것만은 그럴 듯한 일이었다. 마침내 해결할 수 있는 생각이 머리에 떠오르자 그는 즉시 힘을 내어 그 일에 착수했다. 매슈 부인의 집 지하실에 있는 축축한 동굴 같은 광은 잠겨 있지 않았지만 무거운 문을 닫아둔 채 계절에 관계없이 항상 황폐하고 냉기를 띠고 있었다. 물론 그런 곳에 드나들기를 좋아하는 사람은 없을 테니까 시체는 거기서 아무도 모르게 흙으로 돌아갈 수 있을 것이다. 그 점은 문제없다. 그보다도 문제는 트렁크에 넣는 일, 그리고 그 트렁크를 광까지 운반해 가는 일이었다.

막상 일을 하려고 보니 꽤 큰 트렁크인데도 집어넣기가 빠듯했으므로 밖으로 비어져나오지 않게 넣느라고 무척 애를 썼다. 그래도 그럭저럭 잠궈서 복도로 내놓을 수 있었다.

사고가 생긴 것은 계단 중간쯤에 왔을 때였다. 그는 등에서 트렁크가 미끄러져 떨어질 것 같아 다시 잘 짊어지려고 추슬러 올렸는데, 다음 순간 그것이 그의 목뼈를 누르며 미끄러져 내려가 마치 벼락을 치듯 온 집 안을 진동시키며 계단에서 굴러떨어졌다. 그는 허둥지둥 뒤쫓아내려가 트렁크가 잠겨 있는 것을 확인했다. 그리고 한숨돌리며 얼굴을 든 순간, 그의 눈은 이쪽을 노려보고 있는 매슈 부인의 눈과 마주쳤다.

그녀는 복사뼈까지 내려오는 치렁치렁한 흰 잠옷을 입고 손가락을 입술에 댄 채 눈을 휘둥그렇게 뜨고 마치 무엇에 놀란 유령처럼 서 있었다.

"어머나, 저런! 조심해야지요!"

그녀가 트렁크 속을 꿰뚫어보는 투시력을 가지고 있기라도 한 듯 아더는 얼른 트렁크를 막아서며 더듬거렸다.

"죄송합니다, 정말 죄송합니다. 소리를 내지 않으려고 했는데 그만 손이 미끄러져……."

그녀는 체면을 벗어나지 않을 정도로 고개를 크게 내저었다.

"벽이 상하지 않았나요? 아니면 당신이 다치지는 않았나요?"

"아니오" 하고 그는 얼른 대답했다. "아무 데도 다친 곳이 없습니다, 전혀."

그녀는 그의 옆에서 뒤쪽을 넘겨다보았다.

"어머나, 그건 프린스 씨의 고급 트렁크가 아니에요? 이런 시간에 그런 것을 어디로 가져가는 거지요?"

아더는 이마에 땀이 솟아나기 시작하는 것을 느꼈다.

"아니 뭐, 아무데도……."

그가 쉰 목소리로 대답하자 매슈 부인이 의심스러운 듯 눈살을 찌푸리는 것을 보고 아더는 재빨리 덧붙여 말했다.

"저어, 광으로 가지고 가는 겁니다. 찰리, 아니, 프린스 씨가 거들어줄 예정이었는데, 아직 돌아오지 않아서 내가 혼자 해보려고 했던 거지요."

"하지만 상당히 무거워 보이는군요."

그녀의 따뜻한 동정적인 목소리가 그의 흥분된 신경을 가라앉혀 주었다. 그의 머릿속은 다시 고급 시계의 초침처럼 매끄럽게 움직이기 시작했다.

"아니오, 그렇지 않습니다." 그는 자기의 말을 취소하기라도 하듯 얼른 소리내어 웃었다. "아무튼 프린스 씨가 돌아와서 거들어주기를 기다리고 있기보다 혼자서 해버리는 편이 확실합니다. 어쨌든 당신도 아시다시피 믿을 수 없는 사람이니까요. 아무 때나 제멋대로 뛰어나갔다가 언제 돌아올지 알 수 없거든요."

"곤란해요, 그런 하숙인은" 하고 매슈 부인은 딱 잘라 말했다.

"아니, 좀 괴짜일 뿐이지 사귀고 보면 아주 좋은 사람입니다." 아더는 트렁크에 손을 댔다. "그만 들어가 보십시오. 이젠 나 혼자서도 문제없이 운반할 수 있으니까요."

그러자 매슈 부인이 문득 생각난 듯 말했다.

"아참, 그렇지. 결국 잘된 일인지도 모르겠군요. 당신이 소리를 내어 내가 이렇게 뛰어나온 것은. 이번에 그 광에 자물쇠를 달았거든요. 그러니까 그냥 들어갈 수는 없어요. 내가 잠깐 가운을 걸치고 나와서 문을 열어줄께요."

그녀는 앞장서서 삐걱거리는 지하실 계단을 내려가 문을 열고 그가 트렁크를 날라오는 동안 그 안에 들어가서 작업이 끝나기를 기다려주었다. 희미한 등불이 하나 켜져 있을 뿐이었는데, 언젠가 그가 보았던 것처럼 모든 것이 먼지를 뽀얗게 뒤집어쓰고 있었다.

매슈 부인은 그 근처를 죽 둘러보며 고개를 내저었다.

"굉장하지요? 하지만 손을 대봐야 별수 없어요. 벌써 1년도 넘게

이 방을 쓴 사람이 없으니까요. 이 방을 잠근 것은 다만 보험회사 직원이 잠그라고 했기 때문이에요."

아더는 한 발자국 한 발자국 발을 옮겨놓았다. 그는 빨리 일을 끝내고 이런 곳에 오래 머물 것 없이 얼른 나가고 싶었지만, 매슈 부인의 머리에는 그런 생각이 전혀 없는 모양이었다.

"난 떠돌이는 질색이에요. 내가 좋아하는 사람은 투덜거리지 않고 성가시게 굴지 않는 침착하고 온순하며 신사적인 하숙인이에요. 자아, 그 트렁크는 저쪽으로 놓으세요."

그녀는 뼈가 앙상한 둘째 손가락으로 언뜻 보기에 잿더미처럼 보이는 것을 가리켰는데, 자세히 보니 그것은 몇 년 동안이나 먼지 속에 묻혀 있는 하나의 트렁크였다.

"저 사람이 우리 집에 하숙하게 되었을 때는……"

아더는 그녀가 작은 목소리로 지껄이고 있는 동안 후들거리는 몸을 가까스로 버티고 서서 그 말을 듣고 있었다. 그런 상태에서 그는 아래층 뒷방에 살고 있던 사람, 2층 뒷방에 있던 젠틀맨, 3층 뒷방에 세들어 있던 사람들에 대한 이야기를 들었다. 그녀의 이야기는 마치 봇물이 터진 듯 그칠 줄 모르고 쏟아져나왔다. 그동안 줄곧 그는 오로지 한 가지 생각——이제 살인을 완전히 마쳤다는 생각으로 지탱하고 있었다. 등 뒤에서 광문이 닫히는 순간부터 찰리 프린스는 이 세상의 아무도 모르게 썩어져버릴 운명에 놓인 것이다. 수표는 앞으로도 매달 올 것이다. 한 달에 5백 달러! 그리고 앞길에는 앤 호튼과 빛나는 세계가 아더를 기다리고 있었다. 무엇이든 최고급품을 가질 수 있다고 그는 꿈꾸듯 생각했다. 매슈 부인의 한결같은 목소리를 들으면서 하늘에라도 오를 것 같은 기분이 되었다.

멋대로 지껄이는 말도 언젠가는 끝이 있기 마련이다. 무거운 문은 잠겨서 다시 열릴 일이 없게 되자, 아더는 자신만만하게 인생의 새로운 날을 향하여 발을 내딛었다. 이러한 자신감이란 대개 떳떳하지 못한 점이 없는 올바른 사람들의 것이라고 여겨지지만, 살인을 하고 깨끗이 뒷처리를 해버린 사람들의 것이 될 수도 있는 것이다. 2, 3주일이 지나 복도에서 매슈 부인과 이야기를 나눠 본 뒤 얼마쯤 그의 가슴 속에 남아 있던 불안감은 흔적도 없이 사라져 버렸다.

"당신 말이 맞았어요" 하고 그녀는 딱하다는 표정을 입가에 띠며 말했다. "프린스 씨가 괴짜라고 하신 말 말이에요."

"그럴까요?" 하고 아더는 애매하게 말했다.

"그렇고말고요. 그 사람은 손 가까운 곳에 있는 종이쪽지마다 자기 이름을 써놓았으니 말이에요. 한 장 또 한 장, 이런 식으로 자기 이름을 써놓았어요!"

순간 아더는 자기 방에 있는 쓰레기통을 생각하고, 모든 일이 그대로 넘어갈 수 없는 부주의까지도——자기에게 유리하게 되어가는 행운에 경탄하고 말았다.

"겉으로 보기에 멀쩡한 남자가 그런 짓을 하다니…… 시간을 보내도 좀더 보람있게 보낼 수 있는 일이 있을 텐데. 그것으로 다 알았어요, 상당히 괴짜라는 것을."

"아아. 과연 그 말을 듣고 보니 그렇군요." 아더는 말했다.

이리하여 매슈 부인의 하숙집에는 평온 무사한 나날이 계속되었다. 뿐만 아니라 밖에서도 평온 무사했다. 즉 아더가 이서한 수표는 그때마다 문제없이 현금으로 바꿀 수 있었고, 그렇게 하여 입수한 논을 쓰는 일은 그보다 더 쉬웠던 것이다. 찰리 프린스의 양복장 침략으로부터 시작하여 그는 하나하나 쾌적한 새로운 생활을 다져나갔다. 찰리 프린스를 통해 흡수해 둔 지식을 바탕으로 그는 갈 만한 장소는 다 가보며 의젓하게 행동했다. 호튼 씨는 따뜻한 눈길을 보내주었다. 특히 관대하신 백모님께서 매달 수표를 보내준다는 말을 했을 때 그의 눈은 이상할 정도로 자애로운 빛을 띠는 것 같았다. 처음 함께 보낸 밤부터 이상하게 그에게 끌린 듯한 앤 호튼과의 교제도 이윽고 사랑의 꽃을 피웠다.

알면 알수록 앤 호튼은 그가 꿈꾸었던 아름다운 점을 빠짐없이 다 갖추고 있었다. 정열적이고, 매력적이고, 꾸준했다. 구태여 꼬집어 말하자면, 가끔 이야기를 하다 말고 한동안 잠자코 있을 때가 있었는데, 이것으로 그녀의 신상에도 뭔가 남에게 알리고 싶지 않은 어두운 그림자가 있다는 것을 짐작할 수 있었다. 그러나 아더로서 스스로를 돌이켜볼 때 어찌 그녀만 나무랄 수 있겠는가? 아무튼 결혼 이야기가 나오게 될 때까지 아더의 태도는 훌륭했다. 그런데 비로소 말다툼이 생겼다.

결혼한다는 그 일 자체에는 아무 문제도 없었다. 날짜는 6월, 식이 끝나면 호화판의 신혼여행. 그 여행에서 돌아오면 아더는 호튼 앤드 샘 회사의 중요한 자리에 앉게 된다. 이에 따라서 급료도 그 지위에 걸맞는 액수로 오를 것은 당연한 일이었다. 아니, 결혼한다는 것에 대해서는 이미 의심할 여지가 없었다. 일찍이 앤 호튼을 곁눈질해 보던 젊은이들의 눈에 나타난 선망의 빛도 이 점을 뒷받침해 주고 있었다. 결혼 그 자체가 아니라 문제는 결혼식의 방법이었다.

"아니, 왜 그렇게 식을 야단스럽게 하려는 거예요?" 하고 그녀는 화를 내듯 물었다.

"난 소름이 끼쳐요. 사람들이 많이 모여서 떠들어댈 뿐이잖아요? 마치 옛날 로마의 경기대회처럼 말이에요."

그는 그럴 듯하게 설명할 수가 없었다. 이유가 너무 복잡했기 때문이다. 결혼이 목적이 아니라 통쾌한 복수의 수단이라는 것을 그럴 듯하게 설명할 방법이 있을 수 있겠는가? 신문에 크게 광고를 내는 것이다! 그 지방 젊은이들을 다 불러다 보여주는 것이다! 그렇게 하지 않으면 모처럼 여기까지 끌고 온 보람이 없다.

"당신이야말로 왜 집안 식구끼리만 모여서 도둑 결혼하듯 볼품없는 결혼식을 하자고 고집하는 거지? 나는 결혼식이란 여자의 일생에 한 번밖에 없는 가장 중대한 행사라고 생각해. 여자로서 자랑할 수 있는 화려한 무대가 아니오? 당신 아버지와 나의 백모님만이 손님이라니, 그게 어디 식이라고 할 수 있겠소?"

"당신과 나 두 사람만 있으면 돼요" 하고 그녀는 말했다. "본래 결혼식이란 두 사람을 위한 것이잖아요."

그러나 그런 여자다운 생각에 굴복할 아더가 아니었다. 그리고 그는 그 점을 그녀에게 알려주었다. 결국 그녀는 와락 울음을 터뜨렸으며 고집스러운 주장을 바꾸지 않는 그를 그 자리에 남겨둔 채 뛰어나가 버렸다.

"비록 목이 부러지는 한이 있어도" 하고 그는 분노를 씹어삼키며 스스로에게 말했다. "마치 임기응변으로 마련한 보잘 것 없는 물건을 진짜라고 내민다 해서 내가 그대로 받아들일 것 같은가! 시내에서 가장 큰 교회에서, 시내에 사는 중요한 인물을 모두 모아놓고 하나에서 열까지 다 최고급으로 하는 것이다!"

그 뒤 다시 만났을 때 그녀는 어느 정도 풀이 죽어서 다소곳해 보였으므로 그도 적당히 너그러운 태도를 보여주었다. 그녀는 말했다.

"아더, 내가 그렇게 고집부려서 바보라고 생각하세요?"

"아니, 그렇게 생각지 않아. 당신이 너무 민감하고 흥분하기 쉽다는 것도 잘 알고 있고, 이번 일로 당신이 얼마나 긴장해 있는지도 잘 알고 있으니까."

"당신은 참 상냥하신 분이에요! 그리고 정말 반드시 화려한 결혼식을 올리겠다고 당신이 양보해 주시지 않는 일은 어떤 뜻에서 당신이 알 수 없을 정도로 큰 결과를 가져올지도 몰라요."

"말하자면?" 하고 그는 물었다.

"지금은 아직 말할 수 없어요. 그러나 만일 내가 생각했던 대로 일이 진행되면 요 몇 년 동안 볼 수 없었을 정도로 내가 행복해지리라고 단언할 수 있어요."

"그게 대체 무슨 뜻이지?" 그는 여자답게 변죽을 울리는 그 말에 당황해서 물었다.

"그 이야기를 하기 전에 한 가지 대답해 줘야 할 일이 있어요, 아더. 그리고 부탁이에요, 거짓없는 진실을 말해 주세요."

"물론 당연한 일이지."

"그렇다면 당신은 당신에 대해서 아주 못된 일을 한 상대방을 용서해 주실 수 있어요? 못된 일을 하여 지금도 그 일로 괴로워하고 있는 상대방을?"

그는 마음 속으로 얼굴을 찡그렸다.

"물론 용서하지. 누가 무슨 일을 했든 신경쓰지 않겠소. 나는 무슨 일을 꽁하게 묻어두지 않는 성격이니까."

그는 '누가'라고 하는 데서 하마터면 '당신이' 라는 말이 튀어나올 뻔했으나 꾹 삼켜버렸다. 아무래도 상관없을 것이다. 이 여자가 이런 절차를 밟아 잠꼬대 같은 참회의 고백을 하고 싶어한다면 구태여 막을 필요는 없다. 그러나 고백은 바로 뒤이어 나오지 않았다. 그 말을 다시 입 밖에 내지도 않았다. 그날 밤의 화제는 결혼식 계획에 대한 의논으로 옮겨져서, 그녀가 꺼냈던 이야기는 그것으로 끝나고 말았다.

다음날 오후 그는 호튼 씨가 사무실에서 불러 가보니, 거기에는 앤이 자리를 같이하고 있었다. 그녀와 그녀 아버지의 표정을 보아 그들이 그때까지 무슨 말을 주고 받았는지 알 수 있어 기분좋은 승리감을 맛보았다.

"아더" 하고 호튼 씨는 말했다. "거기 앉게."

아더는 다리를 꼬고 앉아 앤에게 미소를 보냈다.

"아더" 하고 호튼 씨는 다시 한 번 말했다. "진지하게 이야기할 것이 한 가지 있는데……."

"말씀하십시오."

아더는 호튼 씨가 거북한 듯 세 자루의 연필과 펜과 종이 자르는 칼과 메모 종이와 전화기를 가지런히 책상 위에 늘어놓는 것을 초조하게 바라보고 있었다.

"아더" 하고 호튼 씨는 이윽고 세 번째로 되풀이해서 불렀다. "내가 지금부터 하는 말은 나 외에 두세 사람밖에 모르는 일일세. 그리고 다 듣거든 자네도 그 두세 사람들처럼 아무에게도 이야기하지 말게."

"네" 하고 아더는 대답했다.

"앤에게서 이야기를 듣자니 자네는 결혼식을 정식으로 성대하게 하고 싶어하는 모양인데, 그렇게 되면 문제가 생기네. 그냥 집안 식구끼리만 모여서 올린다면 아무 문제가 없겠지만. 알겠나, 내가 하는 말을?"

"네" 하고 아더는 눈 딱 감고 거짓말을 했다. 그는 슬쩍 앤 쪽을 보았으나 그녀로부터는 아무 해명의 실마리도 잡을 수 없었다. "물론 압니다."

"그래서 말인데, 나는 단도직입적으로 이야기하는 성격이니까 분명히 말하겠네. 실은 나에게 아들이 하나 있다네. '나의 아들은 자네와 똑같아서' 앤도 나도 언젠가 그 때문에 깜짝 놀란 적이 있었지. 유감스럽게도 그 아이는 변변치 못한 말썽꾸러기였네. 너무 눈에 거슬리는 일이 있어서, 나는 다만 정해진 돈을 매달 보내주겠으니 혼자서 멋대로 살라고 집에서 쫓아냈지. 그 뒤 그 아이에 대해서는 전혀 들은 일이 없네. 자질구레한 일은 변호사에게 맡겼으니까. 그러나 성대한 식을 올리게 되면 오는 손님들이 모두 아들이 왜 보이지 않느냐고 물을 걸세. 물론 이해해 주겠지, 그건?"

아더는 방이 갑자기 죄어들어와 자기를 짓누르는 듯한 압박감을 느꼈다. 호튼 씨의 얼굴이 갑자기 벽에 걸린 채 흔들거리는 마왕의 얼굴처럼 보였다.

"네" 하고 아더는 속삭이듯 대답했다.

"이런 사정이 있어 마침내 나는 늘 앤이 졸라댄 일을 해주지 않을 수 없게 되었네. 아들의 거처는 알고 있네. 지금 곧 우리 셋이 그 애를 찾아가 만나고, 이야기를 잘해서 자네를 거울삼아 인생을 새 출발할 수 있을는지 한 번 기회를 줘볼까 하네."

"프린스 찰리라고 해요" 하고 앤은 그리운 듯이 말했다.

"그렇게 불렀어요, 집에서는. 마치 왕자님처럼 멋진 오빠였지요."

사면의 벽이 가까이까지 다가와 검게 그를 바짝 에워쌌다. 마침내 앤의 얼굴이 흐르듯 아버지의 얼굴 옆으로 갔다. 게다가 이상하게도 매슈 부인의 얼굴까지…… 싹싹하고 말하기 좋아하는 매슈 부인의 얼굴은 다른 두 얼굴보다 더 크게 부풀어 올라보였다.

그리고 그 트렁크가…….

벽 너머의 목격자

　그들 사이에는 벽이 있었다. 벽이라고 해야 날림으로 만든 얇은 칸막이 벽이었으므로 그것이 방과 방 사이의 음향판 구실을 해서 로버트는 그 여자를 알게 된 것이다.

　처음에는 발자국 소리였다. 자기 방 둘레를 돌아 다니는 작고 딱딱한 하이힐 소리였다. 틀림없이 젊은 여자구나 하고 그는 상상했다. 그렇게 생각하게 된 것은, 그 무렵 그가 허드슨의 《녹색의 장원》에 열중하여 미궁과 같은 아마존의 정글 속에서 빛나는 리마를 뒤쫓고 있었기 때문이기도 했다. 이윽고 목소리도 귀에 익게 되었다. 그녀의 목소리는 가볍고 숨쉬는 소리도 느낄 수 없을 정도였으며, 라디오에서 흘러나오는 무슨 유행기에 맞춰 좀 근 소리로 노래부를 때는 아주 즐겁게 들렸다. 그는 마침내 틀림없이 아주 사랑스러운 여자겠지, 하는 상상을 하게 되었고, 그 뒤부터는 일부러 귀를 기울였으며, 그렇게 함으로써 점점 그녀에게 애착을 느끼게 되었다.

　여자의 이름은 에미라고 했으며 남편도 있었다. 단조롭고 불쾌한 목소리를 지닌 빈스라는 이름의 사나이로 어딘가 모르게 음울한 느낌을 주었다. 가끔 말다툼이 벌어지면 반드시 마지막에는 남자가 방문을 쾅 닫고 우레같이 요란한 발자국 소리를 쿵쿵 울리며 복도로 멀어져 가는 것이 보통이었다. 여자는 목소리를 죽여가며 울었다. 그러면 칸막이 벽에 찰싹 붙어 서 있는 로버트는 마치 누군가가 가슴 속에 손을 들이밀어 심장을 움켜쥐고 비틀어대는 듯한 고통을 느꼈다. 그는 겨우 두세 발자국밖에 안되는 거리를 달려가서 여자의 방문을 두드리고 여기 그녀의 편을 들어줄 사람이 있다는 것, 언제라도 아니, 그녀를 위하는 일이라면 무엇이라도 다 해줄 수 있는 사람이 있다는 것을 알려주고 싶은 강렬한 충동에 사로잡혔다.

이처럼 마음은 줄달음을 치지만 로버트는 어쩔 수 없이 몸이 굳어져 그 자리에 서 있을 뿐이었다.

게다가 이 일을 털어놓고 이야기할 만한 상대자가 한 사람도 없었다. 그래서 더욱 괴로웠다. 이 세상에서 그가 친구라고 손꼽을 수 있는 사람은 사무실의 동료 정도인데, 그들에게 말해봐야 이해해 주지 못할 것이다. 특별히 말할 만한 일은 아니지만, 그는 시에서 손꼽히는 큰 백화점의 신용 판매부에 근무하고 있으며, 그곳에 있는 그의 주변 동료들이란 여러 해 동안 냉소가 완전히 몸에 밴 사람들이었다. 남의 경력을 들춰내고 세금의 미납 · 체납, 돈이 드는 여자들과의 비밀 교제, 사람에게는 누구에게나 따르기 마련인 수상쩍은 일 이런 것들을 들추다 보니 어느결에 그렇게 돼버린 것이다. 따라서 로버트도 오래 근무하다 보면 저절로 그렇게 생각하게 될 거라고 그들은 말하고 있었다.

그런데 만일 로버트의 이야기를 들으면 그들은 뭐라고 할까?

"옆방에 아름다운 여자가 있다고? 남편은 거의 집에 들어오지 않는다고? 그거 좋겠군. 어서 오세요, 이리 오세요!"

그런 생각을 하지 않는다는 것을 어떻게 이해시킬 수 있겠는가?

자기가 원하는 것은 이러한 그의 감정을 이해해 주는 사람, 밤마다 밀려드는 암흑의 시간 중에 일종의 돌처럼 자기 속에 가라앉은 차가운 고독을 해결해주는 사람이라는 것을.

그리하여 그는 이 일에 대해서는 아무에게도 말하지 않고 다만 벽에 달라붙어 거기서 빨아들일 수 있는 최대한의 것을 흡수하고 있을 뿐이었다. 이렇게 하여 그는 이미 그 여자를 알고 있다고 해도 과언이 아니었으므로 이윽고 실제로 그 여자를 만났을 때 그다지 놀라지 않았다.

아파트에 온 우편물은 모두 아래층 현관의 책상 위에 놓여 있었는데, 우연히 그날 아침 그가 출근하려고 계단을 내려가고 있노라니 그녀가 테이블 위에서 편지 한 통을 집어들고 계단을 올라오기 시작했던 것이다.

그것이 그 여자라는 데 대해서 그는 조금도 의심하지 않았다. 가냘프고 자그마한 몸매에 검은 머리칼, 그리고 용모에도 그가 벽을 사이에 두고 상상했던 대로 사랑스러움이 그대로 담겨 있었다. 그녀는 홈드레스를 입고 있었는데, 계단에서 그와 지나칠 때는 한층 더 가슴께를 여미며 마치 그를 두려워하듯 옆을 빠져나갔다. 그는 자기가 뻔뻔스럽게 상대방을 쳐다보고 있었다는 사실을 알아차리고 재빨리 발걸음을 옮겨 얼굴을 붉히며 계단 모퉁이를 돌아서 거리로 나갔다. 그러나 근무처에 도착할 때까지 그의 머리는 방금 받은 놀라움으로 착잡했다.

그 뒤로도 두세 번 역시 같은 조건 아래 그녀를 만났지만, 계단 아래 서서 머리 위로 사라져가는 그녀의 뒷모습을 돌아다볼 수 있는 용기가 생기기까지는 그로부터 여러 주일이 지난 뒤였다. 귀엽고 화사한 복사뼈의 선, 통통한 장딴지, 또 몸에 착 달라붙은 옷을 통해 드러난 몸의 곡선, 그리고 계단 위까지 올라가면 마치 그가 쳐다보고 있는 것을 알아차린 듯 내려다보는 여자의 눈과 그의 눈이 마주쳤다.

심장의 고동이 멎을 듯한 순간 로버트가 여자의 얼굴에 나타난 표정을 읽으려고 했을 때, 그녀의 방에서 남편이 나무라는 듯한 탁한 목소리가 들려왔다.

"에미!" 하고 그 소리는 말했다. "뭘 꾸물대고 있어!"

그러자 여자는 사라지고, 그녀와 만난 짧은 순간도 사라져버렸다.

그는 그 남편을 보았을 때, 그녀는 왜 이런 남자를 택했을까 하고 놀라움을 금치 못했다. 자그마한 몸집에 싸움닭 같은 사나움과 냉정함이 있어 사나이답다고 하지 못할 것도 없지만, 광대뼈가 툭 불거져 나올 정도로 피부가 옥죄었고 얇은 입술은 적의를 나타내듯 굳게 다물어져 있었다. 스쳐갈 때 그는 눈을 하얗게 하여 힐끔 로버트를 노려보았으므로, 순간 로버트는 언젠가 여자의 얼굴에 나타났던 표정의 일부를 이해할 것만 같았다. 그 사나이는 누가 어떤 일로 건드리기만 하면 지체없이 물어뜯을 것 같은 기세를 보이는 반쯤 길들여진 야수 같은 위험 인물이었다. 옆에 다가서기만 해도 위험한 냄새가 풍겨나오니, 아마 그 여자도 깨어 있는 동안은 계속 그 냄새를 맡고 있을 게 틀림없다.

어느 날 밤, 그 사나이에게 배어 있는 흉포성이 폭발하여 마침 깊이 잠들어 있던 로버트를 깨웠다. 그것은 단순히 목소리 탓만은 아니었다고 로버트는 잠이 덜 깬 채 침대 위에 일어나 앉으며 생각했다. 왜냐하면 벽 저쪽에서 들려오는 말소리는 거의 알아들을 수 없을 만큼 낮았기 때문이다. 두려운 것은 심상치 않은 긴장된 분위기였다. 그는 침대에서 빠져나와 벽에 귀를 갖다댔다. 그리고 선 채로 눈을 감고 이따금 들려오는 대화를 쫓고 있노라니, 경계를 이룬 벽이 스르르 녹아버려 옆방에 마주앉아 있는 두 사람이 환히 보이는 것 같았다.

"흥, 알고 있다고?" 하고 사나이가 말했다. "그래서 어떻다는 거야?"

"…… 나가겠어요!" 하고 여자가 말했다.

"그래서 모든 사람 앞에서 폭로하겠다는 거야? 광고하고 다니겠단 말이지?"

"그런 짓은 안해요! 절대로 하지 않겠어요!" 여자는 소리쳤다.

"어쨌든 나에게 위험한 다리를 건너게 하겠다, 그 말이지?" 사나이는 이윽고 비웃는 듯 부드러운 말투로 바뀌었다. "1만 달러야. 그렇게라도 하지 않으면 어떻게 그런 큰 돈을 만져볼 수 있겠어? 시궁창을 뒤져서 주워오기라도 한 줄 아는 모양이지?"

"차라리 그편이 더 나았을 거예요! 이럴 바엔…… 나는 나가겠어요!"

사나이의 대답은 말이 아니라 폭력의 형태를 취했다. 너무도 심한 일격에 여자가 쓰러지듯 벽에 부딪쳐 그 충격이 로버트의 얼굴을 스쳤다.

"빈스!" 여자는 비명을 질렀다. 그 목소리는 날카로웠으며, 공포에 떨고 있었다. "그러지 말아요, 빈스!"

다음 타격이 여자를 덮쳤을 때, 그 아픔 때문에 로버트의 신경은 구석구석까지 긴장했다. 여자가 뒷걸음질치며 벽 저쪽에서 비치적거리는 거친 숨소리를 듣자 그의 손톱은 벽으로 파고들었다.

"아아, 살려줘요!"

여자가 외치는 소리에 이어서 곧 귀에 거슬리는 괴로운 숨소리가 들렸다. 이윽고 그 소리도 이미 반응이 없는 폐 속으로 빨려들어가고 부드러운 것이 털썩 쓰러지는 소리가 들렸다. 그리고 갑자기 조용해졌다.

무서운 정적.

마치 벽이 여자의 차가운 시체이기라도 한 것처럼 로버트는 선뜻 거기서 물러나 공포에 휩싸인 채 뚫어지게 쳐다보았다. 그의 사고는 거칠게 뒤척이며 몇 가락으로 나뉘어 서로 격투를 벌였으나, 그 가운데 하나가 차츰 크게 부풀어 올랐다. 그는 아무래도 이 사고 앞에 마주서서 그것을 분명히 인정하지 않을 수 없었다. 즉 여자가 살해되었다는 생각이었다. 그리고 그는 그녀의 옆에 서서 보고 있었던 거나 다름없이 그 일을 본 목격자인 것이다! 사건은 만일 그 벽이 없었다면 팔을 내밀어 그녀의 몸을 만질 수 있을 정도로 가까운 곳에서 일어난 것이다!

여자를 살리기 위해 어떻게 해줄 수 있었을지도 모른다. 그런데도 이제 어쩔 수 없게 될 때까지 그는 바보처럼 서 있기만 했던 것이다.

그러나 이제부터도 뭔가 해줄 수 있는 일이 있을 것이라고 그는 정신없이 스스로에게 타일렀다. 옆방에 있는 살인범이 여기 목격자가 있다는 것은 꿈에도 모르고 있는 이상, 손이 피투성이가 되어 있는 현장을 잡는 방법이 있을 것이다. 경찰에 전화를 걸면 5분도 안되어서…….

감각이 없어져버린 듯한 다리를 한 발자국 내디디려고 했을 때, 로버트는 옆방에서 다시 슬며시 활기가 되살아나는 듯한 기색을 알아차렸다. 그것은 살금살금 돌아 다니는 발자국 소리, 무언가 치우는 소리, 그리고 분명히 다른 소리와 구별할 수 있는 생명을 잃은 묵직한 것을 끌며 조심스럽게 여는 문소리……. 로버트에게 무슨 일이 일어나고 있는가를 알려주어 그를 괴롭히고 놀라게 한 것은 이 마지막 소리였다.

괴물다운 살인범. 그러나 그 사나이는 바보가 아니었다. 지금 이 조용한 한밤중에 시체를 안전하게 처리하면 그는 살인같은 것은 전혀 하지 않은 사람이 되는 것이다!

문 앞에서 로버트는 위태롭게 발길을 멈췄다. 조심스럽게 복도를 걸어가는 발자국 소리가 무거운 것을 끄는 소리와 함께 계단 쪽으로 멀어져갔다. 어쨌든 그는 사람을 죽인 사나이다. 그는 지금 무모하게도 자기가 손댄 희생자를 끌고 가는 현장을 들킬지도 모르는 위험을 무릅쓰고 있다. 이때 누구와 마주친다면 어떻게 될까?

로버트는 눈을 꼭 감고 마치 그 사나이의 손이 이미 목 언저리에 와 닿는 것처럼 목이 죄고 숨이 차서 힘없이 문에 기대었다. 비겁자! 그렇지 않다고 발뺌할 수는 없을 것이다. 용기를 내야 할 필요성이 생기자 그는 자신이 한낱 보잘 것 없는 비겁자임을 알았다. 여자의 얼굴이 이제는 공포가 아니라 경멸의 표정을 띠고 눈 앞에 떠올랐다.

그러나 하고 그의 마음 속에 승리감이 스쳐갔다. 지금부터라도 경찰에 갈 수 있다. 자기가 그렇게 하는 장면이 눈에 보이는 듯했으나, 그런 생각이 들자마자 승리감은 곧 흐려져서 사라져버렸다. 그들은 그가 어떤 종류의 소리를 듣고 거기에서 살인사건을 만들어낸 것이라고 생각할 것이다. 시체는? 없음. 범인은? 없음. 입씨름 끝에 나가버린 부인의 남편이 있을 뿐이다. 고발자는? 혼자 사는 젊은이. 그는 악몽에 시달려 가위에 눌린 것이다. 바보 즉 로버트인 것이다.

그가 복도로 나가 한 발자국 한 발자국 조심스럽게 걷기 시작한 것은 아래층에서 문이 닫히는 소리가 난 뒤부터였다. 도중에서 발견한 것이 있었다. 손수건 하나. 작게 뭉쳐진 너더운 손수건. 그는 조심스럽게 그것을 집어들어 활짝 펴서 머리 위로 비치는 어두컴컴한 불빛에 비춰보았다. 얼룩은 끈적끈적한 붉은빛이었는데, 한쪽 구석에 작게 '에미'라고 수놓여진 글씨에 묻어 있었다. 피 그녀의 피다. 이것만으로도 증거는 충분하지 않겠는가?

"과연" 그는 경관이 놀리듯이 대답하는 소리를 들을 수 있었다.

"분명 증거이지……코피를 닦았군."

절망이 그의 감각기관을 흩뜨려 놓았다.

그는 자동차 엔진 소리에 깜짝 놀라 나머지 계단을 날 듯이 뛰어내려 갔으나 때는 이미 늦었다. 현관문의 커튼에 얼굴을 묻었을 때 차는 꽁무니의 불빛을 악마의 눈처럼 번쩍이며 신음 소리를 내고 달려가 버렸다. 어둠 속이라 번호도 알아볼 수 없었다. '조금만 빨랐어도…….' 하고 그는 자신을 원망했다. 아니면 범인이 차로 도망치리라는 것을 예상할 만한 분별력이 있었다면 쉽게 차를 식별할 수 있었을 텐데. 이제는 그 기회마저도 놓쳐버리고 말았다. 기회는 모두 사라졌다.

열에 들뜬 사람처럼 방 안을 서성이다 보니 30분도 되기 전에 살인범이 돌아온 것을 알려주는 작은 소리가 들려왔다. 하긴 당연한 일이라고 로버트는 생각했다. 이제 여자의 시체는 처치해 버렸다. 그러므로 안전하다. 마치 아무 일도 일어나지 않은 것처럼 모르는 체하고 있으면 된다.

만일 자기가 옆방으로 들어가 실토하게 만들 수 있는 사람이라면…….

그러나 그런 일은 모두 여자에 대한 그의 정열과 마찬가지로 비현실적이고 공상적이었다. 대체 자기에게 어떤 복수의 무기가 남아 있단 말인가? 보잘 것 없는 월급쟁이, 그리고 그 직장이라는 것은……. 로버트는 갑자기 차가운 물을 뒤집어쓴 듯 어떤 영감이 온 몸을 씻어주는 것 같은 기분을 느꼈다. 그는 눈을 가늘게 뜨고, 마치 그 생각을 한 마디 한 마디 조그만 글씨로 그곳에 쓰기라도 하는 것처럼 물끄러미 벽을 바라보았다.

누구나 털면 먼지가 나오는 법이라고 그의 직장 선배들은 늘 말하고 있었다. 누구나 다 범죄용의자이다. 옆방 사나이는 폭력으로 치단기 쉬운 성질인데다, 뭔가 예사롭지 않은 수단으로 1만 달러를 손에 넣은 듯한 냄새를 풍기는 말을 했었다. 틀림없이 그의 경력에는 아직 당국에서 모르고 있지만, 알게 되면 움직이지 않을 수 없는 검은 얼룩이 숨겨져 있을 것이다. 범죄수사에 숙달된 누군가가 그 사나이의 과거를 덮고 있는 덮개를 한 장 한 장 벗겨내 보인다면 정의는 반드시 그에게 벌을 줄 것이다. 이것이 무기이다. 그의 경력에 담겨진 어두운 과거야말로 바로 방아쇠를 당겨주기를 기다리고 있는 무기인 것이다 !

조용히 생각하며 로버트는 여자의 손수건을 봉투 속에 넣고 봉했다. 그리고 한 마디 한 마디 정확하게 생각해 내려고 애쓰며 그는 살인범과 그 희생자가 주고받은 마지막 대화를 종이에 적었다. 그 종이와 봉투를 양복장 서랍 속에 넣었으니 이미 첫발을 내디딘 셈이었다.

'그런데' 하고 로버트는 자기 자신에게 물었다. '그 사나이에 대해 나는 무엇을 알고 있는가 ? 이름이 빈스라는 것, 그것 뿐이다. 이것은 누군가의 과거로 통하는 어두운 복도를 수색하러 나서는 출발점으로는 도저히 도움이 될 것 같지 않은 빈약한 자료이다. 뭔가 좀더 있을 것 같다. 단서로서 도움이 될 만한 그 무엇인가. '

그날 밤 줄곧 자지도 않고 생각한 끝에 가까스로 아파트의 여주인이 떠올랐다. 늘 졸린 듯한 눈을 한 뚱뚱한 여자로, 방값을 꼬박꼬박 받는 일 외에는 아무런 관심도 없는 것처럼 보이긴 하지만 혹시 그 사나이에 대해 뭔가 알고 있을지도 모른다. 그녀는 아래층 뒷방에 살고 있었으므로 로버트는 최대한의 용기를 내어 아침 일찍 그 문을 두드렸다.

그의 질문을 들으면서 그녀는 여느 때보다 더 졸린 눈을 하고 있었다.

"그 사람들 말인가요 ? " 하고 그녀는 가까스로 말했다. "스나이더

씨라고, 아주 말할 수 없이 좋은 분이에요." 그녀는 로버트를 향해 눈을 깜박거렸다. "그 사람들과 싸운건 아니겠지요, 설마?"

"아니, 아닙니다, 절대로. 그런데 그것밖에 모르십니까, 그 두 사람에 대해서? 이를테면 그전에 어디에 살고 있었다든가, 뭐 그런 것은?"

그녀는 어깨를 옴츠리며 거만하게 말했다.

"그런 일은 내가 알 바 아니지요. 내가 알고 있는 것은 두 사람이 매달 1일이면 어김없이 집세를 내준다는 것뿐이에요. 어쨌든 착실한 사람들이에요."

그가 무거운 마음으로 상대방에게서 등을 돌린 순간 한길 쪽으로 난 문을 닫고 나가는 우체부의 뒷모습이 눈에 들어왔다.

그는 마치 눈 앞에서 일어나는 기적을 바라보고 있는 것 같은 기분이 들었다. 집주인은 이미 방 안으로 들어가버렸고, 테이블 위에 산더미처럼 쌓인 우편물 앞에 서 있는 것은 그 혼자였다. 그 우편물 속에서 아름다운 필적으로 '빈센트 스나이더 부인'이라고 쓴 한 장의 봉투가 그의 안색을 살피고 있었다.

사무실에 도착할 때까지 그는 줄곧 그 봉투를 안주머니 속에 넣고 있었다. 이윽고 자기가 쓰는 작은 방에 들어간 뒤에야 조심스럽게 뜯어서 내용을 읽어보았다. 한 장의 편지지에 겨우 두세 줄, 가족이 모두 잘 있다는 말과 셀리아라는 서명이 있었다. '언니로부터'라고 씌어 있는 것으로 보아 쟈매간인 모양이었다. 그다지 도움이 될 것 같지 않군. 그러나 잠깐만, 봉투에는 보낸 사람의 주소가 씌어 있었다. 주의 북부에 있는 작은 도시였다.

로버트는 한순간 망설이다가 곧 그 봉투를 주머니 속에 넣고 다시 옷차림을 매만진 다음 부장 사무실로 들어갔다. 당연한 일이지만 부장은 직장의 물이 가장 많이 든 사람으로 빈정대는 버릇도 제일 심했다. 스플레이그 부장은 무뚝뚝한 표정으로 그를 쳐다보았다.

"무슨 볼일인가?"

"죄송스러운 부탁입니다만" 하고 로버트는 말했다. "2, 3일 휴가를 얻고 싶습니다. 아는 사람이 죽어서요."

스플레이그 부장은 자기가 감독하는 직장의 평온한 사무에 돌을 던진 일에 대해 한숨을 쉬었으나 얼굴에는 적당히 동정어린 표정을 떠올렸다.

"누군데, 친한 사람인가?"

"네, 아주 친한……." 하고 로버트는 대답했다.

철도역에서 그 집까지는 걸어서 얼마 안되었다. 그 집 주위에는 일종의 엄격하고 금제적인 분위기가 감돌고 있었는데, 로버트의 노크 소리를 듣고 나온 젊은 부인에게서도 같은 것을 느낄 수 있었다.

"네. 에미 스나이더는 내 동생입니다. 동생은 결혼하여 성이 바뀌었지만, 나는 셀리아 톰프슨이라고 합니다" 하고 그녀는 말했다.

"좀 여쭤볼 말이 있습니다." 하고 로버트는 말했다. "그 부인에 대해서, 즉 당신 동생에 대해서……."

상대방 주인은 깜짝 놀란 것 같았다.

"무슨 일이 있었나요, 그 아이에게?"

"네, 저어……." 하고 로버트는 말을 얼버무리면서 세게 헛기침을 했다. "그녀가 아파트에서 모습을 감췄습니다. 그래서 지금 조사하고 있는 겁니다. 만일 ……."

"경찰분입니까?"

"그 대리라고 할 수 있는 사람입니다."

로버트는 이 애매한 대답이 자기 소개로 받아들여지기를 바랐다.

이 바람이 이루어져 그녀는 그를 집 안으로 안내하였다. 그리하여 그는 그다지 손님을 많이 접대하는 것 같지 않은 검소한 거실에 그녀와 마주앉게 되었다.

"그렇게 될 줄 알았어요." 하고 여자는 말했다. "언젠가는 반드시 무슨 일이 일어날 줄 알았어요."

그녀는 의자에 앉은 채 괴로운 듯 윗몸을 좌우로 흔들었다.

로버트는 몸을 굽혀 여자의 손을 부드럽게 만졌다.

"어째서 그런 생각을 하셨습니까?"

"어째서라니요? 그 어린 아이를 집에서 내쫓고 문을 닫아버렸으니 달리 어떻게 생각하겠어요! 자기 자신의 일도 어떻게 해야 좋을지 모르는 아이를 갑자기 세상 밖으로 내쫓다니!"

로버트는 당황해서 손을 뗐다.

"당신이 그런 짓을 하셨습니까?"

"우리 아버지예요. 아니, 그러니까 그 아이의 아버지이지요."

"어째서 그렇게 되었습니까?"

"이미 알고 계실지도 모릅니다만 아버지의 눈에는 아름다운 것은 모두 죄많은 것으로 보였던 겁니다. 지옥의 불에 떨어지는 것이 두려워서 어떻게든 지옥에 가지 않도록 하려다가 오히려 가족들을 일생 동안 지옥에 가둬두는 결과를 빚었던 거예요! 그 아이가 커감에 따라 차츰 아름다워지자 남자 아이들이 줄줄 따라다녔답니다. 그러자 아버지는 갑자기 그 아이에게서 등을 돌려버렸어요. 만일 내가 그 아이에게 편지를 보내고 있다는 것을 알게 되면 나도 보나마나 쫓겨날 거예요. 아버지 앞에서는 그 아이의 이름도 입 밖에 낼 수 없을 정도로 야단이랍니다." 그녀는 두려운 듯이 말했다.

"잠깐," 하고 로버트는 열중해서 말했다. "저어, 그 동생과 문제를 일으켰다는 남자 말입니다만, 동생이 결혼한 사람입니까? 빈센트 스나이더라던가?"

"글쎄요." 하고 여자는 애매하게 대답했다. "모르겠어요. 에미와 아버지 둘만 아니까요. 어쨌든 무섭게 비밀에 붙여져 있어요. 동생이 결혼한 것도 갑자기 날아온 그 아이의 편지를 받고 알았어요."

"아버님이 알고 계신다면 그분께 여쭤보기로 하지요."

"안돼요! 말도 안되는 소리예요! 만일 내가 지금 이런 말을 당신에게 했다는 것을 아버지가 알게 되면……."

"그러나 나로서도 이 정도로 물러선다는 건 곤란합니다. 꼭 그녀에 대한 것을 물어봐야겠습니다. 그렇게 하면 모든 것이 단번에 분명해질지도 모르니까요." 그는 말했다.

"그럼, 할 수 없군요" 하고 여자는 피로한 듯이 말했다. "물어보세요. 하지만 아버지에게는 묻지 마세요. 제발 부탁이니 나를 위해서라고 생각하시고 말이에요. 그 대신 고등학교 선생으로 미스 벤슨이라는 분이 계신답니다. 그분에게 물어보세요. 에미를 귀여워해주신 분이지요. 나에게 오는 편지도 아버지가 눈치채지 못하시도록 거기서 받고 있답니다. 그분이 이야기해 주실지도 몰라요. 다른 사람들에겐 절대로 이야기해 주시지 않겠지만, 내가 써주는 편지를 가져가시면……."

문 앞에서 그가 고맙다고 인사하자 그녀는 강한 눈초리로 그를 똑바로 쳐다보았다.

"아름답지만 않으면 골치아픈 일에 말려들어가는 일도 없었을 거예요. 그러니까 나에게는 절대로 그런 걱정이 없답니다. 그러나 에미는…… 꼭 그 아이를 찾아서 잘해주세요."

"네." 하고 로버트는 말했다. "최선을 다해보겠습니다."

학교로 찾아가 보니 미스 벤슨은 타이프라이터를 가르치는 선생인데, 3시까지 수업이 있으니 만나려면 그때까지 기다리라는 것이었다. 그래서 그는 초조한 마음을 꾹 참고 호기심에 찬 통행인들의 시선을 받으며 좁은 시골 거리를 에미의 생각에 잠겨 몇 시간이나 거닐었다. 에미도 이 거리를 많이 걸었을 것이다. 거리에 늘어선 가게의 유리창이 그녀의 모습을 비쳐주었을 것이다. 혼자 있는 모습뿐만 아니라…… 그는 질투를 느끼며 생각했다. 남자들이 줄줄 따라다녔다고? 그렇다, 그녀의 아름다움에 끌린 것은 할 수 없는 일이지만, 아무도 그녀의 진짜 가치를 알아보지 못하고 결국 그런 운명을 걷게 하다니! 만일 자기가 그 무렵 그녀를 알았더라면, 자기가 그 남자들 가운데 한 사람이었더라면 이렇게 되도록 하지는 않았을 것이다.

3시가 되자 그는 학생들이 다 나갈 때까지 학교 밖에서 기다리고 있다가 초조한 마음에 쫓겨 안으로 들어갔다. 미스 벤슨은 잿빛 머리의 자그마한 부인으로 덮개를 덮은 타이프 라이터들이 묘비처럼 늘어선 사이에 서서 뜻하지 않은 방문객을 맞아 당황하고 있었다. 로버트가 사정을 설명하고 셀리아 톰프슨의 편지를 내놓자 그것을 읽고 나서 그녀는 금방이라도 울음을 터뜨릴 것 같은 표정이 되었다.

"세상에! 당신을 나에게로 보내다니, 정말 난처한 일이에요. 그만한 일은 알 만한 사람이면서도……."

"어째서 난처합니까?"

"어째서라니요? 내가 '그 말을' 아무에게도 하고 싶어하지 않는다는 것을 그 여자는 알아요. 만일 그런 짓을 했다가는 내가 어떤 꼴을 당하는지 잘 알 텐데!"

"잠깐만," 로버트는 꾹 참고 말했다. "사람이 모습을 감춰버렸습니다. 이 일의 배후에는 그 사나이가 있을지도 모릅니다. 그런데 미안하다는 말로 끝내 버리려는 겁니까?"

미스 벤슨은 턱의 근육에서 힘을 뺐다.

"그럼, 그 사람이 뭔가 그 아이에 대해서 일을 저질렀다는 건가요?"

"그렇습니다."

로버트는 힘없이 흔들거리며 기절하기 직전에 있는 그녀의 팔을 재빨리 붙잡아주어야만 했다.

"처음부터 알고 있었어야 했던 거예요." 하고 그녀는 제정신이 아닌 듯한 목소리로 말했다. "처음부터 언젠가는 이런 결과가 되리라는 것을 알고 있었어야 했던 거예요. 그러나 그때는……."

그때 에미는 그녀의 제자 가운데 한 사람이었다. 훌륭한 학생——그렇다고 특별히 뛰어난 것은 아니었지만 언제나 최대한으로 노력하는 훌륭한 학생이었다. 예의바르고, 오늘날 흔히 볼 수 있는 그런 여자와는 전혀 달랐다.

그 소동이 일어난 날 오후 미스 벤슨은 에미로부터 수업이 끝난 뒤 학과에 대한 일로 주의를 받기 위해서 교장선생님 방에 가야 한다는 말을 들었다. 만일 뭔가 나쁜 생각을 품고 있었다면 그런 말을 일부러 남에게 했겠는가? 누구에게 이야기하더라도 증거는 그것만으로도 충분하지 않겠는가?

"증거라고요?" 하고 로버트는 당황해서 물었다.

그렇다, 증거다. 교장실에서 비명이 들려왔을 때 학교에는 미스 벤슨 혼자 남아 있었다. 그녀는 얼른 교장실로 달려가서 느닷없이 문을 열었다가 거기 있는 두 사람을 보고 만 것이다. 에미의 옷은 찢어져서 반쯤 벗겨져 있고, 그녀는 훌쩍훌쩍 울고 있었다. 플레이스 씨는 그녀의 뒤에 서서 열린 문을 노려보더니 갑자기 믿을 수 없을 만큼 험악한 눈초리로 미스 벤슨을 뚫어지게 바라보았다.

"플레이스 씨라고요?" 하고 로버트는 말했다.

그는 시원하게 내다볼 수 없는 젤라틴 같은 반투명의 물체 밑에서 마구 손발을 허우적거리고 있는 것 같은 기분이 들었다.

"그래요, 플레이스 씨——교장선생님이지요. 플레이스 씨는 안색이 창백해져서 그녀를 노려보고 서 있었어요. 그러자 에미는 몸을 홱 돌려 문으로 뛰어나갔지요. 플래이스 씨는 붙잡으려고 한 발자국 내디뎠으나, 곧 생각을 달리했는지 나를 안으로 끌어들이고 문을 닫더니 설명하기 시작했어요.

간단히 말해서 그의 설명에 의하면 에미가 아주 닳고 닳은 여자라는 것이었어요. 그녀는 불쑥 교장실로 들어오더니 그를 협박하더랍니다. 그래서 흥분을 좀 가라앉혀주려고 했더니 일부러 미친 듯 소동을 벌였다는 거예요. 그러나 그의 처사는 너그러웠어요. 참으로 너그러웠어요. 당국에 보고하여 학교의 명예와 그녀가 존경해야 할 아버지의 명예를 손상시키는 일 없이 다만 그녀를 퇴학 처분하고, 아버지에게 곧 딸을 이 고장에서 다른 곳으로 내보내라는 충고만으로 끝내 버린 거예요."

그리고 플래이스 씨는 미스 벤슨에게 마치 와서 현장의 목격자가 되어주어 참으로 다행한 일이라고 뜻있는 듯한 말을 덧붙였다고 한다. 만일 미스 벤슨이 현장을 목격한 증인으로서 그의 기대를 배반했다면 그녀에게 아주 불행한 결과가 되었을 것은 뻔한 일이다.

"그만한 일은 사실 있을 수 있는 거니까요." 하고 미스 벤슨은 괴로운 듯이 말했다. "이 고장과 이 고장에서의 모든 일을 움직이고 있는 것은 플래이스 씨 일족입니다. 그때 내가 직감한 것을 그대로 지껄였다면, 한 마디라도 입 밖에 내어 말했다면 아무 데서도 나를 받아주지 않았을 거예요. 그러나 이야기를 해야 했던 것입니다. 이야기해야 했다는 것은 알고 있었어요. 특히 그 다음에 일어난 일을 생각하면……!"

미스 벤슨은 그때 교장실에서 나와 복도 반대쪽 맨 끝에 있는 자기 방으로 돌아갔다. 그런 상태로 거기까지 걸어갈 힘이 어디에 남아 있었는지 이상할 정도였다. 방 안에 들어간 순간 게시판 밑에 쓰러져 있는 에미의 모습이 눈에 띄었다. 여느 때 같으면 상비용 가위가 게시판에 매달려 있었을 것이다. 그러나 그때 그 가위는 그곳에 쓰러져 있는 그녀의 와들와들 떨리는 주먹 속에 쥐어져 있었으며 그 근처는 온통 피바다였다.

"그런 성질을 지닌 아이였어요." 하고 미스 벤슨은 아무 억양이 없는 목소리로 말했다.

"아주 사소한 일이라도 남에게 꾸중을 듣게 되면 서 있는 바다 밑으로 사라져버리든가, 그 자리에서 그대로 죽어버리고 싶다고 생각하는 눈치였어요. 그러니까 그때도 그런 사건이 일어나자 곧 그 아이의 머리에 떠오른 것은 그런 생각이었을 거예요. 자기 같은 건 없어져 버려야 한다고 말이에요. 그때 자살이 미수로 끝난 것은 하느님의 보살피심이라고 볼 수밖에 없습니다."

그녀는 입이 무거운 신뢰할 수 있는 의사를 불렀다. 그리고 에미가 집에서 쫓겨난 뒤 그녀를 돌봐준 것도 미스 벤슨이었다.

"그리고 에미가 마음을 가라앉히게 되자" 하고 미스 벤슨은 말을 이었다. "나는 그 아이를 어떤 도시의 회사에 취직시켜 주었습니다. 물론 졸업한 사람 몫을 해낼 수 없는 형편이었지만 좀 복잡한 사정이 있어 꼭 도와줘야겠다는 편지를 써보내어 어떻게 채용이 된 거였지요."

미스 벤슨은 손가락을 앞머리에 파묻듯이 이마를 짚었다.

"정밀이지 분명히 말해야 할 때 말을 했었더라면…… 그 사나이가 안심이 안되어 어디까지나 그녀를 뒤쫓아가서…… "

"그러나 그 사나이가 아닙니다! 전혀 다른 사람입니다!" 로버트는 거칠게 말했다.

그녀는 의심스러운 듯한 눈초리로 그를 보았다.

"하지만 당신은…… "

"그렇지 않습니다. 내가 조사하고 있는 것은 다른 사람입니다. 전혀 다른 사람입니다." 로버트는 어쩔 줄 몰라하며 말했다.

그녀는 몸을 뒤로 젖혔다.

"당신은 나를 속이고……."

"천만에요! 그럴 생각은 조금도……."

"그러나 그것은 아무래도 좋아요," 하고 그녀는 속삭이듯이 낮은 목소리로 말했다. "당신이 지금 한 말에 대해 무슨 말을 하든 단 한 마디도 믿어주지 않을 겁니다. 나는 사람들에게 당신은 거짓말쟁이며, 다 꾸며낸 이야기라고 말할 테니까요!"

"그런 짓은 하지 않아도 됩니다." 하고 로버트는 말했다. "다만 그녀에게 알선해 준 그 취직처를 일러 주십시오. 그러면 다른 일은 다 없던 것으로 해두겠습니다."

그녀는 잠시 머뭇거리면서 그를 쳐다보더니 놀란 듯한 눈빛이 갑자기 밝아졌다. 그녀는 마침내 입을 열었다.

"그렇다면 좋아요."

그가 작별인사를 하려고 하자 그녀는 걱정이 되는지 그의 팔을 잡았다.

"일이 이렇게 되기는 했지만 부디 나를 나쁜 여자라고 생각지는 마세요."

"물론입니다. 나에게 그런 자격이 있겠습니까?" 하고 로버트는 말했다.

그 뒤 오후 내내 버스에 흔들려 녹초가 되었고, 그날 밤 묵은 호텔의 침대도 버스의 좌석보다 별로 나을 게 없었다. 그 다음 찾아간 글레이스 앤드 파디 회사의 파디 씨는 정말 참을 수 없는 인물이었다. 목소리며 태도가 너무 허풍스러워서 그 작은 사무실에는 어울리지 않는 명랑한 사나이였다.

그는 로버트가 내민 명함을 자세히 들여다 보더니 "신용 조사입니까?" 하고 몹시 감동한 듯이 말했다. "정말이지 당신네들이 미주알고주알 다 캐내는 데는 놀랄 뿐입니다. 실업계의 숙청을 하는 기마 경관대라고나 할까요? 그래, 내가 뭐 도와드릴 수 있는 일이 있다면……."

에미에 대해서라면 그가 잘 알고 있었다.

"아무튼 이런 사무실에서는 지금까지 본 적이 없을 만큼 아주 귀여운 아이였지요." 그는 깊이 생각하면서 말했다. "일에 대해서는 그다지 신통치 않은 모양이었지만, 그러나 여기저기 사무실 안을 돌아다니는 것을 보는 것만으로도 월급을 줄 만한 값어치가 있었습니다."

로버트는 이를 악물고 꾹 참았다.

"누군가 특별히 관심을 갖고 있는 것 같은 남자는 없었습니까? 지금 여기 근무하고 있지 않은 사람이라도 좋습니다. 이 회사 사람이 아니더라도 생각나는 사람이 있으시면……?"

파디 씨는 눈을 가늘게 뜨고 천장을 노려보았다.

"으음, 전혀 짐작가는 사람이 없는데요. 물론 그 아이를 쫓아다니던 남자들은 많았겠지만 그러나 거기에 대한 것을 옆사람이 알 수는 없지요. 별로 속마음을 털어놓는 성질도 아니었던 것 같으니까요. 결국 그렇게 된 것도 사실은 그러한 성격이 원인이었습니다."

"그렇게 되다니요?"

"이니, 뭐 대단한 일은 아닙니다. 누군가가 너무 자주 사무실의 돈을 훔쳐내는 것 같았는데, 여기 사람들 가운데 그 아이만이 그런 태도여서 범인처럼 보인 거지요. 게다가 취직할 때 소개 편지에 '복잡한 사정'이라고 씌어 있었기 때문에 마치…… 그래서 그만두게 할 수밖에 없었던 겁니다." 파디 씨는 즐거운 듯이 이야기를 계속했다.

"그런 일이 있은 뒤에야 그 아이가 아니었다는 것을 알게 되었지만, 모든 것이 엎질러진 물이었습니다. 어디로 알아봐야 연락이 되는지도 몰랐지요……. 이미 가버렸으니까요." 그는 손가락 마디를 꺾어 큰 소리를 내었다. 딱딱 하고.

로버트는 숨을 크게 들이마시고 마음을 가라앉혔다. 그는 설득하듯 말했다.

"그러나 친구라든가 누가 있었을 게 아닙니까?"

"아아, 그거라면." 하고 파디 씨는 말했다. "지금 말했듯이 속마음을 털어놓지 않는 아이였지만, 가끔 전화 교환수인 제니 리조를 찾아가 이마를 맞대고 있는 것을 보았지요. 만일 제니와 이야기를 나눠보고 싶으시다면, 그렇게 하십시오. 그리고 또 내가 도움이 되어드릴수 있는 일이 있다면……."

그러나 실제적으로 도움이 되어준 것은 제니였다. 트집을 잡으려면 잡아보라는 듯이 악취미를 그대로 드러낸 옷을 입은 애교없는 아가씨였다. 그녀는 물건이라도 쳐다보는 듯한 눈초리로 그를 관찰한 뒤, 에미에 대해서는 아무것도 할 이야기가 없다고 냉담하게 말했다. 가엾게도 에미는 여기서도 이미 어느 정도 들볶였으니 조금쯤은 그냥 내버려둬도 되지 않겠느냐고.

"나는 그 여자에게 관심있는 게 아닙니다" 하고 로버트는 말했다.

"그 여자가 결혼한 남자에 대해 조사하고 있는 중입니다. 빈센트 스나이더라는 사나이인데, 모르십니까?" 그는 그녀의 얼굴에 나타난 놀란 표정으로 보아 알고 있구나. 하는 생각이 들어 기운이 솟아났다.

"그 자식!" 하고 그녀는 말했다. "그럼, 에미는 기어코 그 사람하고 결혼했군요!"

"어떻게 된 거지요?"

"어떻게 된 거라니요? 내가 입이 아플 정도로 그 사람은 안된다고 했는데…… 가까이 하지 않는 것이 좋을 거라고."

"왜지요?"

"어떤 사람인지 나는 알고 있었기 때문이에요. 아주 잘난 체하고 언제나 주머니 속에 돈을 넣고 다녔지만, 어디서 어떻게 벌어온 건지 알게 뭐예요! 보나마나 제대로 번 돈이 아니지만 약삭빨라서 붙잡히지 않는 걸 거예요. 그러니까……."

"잘 알고 있는 것 같군요."

"잘 아는 것 같다구요? 우리집 근처에 살던 개구쟁이로 어렸을 때부터 알고 있어요. 봐요." 제니는 책상 서랍에 있는 물건을 뒤적이더니 한묶음의 사진을 꺼내어 로버트에게 내밀었다. "우리는 곧잘 함께 데이트를 했어요. 빈스와 에미와 나와 내 남자친구와 함께. 나는 빈스가 있는 앞에서 저 사나이는 못쓴다고 여러 차례나 말해 줬어요. 그는 에미가 내 말에 귀기울이지 않을 정도로 구워삶았던 모양이에요. 하기야 그렇게 하지 않아도 에미는 어린애 같았으니까요. 누가 좀 친절하게 대해주면 곧 정사라도 할 수 있는 아이였지요."

그다지 잘 찍힌 사진은 아니었지만, 빈센트와 에미를 확실히 알아볼 수 있었다.

"이 사진을 가져가도 되겠습니까?"

로버트는 되도록 대수롭지 않은 듯이 물었다.

제니는 어깨를 으쓱해 보였다.

"마음대로 하세요, 필요하시다면." 하고 그녀는 승낙했다.

로버트는 사진을 주머니에 넣으며 물었다.

"그런 다음 어떻게 되었습니까? 즉 에미와 그 사나이는?"

"물어보시니까 말하겠지만, 에미가 직장에서 쫓겨나자 둘이서 이 고장을 떠나버렸어요. 에미의 말에 의하면 여기서 조금 떨어진 남쪽 새튼이라는 고장에 빈스의 일자리가 생겼다는 거였어요. 그것이

두 사람을 본 마지막이었어요. 그 아이의 말투로 봐서는 진심으로
그렇게 믿고 있는 것 같았지만, 어쨌든 그 뒤로는 소식이 없었지
요."

"에미와 마지막으로 만난 것이 언제였는지 정확하게 생각납니까?
그 두 사람이 새튼으로 떠난 것이 언제였지요?"

제니는 생각해 냈다. 물어보면 좀더 많은 것을 생각해 냈을지도 모
른다. 그러나 깜짝 놀라 멍하니 입을 벌리고 있는 그녀를 그 자리에
놓아둔 채 로버트는 벌써 문 밖으로 나가고 있었다.

새튼까지는 버스로 한 시간도 안 걸렸다. 로버트가 큰 테이블 앞에
서 새튼 시의 신문철을 넘기기 시작한 것은 그로부터 한 시간 뒤의
일이었다. 새튼 시의 신문사는 크고 믿을만했으며 신문철도 잘 정리
해서 보관하고 있었다.

제니 리조가 일러준 날짜보다 이틀 뒤의 신문에 로버트가 기대하고
있던 기사가 실려 있었다. 제1면 꼭대기에 '1만 달러의 강도'라는 큰
표제가 붙어서.

대담 무쌍한 강도가 혼자 새튼 신탁은행에 들어가 주위 사람들이
전혀 눈치채지 않게 지배인과 직접 부딪쳐 1만 달러의 지폐가 들어
있는 작은 손가방을 들고 유유히 나갔다. 경찰은 그 사나이의 행방을
뒤쫓고 있는데, 체포는 시간 문제로 보인다……

로버트는 떨리는 손으로 그 날짜 뒤의 기사를 조사해 보았다.

경찰은 마침내 수사를 단념했다. 용의자는 한 사람도 체포하지 못
한 채……

로버트는 조심스럽게 사진에 가위를 넣어 빈센트가 혼자 서 있는

것처럼 보이도록 했다. 은행 지배인은 귀찮은 듯이 그 사진을 들여다보더니, 문득 뭔가 억지로 삼키려는 듯한 표정이 되었다. 이윽고 그는 도저히 믿을 수 없다는 듯이 말했다.

"이 녀석입니다! 이 사람입니다! 이 얼굴을 잊어버릴 리가 있겠소! 만일 이 녀석이 잡히기만 하면……"

"그러기 전에 해주셔야 할 일이 있습니다."

로버트가 말했다.

"흥정은 거절합니다." 하고 지배인은 항의했다. "나는 무슨 일이 있어도 이 사나이를 붙잡고 말 겁니다. 그래서 남아 있는 돈을 한푼도 남기지 않고 다 찾을 겁니다."

"흥정하려는 것이 아닙니다" 하고 로버트가 말했다. "내가 바라는 일은 이 사나이가 분명히 강도범이라는 사실을 종이에 써달라는 것입니다. 그렇게 하면 경찰은 내일 이 사나이를 붙잡아서 당신 눈 앞에 끌고 올 겁니다."

"그것뿐이오?" 하고 상대방은 의심스러운 듯이 물었다.

"그것뿐입니다." 하고 로버트가 대답했다.

그는 다시 자기 방에 앉아 서류와 증거물을 앞에 늘어놓고 있었다. 다만 한 가지 걱정은 그가 집을 비운 사이 살인범이 무슨 일로 위험을 느끼고 도망치지 않았을까 하는 점이었다. 옆방에서 들려오는 바스락 소리가 그가 집을 나간 때의 다름없다는 것을 알게 되기까지 안심하고 숨도 제대로 쉬지 못할 정도였다.

그리고 그는 자기가 애써서 준비한 서류——여러 사람과 나눈 대화의 기록을 다시 한번 신중하게 검토했다. 이제 법의 정의에 호소하기 위해 필요한 서류는 완전히 갖추어졌다. 그러나 이로써 다 된 것은 아니라고 그는 엄격하게 스스로를 향해 타일렀다. 그것은 한 여자의 일생을 그린 축도였다. 한 발자국 한 발자국 차례차례 친한 사람들로부터 배신당한 한 여자의 기록. 그녀와 관계를 가졌던 남자들은 모두 하나같이 배신의 명수였다. 아버지, 학교 교장, 고용주, 그리고 마지막엔 남편까지도, 저마다 모두 죄가 있다. 제니 리조의 말이 로버트의 귓가에서 왱왱 울리는 것 같았다. '누가 좀 친절하게 대해주면 곧 정사라도 할 수 있는 여자'. 만일 그가 이야기를 걸었다면, 만일 그가 먼저 행동했다면 그에게도 마찬가지로 대해주었을는지 모른다. 계단 위에 서서 그를 돌아다보았을 때, 어쩌면 그녀는 그가 말을 걸어오거나 행동하기를 기다리고 있었는지도 모른다. 그러나 이제는 모든 것이 늦어버렸다. 이 종이에 적은 일이며, 그가 그녀를 위해 해준 일에 대해 그녀에게 알려줄 도리도 없다……

경찰의 태도는 로버트가 예기하고 있던 대로였다. 은행 지배인의 공술서를 보여주기 전까지는. 경관들은 그 공술서를 몇 번이나 되풀이해서 읽고 사진을 들여다본 다음 로버트를 정중하게 상관 앞으로 보내더니, 마지막으로 '카이저링 경감'이라고 씌어진 문 앞으로 데리고 갔다. 그 방 저쪽에는 늘씬한 키에 부드러운 목소리를 지닌 사나이가 있었다.

긴 이야기였다. 그것이 얼마나 긴 이야기이고, 얼마나 세밀한 부분에 대한 보충 설명이 필요한 것인지 그는 그때야 비로소 알게 되었다. 그러나 처음부터 끝까지 그는 머뭇거리지 않고 말을 끝냈다. 이야기를 다 듣고 나자 카이저링 경감은 서류와 손수건과 사진을 차례차례 집어들어 자세히 살펴보았다. 그는 로버트에게로 흥미있는 눈길을 보냈다.

"과연 모든 것이 다 갖추어져 있군요. 단 한 가지 왜 이렇게 애쓰게 되었는지, 그 동기를 설명해 주지 않았습니다. 뭡니까, 그 동기가?"

자기 혼자의 가슴 속에 간직해 둔 꿈을 생전 처음 보는 상대방에게 털어놓는다는 것은 쉬운 일이 아니다. 로버트는 대답을 하지 못했다.

"여자 때문입니다. 이 여자에 대한 어쩔 수 없는 마음 때문입니다."

"아아!" 카이저링 경감은 알았다는 듯이 고개를 끄덕였다. "그녀로부터 미리 부탁을 받았었군요?"

"아닙니다. 말을 해본 적도 없습니다!" 로버트는 분명히 말했다. 카이저링 경감은 손가락으로 가볍게 두드려서 박자를 맞췄다.

"아아, 알았습니다. 그거야 어쨌든 우리와는 관계없는 일입니다. 그러나 아주 훌륭한 솜씨로군요. 정말입니다. 사실 어제 우리는 당신이 사는 곳에서 2, 3백 미터 떨어진 곳에 버려진 자동차 안에서 시체를 발견했습니다. 그 차가 한 달 전에 도난당한 것이라는 사실만 알 뿐, 피해자가 입고 있는 옷이며 무엇을 보아도 전혀 단서를 잡을 수 없었습니다. 우리가 발견한 것은 큰 상처가 난 시체뿐이었습니다. 사실 당신이 알파벳의 A에서 Z까지 이처럼 조리있게 정리된 조사 결과를 가지고 찾아와 주시지 않았다면 이 사건은 백 년이 넘어도 미해결로 남아 있었을는지 모릅니다."

"그렇다면 다행이군요. 이것으로 나의 목적도 이루어진 셈이니까요" 하고 로버트는 말했다.

"그렇군요. 언제든 경찰에서 일하고 싶은 생각이 들거든 나를 찾아와서 말씀해 주십시오" 카이저링이 말했다.

그런 다음 경감은 방을 나가 한동안 돌아오지 않았다. 이윽고 그는 음울한 미소를 띤 건강해 보이는 사복차림의 사나이를 데리고 돌아왔다.

"둘이서 당장에 해치우기로 했습니다." 하고 카이저링 경감은 로버트에게 말하고 나서 데리고 온 사나이에게 몸짓으로 재촉했다.

그들은 소리 없이 아파트의 계단을 올라가 문 옆에 섰다. 카이저링 경감이 문에 귀를 대고 들려오는 소리로 방 안의 인기척을 확인했다. 이윽고 경감은 사복을 입은 사나이를 향해 고개를 살짝 끄덕이더니 힘껏 문을 두드리며 소리쳤다.

"문 열어! 경찰이다!"

귀가 멍하게 울리는 듯한 정적. 카이저링 경감과 사복차림의 사나이가 어깨에서 차가운 빛을 내뿜는 권총을 빼는 것을 보자 로버트는 입 속이 바싹 말랐다.

"이런 어설픈 작자에겐 이런 게 필요치 않아." 카이저링 경감은 신음하듯 말하고 나서 갑자기 발을 들어 뒤꿈치로 문을 걷어찼다.

문이 활짝 열리고, 로버트는 계단 난간 뒤로 몸을 웅크렸다.

그리고 나서 그는 그녀를 보았다.

여자는 방 한가운데 서서 이성을 잃은 흩어진 표정으로 그를 쳐다보고 있었다.

그것은 그녀가 한 사람 또 한 사람, 상대방이 배신자라는 것을 알게 될 때마다 보였던 표정과 같은 것이라고 그는 마치 꿈꾸고 있는 듯한 순간에 이해했다. 그러더니 그녀는 한발자국 뒤로 물러서며 몸을 휙 돌려서 창문을 향해 달려갔다.

"아아, 용서해 줘요!" 하고 그녀는 로버트가 전에 들었을 때와 똑같은 목소리로 소리치며 유리창 밖으로 떨어졌다.

오장육부를 찢는 듯한 절규가 들리고, 그리고 갑자기 조용해졌다.

로버트는 그곳에 우뚝 서 있었다. 갑자기 눈에 찝찔한 땀이 스며들고, 깨문 입술에서 비릿한 피의 맛이 느껴졌다. 창문까지는 무한한 거리가 있는 것처럼 느껴졌으나, 그래도 그럭저럭 창문가까지 다다르자 로버트는 카이저링 경감을 옆으로 밀어내고 아래를 내려다보았다.

그녀는 납작하게 포석 위에 쓰러져 있었다. 흩어진 숱많은 검은 머리카락이 보는 이들의 호기심어린 눈길로부터 얼굴을 감싸주고 있었다.

사복차림의 사나이는 가버렸으나, 카이저링 경감은 아직도 그 자리에 남아 동정어린 눈초리로 그를 지켜보고 있었다.

"나는 남자가 여자를 죽인 줄 알았는데……" 하고 로버트는 낮은 목소리로 중얼거렸다. "틀림없이 그런 줄 알았는데…… 설마…… "

"발견된 것은 남자의 시체였습니다. 여자 쪽이 가해자입니다." 카이저링 경감이 말했다.

"그럼, 왜 그때 그런 말을 해주지 않았습니까? 왜 곧 일러주지 않았습니까?" 로버트는 나무라듯이 물었다.

카이저링 경감은 현명해 보이는 눈으로 그를 쳐다보았다.

"글쎄요…… 만일 그랬다면 어떻게 뇌었을까요? 당신은 저 여자에게 사정을 알려주어 도망치게 했을 게 아닙니까? 그렇게 되면 그야말로 골치 아픈 결과를 가져왔겠지요."

로버트는 대답이 없었다.

"저 여자는 폭발한 겁니다." 하고 카이저링 경감은 달래듯이 말했다. "여기 이렇게 갇혀서 어쩔 수 없는 처지에 놓인데다 누구 하나 의지할 만한 상대도 없고……. 처음부터 이렇게 되기로 정해진 거나 다름없는 일입니다. 당신의 죄가 아닙니다."

그리고 나서 경감은 아래층으로 내려갔다. 그리하여 로버트 혼자만 그녀의 방에 남게 되었다. 그는 천천히 주위를 둘러보았다. 그 자리에 있는 그녀가 남긴 물건들을 둘러보았다. 그리고 아주 조용히 의자 하나를 집어 머리 위로 높이 치켜들더니 벽을 향해 내던졌다, 있는 힘을 다해서.

파티의 밤

"아니, 정신이 든 모양인데." 하고 그 목소리는 말했다.

그는 떨어져 내려갔다. 돌처럼 차갑고 캄캄한 허공에 두 팔을 버티고 떨어져 내리면서 그는 몸을 힘껏 뒤로 젖히고 머리를 위로 발을 아래로 하여 공중제비를 돌았다. 아래쪽에 무엇이 있는지, 최후의 순간에 그의 몸을 받아 안을 나락 바닥에 무엇이 있는지 그것만이라도 알았다면 이처럼 심한 공포심을 느끼지는 않았을 것이다. 그러나 지금 그는 바닥을 알 수 없는 구멍 속으로 곧장 떨어져 내려가며 공포에 사로잡혀 있었다. 몸은 지향도 없이 아래쪽으로 떨어져 내려가며 마음은 이 대항할 수 없는 힘에서 도망치려고 몸부림쳤다.

"잘됐어." 그 목소리는 아주 먼 곳에서 마치 누군가가 그 구멍 밑바닥에서 조용하게 기쁜 듯이 그에게 말을 건 것처럼 들려왔다. "잘됐어."

그는 눈을 떴다. 갑자기 눈부신 빛이 아프게 스며들었다. 잠시 뒤약간 뒤로 젖히는 듯 가늘게 눈을 뜨니 빙 둘러서서 자기를 내려다보고 있는 사람들의 모습과 얼굴들이 흐릿하게 우유빛으로 번져보였다.

그는 등을 아래로 하고 누워 있었다. 거기 닿는 쿠션의 탄력으로 미루어보아 몸에 익은 긴의자에 누워 있다는 것을 깨달았다. 우유빛 안개가 차츰 걷히고, 동시에 당황하게 되었다. 오랫동안 살아온 나이 약의 그의 집, 여느 때와 다름없는 거실, 늘 벽에 걸려 있던 위트릴로의 그림, 머리 위에서 여전히 반짝이는 샹들리에 불빛, 모든 것이 그렇다, 빙 둘러선 얼굴들까지 모두 전과 다름없다는 씁쓸한 생각이 그의 가슴을 깨물었다.

그리고 한나도 있었다. 그녀의 눈은 눈물에 젖어 반짝반짝 빛났으며——그녀는 언제나 수도꼭지를 틀 듯 눈물을 흘릴 줄 알았다. 그녀의 손은 그의 손을 꼭 쥐고 있어 손가락이 바보처럼 감각을 잃었다. 모성적인 애정이 지나친 한나——더구나 그 애정을 쏟을 수 있는 상대라고는 남편 하나뿐이다. 잎담배를 씹고 있는 것은 에이벨 로스이다. 이런 때인데도 여전히 그 지독한 잎담배를 입에 물고 걱정스러운 얼굴로 이쪽을 바라보고 있다. 5년 이래 처음으로 성공한 흥행을 여기에서 망치게 된다면 큰일인 것이다. 언제까지나 시골티를 벗지 못하는 벤 세이어와 할리엣, 그리고 제이크 홀, 토미 맥그완……모든 것이 전과 똑같은 지겨운 느낌이 드는 얼굴들이다.

그러나 처음 보는 얼굴도 하나 섞여 있었다. 붙임성있는 표정을 짓고 머리는 마치 일본의 무사처럼 머리 주위에 조금 남아 있는 백발을 제외하면 기분좋을 정도로 깨끗이 벗어진 뚱뚱하고 자그마한 사나이였다. 그는 마일즈와 눈이 마주치면 반사적으로 손가락으로 대머리를 쓰다듬으며 고개를 끄덕여보였다.

"어떻습니까? 기분은?"

하고 그는 물었다.

"글쎄 어떻게 된 건지……."

마일즈는 한나에게 잡혀 있던 손을 빼내고 일어나려고 애썼다. 그러나 도중에 늑골 사이에 달군 바늘을 비틀어 박는 듯한 통증을 느끼고 자신도 모르게 신음 소리를 내었다. 한나가 그것을 알아차리고 안타까워할 겨를도 없이 낯모르는 손님이 우악스러운 손가락으로 그곳을 더듬자 그 손가락 끝에서 통증이 봄눈 녹듯 사라졌다.

"보십시오, 아무것도 아닙니다. 아무것도 아니에요" 하고 그 사나이는 말했다.

마일즈는 두 다리를 구부리고 힘을 주어서 긴의자에 일어나 앉았다. 한 번 두 번 크게 숨을 쉬고 난 다음 그는 말했다.

"어쩌면 심장이 마비되지 않았나 생각했지요, 아까 당했을 때는……."

"아아," 하고 그 사나이는 말했다. "당신이 어떻게 생각했는지 설명해주지 않아도 잘 압니다. 그러나 심장과는 절대로 아무 관계가 없다고 생각합니다." 그리고 모든 것이 상대방에게 통한다고 생각하는 듯 그는 천천히 덧붙여 말했다. "나는 매스, 빅터 매스 박사입니다."

"정말 하느님께서 돌봐주신 거예요, 매스 박사님이 발견하고 데려다주셨어요. 밖에 쓰러져 있는 당신을 마치 천사처럼 말이에요, 만일 이분이 그곳을 지나가시지 않았더라면……." 한나는 숨차하며 말했다.

마일즈는 그녀를 보았다. 그리고 빙 둘러서서 걱정스러운 듯이 자기를 들여다보고 있는 사람들을 둘러보았다. 그는 말투에 힘을 주어 설명을 요구했다.

"그렇다면 어떻게 된 겁니까? 내가 정신을 잃은 원인이 뭡니까? 심장인가요? 뇌일혈? 아니면 건망증? 나는 한두 살 먹은 아이가 아니므로 아무것도 아니라고 한다 해서 그 말을 믿고 안심하지는 않습니다."

에이벨은 잎담배를 문 채 왼쪽 입 끝에서 오른쪽 끝으로 굴렸다.

"이 사람이 이런 말을 한다고 해서 덮어놓고 나무랄 수는 없습니다. 어쨌든 추운 바깥에서 15분이나 쓰러져 있었으니 본인으로서도 어떻게 된 건지 알고 싶겠지요, 어떻습니까, 박사님, 우선 마음이라도 놓게 검사를 해주시지 않겠습니까? 뭐, 혈압 검사 같은 그런 것 말입니다. 그러면 본인뿐만 아니라 우리도 다 마음놓을 수 있겠지요."

마일즈는 이 말과, 나아가 그 말을 한 에이벨 로스에 대해 그 자신이 품고 있는 생각을 가슴 속에서 기분좋게 씹었다.

"분명 그렇겠지, 에이벨. 아마 극장 예매권은 앞으로 16주일분이나 팔려서 매일 밤 SRO(Standing Room Only의 약자. 입석 외는 매진)의 푯말이 나붙을 걸세. 우리는 마침내 보물산을 발견한 거지. 나는 삽이나 다름없는 존재야. 매주 여덟 번 내가 거르지 않고 무대에 서면 보물이 우르르 쏟아져나올 걸세!" 마일즈가 말했다.

에이벨은 얼굴을 빨갛게 붉혔다.

"여보게, 마일즈, 자네의 그 말은……."

"뭐라고? 내 말이 어떻다는 건가?" 마일즈는 되물었다.

벤 세이어는 천천히 무게있게 고개를 내저으며 점잖게 말했다.

"마일즈, 그처럼 시비하듯이 말하는 태도는 좀 삼가해 주게. 자네는 이야기를 좀더 침착하게……."

"조용하시오!" 매스 박사가 엄격한 목소리로 말했다. "여러분, 조용히 하십시오!" 그는 모두를 향해 눈살을 찌푸렸다. "한 가지 여러분들에게 해둘 말이 있는데, 즉 나는 임상의가 아니라는 사실입니다. 다시 말해서 내가 흥미를 가지고 있는 것은 정신 병리학 분야로 당신들이 요구하는 검사를 할 자격이 있는지 어떤지도 알 수 없지만, 나로서는 그런 것을 할 마음은 조금도 없습니다. 게다가 가까스로 정신을 차린 오웬 씨를 위해 말해 두겠는데, 내가 아니라 다른 사람이라도 그런 검사를 할 필요는 조금도 없습니다. 그것은 내가 보증합니다."

"그리고 나는 매스 박사님의 말을 믿습니다."

마일즈는 조심스럽게 무릎에 힘을 주어 일어섰다. 그러나 둘러서 있는 사람들의 얼굴에서는 전혀 염려하는 빛이 사라지지 않았다.

"박사님, 상관없으시다면 좀더 있다 가십시오. 저기 뭐가 준비된 모양입니다. 요리는 보증할 수 없지만 술만은 아주 고급품입니다."

마일즈의 권유에 의사는 얼굴 가득 토실토실 살찐 어린아이같이 순진한 미소를 띠었다.

"그거 참, 고맙군요."

그는 곧 손가락질한 쪽으로 걸어갔다.

에이벨이 그 뒤를 쫓았다. 그리고 의사가 아직 음식을 차려놓은 곳까지 가기도 전에 입에 문 잎담배의 불이 상대방 귀에 닿을 정도로 바짝 다가섰다. 에이벨은 매주 세 시간씩 정신분석 의사의 진찰을 받고 있는데, 말솜씨가 좋고 잘 먹어 살찐 파크거리 개업의의 진료소로 찾아가 조금도 앞뒤가 맞지 않는 자각 증상을 거침없이 지껄이게끔 되었다. 가엾게도 매스 박사가 에이벨 녀석의 끈질긴 말상대가 되었군 하고 마일즈는 심술궂게, 그러나 한편 동정심을 가지고 생각했다.

긴의자 둘레에 모여 있던 다른 사람들도 제각기 흩어지고, 이제 한나만 남았다. 그녀는 갑자기 힘주어 마일즈의 팔을 붙잡으며 다짐했다.

"정말 괜찮겠어요? 만일 어디 몸이 이상하거든 곧 나에게 말씀하세요!"

몸이 이상하거든 말하라고? 그녀가 이런 식으로 그를 붙잡아 몸가까이 끌어들이려고 할 때마다 그는 마치 거미가 자기를 향해 실을 뽑아 얽어맬 것 같은 느낌이 들어 필사적으로 저항해야만 했다.

처음에 사귈 때는 이렇지 않았었다. 그녀의 아름다움은 빛나기만 했고, 이 여자하고라면 지금까지 알았던 다른 여자들과는 전혀 다른 새로운 관계가 전개될 줄 알았다. 함께 일어나고, 함께 먹고, 함께 말하는 끝없는 결혼생활도 이처럼 아름답고 사랑스러운 여자하고라면 견뎌나갈 수 있으려니 했다. 그러나 그로부터 1년이 지난 지금 그녀의 아름다움은 역겹고, 애정도 짐스러우며, 변화없는 일상생활은 무거운 부담이 되고 말았다.

그는 한 15분 동안 의식을 잃고 있었다. 그동안에 헛소리를 하여 릴리와의 사이를 눈치채지는 않았을까? 만일 그렇다 하더라도 괜찮다. 느닷없이 말하여 한나의 마음을 괴롭히느니, 차라리 그런 헛소리를 듣고 거기에 맞설 마음의 준비를 갖추게 해주는 것이 그녀를 위하는 일이라고 그는 생각했다. 그래도 한나에게는 큰 충격이 될 것이다. 그때의 광경이 눈 앞에 선히 떠올랐다. 그것은 결코 기분좋은 정경이 아니었다.

그는 어깨를 움츠려서 한나의 손을 뿌리치며 말했다.

"아무데도 이상하지 않아." 그는 뒤이어 말을 계속하지 않고서는 참을 수가 없었다.

"내가 좀 조용히 쉬고 싶다고 생각할 때면 언제나 당신이 이렇게 파티를 여니 정말 곤란한 일이야."

"내가요?" 한나는 모르겠다는 듯이 되물었다. "내가 이런 파티와 무슨 관계가 있느냐고 말씀하실 작정인가요?"

"모든 것이 다 그래. 모든 것이 다 당신이 그 여주인인 척하고 팔방미인이 되려는 버릇 때문이오."

"손님은 모두 당신 친구분들이에요, 내 친구가 아니에요." 한나는 말했다.

"그럼, 말하겠는데, 당신도 1년이나 나하고 부부 생활을 했으니 이젠 저 사람들이 나의 친구가 아니라는 것쯤은 깨달았을 거야. 나는 지금까지 벌써 백 번도 넘게 다른 표현과 표정을 써서 저런 사람들은 딱 질색이며, 그 중에서 단 하나도 좋아하는 사람이 없다는 것을 분명히 일러 주었소. 저 사람들은 내 친구가 아니오. 1주일에 단 한번 저 사람들에게서 풀려나서 숨을 돌리려고 할 때 일부러 파티를 열어 불러들여서 음식을 제공하고 접대할 의무가 나에게 있단 말이오?"

"당신이 무슨 말씀을 하시는 건지 잘 모르겠어요. 당신이 이곳에 집을 산 것은 모든 사람들로부터 떨어져 혼자 있고 싶었기 때문이라는 것은 알고 있어요. 그러나 지금의 당신은……." 한나는 금방이라도 울 것 같은 표정이었다.

눈에 보이지 않는 거미줄이 또 자꾸만 얽어 매어온다.

"알았어! 알았어, 이제 됐어!" 하고 그는 소리쳤다.

이제 모든 것이 아무래도 좋은 것이다. 그가 도망친 다음 이 여자는 직성이 풀릴 때까지 매일 밤이라도 파티를 열면 될 것이다. 이런 집 따위는 불을 질러버리든 어쨌든 그가 알 바 아니다. 그런 것은 일체 그와 아무 관계도 없는 일이다. 매주 월요일에서 토요일까지 아무 변화도 없는 무대 출연, 집에 돌아오면 무미한 시골 신사의 일상생활, 게다가 릴리의 표현을 빌리면 센트럴 파크에는 '지겨울 정도로' 나무가 잔뜩 우거져 있다. 모든 것이 다 이만하면 된 것이다. 그리고 머지않아 여행 가방을 들고 여기서 도망쳐나갈 것을 생각하면 지금 이러니 저러니 시끄럽게 굴 필요도 없다.

보브와 엘리자베스 글레고리 두 사람은 1주일에 6일 동안 라디오의 마이크 앞에서 얼굴을 마주 대하는 것만으로는 아직 부족하다는 듯 멍하니 상대방의 얼굴을 바라보고 있었다. 벤 세이어는 제이크 홀을 향해 이번 연극의 마지막 장면 연기가 얼마나 힘든가를 장황하게 설명하고 있었다. 에이벨은 매스 박사에게 뭔가 정신 병리학에 대한 견해를 말하고 있었다. 박사는 한쪽 손에 잔을 높게 들고 또 한쪽 손에는 샌드위치를 들고 있었다.

"아아, 그거 재미있는 현상이군요, 그거 참, 재미있는……." 박사는 말했다.

마일즈는 그들 옆을 지나 식기장 쪽으로 걸어갔다.

그는 사람들의 이야기 소리에 귀를 막고 더블 잔에 위스키를 따랐다. 그리고 잔뜩 찌푸린 얼굴로 잔을 노려보았다. 그 술은 마치 물처럼 아무 맛도 없었다. 요전에 고용한 이 고장 사람인 하인이 청소하다가 술장 열쇠를 발견하여 그 병을 거의 비우다시피한 다음 마신 양만큼 물을 부어놓았을 것이다. 바보 같은 녀석! 훔쳐 마셨으면 마셨지, 이런 식으로 하여 남은 술까지 못 먹게 하다니…….

에이벨이 마일즈의 옆구리를 쿡쿡 찔렀다.

"나는 지금 매스 박사님께 이렇게 말씀드리던 참일세. 만일 하룻밤 정도 시간이 있다면 '매복'의 일등을 예약해드리겠다고. 만일 마일즈 오웬이 연기하는 '매복'을 보지 않으면 아깝게도 고금의 명배우의 연기를 놓치고 마는 것이 된다고 말일세. 자네는 어떻게 생각하나, 마일즈?"

마일즈는 다른 병을 집어들어 마개가 따졌는가 어떤가를 살펴보고 있는 중이었다. 그는 에이벨을 힐끔 쳐다보고 난 다음 술병을 조심스럽게 살짝 내려놓았다.

"모처럼 묻는 말이지만 어떻게 생각하느냐고 물어도 나로선 뭐라고 대답할 수가 없네, 에이벨. 실은 그 일로 자네에게 할 말이 있는데, 말이 나온 김이니 이제야말로 이야기를 꺼낼 더없이 좋은 기회인지도 모르겠군."

"이야기가 있다고?" 에이벨은 유쾌한 듯이 말했으나, 이 말이 끝나자마자 갑자기 불안한 빛이 눈에 떠오르고 마음의 준비를 하는 듯한 표정이 얼굴에 나타났다.

"비밀 이야기일세, 에이벨." 마일즈는 흥미있는 듯이 옆에서 지켜보고 있는 매스 박사에게 고개를 끄덕여보였다. "박사님, 에이벨과의 이야기를 중단시키는 것 같아서 죄송합니다."

"괜찮습니다, 괜찮아요." 박사는 재빨리 대답했다. "나는 이것만 있으면……" 하고 그는 잔을 들어올려 보였다. "오웬 씨, 분명히 당신이 자랑한 것처럼 훌륭한 술입니다."

"다행이군요." 마일즈는 말했다. "그럼, 에이벨, 잠깐 이리 와보게나."

그는 사람들을 헤치며 에이벨을 데리고 방을 가로질러서 서재 쪽으로 갔다. 서재의 문을 닫고 전기 스탠드의 스위치를 켜자 텅 비어 있던 방 안의 축축한 냉기가 갑자기 뼛속으로 스며들어 그는 자신도 모르게 몸을 부르르 떨었다. 장작과 불쏘시개를 넣어둔 난로 앞에 앉아 줄곧 성냥을 그었다. 이윽고 불이 붙어 나무가 탁탁 튀었다. 그는 담배에 불을 붙여서 깊이 빨아들였다. 그러다가 깜짝 놀란 듯이 그 담배를 들여다보았다. 전혀 맛이 없었던 것이다! 그는 확인하듯 혀로 양쪽 입술을 핥아보았다. 처음에는 술, 이번에는 담배가…… 그는 생각했다. 과연 매스 박사는 프로이트 학파의 정신 분석에 조예가 깊은 명의일지도 모르지만, 월요일에는 무슨 일이 있어도 고지식한 개업의에게 가서 진찰을 받아봐야지…… 이렇게 단번에 맛을 모르게 되다니, 불쾌한 일이다. 어이 없는 일이다. 그러나 어이가 없는 일이라고 말해 봐야 불쾌함을 떨쳐낼 수는 없었다.

에이벨은 창문 앞에 서 있었다.

"보게나, 저기 저 안개를. 언젠가 '희극'의 흥행으로 런던에 갔던 그날 밤에도 역시 안개가 자욱하게 끼어, 그때 나는 그것이야말로 진짜 안개라고 생각했었지. 그러나 오늘밤의 안개에 비하면 그것은 안개라고 할 수도 없겠군. 보게, 삽으로 깎아내는 듯한 느낌이야."

안개는 마치 형태가 있는 것처럼 창가로 밀려와서 천천히 소용돌이치며 유리창을 향해 계속 거무스름한 연기의 주름을 밀어붙였다. 그 주름이 닿은 부분에서는 물방울이 유리에 줄을 그으며 떨어졌다.

"저 정도의 안개라면 여기서는 1년에도 여러 번 있어. 나는 안개 이야기를 들으려고 이리로 데려온 게 아닐세" 하고 마일즈는 초조한 목소리로 말했다.

에이벨은 창가에서 떠나 어색하게 마일즈 앞의 안락의자에 앉았다.

"그야 그럴 테지. 그래, 뭐가 마음에 안 드는 건가, 마일즈?"

마일즈는 대답했다. "'매복'이 마음에 안 든단 말일세."

에이벨은 낙심한 듯이 고개를 끄덕였다.

"어디가 마음에 안 드나? 자네가 언제라도 시간을 정해주면 텔레비전에든 라디오에든 좋아하는 프로에 출연시켜주겠네. 첫날밤에 내가 그렇게 말하지 않았나? 자네가 시간만 정해주면 나의 힘이 미치는 한 그 계약을 주선해 주겠다고."

마일즈는 문득 자기가 그 자리의 움직임을 즐기고 있다는 것을 알아차렸다. 여느때 같으면 이런 경우에는 틀림없이 소름끼치는 불쾌감을 느꼈을 텐데…….

"이상한 일이군. 자네는 지금 돈에 대해서는 한마디도 입 밖에 내지 않았지? 아니면 내가 듣지를 못했나? 아무리 둔한 사람이라도 지금 말한 자네의 짤막한 이야기를 알아듣지 못했을 리는 없다고 생각하는데……."

에이벨은 힘없이 의자등받이에 기대어 환자처럼 한숨을 쉬었다.

"아아, 역시 이야기는 그거였군. 지금까지 나와 계약한 배우에게 지불한 최대 금액의 두배를 주어도 자네는 틀림없이 이 이야기를 꺼내리라 생각했네. 알았네, 조건을 말해보게 ! ”

“모처럼이지만 조건은 없네. ” 마일즈는 대답했다.

“없어 ? ”

“전혀 없어. ”

“그럼, 무엇이 필요한가 ? ” 에이벨은 비난하듯 말했다. “대체 무슨 이야기를 하고 싶은 건가 ? ”

마일즈는 미소지었다.

“나는 아무것도 필요한 것이 없네, 에이벨. 다만 도망치고 싶을 뿐이야. 이번 연극에서 빼주게. ”

마일즈는 에이벨이 당황하는 것을 전에도 몇 번 본 일이 있었다. 그가 어떤 동작을 할 것인지 손놀림 하나에 이르기까지 예언할 수 있었다. 얼굴이 가면처럼 무표정해지고, 한쪽 손으로 성냥을 긋는다. 그 켜진 성냥불에 엄지손톱이 빛나고, 빨아들이는 잎담배의 끝이 빨갛게 타고, 어두운 벽에 닿은 성냥불이 크게 흔들린다…… 에이벨은 아직도 자기를 우습게 보는 것이다. 이윽고 에이벨이 손을 한 번 크게 흔들자 성냥이 탁 꺼졌다. 에이벨은 그 꺼진 성냥개비를 아직 버리지 않고 손가락 사이에 끼워 앞뒤로 굴리며 말했다.

“본디 자네는 말귀를 잘 알아듣는 사람일세, 마일즈. 이 어리석은 장난은 진심이 아니겠지 ? ”

“나는 빠지겠다고 했네, 에이벨. 오늘밤에도 억지로 했네. 내일은 일요일이니까 월요일 밤에 막이 열릴 때까지 하루의 여유가 있는 셈이지. 그동안에 다른 배우에게 연습을 시키면 될 걸세. ”

“누가 대역을 맡나 ? ”

“아마 제이 웰커라면 다른 일을 제쳐두고 덤벼들 걸세. 녀석은 전부터 그럴 속셈으로 5개월 동안이나 내 역할의 대사를 연습하고 매일 밤 내가 발목이라도 삐기를 기도하고 있었다네. ”

"제이는 1주일을 연습해도 '매복'을 해낼 수 없네. 그것은 자네 자신이 가장 잘 알고 있지 않나? 자네 말고 그 역할을 해낼 수 있는 배우는 없어. 자네도 그 점을 잘 알고 있을 걸세."

에이벨은 바짝 다가앉으며 도저히 믿을 수 없다는 듯이 머리를 천천히 양쪽으로 내젓고 있었다.

"그것을 알면서도 자네는 이런 말을 하는 걸세. 자네는 미국 연극 사상 가장 훌륭한 공연을 엉망으로 만들고 죽이 되든 밥이 되든 모르겠다고 말할 참인가?"

마일즈는 심장이 마구 뛰고 목이 꽉 막히는 것 같은 기분이 들었다.

"잠깐만, 에이벨, 욕은 나중에 해주게. 지금까지의 이야기로 분명히 안 것이 꼭 한 가지 있네. 자네는 내가 왜 빠지려고 하는지 그 이유를 한마디도 들어보려고 하지 않는군. 나는 아까 졸도했네. 어쩌면 나는 앞으로 한시간 안에 죽게 될지도 모르네. 그래도 자네는 자네의 공연을 계속하는 편이 중요하다고 생각하고 있겠지! 자네는 사물을 그런 식으로 바라본 일이 있나?"

"어떤 식으로 말인가? 나는 의사가 이젠 괜찮다고 말하는 것을 이 귀로 똑똑히 들었네. 그 이상 나보고 어쩌라는 건가? 전국 의사회의 높은 분들로부터 확인서라도 받아오라는 말인가?"

"그럼, 자네는 내가 장난 삼아서 빠지겠다고 말한 줄 아나?"

"서로 농담은 그만두도록 하세, 마일즈. 자네는 5년 전에 밸로우에게 지금과 똑같은 태도를 취했네. 그리고 골드슈미트에게도, 그리고 불과 1년 전에는 하우이 플리먼에게도 같은 일을 했지. 나는 잘 알고 있네. 왜냐하면 그런 일이 있었으므로 자네는 이번 '매복'의 주역을 맡을 수 있었으니까. 그러나 나는 자네를 놓친 자들은 자네를 조종하는 방법을 몰랐기 때문이며, 자네가 없으면 연극이 이루어지지 않는

다는 것을 확고하게 믿고 있지 않았기 때문이라고 생각했네. 그러나
역시 나의 오산이었어. 나는 큰 바보야. 자네를 놓친 자들은 입을 모
아 나에게 충고했네. '그만 두는 게 좋아. 그 사람은 분명히 역할도
잘 해내고 당분간은 곧잘 하지. 그러나 갑자기 머리가 돌아버린단 말
이야.'라고 말일세. 머리가 돌아버린 거야, 마일즈, 자네는 변덕이라
고 했지만, 내 식으로 속되게 말하면 머리가 돈 거야. 그렇게 말할
수밖에 없잖은가!" 에이벨은 숨을 쉬었다. "다만 나와 그들과의 차
이는, 내가 '공연 중 탈퇴를 인정하지 않는다'는 출연 계약을 자네로
부터 받아놓은 점일세. 그 계약을 어기고 여기서 빠져나가려는 건
가? 다시 한번 잘 생각해 주지 않겠나?"

마일즈는 고개를 끄덕이며 괴로운 듯이 말했다.

"알았네, 생각해 보고 있네. 내가 생각하고 있는 것을 들어주겠
나?"

"듣지 않고 어쩌겠나? 제발 부탁일세."

"나는 매주 여덟 번 무대에 서고 있네, 에이벨, 1주일에 여덟 번.
나는 같은 대사를 지껄이고, 같은 동작을 하고, 같은 표정을 짓고
있네. 그것을 벌써 5개월 동안이나 계속해 왔어. 이만큼 계속된 것
만도 자네로선 최대의 성공인데, 만일 줄곧 이런 식으로 밀고 나갈
수 있다면 자네는 아마 5년이라도 이대로 계속시키겠지. 똑같은 것
을 끊임없이 되풀이 하는 것——이것은 악몽과 같은 두려움일세.
그것을 참을 수 있는 것은 자네가 고루한 속인이기 때문일세! 그
러나 나는 그렇지 않아. 일시적인 흥분이 사라지고 나면 감옥소에
있는 듯한 괴로움이 있을 뿐일세. 감옥에서 도망치고 싶어하는 죄
수에게 도망치고 싶어하지 말라고 하는 건가? '일생 동안 감옥에
있어라. 그러다 보면 좋아질 것이다.' 이렇게 말할 참인가?"

"감옥이라고? 지금 이 나라에 자네가 갇혀 있는 감옥에 들어가기

위해서라면 오른쪽 눈을 빼서 바쳐도 좋다고 생각지 않는 사람이 있다면 어디 한번 보고 싶군. 호강에 겨우면 잠자코나 있게!" 에이벨은 소리쳤다.

"내 말을 좀 들어보게, 에이벨." 하고 마일즈는 의자에서 몸을 앞으로 내밀고 진지하게 호소하는 어조로 말했다. "첫 공연을 갖기 전날 그 부엌에서 한 무대 연습을 자네는 기억하고 있나? 그날밤 열 번, 열다섯 번, 아니 스무 번이나 되풀이하여 연습했던 일을 잊어버리지는 않았겠지? 그때 내가 어떻게 느꼈는지 알겠나? 나로선 마치 지옥에서 겪는 고통과 같았네. 끝도 없이 대사와 연기를 되풀이하는 걸세. 그것을 해야 하는 당사자는 함부로 화풀이조차 할 수 없네. 관객의 기분을 상하게 만들기 때문일세. 알겠나? 그것을 안다면 내가 '매복'에 대해 어떻게 느끼고 있는지 이해할 수 있겠지?"

"알았네! 그런데 나의 금고 속에는 그 '공연중 탈퇴를 인정하지 않는다'라는 계약서가 소중히 보관되어 있네. 자네는 지금 무대 연습의 반복이 지옥의 괴로움과 같다고 말했는데, 그 견해가 배우 조합에서도 통과되는지 어떤지 시도해 보게. 나로서는 보나마나 조합 심판 위원의 생각은 자네 의견과 조금 다르리라고 생각하지만 말일세" 하고 에이벨은 말했다.

"위협적으로 나와도 소용없네, 에이벨."

"위협이라고? 무슨 바보 같은 소리인가! 나는 계약 위반으로 자네를 소송하겠네, 진정이야, 마일즈!"

"그것도 좋겠지. 그러나 환자를 상대로 하여 소송에 이기기는 어려울걸."

에이벨은 냉혹한 표정으로 고개를 끄덕였다.

"자네는 틀림없이 그 길로 도망칠 줄 알았네. 그러면 나는 환자를 혹사하는 파렴치한이 되는 거겠지." 그는 눈을 가늘게 떴다. "그러나 그것은 또한 다른 각도에서 볼 수도 있네. 자네는 현관 앞에서 잠깐 정신을 잃고 있었는데, 마침 그곳을 지나가던 의사가 자네를 집으로 데리고 들어갔네. 이것을 본 증인은 20명이나 있네. 잘 꾸몄군, 마일즈. 그러나 멋대로 구는 자네의 주장을 통과시키려면 그런 속들여다보이는 잔재주와 흔해빠진 돌팔이 의사로는 좀 부족할걸."

마일즈는 치밀어 오르는 분노로 숨이 막힐 것만 같았다.

"이것을 나의 트릭이라고 생각하는 것은 자네 자유겠지만……."

"아니, 무엇이 트릭인가요?"라는 할리엣 세이어의 유쾌한 목소리가 등 뒤에서 들려왔다.

할리엣과 벤 두 사람이 문 앞에 서서 호기심에 찬 태도로 마일즈 쪽을 보고 있었다. 마르고 키가 큰 벤이 여자아이 같이 나약한 할리엣 옆에 붙어 서 있었다. 아주 어울리지 않는 한 쌍이었다. 그러나 그보다도 탐색을 좋아하는 두 사람이 아주 친한 듯이 구는 그 촌스러운 꼴은 마치 손톱으로 석판을 긁어대듯이 마일즈의 신경을 곤두서게 하였다.

"무슨 일이지요? 굉장히 흥분하신 것을 보니 재미있는 이야기인가 보지요? 어서 사양 마시고 계속하세요" 하고 할리엣이 말했다.

에이벨이 떨리는 손가락으로 마일즈를 가리키며 말했다.

"말은 그렇게 해도 자네들도 뭐라고 할 말이 없을 걸세. 다시는 말하지 않겠네. 잘 들어보게. 여기 있는 이 사나이는 두 번 다시 '매복'의 무대에 서고 싶지 않다는 걸세. 자네들 둘이서 할 수 있다면 이 사람의 마음을 돌려보게!"

벤은 자신의 귀를 의심하는 듯 의아한 얼굴로 마일즈를 쳐다보았다. 마일즈는 그 모습을 보고 언제나처럼 경탄하지 않을 수 없었다. 어쨌든 '매복'의 대본에 있는 재치있는 대사 몇 줄쯤은 생각해 낼 재주꾼인 벤이 막상 자기가 사건에 휩쓸리게 되면 어째서 이토록 반응이 느린지 모르겠다.

"하지만 그건 불가능한데." 하고 벤은 말했다. "자네의 출연 계약은 '공연 중 탈퇴를 인정하지 않는다'라고 되어 있지 않나?"

"그렇지. 그러나 그는 환자일세. 쓰러져 정신을 잃었지. 당신도 보지 않았소!" 하고 에이벨은 비웃었다.

할리엣은 멍하니 고개를 끄덕였다.

"네, 하지만 설마."

"그렇고말고. 이 사나이는 적당히 연극을 꾸미려 했던 걸세. 돈도 잔뜩 들어왔겠다, 대대적으로 선전하는 통에 이름도 팔렸겠다. 그러니 남이야 어떻게 되든 무슨 상관이냐는 식이겠지. 그뿐이라네. 참 편한 신분이지" 하고 에이벨은 말했다.

마일즈는 손으로 에이벨이 앉아 있는 의자의 팔걸이를 세게 내리쳤다.

"좋아, 자네는 이제 하고 싶은 말을 대충 다 한 모양이니까 이번에는 내가 묻지. 만일 '매복'이 정말 좋은 연극이라면 나라는 단 한 사람의 배우가 그만뒀다고 해서 망쳐지지는 않겠지? 자네는 손님 가운데 단 한 사람도 자네의 인색한 연극을 보러 오는 게 아니라는 사실을 생각해 본 적이 있나? 손님은 다만 그 연극에 나오는 나의 연기를 보려고 오는 걸세. '매복'이건 '캬캬'건 내가 무대에 서기만 하면 손님은 오는 걸세! 본디 일인극의 주인공을 맡은 사람이 싫다고 해도 강제로 시킬 권리가 누구에게 있단 말인가?"

"아니에요, '매복'은 좋은 연극이에요! 당신이 주역을 맡은 연극 중에서 가장 멋있어요. 만일 그것을 모르신다면……." 할리엣이 소리쳤다.

마일즈는 이제 이성을 잃고 버럭 소리를 질렀다.

"그렇다면 다른 사람을 끌어다 시키면 될 게 아니오! 나로선 그렇게 하는 편이 훨씬 마음 편해!"

벤은 두 손을 내밀어 상대방에게 손바닥을 보이며 변명하듯이 말했다.

"그러나 마일즈, 우연히 자네가 맨 처음 그 역할을 맡았기 때문에 관객들의 머릿속에는 자네가 이 연극의 주인공이라는 고정관념이 생겨 이제 와서 대역으로 바꿀 수는 없네. 게다가 나와 입장을 바꿔 생각해 보게, 마일즈. 나는 15년 동안이나 연극을 써왔지만, 이번에 처음으로 빛을 본 걸세……."

마일즈는 일어서서 천천히 상대방 앞으로 걸어가 부드러운 목소리로 말했다.

"이런 바보. 자네에게는 한 조각의 자존심도 없나?"

그는 서재를 나와 돌아선 채 문을 쾅 닫고 더 이상 아무 말도 들으려고 하지 않았다. 파티에 모인 사람들은 여기저기 떼를 지어 서서 저마다 지껄여대고 있었다.

그 목소리가 파도처럼 높아졌다 낮아졌다 했으나 이야기의 내용은 알아들을 수가 없었다. 그리고 보랏빛 담배연기가 바닥과 천장 중간에 죽 깔아놓은 투명한 깔개처럼 나부끼고 있었다. 누가 피아노 위에 술잔을 엎었구나 하고 마일즈는 생각했다. 그 술방울은 피아노의 마호가니 판에 줄을 긋고 아래로 흘러내려서 윌튼 융단에 얼룩을 남겼다. 토미 맥그완과 최근에 생긴 정부――보나마나 노마니 알마니 하는 이름이겠지――인 금발 여인은 마룻바닥에 앉아서 레코드 판을 고르며 곧 쓰러질 듯이 높이 쌓아놓았거나, 아니면 한 번 보고 마음에 들지 않은 것은 휙 옆으로 집어던졌을 것이다. 식탁은 그야말로 정신없이 어질러져 있었다. 빈 접시가 몇 개나 뒹굴어 있고, 남은 것이라고는 빵 부스러기 정도였다. 흥, 오늘밤의 파티도 대성황을 이루었군 하고 그는 속으로 투덜댔다.

그러나 그 방에 가득 차 있는 열기와 흥분도 마일즈가 서재에서 묻혀온 한기를 씻어버릴 수는 없는 것 같았다. 그는 두 손을 마구 비벼댔다. 그리고 그는 이 사실을 알자 가슴에 통증을 느꼈다. 자기 몸에 정말 이상이 생겼다면 어떻게 될까? 릴리는 병든 남자 옆에 붙어서서 간호사 노릇을 할만큼 기특한 여자가 아니다. 그렇다고 해서 그녀를 나무랄 수는 없다. 아니, 상대방이 릴리가 아니라 다른 사람이라고 해도 그럴 것이다. 그렇다면 의사에게 진찰받는 일은 생각해볼 문제이다. 만일 어딘가에 이상이 생겼다 하더라도 그것을 알릴 수는 없다!

"뭔가 걱정되는 일이 있는 모양이지요?"

이 목소리의 주인공은 매스 박사였다.

박사는 벽에서 조금 떨어진 곳에 기대서듯 뒤로 젖힌 자세로 서서 손을 주머니 속에 넣은 채 마일즈를 자세히 관찰하고 있었다.

'마치 변변치 못한 학자가 현미경으로 세균을 검사하는 듯한 눈초리로 보고 있군.' 하고 생각하니 마일즈는 화가 치밀었다.

"아니오." 하고 마일즈는 부인했다. 그러나 좀더 좋은 생각이 나서 다시 고쳐 말했다. "실은 잘 보셨습니다."

"그래요?"

"아무래도 정상적이 아닌 것 같습니다. 당신은 아까 괜찮다고 하셨지만, 아무래도 상태가 좋지 않습니다."

"몸이 말입니까?"

"물론이지요! 당신은 무슨 말씀을 하시려는 겁니까! 정신이 이상하다느니 뭐 그런 말을 할 생각이십니까?"

"나는 아무것도 할 말이 없소. 오웬 씨, 당신이 나에게 말하고 있는 거지요."

"그래요? 그럼, 여쭤보겠는데, 당신은 어째서 그렇게 자신만만합니까? 진찰도 하지 않고 엑스레이도 찍지 않고 아무것도 하지 않았는데, 어쩌면 그토록 쉽게 '문제없다'고 말할 수 있습니까? 당신은 어떤 입장에서 말씀하시는 겁니까? 지금으로서는 몸에 별탈이 없다는 데서 그치고 있지만, 만일 내가 당신이 파놓은 함정에 빠져서 돈이 드는 복잡한 정신분석을 부탁하거나 또는……."

"그만해 두시오, 오웬 씨" 매스 박사는 차가운 목소리로 말했다.

"당신은 지금 무언가 곤란한 일에 쫓기고 있어 예의를 차릴 여유가 없다고보고 참아두겠소. 그러나 너무 지나친 공상을 해서는 곤란합니다. 나는 정신분석을 하지는 않소. 하겠다고 말한 일도 없소. 나는 병의 치료 같은 것은 직업으로 삼고 있지 않습니다. 내가 항상 상대로 하는 것은 이미 무슨 치료를 받아도 듣지 않는 상태에 놓인 불쌍한 사람들이지요. 그리고 그들에 대한 나의 관심은 전적으로 학구적인 것에 한정되어 있습니다."

"아, 아니!" 마일즈는 절박한 목소리로 말했다. "죄송합니다, 정말 죄송합니다. 어째서 이렇게 되는지 나 자신도 잘 모르겠습니다. 아마 원인은 이 파티인 것 같습니다. 나는 파티를 굉장히 싫어하니까요. 언제나 싫은 일 뿐입니다. 아니, 원인이야 어찌되었든 그 결과로 빚어진 불쾌함을 당신께 퍼붓다니, 정말 진심으로 사과드리겠습니다."

박사는 정중하게 고개를 끄덕였다.

"괜찮습니다, 자신이 그것을 알고 있으면 됐지요." 그는 신경질적으로 대머리를 쓰다듬었다. "그밖에 또 한 가지 할 말이 있습니다. 그러나 당신을 비난하는 것으로 받아들일지도 모르므로……."

마일즈가 소리내어 웃었다.

"말씀하십시오. 내가 무례하게 굴었으니까, 만일 그렇다 해도 피장파장이지요."

박사는 한동안 망설이다가 서재 쪽을 눈으로 가리켰다.

"말하기 거북한 일인데, 오웬 씨, 저 방에서 하신 이야기를 듣고 말았습니다. 나는 일부러 엿듣는 그런 짓은 하지 않습니다. 그러나 당신들은 뭐랄까요, 상당히 큰 목소리로 떠들었으니까요. 그래서 여기서도 저절로 듣게 되었지요."

"그래서요?" 하고 마일즈는 조심스럽게 물었다.

"당신의 현재 상태를 해결하는 열쇠는 오웬 씨, 그 토론 속에 있습니다. 한 마디로 말해서 당신은 도망치려 하고 있습니다. 당신은 이른바 고루한 일을 되풀이하는 것을 참을 수 없다는 느낌, 거기서 벗어나려 하고 있는 겁니다."

마일즈는 억지로 웃는 얼굴을 지어 보였다.

"'이른바'라고 하셨는데, 그게 무슨 뜻입니까? 달리 할 말이 있습니까?"

"나보고 말하라면 '책임'이라고 하겠습니다. 어떤 사람의 한 가지 행위는 대개 그 사람이 그때까지 살아온 생애를 말해 주고 있지요. 따라서 지금의 예로 판단해 보면, 당신은 지금까지도 여러 가지 종류의 책임에서 벗어나는 일로 일생의 태반을 허비해 왔다고 말할 수 있습니다. 그러나 오웬 씨, 아무리 멀리, 또 아무리 빨리 도망쳐도 당신은 머지않아 또 같은 문제로 괴로워하게 될 것이라고 말한다면 놀라시겠지요?"

마일즈는 주먹을 쥐었다폈다 했다.

"그렇습니다. 그러나 남에게 폐는 끼치지 않습니다." 그는 대답했다.

"그게 당신이 잘못 생각한 점입니다, 오웬 씨. 당신이 연극 속의 자기 역할을 팽개친다면, 그 연극에 관계 있는 모두들에게 영향을 미치고 나아가서는 그 사람들과 관계가 있는 또 다른 사람들에게도 영향을 미치지 않을 수 없습니다. 이를테면 여자들과의 교제에 있어서도 당신은 수없이 편력을 되풀이해 왔겠지요. 그러나 상대자인 여자도 혼이 빠진 인형은 아닙니다. 그녀들도 각기 다르게 움직입니다. 그리고 그 움직임에 따라서는 자기 자신이 다치게 되기도 하고 남을 다치게 하는 결과를 가져오게 되기도 합니다. 기분이 상하셨다면 용서해 주십시오, 오웬 씨. 다만 내가 말하고 싶은 것은 돌을 물에 던지면 파문을 일으키지 않을 수 없다는 사실입니다. 즉 당신이 말하는 이른바 '고루한 일'을 되풀이한다는 말은 어떤 상황에 자기만을 적용시켜 생각하기 때문에 나온 것입니다. 그러나 내가 말한 책임이라는 것은 모든 사람을 통틀어서 생각하는 것입니다."

"그래, 처방전에는 뭐라고 쓰셨습니까, 박사님?" 마일즈가 물었다. "혹시 도망치다 다른 사람의 발을 밟을까 무서워서 숨도 쉴 수 없을 정도로 좁고 답답한 우리 속에 갇힌 채 바닷 속으로 가라앉아라, 이렇게 쓰셨습니까?"

"도망친다고? 당신은 정말 도망칠 수 있다고 생각합니까?" 박사는 어이가 없다는 듯이 말했다.

"세상에는 당신이 모르시는 일도 있습니다, 박사님. 어쨌든 내가 하는 일을 보고 계십시오."

"나는 눈을 크게 뜨고 보고 있습니다, 오웬 씨. 그러나 아까도 말했듯이 이것은 순수한 학문적인 견지에서 말씀드리는 겁니다. '좁고 답답한 우리'라고 당신 멋대로 이름붙인 그 속에서 도망치려고 버둥대는 사람을 바라보고 있는 것은 굉장히 흥미있는 일이지요. 사실은 그 자신이 우리를 이리저리 걸어다니고 있을 뿐인데."

마일즈는 자신도 모르게 손을 들어올리려다 말고 힘없이 떨구며 비웃듯이 말했다.

"그렇다면 당신은 유황 벽으로 둘러싸인 옛부터 내려오는 무서운 지옥이 더 살기 좋으니, 좋은 곳을 찾아 도망칠 생각은 아예 버리고 거기에 눌러 살라고 하시는 거로군요?"

박사는 어깨를 움츠렸다.

"그렇소. 그러나 그렇게 말해도 당신은 믿지 않겠지만……."

"물론 믿지 않지요. 절대로!" 마일즈는 말했다.

"사실을 말하자면, 오웬 씨" 하고 박사는 미소지으며 말했다. 그러자 그의 얼굴이 다시금 복스럽고 천진난만한 어린아이의 얼굴로 바뀌었다. "나는 당신이 내 말을 도저히 믿지 않으리라는 걸 알고 있었습니다. 그 때문에 말을 해보고 싶은 생각이 들었던 거지요."

"순수한 학문적인 흥미에서 말입니까?"

"그렇소."

마일즈는 크게 소리내어 웃었다.

"어쨌든 당신이라는 사람도 상당한 분이시군요. 좀더 깊이 사귀고 싶습니다."

"그럽시다. 그런데 오웬 씨, 누군가 아까부터 당신을 보려고 하는 사람이 있는 것 같군요. 보시오, 저기 문 있는 데서……."

마일즈는 박사가 손가락으로 가리킨 쪽을 보는 순간 심장이 멎을 것 같이 놀랐다. 그는 오로지 다른 사람이 눈치채지 말기를 바라며 급히 방을 가로질러 현관으로 통하는 복도에서 그 방으로 들어오려던 여자를 몸으로 막으며 밀어냈다. 그는 여자의 등을 벽에 밀어붙이듯이 하고 화가 나서 그녀의 어깨를 마구 흔들어 대며 나무랐다.

"미쳤어? 그런 모습으로 이런 데까지 찾아올 만큼 생각이 없어?"

그녀는 몸을 틀어 상대방의 손을 뿌리치며 지금 붙잡혔던 깃 쪽을 손가락 끝으로 잘 매만졌다.

그 외투는 마일즈가 한 달치 급료를 다 털어 사준 것이었다.

"어머나, 꽤 상냥한 인사군요. 그것이 댁에서 손님을 맞는 예의인가요?"

어두컴컴한 복도의 불빛에 비춰봐도 그녀의 모습은 남의 눈을 끌만했다. 치자같이 샛노란 얼굴에 광대뼈가 불거져 나왔으며, 입술이 원망스러운 듯 일그러져 있었다. 그녀는 화가 난 듯 곁눈질로 그를 쏘아보았다. 그는 풀이 죽었다.

"알았어, 내가 잘못했어. 사과하지. 그러나 릴리, 생각해 봐. 저 방에는 브로드웨이에서 제일가는 수다쟁이들이 두 다스나 모여 있어. 당신이 진심으로 나와의 관계를 선전하고 싶거든 저 사람들에게 부탁하는 게 좋을 거야!"

그녀는 이미 자기가 승리했다는 것을 느끼고 있었다.

"그렇게 생각하지는 않아요. 조금도 그런 생각은 하지 않아요. 천한 입에 오르내리는 것은 딱 질색이거든요. 그리고 사실 우리는 그렇게 불결한 사이가 아니잖아요?"

"그거야 당신이 누구보다도 잘 알고 있지, 릴리. 그러나 좀더 머리를 쓰란 말이야. 남의 입에 문을 해달 수는 없으니까."

"하지만 똑같은 말을 지겨울 정도로 듣고 있는 사람의 입장도 생각해 보세요. 벌써 두 달 동안이나 당신은 나에게 똑같은 말만 되풀이할 뿐 조금도 실행해 주지 않았잖아요?"

마일즈는 화가 나서 말했다.

"그것은 늘 말했듯이 모든 것을 분명히 하기 위해서야. 지금 막 에이벨에게 연극에서 빼달라고 말했어. 한나에게도 말할 생각이었는데, 당신도 보다시피 이렇게 혼잡하니 틈이 있어야지. 내일 둘이 있게 되면 꼭"

"그래요? 그러나 내일이라는 날은 여간해서 오지 않을지도 몰라요. 당신이 생각하고 있는 것처럼은."

"그건 무슨 뜻이지?"

그녀는 지갑을 찾아내어 그 속에서 봉투 하나를 꺼냈다. 그리고 상대방 코 끝에서 분명히 승리의 빛을 보이며 그 봉투를 흔들어 보였다.

"뜻은 이 속에 있어요. 외국으로 가는 배표가 두 장 들어 있어요. 출항은 내일 아침. 어때요? 당신이 생각하는 것만큼 시간이 많지는 않아요."

"내일이라고! 선실 예약계에서는 앞으로 한 달쯤은 도저히 빈 자리가 없을 거라고 했잖아!"

"그 풋내기는 다른 사람이 예약을 취소할지도 모른다는 사실을 게산에 넣지 않았던 거예요. 이것도 겨우 두 시간 전에 왔어요. 이걸 받자마자 곧 이리로 뛰어오는데 두 시간이나 걸렸지 뭐예요. 안개가 이렇게 많이 끼지 않았으면 좀더 빨리 올 수 있었을 텐데. 내 차를 밖에 세워놓았어요, 마일즈. 무엇이든 좋으니 손 가까이 있는 물건만 가방에 챙겨넣어요. 필요한 것은 나중에 배를 타고 난 뒤에 준비해도 되니까요. 난 당신을 꼭 데리고 가야겠어요. 그러나 당신이 가든 안 가든 나는 내일 배로 떠나기로 결정했어요. 내가 그렇게 결심했다고 해서 나무라지는 않겠지요? 둘다 이러는 동안에도 나이를 먹어가고 있으니까요."

그는 흩어진 마음을 가다듬으려고 발버둥쳤다. 그는 한나가 던지는 거미줄의 속박에서 벗어나려고 했다. 그러나 아무래도 다음 속박이 이미 그의 앞길에 줄을 치고 기다리고 있는 것 같았다. 도망쳐라. 그러나 도망쳐 봐야 절대로 편히 발붙일 곳은 없을 것이라고 박사는 말하지 않았던가. 그는 팔에, 다리에, 몸 전체에 견딜 수 없는 무게를 느꼈다. 너무 도망쳐 다닌 그 피로가 몰려온 것이다.

"자아" 하고 릴리는 재촉했다. "마음을 정하세요."

그는 이마의 식은땀을 닦았다.

"차는 어디 있지?"

"길에, 바로 맞은 편에 있어요."

"좋아." 하고 마일즈는 대답했다. "차를 타고 기다리고 있어. 단 조용히 기다리고 있어야 해. 경적을 울려서 불러낸다든가 하는 짓은 절대로 하지마. 10분 뒤에 나갈 테니까. 아무리 길어도 15분을 넘지는 않겠어. 내 물건은 이미 시내에 갖다 두었으니까 부두로 가는 도중에 싣고 가면 돼."

그는 현관문을 열고 조용히 여자를 밖으로 밀어냈다.

"차가 있는 곳까지 손으로 더듬어서 와야 해요. 이렇게 심한 안개는 처음이에요."

"문제없어." 하고 그는 말했다. "당신은 그냥 얌전히 기다리고 있으면 돼."

그는 문을 닫고 거기에 기대선 채 여전히 목께로 치밀어오르는 불쾌감과 싸웠다. 옆방에서는 시끄러운 이야기 소리에 때마침 날카로운 웃음소리가 섞여서 들려오는데다 볼륨을 잔뜩 올린 전축의 음악이 울려나오고 있었다. 모든 것이 일부러 그의 의지를 거스르고, 그를 혼자 내버려두지 않고, 사고의 통일을 방해하려는 것 같았다.

그는 취한 듯한 걸음으로 2층에 올라가 침실로 들어갔다. 여행가방을 꺼내어 닥치는 대로 손 가까이 있는 물건을 집어넣기 시작했다. 셔츠, 양말, 옷장 위에 놓인 보석상자 속의 보석들…… 그는 온 몸의 무게로 꾹꾹 눌러 되도록 많이 집어넣으려고 가방과 씨름을 벌였다.

"무엇을 하고 있는 거예요, 마일즈?"

그는 눈을 들지 않았다. 상대방의 얼굴에 어떤 표정이 나타나 있는지 보지 않아도 알고 있었다. 보고 싶지 않았다. 아니, 볼 수가 없었다.

"나는 나갈 거요, 한나."

"그 여자하고요?"

멍하니 잘 알아들을 수 없을 정도로 작은 속삭임이었다.

그는 갑자기 상대방을 올려다볼 수밖에 없었다. 투명한 흰 피부와 대조적으로 파란 두 눈이 커다랗게 뜨여져 그를 쳐다보았다. 그 손은 무의식적으로 가슴에 드리워진 목걸이를 만지작거리고 있었다. 그것은 그녀와 결혼하기 1주일 전에 그가 5번 가의 가게에서 사서 선물한 은으로 만든 희극 가면의 모형이었다. 그녀는 의아한 듯이 말했다.

"당신이 그 여자와 함께 복도에 계신 것을 보았어요. 일부러 보려고 했던 건 아니에요. 다만 의사 선생님께 당신이 어디 있느냐고 물었더니⋯⋯."

"그만! 당신이 나한테 변명할 필요는 없잖아!" 마일즈는 소리쳤다.

"하지만 역시 그 여자지요?"

"그렇소."

"당신은 정말 그 여자와 함께 가버리시는 거에요?"

그는 두 손을 가방 뚜껑 위에 올려놓았다. 머리를 숙이고 눈을 감았다. 그리고 체중을 온통 거기에 기대며 용기를 내어서 말했다.

"그래, 그렇게 되는 셈이오."

"아니에요!" 그녀는 갑자기 열띤 목소리로 외쳤다. "당신은 정말로 그렇게 하고 싶은 게 아니에요. 그런 여자는 당신과 함께 살 가치가 없어요. 당신 자신도 잘 아시잖아요. 이 세상에서 당신에게 어울리는 여자는 나밖에 없어요!"

그는 힘주어 가방 뚜껑을 눌렀다. 짤깍 하는 소리와 함께 가방이 잠겼다.

"한나, 이런 데 올라오지 않았더라면 좋았을걸. 그렇잖아도 편지로 이유를 써서 잘 설명할 예정이었는데"

"설명하신다고요? 모든 것이 다 지난 뒤에요? 자신이 한 일이 돌이킬 수 없는 잘못이었다는 것을 아신 뒤에요? 내 말을 들어주세요, 마일즈, 들어줘요, 부탁이에요. 나는 당신을 사랑하고 있으니까 이렇게 진심으로 말하고 있는 거예요. 당신은 지금 굉장히 큰 잘못을 저지르려 하고 있어요."

"몸으로 직접 그것을 시도할 수밖에 없소, 나는."

그는 일어났다. 그녀는 그 앞으로 바싹 다가와 그의 팔을 꽉 잡으며 속삭였다.

"내 눈을 봐요, 내 마음을 모르시겠어요? 이처럼 당신이 버리고 간 뒤 아무 살 보람이 없는 세계에 혼자 남아 있기보다는 차라리 둘 다 죽어버리는 것이 낫겠다고 생각하는 내 마음을 모르시겠어요?"

견딜 수 없다. 바로 이것이다. 이렇게 꾸물대고 있다가는 도망칠 힘을 빼앗기고 만다, 칭칭 얽어매는 거미줄에. 그러나 그는 힘을 내었다. 짐승 같은 힘을 내어 상대방을 밀쳤다. 순간 그녀가 옷장 쪽으로 비틀거리며 쓰러지는 것을 혼란된 시각으로 보았다. 그러자 그녀는 홱 돌아서서 다시 남자 앞으로 왔다. 그녀의 손에는 권총이 쥐어져 있었다. 그것은 여자의 손 안에서 차갑고 파랗게 빛났다. 그리고 그는 그녀의 손이 부들부들 떨리는 것으로 보아 그녀도 그 자신 못지않게 권총을 두려워하고 있다는 것을 알았다. 얼마나 우스꽝스럽고 비참하고 그로테스크한 잔꾀인가! 이 생각이 그를 압도하자 그것이 공포를 쫓아내고 대신 격렬한 분노를 치솟게 했다. 그는 소리쳤다.

"그 손 내려!"

"싫어요! 당신이 가지 않겠다고 말하지 않는 한." 그 목소리는 가까스로 들릴 정도로 작았다.

그는 여자 쪽으로 한 발자국 내디뎠고 상대방은 거기에 따라 한 발자국 옷장 쪽으로 물러섰다. 그녀의 손에는 여전히 권총이 쥐어져 있었다. 그녀는 마치 살살 구슬려서 장난감을 빼앗으려 하자 대항하는 아이 같았다. 그는 거기서 발걸음을 멈추고 서서 긴장된 무관심을 가장해 보이며 어깨를 움츠렸다.

"바보같은 짓은 하지마, 한나. 배우가 무대 위에서 그런 연극을 하면 보수나 받지. 그러나 집 안에서 하는 연극은 한 푼의 보수도 없어."

그녀의 머리는 천천히 확실치 않은 움직임으로 좌우로 흔들렸다.

"당신 아직 내가 본심으로 이러는 줄 모르는 모양이지요, 마일즈?"

"으음, 그렇게 생각지 않아."

그는 그녀에게 등을 돌렸다. 그 순간 등 뒤에서 요란한 총소리가 들려올 것을 예기하면서 견골 사이에 전율을 느꼈다. 그러나 아무 일도 일어나지 않았다. 그는 가방을 집어 들고 문을 향해 걸었다.

"잘 있소, 한나."

그는 그녀를 더 이상 돌아다보려고 하지 않았다.

무릎이 후들거려 한 발자국씩 발걸음을 확인하면서 걸어가야 했다. 계단 밑에서 가방을 한쪽 손에서 다른 손으로 바꿔 쥐려고 섰다가 모자를 들고 외투를 팔에 걸쳐든 매스 박사가 거기 서 있는 것을 보았다. 박사가 문듯이 말했다.

"아니! 당신도 마침내 이 파티와 작별인사를 나눌 모양이군요, 오웬 씨?"

"파티에 작별인사라고요?" 그는 짤막하고 날카로운 웃음 소리를 내었다. "아니, 악몽에 인사를 하려는 참이라고 고쳐 말해 주십시오, 매스 박사님. 손님이신 당신께 이런 말을 한다는 것은 좀 뭣합니다만, 당신이시라면 이 한 시간이 나에게는 한 발 한 발 진창 속으로 빠져 들어가는 듯한 악몽이었다는 것을 이해해 주시겠지요? 내가 잘 있으라는 인사를 하려는 것은 그 악몽입니다. 따라서 그로 인해 내가 기쁜 해방감에 취해 있다고 해서 당신은 나무라지 않으시겠지요?"

"물론 기분은 잘 압니다" 하고 매스 박사는 말했다.

"밖에서 차가 기다리고 있습니다. 혹 어디로 나가시는 길이라면 바래다……"

"아니, 걱정 마시오, 나는 그리 멀리 가지 않으니까." 박사는 말했다.

두 사람은 함께 현관으로 나가 문 밖으로 발을 내디뎠다. 안개가 와락 몰려와 차갑고 축축하게 두 사람을 감쌌으므로 마일즈는 코트 깃을 세웠다.

"날씨가 나쁘군요," 하고 마일즈는 말했다.

"그렇군요," 하고 박사가 맞장구를 쳤다. 그는 힐끔 손목시계를 들여다보며 한 발 앞서서 마치 바다코끼리가 눈구덩이 속으로 파고들어 가듯 천천히 계단을 내려갔다. "그럼, 또 봅시다, 오웬 씨."

마일즈는 그가 안개 속으로 사라질 때까지 바라보고 있다가 가방을 집어들고 코 둘레로 밀려드는 습기에 옷깃을 세우고 계단을 내려가기 시작했다. 마지막 계단을 밟았을 때 그는 등 뒤에서 문이 열리는 소리와 뼈까지 얼어붙을 것 같은 무서운 속삭임을 들었다.

그는 돌아다보았다. 예기했던 대로 그것은 한나였다. 아직도 권총을 들고 문 앞에 서 있었다. 그러나 이번에는 두 손을 꽉 움켜쥐고 있었으며, 그 태도에도 확고한 적의가 담겨 있었다.

"여보, 그만큼 말했는데 들어주지 않으시는군요, 마일즈, 당신은 기어코 내 말을 듣지 않으셨어요," 그녀는 아이들이 책이라도 외듯 한 마디씩 또박또박 끊어서 말했다.

그는 미친 듯이 두 팔을 휘둘렀다.

"그만두지 못해!" 그는 무엇에 사로잡힌 사람처럼 소리쳤다. "잠깐만!"

그런 다음 그는 귀가 멍해지는 총소리를 들었다. 화약 냄새가 싹 퍼지면서 무거운 충격을 가슴에 받자 차츰 세계가 시야 속에서 흐려져 갔다. 그 속에 단 한 가지 형태를 알아볼 수 있는 것이 비쳤다. 환영처럼 그 그림자는 차츰 가까이 다가와 거기 쓰러진 마일즈 위로 덮치듯이 쓰러졌다. 얼굴에는 냉혹한 무관심을 나타내는 악마적인 표정을 띠고…… 매스 박사였다.

그순간 마일즈는 모든 것을 이해했다. 자기는 전에도 여기 이렇게 있었던 적이 있다. 지금까지 수백 번이나 같은 일을 되풀이해 왔다. 그리고 앞으로도 끝없이 같은 일을 되풀이해 갈 것이다. 무대의 막은 벌써 내려오기 시작했다. 그러나 그것이 다시 한번 올라갈 때면 무대 장치는 또 아까와 같은 파티 장면으로 바뀌어진다. 비극은 바로 그가 진실로 이 산 지옥에 유폐되어 있으며, 막이 내리는 순간에도 그것을 스스로이 연기로서 생생하게 볼 수 있다는 데 있었다. 그러나 마침내 박수 소리가 조용해지자 동시에 진짜 암흑이 찾아와 모처럼 밝아졌던 연극도 아니고 현실도 아닌 조작을 다시 무명으로 되돌아가게 했다…… 다음 막이 열릴 때까지.

"아니, 정신이 든 모양인데." 하고 그 목소리는 말했다.

그는 떨어서 내려갔다. 돌처럼 차갑고 감감한 허공으로 누팔을 버티고……

전용열차

월 가의 주식 중개인 코넬리우스가 집으로 돌아갈 때 '중개인 전용열차'로 통하는 열차가 아닌 다른 열차를 이용한 일은 몇 년 만에 처음이었다. '전용열차'는 그의 마음에 들었고, 승객도 그와 같은 부류의 사람들이었다. 회사 중역이나 또는 그 길을 오래 걸어온 사람——누구라고 소개받지 않아도 서로 상대방이 누구인지 알며, 말은 하지 않지만 이해할 수 있는 능력과 위엄을 갖춘 사람들이었다.

'만일 상원의원 나리의 만찬회에 초대받은 게 아니라면' 하고 코넬리우스는 바꾸어서 생각해 보았다. 그러나 의원 나리는 무슨 일이 있어도 꼭 와달라고 했으므로 무엇보다도 지겨운 일이었지만 주 중에 있는 만찬회를 피할 도리가 없었던 것이다. 그리고 예에 따라 입기 싫은 옷으로 갈아입기 위해 여느 때보다 빠른 열차로 돌아가야 했으며, 과식과 과음의 하룻밤에서도, 또 그 결과로 빚어진 다음날 아침의 모든 고뇌에서도 벗어날 도리가 없었던 것이다.

이런 비참한 생각을 품고 코넬리우스는 열차에서 천천히 낯익은 플랫폼에 내려서서 자기 차가 있는 곳으로 걸어갔다. 두 대의 차 중에서 클레어는 스테이션 왜건 쪽을 좋아했으므로 역과 집 사이를 왕복하는 데 그는 세단을 사용하기로 하고 있었다. 2년 전에 두 사람이 결혼했을 무렵 그녀는 그를 역까지 데려다주고 데려오는 운전수 역할을 하고 싶어했지만, 그 생각은 어쩐지 마음에 들지 않았다. 매일 아침 역 앞에서 드러내놓고 아내에게 다녀오겠다는 키스를 하는 다른 사람들의 모습이 이렇다할 이유도 없이 난잡하게 여겨졌으며 그들과 같은 입장에 놓일 것을 생각하니 등골이 오싹해지면서 당혹감을 느꼈기 때문이다. 그러나 클레어에게는 그렇게 말하지 않았다. 그는 다만 자기는 가정부나 운전수가 필요해서 그녀와 결혼한 게 아니라고 말했을 뿐이었다. 그녀는 스스로의 인생을 적당히 즐기며 살아야지 그것을 헛되게 불필요한 의무에 얽매여 보내서는 안된다고.

대개 집까지는 차를 타고 시골길을 15분쯤 가면 되었다. 그러나 그 때까지의 일만으로도 이미 어느 정도 화가 나 있던 그날의 사건 진행에 보조를 맞추듯이, 그는 지금 철로와 교차하게 된다. 차단기도 없고 지키는 사람도 없는 건널목이지만, 빨간 불이 켜져 있어 코넬리우스의 차가 그곳에 닿았을 때 때마침 끈질기게 경종이 울리고 있었다. 그는 브레이크를 걸고, 좀처럼 끝이 보이지 않는 일련의 화물차 대열이 덜컹덜컹 지나가는 동안 초조해서 핸들을 손가락으로 두드리며 앉아 있었다. 그리고 다시 발차시키려는데 그 두 사람이 눈에 들어온 것이다.

클레어와 또 한 사람의 사나이였다. 클레어와 누군가 한 사나이가 스테이션 왜건을 타고 그의 차 옆을 지나 시내 쪽으로 달려갔다. 남자가 운전하고 있었다. 체구가 큰 금발의 사나이로, 해적처럼 으스대며 핸들을 잡은 채 뒤로 기대앉아 한쪽 팔을 클레어의 등뒤로 돌리고 있었다. 클레어는 눈을 감고 머리를 그 사나이의 어깨에 기대고 있었다. 또 그녀는 코넬리우스는 한번도 본 일이 없지만, 가끔 보고 싶다고 생각한 일이 있는 그런 얼굴 표정을 짓고 있었다. 두 사람은 눈 깜짝할 사이에 지나갔지만, 그 잔상은 마치 필름에 찍힌 사진처럼 뚜렷하게 그의 머릿속에 남았다.

그는 스스로에게 믿지 않겠다고 말했다. 절대로 믿을 수 없다! 아니, 믿지 않겠다! 그러나 잔상은 여전히 눈앞에 있을 뿐만 아니라, 시시각각 그 선명도를 더하여 보면 볼수록 무서우리만큼 생생해지는 것이었다. 클레어를 제 것인 양 차지한 남자의 팔. 그것을 받아들이는 그녀의 표정──관능적으로 받아들이는 표정이었다.

그는 어쩔 수 없는 분노로 몸을 떨고 관자놀이에서 피가 뛰는 소리를 들으며 차를 돌려 두 사람의 뒤를 쫓아가려고 했다. 그러나 갑자기 힘이 빠졌다. 두 사람을 따라 어디로 갈 것인가? 물론 시내로 가겠지. 그리고 보나마나 그 사나이는 역에서 뉴욕으로 들어가는 다음 열차를 기다리게 될 것이다. 그리고 그 다음에는? 한바탕 벌리나? 치정 싸움을? 그 두 사람은 물론이지만, 나까지도 남의 웃음거리가 되어야 한단 말인가?

무슨 일에나 기가 죽는 일이 없는 그였지만, 그런 비웃음만은 참을 수가 없었다. 그가 클레어와 결혼했다고 하여 친구들이 자기를 손가락질하며 비웃고 있다는 사실을 안 것만으로도 창피는 당할 만큼 당했다. 그만한 신분의 사람이 자기가 데리고 있던 여비서와 결혼하다니! 자기 나이의 절반밖에 되지 않는 어린 여자와! 지금은 그도 모든 사람들이 무엇 때문에 웃었는지 깨닫게 되었지만, 그때는 눈이 어두웠다. 사무실에서 잔일을 하고 있는 그녀는 아주 차갑고 가까이할 수 없는 분위기를 지니고 있었다. 앉아서 그의 구술을 받아쓰면서도 새침한 위엄을 보이고 있었다. 옷차림도 검소했으며 그가 처음으로 저녁식사에 초대했을 때 그녀는 마치 난생 처음 데이트하는 소녀처럼 수줍어서 어쩔 줄 몰라했었다. 정말 그녀는 수줍어했었다! 그런데 그녀는 틀림없이 속으로는 줄곧 자기를 비웃고 있었을 것이다. 이런 생각을 하니 그는 화가 치밀어 올랐다.

그는 천천히 차를 달려 집으로 돌아갔다. 너무 화가 나서 거의 아무것도 눈에 들어오지 않을 정도였다. 집은 텅 비어 있었다. 그러나 오늘은 목요일이지 하는 생각이 들자 납득이 갔다. 목요일에는 하인에게 휴가를 주는 날로 즉 클레어의 목적에 완전히 들어맞는 날인 셈이다. 그는 곧장 서재로 가서 책상 앞에 앉았다. 맨 윗서랍에는 그의 권총——총신이 짧은 38구경 권총이 들어 있었다. 그는 그 권총을 천천히 꺼내 그 차가운 물건을 손바닥 위에 올려놓고 가늠하여, 전달되어 오는 힘을 천천히 맛보았다. 그러자 갑자기 언젠가 힐리커 판사가 들려준 이야기——그 노인이 '중개인 전용열차'에서 그의 옆자리에 앉았을 때 말해 주었던 묘하고 흥미있는 일이 생각났다.

힐리커 판사는 말했다. "권총도 단도도, 또는 어떤 둔기도 모두 창문으로 버리는 게 좋소. 내가 보기에 완전한 흉기는 단 하나, 즉 자동차지요. 성능좋게 움직이기만 하면 어떤 종류의 것이라도 좋소. 왜냐하면 무섭게 달리는 차는 누구나 충돌한 상대방을 죽일 수 있으니까요. 그리고 그 차에서 내려온 사람이 미안한 듯한 얼굴 표정을 짓고 있으면 모든 사람의 동정은 완전히 그에게 쏠리게 마련입니다. 도대체 차 앞에 있었던 게 잘못이라며 땅바닥에 굴러 있는 골칫거리 시체에는 조금도 동정이 쏠리지 않는답니다. 술에 취해서 운전했거나 아니면 과속으로 달리다 사고를 일으키지 않은 이상, 자동차 운전수는 이 나라 안에 있는 사람이면 누구나 자기가 원하는 상대를 살해할 수 있소. 그 대가로써 받는 것이란 잠깐 동안의 당혹과 걱정할 것까지도 없는 가벼운 처벌에 지나지 않지요. 사실 생각해 보면 대부분의 사람에게 있어 자동차란 일종의 신과 같은 존재로, 만일 신이 우연히 자기를 쓰러뜨렸다면 그것은 운이 나쁜 탓이라 생각하고 체념할 수밖에 없는 것이지요. 그러므로 나는 한길을 건널 때는 언제나 짤막한 기도를 드리기로 하고 있소."

힐리커 판사의 빈정거리는 듯한 긴 이야기에는 좀더 많은 뜻이 포함되어 있었지만, 코넬리우스로서는 그런 일을 생각해 낼 필요가 없었다. 필요한 것은 이제 생각해 내었으므로 그는 아주 조심스럽게 권총을 서랍 속에 넣고 잠갔다.

그가 아직 책상에 앉아 생각에 잠겨 있는데 클레어가 들어왔다. 그는 되도록 냉정하게 제삼자적인 눈으로 그녀를 바라보았다. 그를 바보로 취급해 온 눈부시게 아름다운 그녀는 굉장히 큰 쇼핑백을 가슴에 안은 채 눈을 크게 뜨고 문 앞에 서 있었다.

"차가 차고에 있는 것을 보았어요. 무슨 잘못이라도 생긴 게 아닌가 하고…… 요즘에는 몸도 좋지 않으신데……." 그녀는 숨도 쉬지 않고 말했다.

"몸은 괜찮아."

"하지만 왜 이렇게 빨리 돌아오셨어요? 지금까지 이렇게 빨리 돌아오시기는 처음이잖아요?"

"지금까지는 주중의 파티에는 참석하지 않아도 되도록 적당히 해왔었지."

"어머나! 파티요! 어째서 생각을 못했을까. 오늘은 하루 종일 바빠서……." 그녀는 숨이 찬 듯 헐떡였다.

"그래? 무슨 일이 그렇게 바빴소?" 그는 말했다.

"저어…… 오늘은 도와줄 사람도 없었기 때문에 나 혼자서 집안일을 했어요. 그리고 부엌을 들여다보니 필요한 식료품이 준비되어 있지 않았으므로 급히 시내로 물건을 사러 갔지요." 그녀는 불룩한 봉지를 턱으로 가리켰다. "이것을 갖다두고 곧 목욕 준비를 해드리겠어요."

사라져가는 그녀의 뒷모습을 쳐다보며 그는 진심으로 경탄을 금할수 없었다. 다른 여자라면 친구를 찾아갔으니 하는 구실을 붙여서 언젠가는 거짓말이 탄로나게 마련이다. 다른 여자였다면 시내에 갔던 이유를 내세우기 위해 필요도 없는 봉지를 안고 돌아올 생각은 좀처럼 해내지 못할 것이다. 그러나 클레어는 분명히 아름다운 모습만큼이나 현명했다.

아니, 정말이지 그녀는 꺼림칙할 정도로 매력적이었다. 그의 친구들은 뒤에서 웃었을지 모르지만, 부부 동반 모임에서 언제나 그녀가 대인기였다. 그가 그녀를 데리고 사람이 많이 모인 방으로 들어갈 때면 모든 남자들의 눈길이 노골적으로 그녀를 쫓는 것을 알 수 있었다. 아니다. 그녀에게는 어떤 일도 일어나서는 안된다. 어떤 일도, 없애야 할 것은 그 사나이다. 금렵구의 관리인이 밀렵자를 죽이듯, 도끼를 든 밀렵자가 우리집을 피비린내나는 수라장으로 만들 듯이. 클레어도 조금은 괴로움을 당해야 한다. 조금은 정신을 차려야 한다. 이것은 틀림없이 그 사나이에게 생기는 일을 통해서 효과적으로 나타날 것이다.

코넬리우스는 그의 계획이 다만 노리는 사나이를 차에 치어 죽이는 단순한 행위만으로는 안된다는 것을 곧 깨달았다. 일에는 순서라는 것이 있다. 중요한 사건의 전후에는 반드시 밟아야 할 수많은 세밀한 수속이 있는데, 그것을 퍼즐처럼 하나하나 올바르게 끼워맞춰야 비로소 완전한 전체가 이루어지는 것이다.

이러한 관점에서 볼 때 힐리커 판사가 농담삼아 지껄인 말이 그에게 굉장히 유익했다. 자동차로 하는 살인은 완전범죄이다. 왜냐하면 적절한 순서를 밟으면 그것은 전혀 살인이 아니기 때문이다! 피해자는 그 자리에 쓰러지고, 가해자는 그를 내려다보고 서 있으면 만사는 기계적으로 제삼자간의 사건으로 취급되는 것이다. 결국 해마다 3만 명이나 되는 교통사고의 희생자 가운데 한 사람으로 취급될 뿐이다. 혀를 차고 난처한 표정으로 어깨를 으쓱해 보임으로써 어물어물 넘어가 버리는 하나의 통계 숫자에 지나지 않는 것이다.

클레어의 경우는 물론 다르다. 우연이란 얼마쯤 과장되게 통용될 수도 있지만, 어떤 여자의 남편이 그 아내의 애인을 치어죽인 사건에까지 적용된다는 것은 무리이다. 그리고 이 점이 바로 가장 멋진 점이기도 하다. 클레어는 사실을 깨닫게 될 것이다. 그러나 뭐라고 말을 할 수는 없을 것이다. 만일 무슨 말을 하게 되면 그것은 자신의 비행을 스스로 폭로하는 결과가 될 테니까. 이리하여 그녀는 날이 갈수록 자기가 숨기고 있었던 일이 탄로났다는 것을 알게 됨과 동시에 정의의 복수가 이루어졌다는 사실을 깨닫고, 언젠가 또 손을 뻗쳐올지도 모르는 그러한 유혹에 다시는 몸을 맡기지 않도록 하는 말없는 경고에 묶인 채 일생을 보내는 것이다.

그러나 좀처럼 있을 것 같지는 않지만, 만일 그녀가 입을 열어 진상을 폭로하게 되면 어떻게 될까? 그렇게 되면 하고 코넬리우스는 퍼즐의 한 조각을 제자리에 끼워맞추면서 생각했다. 우연이라는 것이 곧 편을 들어 작용하게 될 것이다. 만일 그가 일시적으로나마 그녀의 정사를 눈치챈 듯한 증거! 또는 그가 언젠가 그 사나이를 만난 일이 있다는 증거가 하나도 없다면 그 사고는 법률에 의해 우연으로써 처리될 것이다. 어쨌든 그의 입장에는 트집을 잡힐 일이 없었다.

이 사실을 염두에 두면서 그는 끈기있게 그 일만을 생각하여 계획의 실천에 착수했다. 처음에 그는 자기가 구하는 정보를 힘 안 들이고 제공해 주는 전문 탐정의 도움을 받을까 하는 충동을 느꼈지만, 깊이 생각한 끝에 그 유혹을 물리쳤다. 머리가 잘 돌아가는 탐정이라면 사건이 일어난 뒤 2에 2를 더하면 4가 된다는 답을 쉽게 구할 수 있을 것이다. 만일 그 탐정이 성실한 사람이라면, 그 줄거리에 의혹을 덧붙여 생각하게 될 것이다. 만일 부정한 사나이라면, 그것을 미끼로 협박해 보려는 마음이 생길지도 모른다. 분명히 제삼자를 끌어들이는 것은 위험하다. 그리고 이 경우, 어떤 위험이든 절대로 끌어들어서는 안된다.

그래서 코넬리우스는 필요한 정보를 수집하는 데 귀중한 몇 주일을 보냈다. 그 자신이 스스로 인정한 일이지만, 클레어와 그 사나이가 그다지 빗나가지 않은 관습적인 관계를 유지하지 않았다면 아마 더 오래 걸렸을지도 모른다. 매주 목요일이면 그 사나이가 찾아오는 날이었다. 그러면 뉴욕으로 가는 열차가 역에 도착하기 조금 전에 클레어가 스테이션 왜건으로 역 앞 광장에서 한 구획을 떨어진, 사람 눈에 띄지 않는 골목까지 데려다준다. 차 안에서 그들은 언제나 코넬리우스로 하여금 몸부림치게 할 정도로 열렬한 키스를 나누는 것이었다.

그 사나이가 내리면 클레어는 곧 차를 재빨리 몰고 가버린다. 사나이는 발걸음을 재촉하여 광장 쪽으로 걸어간다. 그곳 길 옆 보도를 따라 세워놓은 차 사이를 빠져나가, 오가는 차들을 한쪽 눈으로 보는 둥 마는 둥하며 골똘히 무슨 생각에 잠겨 위태로운 발걸음으로 광장을 가로질러 정거장으로 들어간다. 그러한 광경을 세 번이나 목격하게 되자 코넬리우스는 그 사나이가 옮기는 발걸음 하나하나까지 아주 정확하게 예측할 수 있게 되었다.

이 기간 중에 마침 클레어가 무슨 물건을 사러 시내로 가야겠다고 말한 적이 있어, 코넬리우스는 이 기회도 놓치지 않았다. 그녀가 탄 열차가 도착할 때 그는 종점 역의 대합실 뒤에 숨어 있다가 안전한 거리를 두고 그녀의 뒤를 밟았다. 그가 탄 택시는 그녀가 탄 택시를 미행하여 그 사나이가 살고 있는 초라한 아파트 바로 문 앞까지 갔다. 사나이는 분명히 그녀를 기다리고 있었던 듯 아파트의 더러운 계단에 앉아 있었다. 코넬리우스가 괴로움을 무릅쓰고 관찰한 바에 의하면 두 사람이 아파트로 들어갈 때 그들은 마치 초등학생처럼 손에 손을 잡고 있었다. 그는 오랫동안 기다려야만 했다. 그날 오후가 몽땅 그 일에 바쳐질 정도로 길었으므로, 코넬리우스는 클레어가 다시 모습을 나타내기 전에 단념해 버렸다.

이 장면을 본 뒤 느낀 분노는 코넬리우스에게 그 다음날 곧 그 현장인 시내에서 사고의 연극을 해보려는 충동을 갖게 하였을 정도였다. 그러나 그는 재빨리 그 생각을 떨쳐버렸다. 그것을 실행하려면 차를 시내로 몰고 들어가야 하는데, 그것은 그의 일상적인 습관에서 벗어나는 위험한 일탈을 뜻한다. 뿐만 아니라 시의 반장짜리 신문은 그가 사는 고장의 온건한 지방 신문과는 달라, 경우에 따라서는 교통사고의 기사뿐 아니라 피해자와 가해자의 사진까지 실어 과장되게 지면을 장식할 때가 있다. 그런 것은 그가 바라지 않는 일이었다. 그것은 대수롭지 않은 사고로서 지나쳐버려야 할 일이니까 어디까지나 대수롭지 않은 사고로.

아니, 일을 해치울 장소는 역 앞 광장, 거기밖에 없다는 점에 대해서는 의심할 여지가 없었다. 그 행위의 준비계획을 음미하면 할수록 전혀 흠잡을 데 없는 것이어서 코넬리우스는 경탄해 마지않았다.

생각해 보니 무엇 하나 잘못될 일은 없는 것 같았다. 만일 예기치 않은 실수로 상대방 사나이가 죽지 않았다 하더라도 그 희생자 역시 클레어와 같은 입장에 놓일 것이다. 즉 자신의 비행을 폭로하지 않고는 드러내놓고 항의할 수가 없는 것이다. 비록 완전히 실패했다 하더라도 그는 암살에 실패하여 권총이나 단도를 손에 든 채 붙잡힌 흉악범만큼 위험하지는 않을 것이다. 자동차는 흉기가 아니다. 단순히 부주의한 보행자가 아슬아슬하게 목숨을 건진 사례 가운데 하나가 될 것이다.

그러나 상대방이 아슬아슬하게 목숨을 건지는 일은 그가 바라는 바가 아니었으므로 그 목적을 위해 그는 여느 때 차를 세워두는 장소보다 역에서 좀 멀리 떨어진 곳에다 세워놓기로 했다. 그 여분의 거리는 그가 차를 곡선으로 몰아 광장을 가로질러 한길에 세워놓은 차 사이에서 나오는 사나이를 노려서 부딪칠 수 있는 가능성을 부여해 주는 것이라고 생각했다. 세워놓은 차 사이에서 나오는 사나이는 그를 치인 차의 운전자 이상으로 교통규칙을 어긴 것이 된다!

그는 단순히 역의 출입구에서 적당한 간격을 두고 차를 세워두도록 신경을 썼을 뿐만 아니라, 다른 차의 주인들이 하듯 차를 뒷걸음질시켜 알맞은 위치에 세웠다. 그래서 차의 코끝이 바로 광장 쪽으로 향하게 되었으며, 언제라도 원하는 속력으로 돌진할 수 있었던 것이다. 뿐만 아니라 상대방이 시야에 들어온 순간부터 그는 그 사나이와 마주보고 있는 셈이었다.

마침내 최후의 막을 연출할 날로 정한 바로 전날, 코넬리우스는 그 근처의 교통이 끊어질 때까지 기다렸다가 집으로 차를 달렸다. 가는 도중 호젓한 길가에서 엔진을 건 채 일단 차를 세웠다. 그리고 그는 저만큼 길옆에 있는 한 그루의 나무까지 약 30야드의 거리를 눈어림했다. 대체로 역 앞 광장을 횡단하는 거리와 같다고 짐작한 것이다. 그는 차를 출발시켜 속력이 올라감에 따라 엔진 소리를 요란하게 내며 그 나무를 지나칠 때까지 전속력으로 달렸다. 나무가 있는 곳을 지나자 곧 브레이크를 밟아 미끄러지며 무서운 소리를 내고 차가 멎자 가슴에 닿는 핸들의 압력을 기분좋게 맛보았다.

이것이다. 이것으로 완전히 결판이 나는 것이다.

다음날 그는 정한 시간에 사무실을 나왔다. 여비서가 입혀주는 윗

옷을 입은 다음 그는 미리 예정했던 대로 그녀를 돌아다보며 얼굴을 찌푸렸다.

"아무래도 기분이 좀 언짢은데. 대체 어디가 나쁜지 나도 잘 모르겠단 말이야, 와이넌트 양."

그리고 우수한 여비서가 지켜야 할 예의범절을 잘 알고 있으리라는 그의 생각에 어긋남이 없이 그녀는 걱정스러운 듯 미간을 모으며 말했다.

"일에 너무 열중하시기 때문이 아닐까요, 볼링거 씨……."

그것을 그는 대수롭지 않게 한 마디로 물리쳤다.

"일찌감치 집에 돌아가 천천히 쉬고 나면 무슨 병이든 낫겠지. 아참" 그는 윗옷주머니를 손바닥으로 두드렸다. "잊어버릴 뻔했군. 늘 먹는 약을 잊어버릴 뻔했어. 거기 책상 윗서랍에 있소, 와이넌트 양."

그것은 봉투에 들어 있는 아스피린 몇 알에 지나지 않았다. 그러나 목표는 그녀가 받을 인상이다. 기분이 언짢았다면 운전 중에 저지른 사고에 대해서도 그만큼 변명할 근거를 갖는 셈이 된다.

'전용열차'보다 이른 시간의 열차를 타도 이제 그에게는 이상하지 않았다. 지난 몇 주일 동안 그는 여러 차례나 그 열차를 타고 다녔으며, 언제나 조심스럽게 펴든 신문 뒤에 얼굴을 숨기고 있었다. 그러나 이번에는 그렇지 않았다. 차장이 표를 검사하러 왔을 때 코넬리우스는 분명히 고통스러운 상태에 놓인 사람처럼 힘없이 자리에 앉아 있었다.

"여보시오, 죄송합니다만, 물을 한 잔 갖다 주시겠소?" 하고 그는 부탁했다.

차장은 그를 한 번 힐끗 쳐다보고는 서둘러 그 자리를 떠났다. 이윽고 물방울이 뚝뚝 떨어지는 물잔을 들고 그가 되돌아오자 코넬리우스는 천천히 신중하게 아스피린을 봉투에서 꺼내 고맙다는 표정으로 그것을 물과 함께 목 안으로 흘려넣었다.

"또 무슨 부탁이 있으시면 말해 주십시오." 차장이 말했다.

"아니오. 몸이 조금 불편했을 뿐이오" 하고 코넬리우스는 대답했다.

그러나 역에 닿자 그 차장이 다시 찾아와 도와주며 "이 열차의 단골손님이 아니시군요?" 하고 말했다.

코넬리우스는 기쁨이 솟아오름을 느꼈다.

"아아, 이 열차는 전에 한 번 탄 일이 있을 뿐이오, 나는 늘 '중개인 전용열차'를 타지요." 그는 말했다.

"아아, 네, 그러십니까." 차장은 그를 내려다보고 이를 보이며 싱긋 웃었다. "과연 이제야 납득이 가는군요. 이 열차의 서비스도 '전용열차'와 다름없이 마음에 드시면 좋겠습니다……."

그 작은 역에서 코넬리우스는 벤치에 앉아 등받이에다 머리를 기댄 채 출구의 창문께로 시선을 던졌다. 그는 한 번인가 두 번쯤 역무원이 걱정스러운 듯 창문 쪽으로 시선을 보내는 것을 보고 속으로 다행한 일이라고 생각했다. 그다지 다행스럽지 못한 일은 그의 마음 속에 솟아오르는 느낌──오장육부가 부글부글 끓는 듯한 느낌, 무거운 가슴의 고동이었다. 그리하여 그는 10분 동안 그대로 앉아 있기로 했다. 1분 1분 자기를 덮쳐오는 듯한 느낌이 더해감을 느꼈다. 시계의 분침이 이제 가도 좋나는 신호에 해당하는 짐에 와닿을 때까지 금방이라도 일어나서 차로 달려갈 듯한 자기를 붙잡고 있는 것은 여간 힘든 일이 아니었다.

이윽고 그는 정해진 시간 정각에 자리에서 일어나──그렇게 하는 데 노력이 필요하다는 것을 깨달았다──역무원의 눈이 줄곧 자기를 쫓고 있는 것을 느끼며 천천히 걸어서 역을 나와 차 쪽으로 갔다. 그는 핸들 앞에 앉아 뒤로 손을 돌려서 문을 꼭 닫은 다음 엔진을 걸었다. 발 밑에서 느껴지는 엔진의 부드러운 소리는 그의 몸에 새로운 힘을 보내주었다. 그는 시동을 건 채 거기에 앉아 광장 저쪽으로 시선을 던지고 있었다.

목표의 사나이가 나타나 그 쪽을 향해 잰걸음으로 걸어오고 있는 것을 보았을 때, 그 커다란 금발의 그림자가 마치 무대 위의 정해진 자리를 향해 보이지 않는 실에 조종되어 가고 있는 꼭두각시 같아 기묘한 느낌이 들었다. 이윽고 좀더 가까이 다가옴에 따라 그 사나이는 태연하게 미소를 지으며 젊음과 힘에 그리고 승리에 넘쳐서 큰 소리로 노래 부르고 있는 것이 명백해졌다. 그것이 모든 마비상태를 풀어주어 엔진에 갑자기 생기를 불어넣었다.

그때까지 줄곧 이 장면을 마음속으로 그리면서 하루하루를 보내오긴 했지만, 막상 현실적으로 일어나려 하자 이 급박한 상황을 받아들일 마음의 준비가 코넬리우스로서는 되어 있지 않았다. 상대방 사나이는 아직 아무것도 모르는 채 차 사이에서 나오려 하고 있었다. 코넬리우스의 손은 경적 스위치를, 결정적인 최후의 신호를, 피할 수 없는 경보를, 그리고 무엇보다도 성공의 보증이 되는 신호를 보내고 있었다. 사나이는 홱 몸을 돌려 경적 소리가 나는 쪽으로 향하더니 마치 곧 일어나려는 것을 밀어내려는 듯 두 손을 내밀었다. 날카로운 비명 소리는 코넬리우스가 꿈에도 그려보지 못했을 정도로 거친 충돌의 충격에 의해 갑자기 끊겨졌다. 그리고 모든 것이 브레이크가 내는 쇳소리 속으로 녹아들고 말았다.

그 일이 일어나기 전 광장에는 아무도 없었다. 그러나 곧 사방에서 사람들이 몰려왔으므로 코넬리우스는 시체를 한 번 슬쩍 보기 위해 그 사람들을 헤치고 들어가야만 했다.

"보지 않는 게 좋을 거요" 하고 누군가가 말했다.

그러나 그는 보았다. 힘없이 찌그러진 그 사나이 모습을. 절단되어 부자연스러운 자리에 있는 두 다리를. 점점 새파래져가는 얼굴을. 그는 비틀비틀 쓰러져 한 다스나 되는 도움의 손길이 그를 부축하려고 내밀어졌다. 그러나 지금 그를 감싸고 있는 것은 나약함이 아니라 눈앞이 아찔할 정도로 기막힌 승리감, 주위에서 일어나는 소리에 고무된 승리감이었다.

"눈을 뜨고 있으면서 자기 명을 재촉하는 짓이지."

"그만한 경적 소리면 한 마장 밖에서도 들렸을 텐데."

"취했던 모양이오, 아마. 이 사람이 여기 서 있었을 때의 모습으로 보면……."

지금 유일한 위험은 너무 일이 계획대로 잘 들어맞아가는 데 있었다. 여기에 그는 조심할 필요가 있었다. 처음에 계획한 대로 조각그림을 착착 끼워맞추는 것이다. 그러면 위험은 없다. 그는 직업적인 정중함을 지닌 경관의 심문을 차안에 앉아서 받았다. 그 경관의 목소리가 차츰 높아지면서 동정적인 말로 흘러나오자 그는 의도했던 인상을 주었다는 사실을 알아차렸다.

"아니, 돌아가고 싶으시면 돌아가셔도 괜찮습니다. 물론 자동적으로 고발되기는 하지만, 어쨌든 사정이 이렇다면…… 좋습니다, 부인께 전화를 거는 것쯤이야 쉬운 일이지요. 집에까지 차로 태워다 드려도 좋습니다만, 부인께서 운전하는 차로 돌아가기를 바라신다면……."

전화가 연결되자 그는 오랜 시간에 걸쳐 그녀를 안심시킨 다음, 병적으로 동정적인 호기심을 담아 창 너머로 그를 들여다보고 있는 군중들과 함께 15분 동안을 보냈다. 스테이션 왜건이 가까이 다가와서 멎자, 사람들 틈에 마술처럼 한 가닥의 가는 길이 뚫렸다가 클레어가 그의 옆까지 오자 저절로 또 길이 없어져버렸다. 클레어는 놀라고 당황하는 모습도 아름다운 여자라고 코넬리우스는 생각했다. 그리고 거짓스럽긴 했지만 그녀는 아주 아내다운 태도로 여배우처럼 걱정스러운 마음을 보이는 재주를 가지고 있음을 인정하지 않을 수 없었다. 어쩌면 그녀가 아직 사실을 모르고 있을지도 모르니까 이제야말로 알려야 할 때가 온 것이다.

그는 그녀가 자기를 스테이션 왜건 안으로 부축하여 태울 때까지 기다렸다. 그녀가 운전석에 앉자 한쪽 팔을 그녀의 뒤로 돌려 꼭 끌어안았다.

"아참, 경관 양반" 하고 그는 열린 창 너머로 몹시 걱정스러운 듯이 물었다. "상대방의 신원은 알았소? 뭔가 신원을 밝힐 만한 것이 나타났습니까?"

경관은 고개를 끄덕이며 대답했다.

"시내에서 온 젊은 남자입니다. 그래서 그쪽에 조회해 봐야겠습니다. 랭글렌이라는 사람입니다, 로버트 랭글렌. 만일 이 명함이 자신의 것이라면."

코넬리우스는 숨을 삼키고 헐떡이는 소리를 들었다기보다 아내의 몸이 부르르 떨리는 것을 팔에 느낄 수 있었다. 그녀의 얼굴은 길거리에 쓰러져 있는 사나이의 얼굴과 마찬가지로 새하얗게 질렸다.

"자아, 클레어. 집으로 돌아갑시다." 그는 부드러운 목소리로 말했다.

그녀는 무의식적으로 차를 운전하며 거리를 빠져나가 집으로 향했다. 그녀의 얼굴은 무표정했으며 눈이 크게 뜨여져 있었다. 큰길로 빠져 나왔을 때, 그는 거의 고마움을 느낄 정도로 마음이 놓였다. 이윽고 그녀가 조용히 의심쩍은 목소리로 이야기를 시작했기 때문이다.

"알고 계셨군요…… 아셨기 때문에 그 사람을 죽인 거예요."

"으음, 알고 있었소."

"그렇다면 당신은 미친 사람이에요." 하고 그녀는 앞을 노려본 채 감정이 담기지 않은 어조로 말했다. "그런 식으로 사람을 죽이다니, 당신은 미쳤어요."

조용히 타이르는 듯한 그녀의 말투는 그녀가 말하고 있는 내용 못지않게 그의 분노에 불을 질렀다.

"정의의 심판이야! 그 사나이는 심판을 받은 거요." 그는 억누르는 목소리로 말했다.

그녀는 여전히 남의 일인 듯한 태도를 바꾸지 않았다.

"당신은 몰라요."

"무엇을 몰라?"

그녀는 그 쪽을 보았다. 그는 그녀의 두 눈이 젖어서 빛나고 있는 것을 보았다.

"나는 당신을 알기 전부터, 당신 회사에 근무하기 전부터 그 사람을 알고 있었어요. 우리는 어딜 가나 함께 갔어요. 마치 함께 있지 않으면 사는 보람이 없는 것 같았어요."

그녀는 잠깐 틈을 두었다. "그러나 모든 일은 뜻대로 되지 않는 법이에요. 그 사람은 돈이 되지 않는 큰 꿈에 사로잡혀 있었으며, 나는 그것을 참을 수 없었던 거예요. 나는 가난한 집에 태어나서 가난한 사람과 결혼하여 가난하게 살다 죽는 일은 참을 수가 없었어요…… 그래서 당신과 결혼한 거에요. 그리고 나는 좋은 아내가 되려고 애써 왔어요. 모르실 거예요, 내가 얼마나 애썼는지! 그러나 당신의 소망은 그런 데 있지 않았어요. 나는 당신에게 있어 아내가 아니라 남에게 보이기 위한 물건이었어요. 남에게 보이고 다니며, 마치 당신이 가지고 있는 다른 물건을 남들이 칭찬하듯 칭찬해 주기를 바랬어요. 그것을 자기 소유로 지님으로써 모든 사람이 우러러보기를 바랬던 거예요."

"말도 안되는 소리를 하는군." 하고 그는 엄격한 목소리로 말했다.
"길을 조심해. 여기서 구부러져야지."

"내 말을 들어보세요!" 그녀는 말했다. "모두 다 털어놓고 말하
겠어요. 나는 이혼해 달라고 당신에게 부탁할 작정이었어요. 위자료
니 뭐니 하는 것은 한푼도 없어요. 다만 이혼해 주는 것만으로 지금
까지 헛되게 버린 시간을 되찾기를 바랬어요! 그 일을 오늘 그 사람
에게는 이미 말했으므로 당신이 물으신다면, 분명히 말씀만 해주신다
면……."

이 충격을 그녀는 견디어내리라고 그는 생각했다. 생각했던 것보다
심각한 위기는 아니었다. 그러나 속담에도 있듯이, 이미 엎질러진 물
이라 그녀는 현재의 결혼과 바꿔칠 만한 것이 없어져버렸다. 이 사실
을 그녀가 확실히 이해했을 때, 두 사람은 다시 새출발하는 것이다.
그가 가지고 있는 흉기를 이용하기로 계획했던 일, 그리고 그것을 이
처럼 유효하게 사용한 사실은 생각하면 기적이었다. 완전한 흉기라고
힐리커 판사는 말했었다. 얼마나 안전한가! 말한 당사자는 아마 알
지 못할 것이다.

코넬리우스의 환상은 건널목의 경종이 울리는 소리와 차가 전혀 속
도를 늦추려 하지 않는다는 놀라운 사실의 발견으로 사라져버렸다.
모든 것은 무서운 디젤 기관차의 경적 소리에 깔렸다. 믿을 수 없는
눈초리로 그가 올려다본 것은 치솟으며 육박해 오는 강철의 산 바로
앞 건널목으로 돌진해 오는 '중개인 전용열차' 였다.

"위험해!" 그는 정신없이 소리쳤다.

"이봐, 대체 무슨 짓을 하려는 거야!"

그 최후의 순간 그녀의 발이 세게 악셀을 밟았을 때, 그는 그 질문
에 대한 답을 얻었다.

결단을 내릴 때

　너무 자신만만한 사람은 남의 호감을 사지 못한다는 말이 있지만, 휴 로더 만은 예외였다. 우리는 누구나 그처럼 확신있는 사람——감정을 자제하면서도 아주 투명한 목소리로 좌중을 지배하고, 급소를 찌르는 의견을 마치 쭉 곧은 둘째 손가락처럼 상대방 가슴에 들이대고, 문제가 무엇이든 최후의 결정을 내리는 인물과 마주치는 일이 있다. 그런 인물에 대해서는 누구나 불쾌함과 선망이 뒤섞인 기분을 금치 못하는 것이 아닐까? 불쾌감을 느끼는 것은 누구나 다른 사람의 호통을 듣거나 가슴을 쿡쿡 쥐어박히기 싫기 때문이며, 선망을 갖는 것은 자신이 그처럼 자신만만하게 남을 호통치거나 들볶아대는 입장에 서고 싶다고 생각하기 때문이다.

　나로서는 이 원자력 시대를 지배하는 것은 혼돈이며, 언제나 변함없이 자잘한 정치적 논의만이 있는 곳에 몸담고 있으므로 절대적인 판단이란 좀처럼 내릴 수 없다고 생각될 뿐이다. 휴는 이 상태를 평하여, 자기가 다니는 관공서의 윗사람들이 두붓모처럼 획일적이 아닌 것이 다행한 일이라고 말한 일이 있다. 만일 그렇다면 우리나라는 어떻게 될 것인지 알 수 없다는 것이다. 이 의견에 그다지 감탄한 것은 아니지만——여기서 나는 또다시 꺼림칙한 생각이 든다——과연 그러고 보니 그럴 듯한 말이라고 생각지 않을 수 없었다.

휴가 나의 매형이라는 사실——생각해 보면 기묘한 관계이긴 하다——그럼에도 불구하고 나는 그를 아는 다른 사람들이 다 그렇듯 몹시 그를 좋아했다. 혈색좋은 얼굴에 밝고 파란 눈을 지닌 몸집이 크고 호감이 가는 사나이로, 다른 것에 의하지 않고 상대방이 내놓는 것을 올바르게 판단하려는 기민한 적극성을 갖추고 있었다. 또 그는 거만하고 남을 압도시킬 뿐만 아니라, 오히려 그것을 받아들이는 상대방으로 하여금 그에게 호의를 베풀고 있는 듯한 기분이 들게 만드는 보기드문 훌륭한 사람이었다.

나는 그런 인물이 특히 뛰어난 유머 감각을 지니고 있다고 생각지는 않지만, 꾸밈없이 선량한 기질로 그것을 메우는 경우는 가끔씩 있는 것 같다. 휴의 경우가 바로 그러했다. 그의 성품은 이를테면 누군가가 그의 도움을 필요로 하지만 어쩌다 말할 기회를 놓친 것 같은 경우에 잘 나타난다. 만일 휴가 누군가와 알게 되어 10분 뒤에 그 사람을 좋아하게 되었다면, 그는 휴에게 어떤 것이든——그가 제공할 수 있는 것인 한——요구해도 된다. 나의 누이 엘리자베스가 그와 결혼하여 한 달쯤 되었을 때, 누이는 내가 힐탑의 그의 저택 화랑에 걸려 있던 코프리의 명작을 몹시 마음에 들어한다고 그에게 말한 일이 있었다. 그리고 나는 소중하게 꾸린 그 그림과 그의 서명이 든 헌정 카드가 갑자기 나의 누추한 아파트로 보내져왔을 때의 공포와도 비슷한 놀라움을 생생하게 기억하고 있다. 상당히 힘들기는 했지만, 결국 나는 그 그림이 내가 사는 건물보다 더 비쌀 것이라는 전제 아래, 내 방 벽에 걸어봐야 볼품이 없다는 구실을 붙여 가까스로 다시 되돌려보낼 수 있었다. 아마 그는 내가 거짓말을 하고 있다는 걸 알고 있었을 것이다. 그러나 그렇다고 해서 이러니저러니 나무랄 생각을 하지 않는 것이 또 휴다운 점이었다.

물론 휴를 그런 인물로 만들어낸 데는 힐탑 저택과 2백년에 걸친 로저 집안 전통의 힘이 컸다. 로저 집안의 조상은 강이 내려다보이는 고지에 장원을 만들고 고생을 거듭하여 대단한 번영을 누려왔다. 그 뒤 후손들이 재산을 늘리는 데 노력하여 마침내 축적된 부와 지위는 힐탑 저택과 바깥 세계에 굉장한 벽을 쌓은 것 같은 인상을 주었다. 사실 휴는 본디 18세기 사람인데 잘못하여 우연히 20세기에 태어나 어쩔 수 없이 참고 있는 듯이 보였다.

힐탑 저택 그 자체는 저 이름높은, 그러나 오랫동안 사는 사람이 없는 덴 저택을 그대로 본떠 놓은 듯한 것으로 그 위용은 보는 이로 하여금 놀라움을 금치 못하게 했다. 저택은 오랫동안 눈서리 비바람을 겪은 석조 건물로, 그렇게 큰데도 불구하고 우아했으며, 강가에까지 뻗어나간 넓은 잔디밭은 오랜 세월에 걸쳐 정성들여 손질하여 약간의 바람에도 마술처럼 광택을 바꾸는 순수한 녹색의 융단을 이루고 있었다. 안채를 끼고 그 반대쪽에서 마구간과 부속 건물을 반쯤 가리고 있는 숲에 이르기까지 정원이 펼쳐져 있고, 숲 저쪽에 시내로 통하는 좁은 도로가 나 있었다. 이 도로는 그 일대 지주들이 각기 소유지에 접한 부분을 유지하기 위해 비용을 분담하여 만든 것으로, 휴는 거기에 돌을 깔아 책임있게 관리해 왔지만, 그 도로를 사용하는 횟수는 이웃 사람 중에서 가장 적었다고 해도 지나치지 않을 것이다.

휴의 생활은 힐탑 저택에 붙들어매어져 있었다. 그가 그곳을 떠나는 경우는 아주 긴급한 일이 있을 때뿐이었다. 그런데 그런 경우 그를 만나보면 오로지 다시 그 저택으로 돌아갈 시간이 되기만을 기다리고 있는 것처럼 느껴진다. 그리고 만일 저택으로 돌아가는 그의 길동무가 되기라도 하면 소중한 몇 주일을 허비하고 있다는 사실을 뻔히 알면서도 그곳을 떠나지 못하는 자신을 깨닫게 될 것이다. 나도 그런 경험이 있다. 나도 누이 덕분에 휴와 친척이 된 뒤로 나의 아파트에서보다 이 힐탑 저택에서 보낸 시간이 더 많았다고 생각한다.

나는 엘리자베스가 결혼생활을 어떻게 받아들이고 있나 의아해 한 적이 있었다. 왜냐하면 그녀가 휴를 만나기 전의 일을 생각해 보면, 아름답기는 하지만 잠시도 얌전히 있지 못하는 말괄량이였기 때문이다. 그래서 누이에게 직접 물어보자 그녀는 이렇게 대답했다.

"아주 멋지단다. 처음 만났을 때, 결혼하면 이러리라고 예상했던 대로 말이야."

알고 보니 두 사람이 처음 만난 곳은 어느 미술 전람회에서였는데, 그것도 뭔가 초현대적인 작품만 잔뜩 늘어놓은 곳이었다고 한다. 그녀는 그 중에서도 뭔지 알아볼 수 없는 작품을 자세히 바라보고 있었는데 키가 크고 멋진 사나이가 자기를 쳐다보고 있다는 것을 알아차렸다고 한다. 그래서 누이의 말에 의하면 '그 사나이를 타이르려고' 하던 참이었는데, 그 쪽에서 불쑥 말을 걸어왔다는 것이다.

"당신은 그 그림에 감탄하고 있는 겁니까?"

너무도 뜻밖의 질문에 누이는 완전히 허를 찔리고 말았다.

"글쎄요. 감탄해야 하나요?" 하고 누이는 조그맣게 대답했다.

"아니오" 하고 그 사나이는 말했다. "완전히 넌센스니까요. 나를 따라 오십시오. 보아서 시간 낭비가 되지 않는 것을 보여드릴 테니까요."

"그래서 나는 강아지처럼 그 사람 뒤를 따라갔단다. 그 사람은 이리저리 나를 끌고 다니며 어느 작품은 어디가 좋고 어디가 나쁘다느니 하며 또렷한 목소리로 설명해 주었으므로, 가는 곳마다 사람들이 모여들었을 정도였어. 어때, 그 모습을 상상할 수 있겠니?" 엘리자베스는 나에게 말했다.

"물론 상상할 수 있지요." 나는 말했다.

지금은 나도 그 비슷한 경우를 경험했으므로 무쇠 같은 그의 자신감은 어떤 것으로도 납작하게 만들 수 없다는 사실을 알고 있었다.

"그래서 말이야" 하고 엘리자베스는 말을 계속했다. "나도 처음에는 좀 번거로운 생각이 들었는데, 그러나 차츰 그가 자신이 지껄이고 있는 일은 정확히 알고 있고, 굉장히 진지하다는 사실을 알게 된 거야. 자만심 같은 것은 조금도 없었어. 다만 여러 가지 사물을 자기가 이해하고 있는 것처럼 나에게도 이해시키고 싶어 애쓰고 있을 뿐이었지. 다른 사람들은 언제나 무얼 하나──저녁식사 때 무엇을 주문할 것인가, 일을 어떻게 처리해야 할 것인가, 누구에게 투표할 것인가──결단을 내리지 못한 채 망설이고 있지만, 휴는 그렇지 않단다. 신경이 초조하다든가, 콤플렉스로 괴로워한다든가 하는 일은 흔히 듣는 일이지만 모두 무지에서 오는 게 아닐까? 어쨌든 나는 휴 쪽을 택하겠어. 다른 사람들은 모두 정신병 의사에게 맡겨두면 돼."

모든 것이 이런 식이었다. 얼룩 한 점 없는 잔디밭이 깔려 있고, 신경쇠약이나 콤플렉스와는 인연이 없으며, 사악한 뱀이 주위에 얼씬도 못하는 에덴 동산──즉 레이먼드가 등장하기 전까지는 바로 그랬었다.

그날 우리──휴와 엘리자베스와 나──는 잔디 위에 나와 있었는데, 모두 다 8월의 햇빛에 축 늘어져 일종의 도취 상태에 빠져서 말하는 것마저 귀찮은 생각이 늘었다. 나는 린네르 모자를 얼굴에 올려놓고, 주위에서 들리는 여름 소리에 귀를 기울이며 완전히 만족한 얼굴로 누워 있었다.

가까이 있는 백양나무 사이로 계속 미풍이 나직한 소리로 속삭였다. 아래쪽 강에서는 노젓는 소리, 물방울이 떨어지는 소리가 들렸으며 잔디밭에 노는 양이 울리는 구슬픈 방울 소리가 간간이 딸랑딸랑

들려오고 있었다. 그 양떼를 기르는 일은 휴가 생각해 낸 것이었다. 몇 마리의 양들이 풀을 뜯는 모습만큼 잔디밭에 잘 어울리는 것은 없다는 것이 그의 단호한 의견이었다. 그리하여 해마다 여름이면 대여섯 마리의 살찌고 느른해 보이는 암양을 이 목적을 위해, 그리고 아울러 풍경에 기분좋은 목가적인 분위기를 더해주기 위해 잔디에 놓아 먹이고 있었다.

무언가 뜻하지 않은 일이 일어났다는 것은 우선 그 양들이 갑자기 방울 소리를 요란하게 울리며 마치 이리떼가 습격해 온 것처럼 울어 댔으므로 알 수가 있었다. 휴가 화난 목소리로 "제기랄!" 하고 외치는 소리가 들렸다. 그리고 나서 눈을 뜬 내가 본 것은 어떤 의미에서 이리보다 더 그 자리에 어울리지 않는 것이었다. 그것은 털을 아주 우습게 깎은 데다 빨간 목걸이를 한 크고 검은푸들이었는데, 놀라 잔디밭을 도망치는 양을 흥분하여 정신없이 쫓아다니고 있는 중이었다. 그 개가 양을 어떻게 하려는 건 아닌 듯했다. 아마도 굉장히 멋진 놀이 상대를 발견했다고 생각한 모양이다. 그러나 공포에 질린 암양들이야 그런 사정을 알 까닭이 없다. 그 개의 진심이 양들에게 전달되기 전에 모두 강물로 뛰어들어 빠져죽을지도 모르는 일이었다.

내가 한눈에 그것을 알아차린 순간 휴는 재빨리 낮은 잔디밭으로 달려내려가 양들 사이로 뛰어들어 물가로 못 오게 쫓으며, 큰 소리로 다른 생각을 가지고 있는 개를 제지하고 있었다.

"앉아!" 하고 그는 외쳤다. "앉아!" 그는 마치 자기의 사냥개에게 명령하는 말투로 엄격하게 명령했다. "엎드려!"

막대기나 돌멩이라도 주워들고 위협하는 시늉을 하면 좀더 쉬울 텐데 하고 나는 생각했다. 왜냐하면 그 개는 휴의 말을 전혀 들은 체도 하지 않았기 때문이다. 뿐만 아니라 개는 여전히 재미있는 듯 짖어대며 다시 양들을 향해 덤벼들었으므로 휴도 그 뒤를 쫓아갔다. 잔디

가장자리의 백양나무 사이에서 들려온 목소리에 개가 얼어붙은 듯 딱 멈춘 것은 그로부터 한순간 뒤였다.

"앉아!"

그 목소리는 숨이 차서 말하는 프랑스어였다.

"앉아!"

이윽고 자그마하고 재빨라 보이는 사나이의 모습이 풀밭을 달려서 나타났다. 우리가 보고 있노라니 휴는 어두운 안색으로 서서 기다렸다.

엘리자베스가 나의 팔을 붙잡으며 작은 목소리로 말했다.

"가자, 우리도. 휴는 남이 업신여기는 일은 참지 못하는 성질이니까."

가까이 다가가니 마침 휴가 화를 내고 있는 소리가 들렸다.

"누구든 자기가 기르는 동물을 제대로 단속하지 못한다면 키울 자격이 없소!"

상대방 사나이는 어디까지나 예의바르게 듣는 표정을 짓고 있었다. 갸름하고 교양있어 보이며 눈꼬리에 잔주름이 진 인상좋아 보이는 얼굴이었다. 그러나 동시에 그 눈 속에는 완전히 숨길 수 없는 것——외계를 향해 열려진 카메라의 렌즈처럼 날카로운 지각의 번뜩임이라고나 할까——이 담겨 있었다. 휴와 같은 성격의 사람으로서는 알아차릴 수 없을 터이지만 그러나 그것이 분명 그의 눈 속에 있었다. 나는 곧 마음이 온화해짐을 느꼈다. 또한 이 세로 나타난 사나이의 얼굴, 튀어나온 이마, 성긴 백발 등에는 뭔가 사람을 초조하게 하는 친근감이 있어, 휴의 그럴싸한 긴 설교가 행해지고 있는 동안 나는 그것이 무엇인가 알아보려고 기억을 더듬어보았으나 아무래도 해답을 찾아낼 수가 없었다. 설교는 가장 훌륭한 개의 훈련법에 대한 이야기로 끝났으며, 그때는 이미 휴가 용서하려 한다는 것을 뚜렷이 알 수 있었다. 그는 말했다.

"어쨌든 아무 손해도 없었고⋯⋯."

사나이는 정중하게 고개를 끄덕였다.

"그러나 새 이웃으로 알고 지내는 방법치고는 아무래도 좋지 않았던 것 같군요."

휴는 깜짝 놀란 표정을 지었다.

"이웃으로 알고 지내다니요?" 하고 휴는 거의 무례하다고 여겨질 만한 말투로 물었다. "이 근처에 사신단 말씀입니까?"

"저 숲 쪽입니다."

상대방은 백양나무 쪽을 손으로 가리키며 말했다.

"덴 저택인가요?"

휴에게 있어 덴 저택은 힐탑 저택이나 마찬가지로 신성한 것으로, 만일 누가 사지 않겠느냐는 이야기가 나오면 두말하지 않고 사들이겠다는 말을 언젠가 한 적이 있었을 정도였다. 휴의 말투에는 이제 기분이 상했다기보다 믿기 어렵다는 느낌이 더 강했다.

"설마!" 하고 휴는 큰 소리로 말했다.

"그러나 사실입니다" 하고 상대방은 대답했다. "덴 저택입니다. 나는 여러 해 전 거기서 주최한 파티에 참석한 적이 있었는데, 언젠가 내 소유로 삼았으면 하는 생각을 하게 되었지요."

나에게 해명의 단서를 제공해 준 것은 '주최한다'라는 말(주최한다를 의미하는 perform에는 연기한다는 뜻도 있다)과 정확한 영어에 가끔 섞여나오는 외국어 사투리였다. 분명 그 사나이는 마르세이유에서 태어나 자랐으며——이 사실이 사투리의 유래도 설명해 주었다——내가 어른이 되기 훨씬 전에 이미 전설적인 존재가 되어버린 인물이었다.

"당신은 레이먼드 씨지요? 찰스 레이먼드 씨" 하고 나는 말했다.

"그냥 레이먼드라고 불러주는 편이 좋습니다." 그는 자기의 조그마한 허영을 물리치듯이 미소지었다. "어쨌든 나를 기억해 주시니 영광이군요."

나는 그가 정말 영광으로 생각했다고는 믿지 않았다. 마술사 레이먼드, 기술왕(奇術王) 레이먼드라면 어디를 가나 모르는 사람이 없을 정도로 잘 알려져 있을 테니까. 또 솜씨가 뛰어난 점에서는 새스튼의 영광을 압도하고, 탈출 기술로는 거의 푸디니를 능가하는 레이먼드가 자기를 과소평가할 리도 없었다.

그는 대부분의 직업적인 마술사들이 레퍼터리로 삼는 표준적인 상연 종목을 가지고 시작했다. 그 뒤 그것들을 훨씬 넘어 지금은 우리들에게 잘 알려져 있는——물론 내가 그렇게 생각하고 있는 것이지만——탈출의 경지에까지 이른 것이다. 두껍게 얼어붙은 호수 밑바닥에 있는 납으로 된 관처럼 생긴 그릇, 강철로 용접된 옷, 잉글랜드 은행의 대금고, 무엇보다도 목과 두 다리에 고리를 걸어서 묶고 다리를 움직이면 목에 맨 끈이 그만큼 당겨지도록 장치한 교묘한 '자살기구'——레이먼드는 이런 것들을 다 알고 있었으므로 거기서 탈출해 보인 것이다. 그리고 명성이 정점에 다다랐을 때 갑자기 모습을 감춰, 그의 이름은 과거로 흘러가버렸다.

왜 그랬느냐고 내가 묻자, 그는 어깨를 으쓱해보였다.

"사람은 돈이나, 아니면 일에 대한 애정 때문에 일하는 것이오. 필요한 만큼 돈을 손에 넣었고 이미 일에 대한 애정도 없어졌다면, 어떻게 더 이상 일을 계속할 수 있겠습니까?"

"그러나 위대한 경력을 아무렇게나 내동댕이치면서까지……" 하고 나는 반론을 내세웠다.

"여기 이 저택이 나 자신을 기다리고 있다고 생각하는 것만으로도 충분히 도망쳐 나올 수가 있었지요."

"그러면 당신은 여기 말고는 아무 데서도 살 생각이 없었나요?" 엘리자베스가 말했다.

"네, 전혀──벌써 몇 년 동안이나." 레이먼드는 코에 손가락을 대고 허풍스럽게 눈을 찡긋해 보였다. "물론 나는 이 사실을 덴 저택의 소유주에게 숨기지 않았습니다. 그리하여 이윽고 집을 팔게 되었을 때도 나에게만 그 사실을 이야기해 준 것이지요."

"당신은 일단 무슨 일이 생각나면 좀처럼 단념하지 않는 성격인 모양이군요" 하고 휴가 험악한 목소리로 말했다.

레이먼드는 소리내어 웃었다.

"생각나면이라고요? 생각나면이 아니라 이제 집념이 되어버렸습니다. 몇 년 동안 나는 세계 여러 곳을 두루 여행하여 왔지만, 아무리 아름다운 것이라 해도 발 밑으로 강을 굽어보고 저만큼 언덕을 짊어지고 있는 저 숲가의 덴 저택만큼 아름답지는 못하다는 사실을 알게 되었습니다. 그래서 나는 언젠가 여행이 끝나면 틀림없이 이곳으로 돌아와 캉디드(1759년에 발표된 볼테르의 소설 《캉디드》에 나오는 현명한 주인공)처럼 내 정원을 가져야겠다고 혼자 맹세했지요."

그는 무의식적으로 푸들의 머리를 쓰다듬으며 굉장히 만족스러운 태도로 사방을 둘러보았다.

"그리고 이제 보시다시피 나는 여기에 이렇게 찾아왔습니다."

그가 그곳으로 찾아온 것은 사실이었다. 그리고 그가 찾아온 일이 힐탑 저택에 어떤 변화를 가져오려 한다는 사실도 얼마 안되어서 명백해졌다. 아니, 힐탑 저택은 완전히 휴의 반영이었으므로 휴에게 어떤 변화가 미치려 하고 있다고 하는 편이 옳을지도 모른다. 휴는 초조하여 침착성을 잃고, 과거의 어느 때보다도 자신을 과시하게 되었다. 부드러움과 좋은 마음씨는 아직도 남아 있었다. 그런 특성은 거만함과 마찬가지로 그의 피의 일부를 차지하고 있었던 것이다. 그러나 그것을 유지하는 데 전보다 더 애를 쓰고 노력해야만 했다. 그는 눈에 들어간 작은 먼지 때문에 괴로워하면서도 그것을 찾아내어 제거할 수가 없어서 그냥 넣어둔 채 참고 살아갈 수밖에 없는 상태에 있는 사나이처럼 보였다.

물론 그 먼지란 레이먼드였다. 그러나 그 쪽에서는 오히려 얼마쯤 이 먼지의 역할을 즐기고 있는 것 같은 인상을 주었다. 레이먼드로서는 자기 저택에 들어앉아 정원을 손질하거나, 앨범을 정리하거나, 그 밖에 무사히 은퇴한 예능인이 하는 것 같은 일을 하며 지내기는 쉬운 일이었을 텐데, 그런 일들은 하고 있을 수 없다고 거부하는 듯한 인상이었다. 그는 곧잘 갑작스럽게 불쑥 힐탑 저택을 찾아왔다. 그리고 휴 쪽에서도 역시——휴답지 않게 일부러——덴 저택으로 재미도 없는 긴 이야기를 하러 찾아가는 것이었다.

둘 다 자기들의 성격이며 견해가 아주 달라서, 안전하고 논리적인 해결은 다만 서로 가까워지지 않도록 하는 수밖에 없다는 것을 분명히 알고 있었을 것이다. 그러나 두 사람 사이에는 말하자면 정(正)과 반(反) 에너지의 친화력이라 할 수 있는 관계가 있어 둘이 한 방에 있을 때 저항하는 힘의 흐름이 두 사람 사이에 불꽃을 튀기며 격돌하는 것이 거의 눈에 보이는 것처럼 느껴질 정도였다.

어떤 문제든 두 사람 사이에서는 논쟁의 원인이 되었고, 둘 다 그 문제를 놓고 크게 다퉜다. 휴는 그의 절대적인 확신을 갑옷과 무기로 삼아 무섭게 덤벼들었다. 그러면 레이먼드는 가느다란 칼을 손에 들고서 재빨리 몸을 날려 상대방의 갑옷에 칼로 찌를 틈이 있는지 어떤지 살핀다. 레이먼드를 가장 초조하게 만든 것은 그 갑옷에 틈이 전혀 없었다는 사실이었을 것이다. 모든 문제를 여러 각도에서 자세히 조사하고, 동기며 원인을 깊이 살피려는 열정을 품은 사람으로서 레이먼드는 끊임없이 자기의 법을 가지고 군림하려고 열중하는 휴의 방법에 격분을 느꼈다.

또한 이 사실을 휴에게 알리는 것을 주저하지 않았다.

"당신은 아무리 보아도 중세기적이군요. 그런데 중세기 이후에 인간이 배운 일 가운데 가장 뛰어나다고 할 수 있는 것은, 어떤 문제에 대해서나 마치 손가락을 탁 통기는 것처럼 간단한 해결을 얻을 수 없다는 사실입니다. 나로서는 다만 당신이 언젠가 완전한 딜레마, 대답할 수 없는 의문에 다다르기를 바랄 뿐입니다. 그것은 당신에게 무언가를 계시해 줄 것입니다. 그때 당신은 일찍이 꿈도 꾼 일이 없을 정도로 많은 일을 배우게 될 것입니다" 하고 레이먼드는 말했다.

그런데 휴는 이 말에 대해 다음과 같은 식으로 차갑게 대답했다.

"그러면 나도 말하겠는데, 정상적인 두뇌를 가지고 그것을 사용하는 용기를 가진 사람에게는 완전한 딜레마라는 것이 존재하지 않습니다."

이것은 나중에 일어난 사건을 예언해 준 일화였는지도 모른다. 또는 레이먼드로서는 다만 아무 사심 없이 순수한 동기에서 그렇게 말했을 뿐인지도 모른다. 아무튼 동기야 어찌되었든 결과는 피할 수 없는 위험한 것으로 나타났다.

직접적인 동기가 된 것은 어느 날 레이먼드가 우리에게 들려준 어떤 계획이었다. 그는 자기가 덴 저택에 살아보니 집이 너무 커서 지나치게 음울하다고 말했던 것이다.

"마치 박물관 같습니다. 나는 내가 유령이 되어 끝없이 계속되는 진열실을 헤매다니는 듯한 기분이 들곤 합니다" 하고 그는 설명했다.

부지에도 손을 대어 조망을 좋게 할 필요가 있으며, 해묵은 큰 나무는 분명히 아름답기는 하지만 레이먼드의 말을 빌리면 좀 너무 많다는 것이었다.

"과장이 아니라 나무 때문에 강이 보이지 않습니다. 그런데 나는 물의 흐름을 바라보는 것이 더없는 즐거움이거든요."

아무튼 눈 딱 감고 손을 대야만 한다. 저택에 달아내지은 두 곳의 튀어나온 부분을 부숴버리고, 강가로 널따란 길이 뚫리도록 나무를 베어내어 전체적으로 활기를 띠게 한다. 그렇게 하면 저택은 이미 박물관이 아니라 그가 몇 년 전부터 꿈꾸어 오던 그런 집이 될 것이라고.

이 노래하는 듯한 투의 설명이 시작되자 휴는 약간 고개를 숙인 자세로 편하게 의자에 앉아 있었다. 그런데 레이먼드가 앞으로 뜯어고칠 저택의 구조를 생생하게 전개해 보이자 휴는 차츰 자세를 똑바로 하였으며, 마침내는 안장 위에 올라탄 기병 같은 자세로 바뀌었다. 입이 꽉 다물어져 있고 얼굴은 핏빛처럼 불그레한 기를 띠고 있었다. 두 손은 완만하지만 강한 리듬을 타고 쥐어졌다펴졌다했다. 그가 갑자기 폭발하지 않은 것은 기적과도 같았다. 그러나 이 기적도 물론 오래 유지될 성질의 것은 아니었다. 나는 엘리자베스의 표정에서, 그녀 역시 이 사실을 눈치채고 있지만 나와 마찬가지로 어떻게 손쓸 도리가 없다는 사실을 알았다.

이윽고 레이먼드가 그 묘사를 화려하게 장식하여 최후의 손질을 끝내고 자못 만족스러운 듯이 "자아, 여러분의 감상은 어떻습니까?" 하고 물었을 때, 이미 휴는 자신을 억제할 수 없게 되었다.

휴는 천천히 몸을 앞으로 내밀고 말했다.

"당신은 정말 내가 어떻게 생각하고 있는지 알고 싶습니까?"

"여보, 휴!" 하고 엘리자베스가 당황해서 말했다.

"부탁이에요, 여보."

휴는 그 말에는 귀도 기울이지 않았다. 그는 레이먼드에게 다그쳐

물었다.

"정말 알고 싶습니까?"

레이먼드는 눈살을 찌푸렸다.

"물론이지요."

"그럼, 말하겠습니다" 하고 휴는 말하고 나서 숨을 깊숙이 들이마셨다. "웬만한 파괴주의자가 아닌 이상 당신이 하려고 하는 그런 무모한 짓은 생각해 내지도 못할 겁니다. 당신은 전통이나 불변의 각인이 새겨진 것을 다름아닌 바로 자신이 산산조각으로 부숴버리지 않으면 직성이 풀리지 않는 이들 가운데 한 사람인 것 같군요. 가능하면 이 세계를 꽉 떠받치고 있는 지주까지 걷어차버리고 싶겠지요!"

"실례지만," 하고 레이먼드가 말했다. 그는 분노로 아주 새파래져 있었다. "당신은 변화와 파괴를 혼동하고 계시는 것 같군요. 뭐 당연한 일이지만 나는 아무것도 파괴할 생각은 없으며, 약간 필요한 변화를 주려 하고 있을 뿐이라는 사실을 이해해 주시지 않으면……."

"필요?" 하고 휴는 비웃었다. "몇백년이나 자라 온 훌륭한 나무들을 뿌리채 뽑아버리다니! 바위처럼 든든한 저택을 조각조각 부숴버리다니! 그것은 내가 생각하기에 그야말로 무모한 파괴행위요!"

"글쎄요, 이해가 안 가는군요. 다만 풍경에 활기를 불어넣고 그것을 다시 구성하여……."

"더 이상 이야기하고 싶지 않소" 하고 휴는 말을 가로막았다. "나는 다만 당신 같은 사람이 그 저택에 함부로 손을 댈 권리가 있을 수 있는가를 생각할 뿐이오!"

두 사람은 이미 자리에서 일어나 험악한 기세로 마주보고 있었다. 그래도 그때 내가 겁을 먹지 않았던 것은 휴가 설마 폭력을 쓰지는 않을 테고, 레이먼드 역시 이성을 잃기에는 너무도 분별있는 사람이라는 확신이 있었기 때문이었다. 이윽고 위험스러운 순간이 마술처럼 지나갔다. 레이먼드의 입술이 갑자기 재미있는 듯이 벌어지더니, 그는 예의에 벗어나지 않는 한의 흥미를 보이며 휴를 관찰했다.

"과연 곧 알아차렸어야 할 일을 내가 어리석게도 소홀히 했나 봅니다. 그러니까 당신은 저 박물관과 비슷한 저택을 그대로 보존하고 나는 그곳을 관리하는 관리인으로 만족하라, 그 말씀이지요? 말하자면 과거의 문지기, 아니면 그 유물을 지키는 관리자로서 말입니다."

레이먼드는 미소지으며 머리를 내저었다.

"그러나 아무래도 나에게는 그 역할이 적당치 않은 것 같습니다. 하기야 나도 과거에 경의를 표하고 있기는 하지만 그보다는 현재에 봉사하는 편이 더 나의 취미에 맞습니다. 따라서 나는 내 계획을 그대로 추진할 생각입니다. 그로 인해 우리들의 우정에 금이 가지 않기를 바랍니다."

다음날이면 나는 덥고 긴 일주일을 시내의 책상 앞에 앉아서 지내야 할 텐데, 레이먼드가 아주 재치있게 일을 처리한 덕분에 그럭저럭 그 정도로 수습되어서 우선은 마음이 놓여 안도의 한숨을 쉬었다. 그러므로 그 주말에 엘리자베스로부터 걸려온 전화에 대해서는 전혀 마음의 준비가 되어 있지 않았다.

"큰일났어!" 하고 그녀는 말했다.

물론 휴와 레이먼드와 덴 저택에 관계된 일이었는데, 전에 없이 상황이 험악하다는 것이었다. 그러니 다음날 곧 힐탑 저택으로 와주기 바란다고 그녀는 말했다. 사정이 어떻든 꼭 와야 한다고, 그녀에게 일을 해결할 한 가지 계획이 있는데, 반드시 내가 도와줘야 한다는 것이었다. 휴는 내 말이라면 들어주니까 나만 믿겠다는 것이었다.

"믿겠다고? 어떻게?" 하고 나는 말했다. 나로서는 그 말이 아무래도 위험한 이야기처럼 들렸기 때문이다. "그리고 휴가 내 말을 듣다니, 그건 지나치게 과장된 말이 아니오? 그가 자기의 사사로운 일에 나의 충고를 받아들일 것 같소?"

"좋아, 그렇게 애를 먹일 작정이라면……."

"그런 게 아니라 다만 나는 그런 말썽 속에 끌려들어가고 싶지 않을 뿐이오, 휴에게는 자신의 일을 자신이 처리할 만한 지각이 있으니까……" 하고 나는 얼른 말했다.

"남아돌 만큼 있을지도 모르지."

"그렇다면……?"

"지금은 설명할 수 없어. 내일 모든 것을 털어놓을게. 그러니 제발 부탁이다. 만일 조금이라도 나를 누이라고 생각한다면 내일 아침 열차로 꼭 와다오, 꼭……. 정말 큰일났어." 그녀는 우는 소리로 말했다.

아침 열차로 도착한 나의 기분은 무거웠다. 나는 아주 사소한 일로도 우주가 금방 망할 것 같은 재액을 상상하는 성격이었으므로, 힐탑 저택에 도착했을 때는 이미 모든 일을 받아들일 마음의 준비가 갖추어져 있었다.

그러나 적어도 겉으로 보기에는 모든 것이 평온무사했다. 휴는 나를 따뜻하게 맞아주었고, 엘리자베스도 기뻐했다. 우리는 즐겁게 점심을 같이 들었다. 레이먼드며 덴 저택에 대해서는 일체 입 밖에 내지 않았다. 나는 엘리자베스가 전화한 일에 대해서는 한마디도 꺼내지 않았지만, 가까스로 그녀와 둘이 있게 될 때까지 마음 속에서 줄곧 화가 치밀어오르고 있었다.

"자아, 이 수수께끼를 모두 설명해 줘요, 대체 어떻게 된 일인가 하고 얼마나 걱정했는지 압니까? 그런데 지금까지 내가 본 바로는 아무 일도 없는 것 같군요, 뭐라고 설명해 줘봐요, 우리가 통화한 뒤로 걱정했던 일이 풀렸나요?" 하고 나는 말했다.

"좋아. 설명해주마. 날 따라와." 그녀는 엄격하게 말했다.

그녀는 정원을 빠져나가 마구간과 광을 지난 다음 한참 동안 걸어 갔다. 그리하여 숲 저쪽을 치닫고 있는 개인 도로 가까이까지 오자 누이가 불쑥 말했다.

"저택까지 차를 타고 올 때 이 도로에 이상한 데가 있는 것을 알아 차리지 못했니?"

"아니오, 전혀."

"그렇겠지. 차를 돌리는 길은 여기까지 오기 훨씬 이전에 갈라져 있으니까. 하지만 지금 네 눈으로 직접 보면 알게 될 거다."

나는 보았다. 의자 하나가 길 한가운데에 놓여 있었는데, 그 의자에 아주 건장해 보이는 사나이가 혼자 앉아 정신없이 잡지를 보고 있었다. 누구인지 나는 곧 알아볼 수 있었다. 그 사나이는 누이의 마구 간을 지키는 사람인데, 지금까지도 꽤 오랜 시간을 앉아 있었으며 앞 으로도 상당히 오랫동안 앉아 있을 작정인 듯 참을성 있는 표정을 짓 고 있었다. 무엇 때문에 그런 데 앉아 있는지 나는 얼른 이해할 수 있었지만, 엘리자베스는 무엇 하나 나의 추리력에 맡기려 하지 않았 다. 우리가 가까이 가자 그 사나이는 일어서며 싱긋 웃었다.

"윌리엄, 로더 씨가 당신에게 무슨 일을 시켰는지 동생에게 가르쳐 주겠어요?" 엘리자베스가 말했다.

"좋습니다. 로너 씨는 늘 우리들 가운데 누구 한 사람이 여기 앉아 서 덴 저택의 공사 재료 같은 것을 실은 트럭이 지나가거든 세워서 쫓아보내라고 하셨습니다. 우리는 다만 상대방에게 여기는 사유지니 까 불법침입이라고 말해 주면 됩니다. 만일 상대방이 우리의 손가락 하나라도 건드리게 되면 우리는 곧 경찰에 알리면 되는 거지요. 그뿐 입니다." 사나이는 쾌활하게 대답했다.

"그래, 지금까지 쫓아버린 트럭이 있었나요?"

하고 엘리자베스는 나에게 들려주기 위해 물었다.

사나이는 놀란 표정을 지으며 설명해 주었다.

"아니, 아직 모르고 계셨습니까? 우리가 여기서 지키고 있기 시작한 그 날에 두 대를 쫓아보냈습니다. 말썽이 생긴 일은 없습니다. 운전수들도 모두 불법침입에 걸려들기는 싫어하니까요."

다시 되돌아오며 나는 이마에 손을 대었다.

"참, 어처구니없는 일이군! 휴 같은 사람이라면 이런 일을 하고 그대로 무사하지 못하리라는 것쯤 잘 알 텐데. 저 길은 덴 저택으로 가는 단 하나의 길로서 오랫 동안 공공도로처럼 쓰여왔는데 이제 와서 새삼스럽게 개인 도로라니, 말도 안돼!"

엘리자베스는 고개를 끄덕였다.

"2, 3일 전에 그 사람이 휴에게 말한 것도 바로 그거야. 화가 머리 끝까지 나가지고 찾아와 둘이서 상당히 심한 말들을 주고받았지. 그 사람이 휴를 법정으로 끌어내겠다고 말하자, 휴는 이 문제를 소송한다면 기꺼이 여생을 바치겠다고 대답하지 않겠니. 뿐만 아니라 그 사람은 끝으로 폭력은 다만 폭력을 불러일으킬 뿐이라는 것을 깨달아야 한다고 협박 비슷한 말을 하고 돌아갔어. 그 뒤로 나는 언제 싸움이 터질지 몰라 제정신이 아니란다. 생각해 봐, 안 그렇겠어? 저렇게 보란 듯이 사람을 길 가운데 앉혀 놓고 길을 가로막는 것은 언제든지 올 테면 오라고 싸움을 거는 거나 마찬가지 아니니. 나는 걱정이 되어서……."

그 심정은 나도 알 수 있었다. 생각하면 할수록 더욱 더 위험하게 느껴질 뿐이었다.

"하지만 나에게 한 가지 계획이 있어" 하고 엘리자베스는 열성적으로 말했다. "그래서 너에게 와달라고 부탁한 거야. 나는 오늘 밤

디너 파티를 열 작정이야. 아주 간단하게 아는 사람만 모여서. 말하자면 일종의 강화회라고 할 수 있겠지. 참석자는 너하고 와이넌트 박사——둘 다 휴가 좋아하는 사람이지——그리고…….." 그녀는 잠깐 망설이더니 덧붙여 말했다. "레이먼드 씨야."

"설마!" "진심으로 말하는 거요, 그건?"

"나는 어제 그 사람을 찾아가서 한참 동안 이야기를 나눴어. 나는 사정을 잘 설명했어. 이웃이니까 서로 마음을 털어놓고 이야기하면 안될 일이 어디 있겠느냐고, 그런 게 동포애가 아니겠느냐고, 보나마나 설교조의 재미없는 이야기였지만 아무튼 그런대로 성공적이었어. 그가 오겠다고 약속해 주었거든."

나는 불길한 예감이 들었다.

"휴가 그 사실을 알고 있나요?"

"파티 말이냐? 응, 알고 있어."

"아니, 내가 묻고 있는 것은 레이먼드 씨가 온다는 사실 말입니다."

"아니, 몰라."

그 대답을 듣고 내가 뚫어지게 쳐다보는 걸 알아차리고 그녀는 어깨를 으쓱해보였다. "하지만 누가 어떻게 하지 않고는 안될 것 같아서 내가 그 역할을 떠맡았을 뿐이야! 우두커니 앉아서 구경만 하고 있는 것보다야 낫지 않겠니?"

그날 밤 모두들 식당 테이블에 사리잡고 앉을 때까지는 나도 그 말이 옳다고 인정하고 있었다. 휴는 레이먼드가 찾아온 것을 보고 분명 놀란 표정을 지었으나, 그 뒤로는 다만 글로 쓰면 몇 권의 책이 될 것 같은 뜻이 담긴 눈길로 엘리자베스를 쳐다보았을 뿐 감쪽같이 자기 감정을 감췄다. 그는 모인 사람들을 예의에 벗어나지 않게 소개하고, 자기에게 던져진 대화에는 서슴없이 대답하는 등 대체적으로 그

날 밤 파티의 주인 역할을 훌륭히 해냈다.

아이러니컬하게도 엘리자베스의 계획은 어찌되었든 성공했다고 볼 수 있었으나, 결국 실패로 돌아가고 만 것은 와이넌트 박사 때문이었다. 박사는 땅딸막한 몸집에 머리가 이미 백발이 된 이름난 외과의사였는데, 아주 솔직하고 붙임성이 있었다. 그는 자기 신분도 생각지 않고 레이먼드를 만나자 초등학교 학생처럼 기뻐했으며, 두 사람은 금방 백년지기나 된 것처럼 친해졌다.

휴가 가장하고 있던 '좋은 주인역'의 껍질이 벗겨져서 엘리자베스의 계획에 치명적인 실수가 드러나기 시작한 것은 식사 중에 모든 사람의 주의가 레이먼드에게로 집중되고 자기는 거의 도외시당하고 있다는 걸 그가 알아차렸을 때였다. 세상에는 인기인을 우대하고 그렇게 함으로써 스스로 기쁨을 느끼는 사람들도 있지만, 휴는 결코 그런 사람이 아니었다. 뿐만 아니라 휴는 박사를 자기와 가장 친한 사람으로 여겨왔었다. 더욱이 나는 가장 자신있는 인물은 우정에 관해서도 가장 질투심이 강하다는 것을 이미 알고 있었다. 그런데 귀중한 우정이 자기가 가장 싫어하는 인물에 의해 침해되려 한다면 과연 사태가 어떻게 될 것인가! 이것저것 종합하여 휴의 입장에 서서 생각해 보고, 동시에 테이블 저쪽에서 즐겁게 지껄이고 있는 레이먼드를 바라보면서 나는 최악의 사태를 각오하지 않을 수 없었다.

마침 레이먼드가 탈출 기술에 쓰이는 여러 가지 도구에 대해 열심히 이야기하고 있는데 휴가 끼어들었다. 도구는 얼마든지 있다고 레이먼드는 말했다. 근처에 있는 물건은 무엇이든지 도구로 이용할 수 있으며 철사 토막, 금속 조각, 종이쪽지까지도 한 번쯤은 이용해 보았다고 말했다.

"그러나 그 가운데서도……" 하고 레이먼드는 갑자기 무게있는 어조로 말했다. "내가 마음놓고 목숨을 맡길 수 있는 도구는 꼭 한 가지 밖에 없습니다. 좀 묘하긴 하지만 그것은 보이지도 않고 손으로 잡을 수도 없으며 실제로 많은 사람들에게는 전혀 존재하지조차 않는 것입니다. 그럼에도 불구하고 나는 그것을 지금까지 가장 빈번하게 사용했으며, 그것 역시 나를 한 번도 배신한 적이 없습니다."

와이넌트 박사는 흥미로운 눈을 반짝이며 몸을 내밀었다.

"그것이 뭡니까?"

"인간에 대한 지식입니다. 아니, 이렇게 바꿔 말해도 될 것 같군요. 인간의 성질에 대한 지식이라고. 나에게는 이것이야말로 당신에게 있어 메스와 다름없이 없어서는 안될 도구입니다."

"그래요?" 하고 휴가 말했다.

그 목소리가 너무도 날카로웠으므로 모두의 눈이 일시에 그에게 쏠렸다.

"마치 그 기술이 심리학의 한 부분이라도 되는 것처럼 말씀하시는군요."

레이먼드는 이야기를 계속했는데, 자세히 보니 그는 휴를 감정이라도 하듯 물끄러미 쳐다보고 있었다. "그러나 그 일에 대단한 비밀은 없습니다. 내 직업은——나는 그것을 하나의 기술로 생각하기를 좋아합니다만——착오 유도의 기술에 지나지 않습니다. 나는 그 기술을 전문으로 하는 수많은 기술자 중 한 사람일 뿐이지요."

"그러나 요즈음은 탈출 전문의 기술자가 그다지 많다고 할 수 없지요" 하고 와이넌트 박사가 말참견을 했다.

"말씀하신 대로입니다" 하고 레이먼드가 말했다. "그러나 내가 착오 유도의 기술이라고 말씀드린 것을 알고 계시겠지요? 요술 박사——탈출 기술사는 이 기술 중에서도 가장 색다른 기술을 가진 전문가입니다. 그러나 정치나 광고나 세일즈 등을 전문으로 하는 사람들은 어떻습니까?"

그는 여느 때의 버릇대로 손가락을 코에 대고 눈을 찡긋해 보였다.

"모두 나와 똑같이 기술을 직업으로 삼고 있는 사람들이라고 나는 생각합니다."

와이넌트 박사는 미소지었다.

"의학을 그 속에 집어넣지 않았으니까 우선은 찬성한다고 해둘까요. 그러나 내가 알고싶은 것은 그 '인간의 성질에 대한 지식'을 당신의 직업에 어떻게 응용하는가 바로 그것입니다."

"그건 이렇습니다" 하고 레이먼드는 말했다. "우선 상대방 인간을 신중히 살펴봅니다. 그리하여 만일 그 사람에게서 특정한 약점을 발견할 수 있으면 그것을 바탕으로 하여 그에게 문제없이 받아들여질 수 있는 어떤 속임수를 납득시킬 수 있습니다. 그 일만 할 수 있으면 그 다음은 간단하지요. 이렇게 되면 그 상대방은 이미 요술쟁이가 그에게 보이려고 하는 것만 보고서 지정해 주는 정치가에게 투표하고, 광고에 이끌려 상품을 사게 됩니다." 그는 어깨를 으쓱했다. "요컨대 이것이 전부입니다."

"그래요?" 휴가 말했다. "그러나 약간이라도 지능이 있어서 당신의 속임수를 받아들이지 않는 상대방을 만나게 되면 어떻게 합니까? 그런 경우에는 트릭을 씁니까? 당신의 트릭은 말하자면 야만인에게 유리구슬을 파는 정도의 속임수밖에 안됩니까?"

"그것은 트집이오, 휴. 이분은 다만 자기 생각을 말하고 있을 뿐이오. 그것을 일일이 탓할 수야 없잖소." 와이넌트 박사가 말했다.

"아니, 그렇지 않습니다" 하고 휴는 레이먼드를 노려보며 말했다.

"내가 보기에 이 사람은 여러 가지 흥미있는 생각을 가지고 있는 것 같으니까요. 따라서 나는 그 생각을 어디까지 고집하는지 걱정이 됩니다."

레이먼드는 빈틈없이 세밀한 동작으로 입술을 냅킨으로 닦은 다음 살짝 자기 앞 테이블에 놓았다. 그는 똑바로 휴를 쳐다보며 말했다.

"즉 그 기술을 한 번 직접 해보라는 말씀이지요?"

"물건 나름이지요" 하고 휴는 말했다. "담배 케이스를 쓰거나 모자에서 토끼를 꺼내거나 하는 장난 같은 넌센스는 거절합니다. 볼 만한 것이 아니라면……"

"볼 만한 것!" 레이먼드는 되풀이 말했다.

그는 방 안을 둘러보며 잘 관찰한 다음 휴 쪽으로 돌아앉더니 식당과 우리가 식사 전에 모였던 거실 사이의 경계인 커다란 떡갈나무 문을 가리켰다.

"저 문은 잠겨 있지 않지요?"

"네, 잠겨 있지 않습니다. 벌써 몇 년째 잠근 일이 없습니다." 휴는 대답했다.

"열쇠가 있습니까?"

휴는 열쇠 다발에서 하나를 빼냈다.

"여기 있습니다. 식기실에 쓰고 있는 것과 같은 열쇠지요."

휴는 자신도 모르게 흥미를 느끼기 시작한 듯했다.

"됐습니다. 아니, 나에게 주지 말고 와이넌트 박사에게 주십시오. 물론 당신은 이분의 명예심을 믿고 계시겠지요?"

"물론 믿고 있습니다." 휴는 냉담하게 대답했다.

"좋습니다. 그럼, 와이넌트 박사님, 저 문 앞으로 가셔서 문을 잠가 수십시오."

와이넌트 박사는 뚜벅뚜벅 걸어가 열쇠를 열쇠 구멍에 꽂고 돌렸다. 짤깍 문이 잠기는 소리가 방 안의 정적을 깨뜨리고 뚜렷이 들렸다. 박사가 그 열쇠를 내밀며 테이블 앞으로 돌아오자 레이먼드는 손을 내저어 열쇠는 필요없다는 뜻을 나타냈다.

"그것은 당신이 잘 가지고 계십시오. 그렇지 않으면 모든 것이 다

깨지고 마니까요, 그럼……" 하고 레이먼드는 말했다. "마지막 절차로써 나는 문 앞으로 다가가 여기에다 손수건을 대고……." 그는 손수건으로 살짝 열쇠구멍을 가렸다. "자아, 문이 열렸습니다."

와이넌트 박사가 다가가서 의심스러운 듯이 문손잡이를 잡고 비틀자 문이 소리도 없이 열렸다. 그는 놀란 눈으로 바라보며 소리쳤다.

"야아, 이거 놀라운데요!"

"어떻게 된 거예요? 굴이 미끈하게 목구멍 속으로 넘어가듯 속아 넘어갔네요." 엘리자베스가 웃었다.

오직 휴만이 분노의 감정을 나타내고 있었다.

"좋습니다." 휴는 말했으나, 조금도 좋지 않은 말투였다.

"어떻게 했습니까? 어떤 방법을 쓴 겁니까?"

"내가요?" 레이먼드는 비난하듯 말하고 분명히 즐기고 있는 미소를 우리 모두에게 던졌다. "이 일을 해낸 것은 바로 여러분들입니다. 나는 다만 인간의 성질에 대한 약간의 지식을 이용하여 여러분들이 그렇게 하도록 했을 뿐입니다."

나는 말했다.

"나도 조금은 알 것 같은 생각이 듭니다. 문은 처음부터 잠겨 있었다, 그리고 와이넌트 박사께서 문을 잠근 줄 알지만 실은 그렇지 않았다, 사실 박사는 잠긴 문을 연 것이다. 안 그렇습니까?"

레이먼드는 고개를 끄덕였다.

"사실 그렇습니다. 문은 미리 잠가두었습니다. 그 점은 확실을 기했습니다. 왜냐하면 오늘밤에 틀림없이 이런 도전을 받지 않을까 하는 예감이 들었기 때문입니다. 거기에 대응하려면 이것이 가장 간단한 방법이었으니까요. 다만 나는 여러분이 다 들어온 다음 맨 나중에 들어오도록 신경을 썼고, 들어오면서 이것을 사용했을 뿐입니다." 그는 손을 들어올려 손가락으로 집어든 금속 조각을 하나 우리 눈 앞에 내보였다. "말할 것도 없이 흔히 볼 수 있는 만능 열쇠인데, 간단하게 생긴 낡은 자물쇠에는 잘 맞지요." 한순간 레이먼드의 얼굴 표정이 어두워졌으나 그는 곧 밝은 어조로 말을 계속했다. "문은 잠겨 있지 않다는 잘못된 전제를 한 것은 다름아닌 이 집 주인이었습니다. 자신을 너무 믿은 나머지 그렇게 뻔한 일을 다시 한번 확인해 볼 생각도 하지 않은 거지요. 그리고 와이넌트 박사께서도 의심하지 않는 분이므로 함정에 빠진 겁니다. 즉 언제나 너무 지나친 확신을 갖는다는 것은 좀 위험한 일입니다."

"그 점은 인정하지요. 나같은 직업을 가진 자로서는 사실 이단적인 일입니다만." 와이넌트 박사는 분한 듯이 말했다.

박사는 그때까지 가지고 있던 열쇠를 장난하듯 테이블 위로 휙 던졌다. 그리고 그것이 자기 앞으로 떨어졌는데도 주울 생각도 하지 않았다.

"어쨌든 휴, 이분이 자기 자신의 논점을 증명해 보인 것만은 당신도 인정해야 하오."

"그럴까요?" 하고 휴는 조그맣게 말했다.

그는 싱긋 웃으며 앉아 있었으나, 머릿속으로는 무슨 생각을 되풀이 음미하고 있는 것이 분명했다.

"이제 적당히 해두오, 휴. 당신도 우리와 마찬가지로 트집을 잡는 말투가 아니오. 자신도 그것을 알고 있겠지만." 박사는 조금 지루한 듯한 어조로 말했다.

"그래요, 여보!" 엘리자베스가 찬동했다.

아아, 오늘밤 파티를 연 목적은 강화회담 쪽으로 이야기를 끌고 갈 모양이구나 하는 생각이 들었으나, 그렇다면 실패라고 판단할 수 밖에 없었다. 휴의 눈에는 내 마음에 들지 않는 표정——여느 때의 그 답지 않은 저의를 감춘 표정——이 떠올라 있었다. 그는 정말 화가 날 때는 우레와 같이 무섭게 터지지만, 일단 발작이 지나가면 진심으로 사과하는 태도로 바뀌는 것이 보통이었다. 그러나 지금은 그렇지가 않았다. 그의 행동에는 어딘가 졸린 듯한 느낌이 있어 그것이 나의 경계심을 불러일으켰다.

그는 한쪽 팔을 의자 뒤에 걸치고 또 한쪽 팔은 테이블 위에 올려놓은 채 눈을 레이먼드에게서 떼지 않기 위해 몸을 거의 그쪽으로 돌리고 앉아 있었다.

"아무래도 나는 단 한 사람의 소수파인 것 같군요. 그러나 유감스럽게도 지금 당신이 한 잔재주에는 실망했다고 할 수밖에 없습니다. 잘못했다는 건 아닙니다. 그 점은 인정하지요. 그러나 요컨대 솜씨좋은 대장장이가 심심풀이로 하는 정도밖에 안된다는 뜻입니다" 하고 휴는 말했다.

"그것은 아무래도 억지를 부리는 것 같군"

하고 와이넌트 박사가 놀렸다.

휴는 머리를 설레설레 내저었다.

"아니, 나는 다만 잠근 문을 여는 열쇠가 수중에 있다면 그 문을 여는 일쯤은 대단한 기술이 아니라고 말하고 있을 뿐입니다. 당신의 명성을 생각한다면 좀더 나은 것을 보여주리라고 기대했었는데……"

"나는 여러분들의 흥을 돋구기 위해서 그런 일을 한 것입니다만 기대에 어긋났다면 사과를 드려야겠군요." 레이먼드는 눈살을 찌푸리며 말했다.

"아니, 흥을 돋구기 위한 것이었다면 불평할 생각은 없습니다. 그러나 진짜 테스트라면……"

"진짜 테스트요?"

"그렇습니다. 그러면 사정이 좀 달라지겠지요. 이를테면 자물쇠도,

거기에 맞는 열쇠도 없는 문이 있다고 합시다. 손가락으로 살짝 만지면 열리는 문인데, 그래도 열리지 않는다. 그렇게 되면 어떨까요?"

레이먼드는 자기 앞으로 내민 것이 무슨 그림인지 생각하는 것처럼 눈을 가늘게 떴다.

그는 가까스로 말했다.

"그거 참, 재미있겠군요. 좀더 설명해 보십시오."

"아니," 하고 휴가 말했다.

그 목소리에서 갑자기 힘을 느끼고 나는 이것이야말로 그가 노리고 있던 순간이구나 하는 생각이 직감적으로 들었다.

"그보다 더 좋은 일이 있습니다. 실물을 보여드리지요."

휴는 벌떡 일어났다. 우리도 모두 일어났다. 그러나 엘리자베스만은 그대로 자리에 앉아 있었다. 함께 가서 보지 않겠느냐고 내가 권해도 그녀는 머리를 내저었을 뿐, 방을 나가는 우리를 절망적인 눈길로 바라보고 앉아 있었다.

나는 휴가 도중에서 회중전등을 준비하는 것을 보고 지하실로 간다는 것을 깨달았다. 더욱이 그는 아직 내가 들어가보지 않은 지하실을 향해 가고 있었다. 우리는 포도주 지하실을 지나 그 안쪽에 있는 어두컴컴하게 불이 켜진 길다란 방으로 들어갔다. 거친 돌바닥을 딛는 발자국 소리가 크게 들리고, 벽에는 물이 새어 묻은 얼룩이 있었다. 바깥의 밤공기와 비슷한 온도였으나 나는 가슴께에 소름끼치는 듯한 축축한 냉기를 느꼈다.

"이건 꼭 아틀란티스(신벌로 바다 밑에 가라앉았다고 전해지는 전설의 악사)의 묘지가 있는 곳 같군" 하고 와이넌트 박사가 몸을 부르르 떨며 얼빠진 듯한 목소리로 말했다.

나는 그러한 기분을 나 혼자만 느끼는 것이 아니라는 사실을 알고 약간 위안을 받았다. 우리는 그 방의 막다른 곳 바닥에서 천장까지 벽면을 차지한 돌벽장이라고 할 수 있는 곳에서 발길을 멈추었다. 너비가 약 4피트이고 높이는 그 두 배쯤 되어 보였으며, 문이 열려져 있고 그 안은 캄캄했다. 휴는 어둠 속에서 손을 내밀어 무거운 문을 닫았다.

"이겁니다." 휴는 당돌하게 말했다. "두께 4인치의 튼튼한 나무문으로 닫으면 거의 공기가 통하지 않을 만큼 딱 들어맞게 되어 있지요. 2백 년 전 목수의 솜씨를 과시하는 훌륭한 작품이기도 합니다. 자물쇠도 빗장도 없습니다. 다만 양쪽에 손잡이 대신 고리가 하나씩 달려 있을 뿐이지요."

그가 그 문을 살짝 밀자 곧 소리도 없이 열렸다.

"보셨습니까? 완전히 무게의 균형이 잡혀 경첩에 걸려 있으므로 마치 깃털처럼 가볍게 움직입니다."

"그런데 무엇 때문에 이런 걸 만들었을까요?" 하고 내가 물었다.

"무슨 이유가 있어서 만들었을 게 아닙니까?"

휴는 짧은 웃음 소리를 내었다.

"물론 이유가 있고말고. 심한 일이 예사로 이루어지던 옛날에 하인이 죄를 저지르면——죄라야 뭐 로더 집안의 조상들에게 말대답한 정도였겠지만——그 하인은 회개를 하기 위해 이 속에 갇혔던 걸세. 이 안의 공기는 기껏해야 두세 시간밖에 못 가기 때문에 곧 회개를 하든가 아니면 회개하지 않은 채 이 세상을 떠나게 되었던 거지."

"그래, 그 무서운 문은" 와이넌트 박사가 조심스럽게 말했다. "조금만 건드려도 곧 열려 얼마든지 공기를 들여보낼 수 있었을 텐데, 어째서 하인들은 그 문을 열지 못했소?"

"보십시오."

휴는 회중전등으로 그 안을 비췄으며, 우리는 그의 등 뒤에서 안을 들여다보았다. 불빛은 둥글게 밀실의 막다른 벽을 비춰 머리보다도 조금 높은 곳에 늘어진 짧은 사슬과 그 밑의 고리에 연결된 U자형 칼을 보여주었다.

"과연!"

레이먼드는 식당을 나온 뒤 처음으로 입을 열었다.

"참으로 교묘하군요. 형을 받는 사람은 벽 쪽에 등을 대고 문을 향해 선다, 칼을 쓰고——잠그게 되어 있지 않은 것은 분명하므로———U자의 두 정점을 서로 맞춰 굳게 해머로 묶는다, 문이 닫히고 사나이는 아무리 애써도 절대로 손이 닿지 않는 문고리를 발로 더듬으며 눈에 보이지 않는 고문대에 올라선 상태로 몇 시간을 보낸다, 다행히도 미끄러져 무쇠칼이 옥죄어 죽지 않으면 누구든 문을 열어주는 자비심을 베풀어줄 때까지 어떻게든 살아 있을 수 있다는 거지요?"

"거 참! 당신 이야기를 듣고 있으니까 내가 지금 그런 벌을 받고 있는 것 같은 기분이 드는군요." 와이넌트 박사가 말했다.

레이먼드는 빙긋 웃었다.

"나는 몇 차례나 그런 일을 당해왔습니다. 게다가 거짓말도 에누리도 없이, 현실은 반드시 최악의 예상을 약간 웃돌게 마련입니다. 언제고 반드시 공포와 당황의 극한 상황이 찾아오기 마련입니다. 그럴 때면 반드시 심장은 늑골을 부수고 튀어나오는 게 아닐까 생각될 정도로 거칠게 뛰고, 한 번 숨쉬는 동안에 몸 속이 텅 빌 정도로 식은 땀이 흐릅니다. 그때야말로 자기라는 것을 수중에 꽉 쥐고 모든 나약함을 쫓아낸 다음, 그때까지 자기가 익힌 모든 것을 생각해 내야 합니다. 그렇게 하지 못하면!" 그는 손으로 목을 자르는 시늉을 했다.

"어쩌다 이런 도구에 걸려 죽어가는 희생자에겐 잔혹한 이야기겠지만, 결국 자기를 구해낼 용기와 지식이 없어서 죽게 되는 겁니다."

"그러나 당신 같으면 그렇지 않겠지요?" 휴가 말했다.

"그렇게 된다고 생각할 이유가 없으니까요."

"그렇다면"

휴의 목소리에는 또 그 열띤 기운이 그 어느 때보다도 강하게 파고들어 있었다.

"당신은 2백년 전 이곳에 묶여 있던 사람과 똑같은 상황에 놓여도 이 문 앞까지 올 수 있다는 말이지요?"

그 말에 깃들어 있는 도전적인 감정은 가볍게 주고받기에는 너무도 강했다. 레이먼드는 정신집중으로 얼굴을 긴장시키면서 잠시, 그러나 몹시 길게 느껴지는 침묵의 시간을 보낸 다음 대답했다.

"그렇소. 쉽지는 않겠지요. 문제는 아주 단순한 대신 가마우지의 깃털로 찌른 정도의 틈도 없습니다. 그러나 열 수는 있을 겁니다."

"시간이 얼마나 걸립니까?"

"많이 잡아서 한 시간."

여기에 다다르기 위해 휴는 먼 길을 에둘러 온 것이다. 그는 천천히 되씹으며 소중히 간직해 둔 질문을 했다.

"내기를 포기하시겠습니까?"

"잠깐, 이런 내기는 도무지 마음에 안 드는군." 와이넌트 박사가 말했다.

"나 역시 여기서 중지하고, 한 잔하자는 데 한 표를 던지겠습니다. 놀이는 놀이고, 아무튼 이런 곳에 있다간 모두 폐렴에 걸리겠습니다" 하고 나도 끼어들었다.

휴도 레이먼드도 이런 말은 전혀 귀에 들리지 않는 모양이었다. 두 사람은 서로 노려보고——휴는 자극에 못 견뎌하고 레이먼드는 필사적으로 생각하며——서 있었다.

"무엇을 걸겠소?" 이윽고 레이먼드가 입을 열었다.

"이렇게 하지요, 만일 당신이 지면 당신은 한달 이내에 나에게 덴 저택을 팔 것."

"그리고 만일 내가 이기면?"

휴로서는 그 대답을 하기가 쉬운 일이 아니었으나 마침내 입을 열었다.

"그때는 내가 이곳을 떠나지요, 그리고 만일 당신이 힐탑 저택을 살 마음이 없다면 맨 처음 사겠다고 나서는 사람에게 팔겠습니다."

휴를 알고 있는 한 그의 입에서 나온 말로서는 너무도 비현실적인 거짓말이었으므로 갑자기 아무도 할 말을 찾지 못했다. 맨 먼저 일어선 사람은 와이넌트 박사였다.

"당신 혼자서 그런 말을 해도 괜찮겠소, 휴? 당신에게는 부인이 있소, 엘리자베스가 어떻게 생각할는지도 생각해야지" 하고 박사는 타일렀다.

"내기는 이루어진 겁니까?" 휴는 레이먼드에게 다그쳐 물었다.

"하실 작정입니까?"

"먼저 대답하기 전에 좀 설명해 둘 일이 있습니다."

레이먼드는 잠시 말을 끊고 다시 천천히 말을 계속했다. "나는 여러분에게 내가 일에서 물러난 것은 지루하고 흥미를 잃었기 때문이라는 인상을――아마 허영심에서겠지요――주었을지도 모릅니다. 그러나 그것은 사실이 아닙니다. 실은 몇 년 전에 의사의 진단을 받을 필요가 생겨서 의사를 찾아가 진찰을 받은 뒤로 갑자기 심장이 나의 최대 관심사가 되었던 것입니다. 이런 사실을 고백하는 것은 당신의 도전이 이웃끼리의 불화를 해결하는 방법으로서 좀처럼 없는 기발한 착상이라고 감탄하면서도 건강상의 이유로 거절해야 하기 때문입니다."

"아까까지는 건강했는데" 하고 휴가 힘찬 목소리로 말했다.

"당신은 그렇게 생각하고 싶겠지요, 아마."

"다시 말하자면 옆에 조수도 없고 주머니 속에 열쇠도 없으니, 실제로는 없는 것을 누구에게 보일 속임수도 쓸 수 없기 때문이라는 말입니까? 그래서 패배를 인정하겠단 말이지요?" 휴는 신랄하게 말했다.

레이먼드는 화가 치밀었다.

"그런 것은 인정하지 않겠습니다. 비록 지금 내놓은 이런 테스트일지라도 착수하는데 필요한 도구는 완전히 갖추어져 있습니다. 거짓말은 하지 않습니다. 도구가 부족하지는 않습니다."

휴는 큰 소리로 웃었다. 웃음소리는 우리 등 뒤의 복도에 특히 크게 메아리쳤다. 생각건대 우리 주위의 벽에서 벽으로 메아리쳐 오는 웃음소리에 담긴 생생한 모욕이 레이먼드로 하여금 그 밀실에 들어가게 만든 것 같다.

휴는 손잡이는 짧지만 묵직한 큰 쇠망치를 휘둘러 벽의 모루에 대어진 칼(쇠고리)을 힘이 고루 미치도록 쳐서 레이먼드의 목을 옥죄게 했다. 그 일이 끝나자 칠흑처럼 캄캄한 어둠 속에서 레이먼드의 손목시계의 야광 숫자가 파랗게 나의 눈에 들어왔다.

"지금은 11시입니다." 휴는 조용히 말했다. "내기는 정각 12시까지 이 문을 열 것. 무슨 수단을 써도 좋습니다. 조건은 그뿐이고, 이 두 사람이 증인이 됩니다."

그리고 문이 닫히자 우리는 걷기 시작했다.

우리 세 사람은 마치 발자국으로 그 돌바닥에 여러 가지 기하학 무늬를 그리도록 강요받은 사람들처럼——박사는 자꾸만 옮겨딛는 성급한 발걸음으로, 나는 성큼성큼 걷는 휴의 발걸음에 맞추어——계속 둘레를 왔다갔다 했다. 우리는 자신의 그림자를 밟고 앞으로 뒤로 일초일초를 세며, 더구나 서로 손목시계를 먼저 들여다보려고 하지 않으며 어리석고 무의미한 행진을 계속했다.

한동안 우리의 발자국 소리에 대답하는 듯한 소리가 밀실 안에서 들려왔다. 그것은 짧고 규칙적인 간격을 두고 거의 들릴락말락하게 들리는 사슬이 맞부딪치는 소리였다.

이윽고 한동안 긴 정적이 흐른 뒤 다시 같은 소리가 계속되었다. 두 번째로 그 소리가 멎었을 때, 나는 더 이상 참을 수가 없었다. 나는 머리 위에 켜진 노란 불빛에 손목시계를 비춰보고 아직 20분밖에 지나지 않은 것을 확인하고는 그만 실망했다.

그 뒤로 다른 두 사람도 시간 보기를 주저하지 않았으나, 그 나름대로 시간을 보지 않으면서 다만 의혹에 사로잡혀 있을 때보다도 오히려 견디기 힘들었다. 내가 보고 있자니 박사는 서둘러 손목시계의 태엽을 감아주고 또 몇 분 안되어 다시 시계에 손을 댔다가는 이제 금방 태엽을 감아준 일이 생각났는지 지겨운 듯 급히 손을 내렸다. 휴는 마치 열심히 노려보면 달팽이처럼 느릿느릿 문자판을 기어가고 있는 분침의 움직임을 그만큼 빠르게 할 수 있기라도 한 듯이 손목시계를 바로 눈 앞에 들이댄 채 돌아다녔다.

30분이 지났다.

40분.

45분.

나는 시계를 보고 앞으로 15분밖에 남지 않았다는 사실을 확인하며, 짧은 시간이지만 과연 내가 견디어낼 수 있을지 걱정이 되었던 일을 기억하고 있다. 냉기가 몸 속에까지 스며들어와 아픔을 느끼게 했다. 휴의 얼굴이 땀으로 흠뻑 젖더니 삽시간에 그것이 땀방울이 되어 뚝뚝 떨어졌다. 그것을 보고 나는 큰 충격을 받았다.

그 일도 이처럼 내가 무엇에 홀린 사람처럼 그의 얼굴을 쳐다보고 있는 동안에 일어난 것이었다. 그 소리는 멀리서 들려오는 고통의 절규처럼 밀실의 벽을 뚫고 나와, 뭔가 뜻이 있는 말을 하려고 애쓰듯 떨리면서 우리 귀에 들려왔다.

"박사님! 공기를!" 목소리는 외치고 있었다.

그것은 레이먼드의 목소리였는데, 사이를 막은 벽의 두께 때문에 높고 가느다랗게 들려왔다. 그러나 확실히 알아들을 수 있는 것은 순수한 공포 그리고 그 공포에서 나오는 애원하는 듯한 어조였다.

"공기를!" 하고 그것은 찢어지는 듯한 목소리로 애원하는가 하면, 금방 거품처럼 부글부글 끓어올라 아무 뜻도 없이 길게 꼬리를 끄는 소리가 되어 사라졌다.

그러고 나자 정적이 흘렀다.

우리는 문을 향해 달려갔으나, 휴가 얼른 돌아서서 우리 두 사람 앞을 가로막아섰다. 들어올린 그 손에는 레이먼드의 목에 씌운 칼을 죄는 데 사용했던 해머가 쥐어져 있었다. 그는 소리쳤다.

"저만큼 물러서 있으시오! 더 이상 가까이 오지 마시오, 알겠소!"

무서운 흉기에서 생생히 느낄 수 있는 그의 분노가 우리의 발을 멈추게 했다.

"휴! 당신이 무엇을 생각하고 있는지는 알고 있소. 그러나 이제 그런 것은 잊어버리시오. 내기는 그만두구료. 나는 나 자신의 책임으로 그 문을 열겠소. 당신은 내 말을 믿어도 좋소." 박사가 설득하려고 했다.

"통용됩니까, 그게? 내기를 건 조건을 기억하십니까? 문은 한 시간 이내에 열 것, 단 어떤 수단을 써도 괜찮다. 아시겠습니까? 저 사나이는 당신들을 속이려는 겁니다. 죽어가는 시늉을 하여 당신들에게 문을 열게 해서 내기에 이기려는 속셈이오! 그러나 이것은 내가 하는 내기지, 당신이 하는 내기가 아닙니다. 내가 할 수 있는 말은 이것뿐입니다!"

그의 목소리는 긴장되어 떨리고 있었으나 그는 조금도 이성을 잃지 않고 있었다. 바로 이 점이 사태를 보다 악화시키고 있다는 것을 나는 알아차렸다.

"어떻게 저것을 속임수라고 봅니까?" 하고 나는 다그쳐물었다.

"그 사람은 심장상태가 나쁘다고 했소. 이런 경우에 처하게 되면 반드시 한동안 공포와 싸워야 할 거라고 말했습니다. 그 긴장을 견뎌낼 수 있느냐가 걱정이라고 했지요. 당신은 무슨 권리로 그 사람의 생명까지 내기의 재료로 삼습니까?"

"그런 소리 말게. 내기라는 말이 나오기까지 그 사람은 단 한 번도 심장이 나쁘다고 말한 적이 없잖은가. 그는 식당에 들어가기 전에 그 문을 잠갔던 것과 똑같은 방법으로 함정을 파놓은 걸세. 그것을 자네는 모르겠나? 그러나 이번만은 누구에게도 그 함정에 걸려들지 못하게 할 걸세. 누구에게도!"

"내 말을 들어보오! 당신은 저 사람이 이 속에서 죽었든가, 아니면 죽어갈 가능성이 있을지도 모른다고 생각지 않소?" 와이넌트 박사의 목소리는 무섭게 채찍질하는 것처럼 울렸다.

"그렇게도 생각합니다. 가능성이라고 한다면 무슨 일이든 가능하니까요."

"지금 그런 이치를 따지고 있을 때요! 만일 저 사람이 심장마비를 일으켰다면 1초가 중요하오. 그 귀중한 1초를 당신은 저 사나이에게 빼앗고 있는 거요. 만일 사실이 그렇다면 신을 두고 맹세하겠는데, 나는 당신의 공판 증언대에서 당신이 저 사람을 죽였다고 증언할 것이오! 그렇게 하기를 바라고 있소, 당신은?"

휴는 머리를 푹 숙였으나, 손은 여전히 해머를 꽉 쥐고 있었다. 나는 그가 거칠게 헐떡이는 숨소리를 들었다. 머리를 든 그의 얼굴은 잿빛으로 핼쑥했다. 땀에 젖은 주름 하나하나에 결단을 내리지 못하여 괴로워하는 심정이 스며나와 있었다.

그때 나는 갑자기 그날 레이먼드가 휴에게 한 말의 참뜻을 깨달았다. 완전한 딜레마에 빠졌을 때 사람은 비로소 계시를 알 수 있다는 말을. 그것은 사람이 좋든 싫든 깊이 자기에게로 눈을 돌릴 때 자신에 대해 배우게 될지도 모르는 계시였다. 그리고 마침내 휴도 그것을 알게 된 것이다.

어두컴컴한 지하실에서 높이 울리는 가차없는 초침 소리를 들으며 우리는 휴가 어떻게 결단내릴 것인가 지켜보고 있었다.

THE HANDS OF MR. OTTERMOLE
오터모올 씨의 손
토머스 버크

오터모올 씨의 손

1월의 어느 날 해질녘 6시, 화이브라우 씨는 런던 이스트 엔드 거미집 같은 좁은 길을 지나서 집으로 돌아가고 있었다. 테임즈 강기슭에 있는 근무처에서 전차로 큰 거리까지 온 것이다. 그는 심한 소음을 뒤로 하고, 골목길이 장기판같이 뒤얽혀 있는 마론 엔드 지역을 걷고 있었다. 큰 거리의 혼잡이나 눈부신 빛도 이런 골목길까지 흘러오지는 않았다. 남쪽으로 몇 걸음 들어간 곳에는 생활의 밀물이 거품을 일으키며 밀어닥치고 있다. 여기에는 느릿느릿 다리를 질질 끄는 것처럼 걷는 사람들의 모습, 그리고 짓눌린 듯한 고동(鼓動)밖에 없다. 그가 지금 걷고 있는 곳은 런던의 시궁창, 유럽 부랑자들의 마지막 피난처였다.

거리의 분위기에 장단을 맞추는 것처럼 그도 머리를 늘어뜨리고 느릿느릿 걸었다. 뭔가 절박한 걱정거리라도 골똘히 생각하는 듯이 보이지만 그렇지는 않았다. 그에게는 걱정거리 따위가 없었다. 느릿느릿 걷는 것은 하루 종일 서 있었기 때문이며, 머리를 늘어뜨린 것은 마누라가 저녁 식사에 청어를 내놓을까, 대구를 내놓을까 생각하고 있었기 때문이다. 그리고 오늘 같은 밤에는 어느 것이 맛있을까를 생각하고 있었다. 좀 축축한 안개가 짙어서 견딜 수 없는 밤이었다. 안개가 목구멍과 눈에 스며들었다. 습기가 페이브먼트 위에 괴어, 드문드문 불빛이 반사되어 빛나고 있었다. 따라서 그의 명상은 기분 좋은 것이 되어 저녁 식사를 은근히 기대하게 되었다. 청어이거나 대구이거나. 그의 눈은 시계(視界)를 가로막고 있는 음침한 벽돌 건물에서 떨어져 반 마일 앞으로 향해졌다. 가스등이 켜진 부엌, 새빨갛게 활활 타는 난로, 준비가 다 된 식탁이 눈 앞에 떠올랐다. 화로에는 토스트, 그 옆에는 물이 끓고 있는 주전자, 맛있을 것 같은 청어의 짜릿한 향기, 그렇지 않으면 대구일까, 아니, 소시지일지도 모른다. 이 환영은 아픈 다리에 정력의 고동을 주었다. 그는 어깨를 흔들고 그 현실을 향해 걸음을 서둘렀다.

그런데 화이브라우 씨는 그날 밤 저녁 식사를 할 수 없게 된다──그날 밤만이 아니라 영원히. 화이브라우 씨는 이제 죽게 되는 것이다.

그에게서 1백 미터쯤 떨어진 곳에 또 한 사나이가 걷고 있었다. 그 사나이는 화이브라우 씨와 비슷했다. 그리고 다른 사람과 비교해도 비슷해 보였다. 다만 다른 것은 서로 모여서 평화롭게 살 수 있게 하는 자질을 가지고 있지 않은 것뿐이었다. 그 사나이는 죽음의 심장을 가진 사나이였다. 그 심장은 스스로 죽음과 부패에서 생기는 추악한 유기체를 이 세상에 가져 오게 하는 것이었다. 그리고 이 사람 가죽을 쓴 동물은 변덕에서인지 일정한 생각에서인지──그것은 아무도 알 수 없는──마음속으로 말했다. 화이브라우 씨는 두 번 다시 청어를 먹을 수 없을 것이라고. 화이브라우 씨는 이 사나이의 기분을 조금도 언짢게 하지 않았다. 이 사나이도 화이브라우 씨에 대해서 조금도 증오심을 가지고 있지 않았다. 그는 화이브라우 씨에 대해선 거리에서 종종 보는 사람이라는 사실밖엔 아무것도 모른다.

그런데 그는 텅 빈 뇌세포를 점유하고 있는 어떤 힘에 의해서 닥치는 대로 화이브라우 씨를 선택한 것이다. 그것은 우리가 레스토랑에서 대여섯 개의 테이블 중에서 이렇다 하고 눈에 띄는 점도 없는데 하나의 테이블을 선택하는, 혹은 같은 모양의 사과가 몇 개 담겨 있는 그릇에서 하나를 선택하는, 혹은 이 지구의 어느 구석에서 자연히 맹렬한 회오리 바람을 일으켜, 그 한구석에서 살던 5백 명의 생명을 빼앗고, 그런가 하면 같은 장소에서 다른 5백 명은 하나도 다치지 않도록 했다는 유의 것이었다. 이렇게 그 사나이는 화이브라우 씨를 선택했는데, 만약 그의 일상의 관찰 안에 들어 있었다면 그 대상이 나라도 당신이라도 상관 없었을 것이다.

지금 그는 자기의 커다란 흰 손을 보면서 물속 같은 색조의 거리를 남의 눈을 피하듯이 걷다가, 저녁 식탁을 향해 가는 화이브라우 씨에게 점점 다가갔다.

이 사나이는 나쁜 사람은 아니었다. 그는 많은 사교적인 사랑스러운 성질을 가지고 있으며, 대개의 범죄 성공자가 그러했듯이 존경받을 만한 인물로서 통하고 있었다. 그런데 그의 썩은 마음에 누군가를 죽여 보고 싶다는 생각이 생겼다. 그리고 그는 신도 인간도 두려워하지 않으므로 살인을 실행하고, 자기의 저녁 식탁으로 돌아가려는 것이다. 나는 경솔하게 이런 말을 하는 것이 아니다. 사실을 말하고 있는 것이다. 인간의 정을 이해하는 사람에게는 이상하게 생각될지 모르지만, 살인범은 사람을 죽인 뒤에라도 식사를 안 할 수는 없으며, 사실 또 식사를 하는 것이다. 해서 안 될 이유는 없으며, 해야 할 이유는 많이 있다. 첫째, 그들은 범행을 은폐하기 위해 몸과 마음의 활동력을 최고의 상태로 해두지 않으면 안 된다. 둘째, 과도한 노력 때문에 배가 고프며, 또한 욕망을 이뤘다는 만족은 해방감을 가져 오고 인간 본래의 쾌락으로 향하게 하기 때문이다. 사람을 죽인 경험이 없는 사람들은, 살인범은 항상 자기 자신의 안전에 대한 불안, 자기 자신의 행위에 대한 공포로서 몸을 들볶이고 있다고 생각한다. 그러나 그러한 형은 드물다. 물론 자기 자신의 안전이 목전의 관심사이기는 하지만, 많은 살인범에게는 허영심이라는 두드러진 성격이 있어 정복감과 더불어 자기는 안전할 수 있다고 확신시키고, 그 위에 식사에 의해 힘을 회복하면 더욱더 그 안전을 확보하는 일에 힘을 쓴다. 그것은 젊은 여주인이 최초의 큰 만찬회 준비에 손을 댈 때의 기분과 비슷하다. 조금은 불안하나 그뿐이다. 범죄학자나 탐정이 말하는 바에 따르면, 아무리 총명하고 나쁜 꾀가 많더라도 모든 살인범은 반드시 범행할 때 실수를 하는 법이라고 한다. 그 사나이의 범행을 입증하는 아주 작은 실수를. 그러나 그것은 진리의 절반에 지나지 않는다. 체포된 살인범에 대해서만이 진리인 것이다. 많은 살인범이 체포되지 않고 있다. 따라서 많은 살인범이 전혀 실수를 하지 않고 있는 셈이다. 이 사나이도 그랬다.

공포나 양심의 가책에 대해서는, 교도소에 소속된 교화사(敎化師), 의사, 변호사가 말하는 바에 따르면 형의 선고를 받고 이미 죽음의 그림자가 따라다니는 살인범을 회견해 보아도 자기의 행위에 대한 잘못을 뉘우치는 사람이나 정신적 괴로움을 보이는 사람은 아주 드물었다고 한다. 대부분은 많은 살인범이 발견되지 않고 있는데 자기만이 붙들린 것에 분개하거나, 완전히 정당한 행위인데 형을 선고받은 사실에 분개할 뿐이다. 살인을 하기 전에는 아무리 정상이고 인간의 정을 이해하는 사람이었더라도 살인을 한 뒤 양심 따위는 추호도 없어진다. 무릇 양심이란 어떤 것인가? 그것은 다만 미신을 허울 좋게 바꾸어 한 말이며, 그 미신이란 공포를 허울 좋게 바꾸어 한 말에 지나지 않는다. 살인과 회오(悔悟)를 결부해서 생각하는 사람은 의심할 여지없이 카인의 회오라는 세속적인 가설을 생각의 기반에 두고 있든지, 그렇지 않으면 자기 자신의 허약한 정신을 살인자의 정신에 투영하고 잘못된 반응을 받고 있는 것이다. 평화를 좋아하는 사람들이 이 같은 살인자의 정신과 상통하려고 생각하는 것은 처음부터 무리이다. 왜냐하면 그들은 살인자와는 정신적인 형이 다를 뿐 아니라 개인적인 체질이 틀리기 때문이다. 어떤 사람은 한 사람이 아니라 둘이나 세 사람이라도 죽일 수가 있으며, 또 죽여 놓고 태연하게 일상의 일을 하고 있다.

그런데 아무리 심한 도발을 받아도 상대방에게 상처를 입히는 짓조차 하지 못하는 사람도 있다. 다시 말하자면 저녁 식탁을 대하고 있는 살인자는 반드시 회오의 괴로움과 법의 공포에 빠져 있을 것이라고 상상하는 사람이 이런 종류의 사람들이다.

커다란 흰 손을 가진 사나이도 화이브라우 씨와 마찬가지로 저녁 식탁으로 마음을 달리고 있으나 그 전에 해치우지 않으면 안 될 일이 있었다. 그 사나이는 그 일을 해치우고, 게다가 아무런 실수도 하지 않으면 두 손이 피로 더럽혀지지 않았던 어제와 다름없이 마음 편히 식탁으로 돌아갈 것이다.

화이브라우 씨여, 계속 걷는 게 좋아. 걸으면서 저녁때마다 눈에 익혀온 경치를 오늘로써 마지막으로 보는 게 좋아. 그리고 도깨비불 같은 당신의 저녁 식사의 식탁으로 상념을 좇는 것이다. 그 따스함, 그 색채, 그것에 깃들여 있는 정성을 마음에 잘 새기고, 그 따뜻한 가정적인 냄새에 콧구멍을 놀려 두는 것이다. 왜냐하면 당신은 두 번 다시 그 식탁을 대할 수가 없기 때문이다. 당신에게서 걸어서 10분 걸리는 곳에 당신 뒤를 쫓는 환상의 사나이가 있어 이미 그 일을 마음에 맹세하고 있다. 당신 운명은 정해져 있다. 당신들은 간다——당신과 환상의 사나이——덧없는 두 존재는 푸른 물감을 바른 듯한 페이브먼트 위를 녹색 공기를 마시며 걸어간다. 계속 걸어가는 게 좋

아. 그러나 너무 서둘러서 아픈 다리를 괴롭힐 필요는 없다. 왜냐 하면 천천히 걸으면 걸을수록 당신은 이 1월의 해질 무렵의 녹색 공기를 오래 마실 수 있으며, 꿈꾸는 듯한 불빛이나 작은 가게들을 볼 수 있고, 런던 군중의 생업을 위한 기분 좋은 소리나 거리에서 몸에 스며드는 듯한 애조 띤 풍금 소리를 들을 수 있기 때문이다. 이러한 것이 당신에게는 귀중하다, 화이브라우 씨. 지금 당신은 그것을 알 수 없다. 그러나 15분 뒤에는 그것이 더할 나위 없이 귀중하다는 사실을 깨닫는 2초 동안이 있을 것이다.

계속 걷는 게 좋아. 이 미친 사람처럼 보이는 장기판 속을 당신은 지금 레이고스 거리, 동유럽 방랑자들의 소굴 사이를 지나가고 있다. 1분 뒤면 좁은 로열 거리로 들어간다. 런던에 기생하고 있는 밥벌레인 패잔자들에게 비와 이슬을 막는 지붕을 주고 있는 하숙집 거리다. 이 좁은 길은 낙오자들의 냄새를 발산하고, 그 평온한 어둠은 그들의 흐느낌에 차 있는 것처럼 여겨진다. 그러나 당신은 오감(五感)에 호소하지 않는 것은 알아차리지 못한다. 그리고 평소와 다름없이 아무것도 보지 않고 그 좁은 길에서 빠져 나가 브린 거리로 나가서 다시 그 거리를 터벅터벅 걸어간다. 지하실에서 맨 위층까지 외국인들의 집단 주택이다. 그 창문들은 새까만 벽에 레몬 색 입을 벌리고 있다. 그 창문의 배후에서는 기묘한 생활이 영위되고 있다. 런던이라든가 영국과는 다른 복장을 하고 있지만, 그 본질에 있어서는 당신이 지금까지 생활하고 오늘 밤을 마지막으로 끝나려고 있는 생활과 다름없이 즐거운 것이다. 아득히 먼 위쪽으로부터 흥얼거리는 노래 소리가 들린다. 하나의 창문에서는 종교 의식을 행하고 있는 가족의 모습이 보인다. 또 다른 창문에서는 남편에게 차를 따라 주고 있는 아내의 모습이 보인다. 장화 수선을 하고 있는 사나이, 갓난아기를 목욕시키고 있는 한 어머니의 모습도 보인다. 지금까지도 이러한 광경을 보아

왔지만 개의치 않았다. 당신은 지금도 개의치는 않으나 만약 두 번 다시 이러한 광경을 볼 수 없다는 사실을 알면 틀림없이 달라질 것이다. 당신은 두 번 다시 이 광경을 볼 수 없게 된다. 그것도 자연의 수명이 다한 때문이 아니라 당신이 종종 거리에서 맞스쳤던 사나이가 자기 멋대로 당신을 죽이기로 작정했기 때문이다. 그러고 보면 그러한 광경을 개의치 않았다고 해도 마찬가지였을지도 모른다. 그러한 속에서의 당신 역할은 끝나기 때문에. 덧없는 삶의 괴로움이나 아름다운 그때그때는 이미 당신에겐 존재하지 않는다. 있는 것은 공포의 한순간, 그리고 짐작할 수도 없는 암흑뿐.

이 살인자의 그림자는 한층 더 당신에게 다가가고 지금은 등뒤 20 미터쯤 되는 곳까지 육박하고 있다. 당신은 그 발소리가 들리지만 뒤돌아보려고 하지도 않는다. 발소리는 늘 들었으므로 아무렇지도 않은 것이다. 그리고 런던에 있다. 매일 걷고 있는 안전한 지역에 있는 것이다. 또한 등 뒤에서 들리는 발소리 역시 사람의 발소리임을 직감으로 알 수 있기 때문이다.

그런데 당신에겐 이 발소리 가운데 있는 뭔가가 들리지 않는가, 불길한 가락으로 울리는 뭔가. 주의, 주의, 조심, 조심이라는 것이. 당신에겐 살·인·자라는 한 자 한 자가 들리지 않는가. 아니, 발소리에 다름이 있을 리 없다. 이렇다 할 특징이 있는 것은 아니다. 악인의 발도 선인의 발도 조용한 소리를 낼 수 있다. 그러나 지금 이 발소리는, 화이브라우 씨여, 두개의 손을 당신에게로 옮겨 가고 있다. 그리고 손 그것이 심상치 않다. 당신의 배후에서 그 두 개의 손은 당신의 죽음을 준비하기 위해 지금 근육을 풀고 있다. 당신은 매일 끊임없이 인간의 손을 보고 있다. 그런데 당신은 그 손의 절대적인 두려움을 알아차린 적이 있을까. 우리의 신뢰와 애정과 인사의 상징인 그 손이. 다섯 개의 촉수를 가진 신체의 한 기관이 미치는 곳에 혐오

할 잠재 세력이 있다는 사실에 생각이 미친 적이 있을까?

아니, 당신은 그런 생각을 한 적도 없다. 왜냐 하면 당신이 보아온 인간의 손이란 모두 애정이나 친애의 정을 담고 내밀어진 손이었기 때문이다. 눈으론 증오할 수 있고, 입으론 욕할 수가 있겠지만, 축적된 악을 죽음으로 바꿀 수 있는 것은 어깨에서 늘어진 이 기관뿐이다. 사탄이 인간에게 몰래 들어가는 입구는 얼마라도 있겠지만 사탄의 의사에 따르는 하인은 손뿐인 것이다.

앞으로 1분 뒤면 화이브라우 씨여, 당신은 인간이 지닌 손의 무서움을 알게 된다.

당신은 이제 집에 도착한 것이나 다름없다. 당신의 집이 있는 거리──카스파 거리의 한가운데에 당신은 와 있다. 당신에게는 네 개의 방이 있는 작은 집의 정면 창문이 보인다. 거리는 어두웠고, 세 개 있는 가로등은 얼룩 같은 빛을 던질 뿐이어서 아주 캄캄한 어둠보다도 도리어 눈이 어리둥절해진다. 어둡다. 게다가 휑뎅그렇하다. 사람의 모습도 없다. 집들의 정면 창문에는 불빛도 안 보인다. 모두 식당에서 저녁 식사를 하고 있기 때문이다. 다만 하숙인이 있는 위층 방에서 드문드문 불빛이 보일 뿐이다. 주변에는 당신과 당신의 뒤를 밟고 있는 사나이밖에 없는데 당신은 그 사나이를 알아차리지 못한다. 항상 보아서 익숙해져 있으므로 눈에 띄지 않는 것이다. 설령 뒤돌아 그의 모습을 보았더라도 당신은 '안녕하십니까?' 하고 계속 걸었을 것이다. 누가 그 사나이는 살인할 가능성을 가지고 있다고 말해도 당신은 웃지 않을 것이다. 너무 어이없는 말이기 때문이다.

자, 드디어 당신은 집까지 왔다. 당신은 문의 열쇠를 꺼냈다. 집 안으로 들어가서 모자와 외투를 걸었다. 아내가 부엌에서 '이제 돌아오세요' 하고 인사를 했다. 부엌에서 흘러 나오는 냄새는 청어! 그때 날카로운 노크 소리가 들리고 문이 흔들렸다.

달아나라, 화이브라우 씨여. 문에 다가서서는 안 된다. 손을 대서는 안 돼. 곧 달아나야만 해. 집에서 나가. 아내와 함께 뒤뜰로 나가 울타리를 넘어 나가든지, 이웃 사람들을 불러야만 해. 그러나 문에 손을 대서는 안 돼. 안 돼, 화이브라우 씨, 열어선……

화이브라우 씨는 문을 열었다.

이것이 '런던의 공포의 교살 사건'이라고 불린 사건의 발단이었다. '공포'라고 한 것은 그것이 살인 사건 이상의 사건이었기 때문이다. 그것에는 동기가 없으며 사악한 마술처럼 보이는 데가 있었다. 살인은 어느 경우에나 시체가 발견된 거리에서 범인의 모습을 찾아 볼 수 없을 때에 이뤄졌다. 사람 하나 보이지 않는 좁은 길이 있다. 그 끝에 한 경관이 서 있었다. 그 경관은 아주 잠깐 좁은 길에서 등을 돌렸다. 그리고 뒤돌아본 찰나 또다시 교살 사건이 발생했다. 그 경관은 사건을 보고하러 밤길을 냅다 달렸다. 그 경관은 어느 방향에서도 사람의 모습을 볼 수 없었으며, 또 보았다는 사람도 없었다. 또 어느 경관은 죽은 듯이 조용한 긴 거리를 순찰하고 있다가 갑작스레 살인이 일어난 집으로 불려 갔다. 그 경관이 불과 몇 초 전에 피해자가 살아 있던 것을 보았는데 말이다. 그리고 이번 역시 어디를 살펴보아도 사람의 모습은 눈에 띄지 않았다. 호각 소리에 의해 곧 그 지역에 비상선이 쳐지고 모든 집이 이 잡듯이 수색되었으나 범인은 발견되지 않았다.

화이브라우 부부가 살해된 것을 처음으로 발견한 사람은 어느 파출소의 경사였다. 그는 근무하러 파출소로 가는 길에 카스파 거리를 지나다가 98번지 집의 현관 문이 열려 있는 것을 알아차렸다. 그가 들여다보니 복도의 가스등 불빛으로 마루에 사람이 꼼짝 않고 가로 누워 있는 것이 보였다. 그것이 시체임을 확인하자 그는 호각을 불었다. 그는 호각 소리를 듣고 모인 경관들 가운데 한 경관을 데리고 집 안을 살피고, 다른 경관들은 거리를 경계시키고 이웃집을 수사하도록 했다. 그러나 집에서나 거리에서나 살인 사건의 단서가 될 만한 것은 발견되지 않았다. 좌우 이웃 집 및 건너편 집 사람들을 심문하였으나, 범인의 모습을 본 사람이나 무슨 소리를 들은 사람은 없었다. 아니, 단 한 사람, 화이브라우 씨가 돌아온 소리를 들은 사람이 있었다. 문에 열쇠를 넣는 소리가 매일 일정한 시각에 들리므로 그 소리로서 6시 30분에 시계를 맞추어도 좋을 정도라고 그 사람은 말했다. 그러나 그 사람은 문을 여는 소리만 들었을 뿐, 그 뒤로는 경사가 호각을 불 때까지 아무런 소리도 듣지 못했다고 말했다. 그 사람은 집 앞문으로나 뒷문으로 출입한 사람의 모습을 보지 못했다고 말했다. 시체의 목에는 지문이라든가 그 밖의 증거가 될 만한 것은 없었다. 화이브라우 씨의 생질이 불려 와 집 안을 살핀 다음 없어진 물건은 없다고 했다. 화이브라우 씨는 훔칠 만한 값어치가 있는 물건을 갖고 있지도 않았다. 집에 있는 얼마 안 되는 돈도 그대로 있었고, 집 안을 마구 휘젓거나 격투한 흔적도 없었다. 일시적인 기분으로 저지른 살인이라는 것 외에는 아무런 흔적도 없었다.

화이브라우 씨는 이웃 사람들이나 같이 일하는 동료들 간에 온순하고, 남에게 호감을 주는 가정적인 사람으로서 통하고 있었다. 그런 사람에게 적이 있을 리가 없다. 그런데 또한 죽음을 당하는 사람에게는 그다지 적이 없는 법이다. 어느 사람에게 해를 주려고 깊이 마음 먹은 냉혹한 적이라면 좀처럼 상대방을 죽이지 않는다. 죽여 버리는 것은 괴로움이 없는 세계로 쫓아 보내는 것과 같은 일이기 때문이다. 이렇게 해서 경찰은 해결 불가능한 상태에 몰렸다. 살인범에 대한 단서도 없고 살인의 동기도 없다. 다만 죽음을 당했다는 사실이 있을 뿐이었다.

사건이 알려지자 온 런던은 전율하고 마론 엔드의 사람들은 심한 공포에 사로잡혔다. 타산적인 이유에서도 아니고, 복수에 이유가 있는 것도 아닌데 두 사람의 선량한 시민이 살해되었다. 그리고 지나가는 길에 충동적으로 살인한 듯한 범인은 제멋대로 활보하고 있는 셈이다. 범인은 아무런 증거도 남기지 않았으며, 만일 한패가 없다면 반드시 포승에 묶일 이유는 없을 것이다. 두뇌가 명석하면서 세상에서 고립하고 신이나 사람을 두려워하지 않는 인물이라면, 만일 그가 그럴 마음만 먹으면 한 도시, 아니 한 국가라도 발 밑에 굴복시킬 수 있다. 그러나 보통 범죄자들은 두뇌가 명석한 사람이 거의 없고 고독을 싫어한다. 보통 범죄자는 공모자의 지지는 바라지 않더라도, 적어도 누군가 말상대를 필요로 한다. 그런 범인은 허영심이 있어서 자기가 한 범행의 효과를 직접 알아 보려고 한다. 그래서 그런 범인은 술집이라든가 다방이라든가 그 밖에 사람이 많이 모이는 곳으로 간다. 그러는 사이에 범인은 언젠가는 한패가 되어 기쁜 나머지 단 한 마디 입을 잘못 놀려 어디에나 있는 경찰의 앞잡이에게 거뜬히 공을 세우게 하는 것이다.

그런데 싸구려 여인숙이나 술집이나 그 밖의 장소가 이 잡듯이 샅샅이 뒤져지고 감시되고, 또한 관계 당국에선 정보를 제공한 사람에게는 많은 액수의 돈을 주며 신변의 안전을 지켜 준다는 데도 화이브라우 사건에 관해서는 무엇 하나 발견되지 않았다. 그 범인은 분명히 친구도 없으며 교제도 없는 모양이었다. 이러한 수법의 전과자가 호출되어 신문을 받았으나 모두 무죄를 증명할 수 있었다. 며칠 되지 않아 경찰은 막다른 골목에 몰렸다. 사건은 경찰의 코끝에서 행해진 것과 같다는 세상의 조소에 대해 모든 경찰은 기를 쓰고 4일 간에 걸쳐 긴장한 채 경계 근무를 했다. 5일째가 되자 경찰은 더욱더 기를 썼다.

매년 하는 행사로 주일 학교 아이들이 다과회나 여흥을 하는 계절이었다. 안개가 짙은 어느 날 해질 무렵, 온 런던 시민들이 손으로 더듬어서 걷는 환상처럼 보일 때, 외출복에 구두를 신고 빛나는 얼굴에 갓 감은 머리의 곱게 차린 한 작은 여자 아이가 좁은 로건 거리에서 성 마이클 교회로 나갔다. 그런데 소녀는 교회에 도착하지 않았다. 그녀는 6시 30분까지는 죽은 거나 다름없었다. 누군가 남자 같은 사람의 그림자가 그 좁은 길에 이어진 거리를 걷고 있다가 소녀가 나오는 것을 보았다. 그리고 그 순간부터 소녀는 죽은 거나 다름없었다. 안개를 통해 그 사람 그림자의 커다란 흰 손이 그녀의 배후에서 내밀어지고 15분 뒤에는 그 손이 소녀를 붙잡고 있었다.

6시 30분에 호각이 요란스럽게 울리며 사건을 알렸다. 그 소리를 듣고 급히 달려온 사람들은 미노우 거리의 어느 창고 입구에서 작은 네리 빌리프의 시체를 발견했다. 화이브라우 사건 때의 경사가 맨 먼저 달려와서 요소에 부하들을 배치하며 분노를 억누른 세찬 기세로 이것저것 명령한 뒤, 이 거리를 담당하고 있던 경관에게 호통쳤다.

"나는 네가 좁은 길 변두리에 있는 것을 보았어, 매그린. 그런 데서 뭘 하고 있었나? 10분이나 있다가 겨우 되돌아오지 않았나."

매그린은 좁은 길 변두리에 수상한 듯한 사람이 있어서 그 사람에게 주의를 기울이고 있었다며 변명하기 시작했다. 경사는 그 말을 가로막았다.

"수상한 듯한 사람이 무슨 소용이야. 우리는 수상한 듯한 사람을 찾고 있는 게 아냐. 살인범을 찾고 있어. 게으름만 피우고, 그러니까 이런 사건이 네 담당 구역에서 발생하는 거야. 시민들이 뭐라고 말할지 생각해 봐."

나쁜 소식은 소문이 빨라 금세 안색이 변한 사람들이 모여들었다. 그리고 또다시 정체를 알 수 없는 괴물이 나타나, 이번에는 어린 소녀에게 그 마수를 뻗쳤다는 말을 들은 그들의 얼굴엔 증오와 공포가 감돌았다. 구급차와 더욱 많은 경관이 도착하자 군중은 곧 쫓겨 갔다. 군중이 흩어질 때 경사의 근심이 말이 되어 나타난 듯 사방에서 '경관의 바로 앞에서'라는 낮은 속삭임이 들렸다. 그 뒤 조사해 본 결과 그 부근에 살고 있는 네 사람이──그들은 혐의를 걸 수 없는 사람들이었다──살인 사건이 나기 전에 몇 초인가의 사이를 두고 창고 입구 앞을 지나갔으나 아무것도 보지 못했고, 아무 소리도 듣지 못했음을 알았다. 그들은 소녀가 살아 있을 동안에 만나지도 않았으며, 시체도 보지 못했고, 거리에서 자기들 이외의 다른 사람의 모습은 보지 못했다고 말했다. 또다시 경찰은 사건의 동기도 모르고 단서도 없는 살인 사건에 맞부딪친 것이다.

그리고 지금이야말로 이 일대는 런던 시민의 성격으로서 공황에 빠지는 일은 없었지만 불안과 공포의 밑바닥에 가라앉았다. 항상 다녀서 익숙해진 거리에서 이런 일이 일어난다면 어떤 일이 또 일어나지 않는다고 말할 수 없다. 사람들이 얼굴을 마주치는 곳──거리, 시장, 가게──에서 주고받는 화제는 단 하나밖에 없었다. 주부들은 해가 지면 부랴부랴 창문이나 입구에 빗장을 걸었다. 그리고 주부들은 아이들이 있는 곳에서 눈을 떼지 않았다. 물건을 사는 일은 밝은 낮에 끝내고 아무렇지도 않은 태도를 꾸미고는 있었지만 남편들이 일터에서 돌아오는 것을 염려스럽게 기다렸다. 불평에 대한 런던 토박이 특유의, 거의 유머를 섞은 제넘으로 그들은 잇딜아 일이나는 불길한 예감을 숨기고 있었다. 두 개의 손을 가지고 있는 한 사나이의 일시적인 기분에 의해서 그들 매일의 생활 구조와 침로가 어지럽혀지고 말았다. 인간성을 소홀히 하고 법을 두려워하지 않는 사람을 상대로 한 경우, 시민의 생활은 항상 어지럽혀지지 않을 수 없는 것이다. 시민들은 평화스러운 사회를 유지하는 기둥이 실은 아무에게나 꺾일 수 있는 지푸라기에 지나지 않았다는 사실을 깨닫기 시작했다. 법률은 그것을 지키는 사람이 있을 때에만 효력이 있다. 경찰은 그것을 두려워하는 사람이 있을 때에만 능력을 발휘할 수 있다. 이 한 사나이는 그의 두 손으로 사회에 지금까지 없었던 일을 했다. 요컨대 사회는 이런 명백한 사실에 멍해진 것이다.

두 번의 공격에 멍해 있는 사이 그 사나이는 세 번째 공격을 가해 왔다. 사나이는 자기의 두 손이 일으킨 공포를 의식하고 지난날 많은 사람들의 전율을 맛본 적이 있는 배우로서 다시 욕망에 굶주린 자신의 존재를 선전한 셈이다.

소녀가 살해된 지 사흘 뒤인 수요일 아침, 신문은 온 영국의 아침 식탁에 먼저 사건보다 한층 충격적인 잔학한 사건을 전했다.

화요일 밤 9시 32분, 한 경관이 자니건 거리를 순회하고 있을 때, 피터센이라는 동료 경관이 클레밍 거리에 있는 비탈 위에서 말을 걸었다. 그는 피터센이 거리 아래쪽으로 걸어가는 것을 보았다. 그때 거리에는 사람의 모습이 없었다. 그는 다만 전부터 알고 있는 절름발이 구두닦이와 맞스치고, 그 구두닦이가 피터센이 걷고 있는 쪽 아파트로 들어간 것을 보았다고 분명히 증언했다. 그 무렵엔 경관이라면 누구라도 그랬듯이, 그도 어느 방향으로 걷고 있어도 끊임없이 전후 좌우를 살피는 습관이 있었는데, 거리에선 사람의 모습을 볼 수 없었다고 확언했다. 그는 9시 33분에 경사를 만나 경례하고, '이상은 없는가?'라는 경사의 질문에 '이상 없습니다'라고 대답하고 그대로 순찰을 계속했다. 그의 담당 구역은 클레밍 거리에서 조금 더 간 곳까지이므로 거기까지 가자 되돌아와서 9시 34분에는 다시 거리의 비탈 위까지 왔다. 그 순간 경사의 쉰 목소리가 들렸다. "그레고리, 있나? 빨리. 또 당했어. 아니, 이건 피터센이 아닌가? 교살돼 있어. 빨리 다들 소집해!"

이것은 세 번째 '공포의 교살 사건'이며 계속 네 번째, 다섯 번째로 이어졌다. 이 다섯 번의 공포는 아직 알 수 없으며 앞으로도 알 수 없는 사건으로 돼야 할 운명에 있었다. 모른다고 해도 그것은 관계 당국과 일반 대중에 한해서라는 의미이다. 이 범인의 정체를 두 사람이 알고 있기 때문이다. 한 사람은 범인 자신, 한 사람은 젊은 신문 기자였다.

〈데일리 토치〉지를 위해 이 사건의 취재를 맡은 이 청년은, 돌발 사건이라도 발생하지 않을까 해서 이 부근 뒷길을 열심히 헤매고 다니는 다른 기자들에 비해 특히 민완하지는 않았다. 그러나 그는 참을성이 많고, 다른 기자들보다 사건에 한 발 다가가 끊임없이 주시했기 때문에, 그 범인이 서 있었던 튼튼한 반석으로부터 마신(魔神)과 같은 범인의 모습을 불러 낸 것이다.

첫 번째 사건이 일어난 뒤 며칠이 지나자, 신문 기자들은 자기 신문사만의 특종을 노리는 것은 단념했다. 그런 것은 손에 들어오지 않았기 때문이다. 그들은 시간을 정해서 경찰서에 모이고, 약간의 정보라도 있으면 여럿이서 나누었다. 경관들은 그들에게 붙임성있게 대했다. 예의 경사는 사건에 대한 것을 하나하나 상세하게 기자들과 토론했다. 그리고 범인의 수법에 대해 생각할 수 있는 설명을 하고, 이 사건과 조금이라도 공통점이 있는 과거의 사건에 대해 이야기했다. 그리고 범죄 동기에 대해서는 동기가 없는 넬 크리임 사건이나, 일시적인 기분으로 저지른 존 윌리엄즈 사건에 언급하고, 손을 쓰고 있으니까 이 사건도 곧 해결될 것이라고 넌지시 비추었다.

그런데 그 대책에 대해서는 한 마디도 말하지 않았다. 수사계장인 경감도 '살인'에 대해서는 그럴듯하게 말했지만, 신문 기자가 한 사람이라도 현재의 사건에 대해 어떤 조처가 취해지고 있는가 하는 방향으로 이야기를 몰고가면 슬슬 피했다. 당국은 어떤 사실을 알고 있다 치더라도 그것을 신문 기자에게 누설할 생각이 없는 듯했다. 이 사건은 경찰에겐 무거운 부담이었다. 경찰 자체의 노력에 의해 범인을 체포하지 못하면 당국은 일반 시민들에게 면목을 유지할 방법이 없었다. 경찰 본부도 활동을 시작하여 그 지구의 경찰이 모은 자료를 제공해 주었다. 그런데 지구 경찰은 이 사건을 해결하는 명예는 자기들이 획득하고 싶었다. 그래서 다른 사건에서는 신문과 협력하는 것이 얼마나 유익했든 간에 아직 확정되지도 않은 그들의 추리나 계획을 발표해서 패배할 위험을 범하고 싶지는 않았던 것이다.

따라서 경사가 하는 말은 일반적인 것이며, 흥미있는 추리를 차례차례 하기는 했지만 모두 신문 기자들도 생각하고 있는 것뿐이었다.

이윽고 예의 젊은 신문 기자는 이러한 '범죄 철학'에 관한 매일 아침의 강의는 체념하고, 이 거리 저 거리를 돌아다니면서 이번 살인이 시민들의 일상 생활에 준 영향에서 재치 있는 기사를 만들려는 데에 뜻을 두었다. 그 젊은 신문 기자는 돌아다니는 장소가 장소인 만큼 우울한 일이 한층 더 우울하게 느껴졌다. 지저분한 도로, 기울어진 즐비한 집들, 더러워진 창문들——모든 것이 동정심도 일지 않을 만큼 가열한 비참함, 그것은 패잔을 시인하는 비참함이었다. 이 비참함은 외국인들이 만들어 낸 것이었다. 그들은 정주할 집을 가지고 있지 않고, 정주할 수 있는 고장에서도 가정을 만들려고 노력하지 않고, 그렇다고 해서 방랑을 계속하려고 하지도 않는 까닭에 이러한 임시방편의 방법으로 생활하고 있었다.

그 젊은 기자는 수확이 거의 없었다. 그가 본 것은 분노에 찬 얼굴이며, 그가 들은 것은 범인의 정체나 남의 눈에 띄지 않고 출몰하는 그 트릭의 수수께끼에 관한 틀린 억측뿐이었다. 경관 한 사람이 피해자가 되고부터는 당국에 대한 시민들의 비난은 자취를 감추고, 이 미지의 범인은 전설의 장막에 가려지게 되었다. 사람들은 다른 사람들을 '저 녀석일지도 모른다'는 듯한 눈으로 보았다. 실제로 저 녀석일지도 모르는 것이다. 사람들은 이제는 마담 튜리 납인형 관에 진열되어 있는 살인범 같은 형상을 한 범인을 바라고 있지 않았다. 이 같은 특수한 살인을 감히 한 사나이, 혹은 마귀 할멈 같은 여자를 바라고 있었다.

그들의 생각은 주로 외국인에게로 향해졌다. 이 정도의 흉악함이나 짐작할 수도 없는 교묘함은 이제껏 영국에서는 볼 수 없었기 때문이다. 그래서 그들은 루마니아인 집시나, 터키인 융단 장사꾼에게 눈을 돌렸다. 아마 이것은 빗나간 짐작이 아닌 듯했다. 이들 동양에서 온 사람들은——그들은 여러가지 사술(詐術)을 알고 있고, 진짜 종교——어느 한계에 자기들을 한성시키는 것을 가지고 있지 않았다. 그러한 지방에서 돌아온 선원들은 종적을 감추는 요술쟁이 이야기를 했다. 또한 어림짐작할 수도 없는 이상한 목적을 위해 사용되는 이집트나 아라비아의 약 이야기도 전해지고 있다. 그 패거리들에게 있어서는 그런 짓도 할 수 없는 이야기가 아닐지도 모른다.

그들은 교활하고 교묘해서 소리 없이 움직이는 마술을 알고 있다. 영국인들은 그들처럼 사라져 없어지는 짓을 할 수가 없다. 범인은 거의 틀림없이 그런 놈들 가운데 한 명일 것이다. 뭔가 사악한 술을 몸에 지니고 있는 놈이다. 범인이 틀림없이 마술사일 거라고 생각한 사람들은 범인을 찾아도 쓸데없다고 했다. 그 사나이는 사람들을 굴복시키고, 자기에게는 손가락 하나 대지 못하게 하는 어떤 힘을 지니고 있다. 그런 약한 이성의 껍질 따위는 문제 없이 깨뜨리는 미신이 사람들의 마음속에 들어 있었다. 그 사나이는 그럴 마음만 먹으면 무엇이나 할 수 있고, 발견되는 일은 절대로 없다. 사람들은 이 두 가지 점에 있어서 의견이 일치했고, 분노에 찬 숙명론적인 기분으로 거리를 걸었다.

사람들은 신문 기자에게 자기들의 생각을 이야기하면서도 '그'가 엿듣고 자기를 덮치지나 않을까 하는 듯이 좌우를 둘러보고 소리를 죽여서 말했다. 이 지역에 사는 사람들은 모두 언제라도 그 사나이에 게 덤벼들 마음의 준비를 갖추었지만, 그의 힘은 사람들에게 강한 영향을 미치고 있었다. 가령 누군가가 거리에서——평범한 얼굴 모양과 몸매를 한 사나이라도 좋다——'내가 바로 그 괴물이다'라고 외쳤다면, 과연 그들의 억제되었던 분노가 활화산처럼 용솟음치며 그를 압도할 수 있을까? 아니면 갑자기 그 사나이의 평범한 얼굴 모양이나 몸매 가운데서도 뭔가 기분 나쁜 것을 보지 않을까? 그 어디에나 있는 구두에서 그 모자에서 어쩐지 기분 나쁜 것을, 그들이 어떤 무기를 가지고 대항하더라도 경계하게 하고 해칠 수도 없는 상대방인 것을 보이는 뭔가를 보지 않을까? 그리고 파우스트의 검으로 그려진 십자가를 보고 악마가 비틀비틀한 것처럼, 그들도 이 살인귀를 보는 순간 비틀비틀하여 상대방에게 달아날 틈을 주지 않을까? 필자는 알 수 없다. 그러나 필자는 그 사나이가 정복할 수 없는 힘을 가졌음을 굳게 믿고 있으므로 그러한 사태가 일어나면 적어도 지금 한 말처럼 그들이 주저하리라는 것은 생각할 수 있다. 그런데 그런 사태는 일어나지 않았다. 이 어디에나 흔하게 있는 사나이는 살인하는 재미에 만족하고, 언제나 보여지고 관찰되었던 것처럼 오늘도 사람들 사이에서 보여지고 관찰되고 있다. 그러나 누구도 그 사나이가 그 같은 살인범이라고는 그때도 생각하지 않았으며, 지금도 생각하고 있지 않으므로, 사람들은 가로등의 기둥이라도 보는 것처럼 그때도 그 사나이를 보고 있었고, 지금도 보고 있다.

그 사나이의 정복할 수 없는 힘에 대한 신앙은 거의 입증되었다. 왜냐 하면 피터센 경관이 살해된 지 5일 뒤, 런던의 모든 경찰이 경험과 영감을 짜내 범인의 정체를 파헤치는 것과 체포에 혈안이 되어 있을 때 범인은 제4, 제5의 공격을 가해 온 것이다.

매일 밤 신문의 마감 시간이 지날 때까지 그 근방을 어정거리던 예의 젊은 신문 기자는 그날 밤 9시에 리차드 거리를 걷고 있었다. 리차드 거리는 좁은 길인데, 일부분은 노점상, 일부분은 주택이었다. 젊은 기자는 주택 구역 쪽에 있었다. 그곳은 한쪽엔 작은 노동자의 집이 늘어서고, 다른 한쪽엔 열차 화물을 두는 곳의 담으로 되어 있었다. 그 큰 담은 좁은 길 가득히 그림자를 떨어뜨리고, 그 그림자와 지금은 아무도 없는 노점상의 윤곽 때문에 좁은 길은 아직 숨은 쉬고 있지만 임종 직전에 얼어 버린 사람들처럼 보였다. 다른 고장에서는 금빛 후광 같은 가로등이 여기서는 보석의 차가움을 지니고 있었다. 젊은 신문 기자는 이 얼어붙은 영원한 시간이 하는 이야기를 느끼고, 자기는 모든 것에 아주 싫증이 났다고 생각하고 있었다. 그때 이 얼음이 대번에 깨뜨려졌다. 그 기자가 한 걸음 발을 내디딘 순간, 정적과 암흑은 새된 비명에 의해 찢겨지고 그 비명 사이에서 하나의 목소리가 들렸다.

"살려 줘! 살려 줘! 그 놈이 있어!"

그 기자가 어떻게 해야 좋을지 모르고 있는데, 좁은 길은 잠에서 깬 사람처럼 생기가 넘쳤다. 눈에 보이지 않던 주민들은 이 외침을 기다린 듯, 모든 집의 문이 획 열렸다. 그리고 집이나 좁은 길에서 물음표처럼 몸을 구부린 그림자 같은 사람들의 모습이 넘쳐 나왔다. 1초쯤 그들은 가로등 기둥처럼 가만히 그 자리에 못박혀 있었다. 그때 호각 소리가 방향을 가리켰으므로 그림자 같은 사람의 무리는 비탈길을 올라갔다. 젊은 기자도 그 뒤를 따랐다. 큰 길에서도 주위의 뒷길에서도 사람들이 모였다. 저녁 식사를 하다 말고 나온 사람, 실내화를 신고 셔츠 차림새로 편안히 쉬다 나온 사람, 부자유한 다리를 끌며 비틀거리며 나온 사람, 늠름하게 부젓가락이나 저마다의 장사 도구로서 무장한 사람 등등. 파도처럼 흔들리는 사람들 머리 위에 여기 저기 경관의 헬멧이 한층 더 눈에 띄게 움직였다. 몽롱한 덩어리처럼 된 사람들은 경사와 두 명의 경관이 가리키는 집 입구로 우르르 몰려들었다. 뒤쪽에 있는 사람들은 "들어가서 붙들어라. 뒤로 돌아가! 담을 넘어!" 하며 부추기고, 앞쪽에 있는 사람들은 "물러서라! 물러서라!" 하고 고함쳤다.

그리고 이때까지 미지의 위험 때문에 억압되어 있던 군중의 분노가 둑을 터뜨렸다. 그놈이 있는 것이다.——현장에. 이번에는 도망치려 해도 도망칠 수 없다. 모든 사람의 정신이 그 집의 문, 창문, 지붕으로 쏠렸다. 모인 사람들의 마음이 한 사람의 인간과 그 절멸에 향해졌다. 그런데 한 사람도 사람으로 초만원이 된 좁은 길이나 웅성거리는 사람들에게 주의하지 않았다. 사람들은 피해자 옆에서 언제까지나 우물쭈물한 적이 없는 괴물을 자기들 사이에서 찾는 것을 잊고 있었다. 사실 자기들이 복수의 십자군단을 만들었기 때문에 범인에게 알맞은 은신처를 제공하고 있다는 사실을 잊고 있었다. 그들은 그 집밖에 보고 있지 않았고, 문을 부수는 소리, 유리 깨지는 소리, 경관이 명령하고 추적을 외치는 소리밖에 듣지 않았다. 그리고 그들은 죽을 힘을 다해 앞으로 나아간 것이다.

그러나 범인은 발견되지 않았다. 그들이 들은 것은 살인이 있었다는 말이며, 그들이 본 것은 구급차의 모습뿐이었다. 분노를 털어놓을 상대로서는 수사에 방해가 된다며 사람들을 흩어지게 하고 있는 경관 밖에 없는 형편이었다.

사람들을 밀어 헤치고 그 집의 현관까지 겨우 도착한 젊은 신문 기자는, 그곳에 배치돼 있는 경관에게 물어 간신히 이 사건의 전모를 알아냈다. 집에는 연금으로 지내고 있는 선원 부부와 딸이 살고 있었다. 그들은 저녁 식탁을 대하고 있어 언뜻 보면, 식사 중에 세 사람이 같이 독가스에라도 덮친 것처럼 보였다. 딸은 난로 앞의 융단 위에 버터를 바른 빵을 손에 든 채 죽어 있었다. 아버지는 의자에서 옆으로 넘어져 있고, 접시 위에는 라이스 푸딩을 가득히 떠올린 스푼이 그대로 얹혀 있었다. 어머니는 거의 테이블 밑에 넘어져 있는데, 무릎에는 깨진 찻잔 조각과 코코아가 떨어져 있었다. 경관에게선 곧 독가스라는 생각이 사라졌다. 그들의 목을 보자 이것이 예의 '교살 사건'임을 안 것이다. 그래서 경관은 멍하니 서서 방을 둘러보며 한순간 세상 사람들이 말하는 숙명론에 편들 마음이 되었다고 했다. 도저히 수사할 방법이 없었기 때문이다.

이 사건은 그 살인마의 네 번째 습격으로서, 모두 7명이 살해된 셈이었다. 여러분도 아시는 것처럼 그는 한 번 너 살인을 한다. 그것도 그날 밤에.

그 뒤, 이 사건들은 런던의 미해결 공포 사건으로서 역사 속에 사라지고, 그 범인은 착실한 일상 생활로 돌아가 자기의 범행을 거의 생각해내는 일 없이, 생각해 내더라도 마음에 괴로움을 받는 일 없이 지낼 것이다. 왜 그는 살인을 그만둔 것일까? 대답할 도리가 없다. 왜 그는 살인을 시작한 것일까? 이것에도 대답할 도리가 없다. 다만 그런 상태가 되었을 뿐이다. 그리고 그가 살인하던 무렵을 생각해 냈다고 해도, 그는 우리가 어린 시절에 범한 바보스러운 죄나 추악한 작은 죄를 떠올리듯이 자기가 범한 죄를 떠올리지 않을까 상상된다. 우리는 어린 시절의 그런 것은 진짜 죄가 아니라고 한다. 아직 인식하지 않고 지내는 어처구니 없는 아이였기 때문이다. 우리는 옛날의 자기를 뒤돌아보고 몰랐다는 이유로써 용서하는 것이다. 이 사나이에 대해서도 같은 말을 할 수 있는 것이 아닐까 싶다.

그와 같은 범인은 얼마든지 있다. 유진 아람은 다니엘 클라크를 죽인 뒤 14년 동안이나 자기가 범한 죄 때문에 위협을 받는 일이 없이, 자존심을 뒤흔들리는 일도 없이 평온하고 흡족한 생활을 보냈다. 클리펜 의사는 아내를 죽여서 시체를 마루 밑에 묻고, 그 집에서 정부와 즐겁게 지냈다. 콘스탄스 켄트는 아우를 살해하고도 무죄 판결을 받고 자백하기까지 5년 동안이나 평온한 생활을 계속했다. 조지 조지프 스미스와 윌리엄 파머는 자기들이 사람을 독살하거나 빠져 죽게 한 것에 대한 공포나 양심의 가책에 괴로움을 받는 일 없이 친구들 사이에 섞여서 붙임성 좋게 지냈다. 찰스 피스는 마지막 계획을 실행한 뒤 운이 다할 때까지 고미술에 취미를 가진 존경해야 할 시민으로서는 안정된 생활을 했다. 이 같은 범인들은 어느 시일을 보낸 뒤 우연히 발각되었지만, 우리의 상상을 뛰어넘는 살인범이 현재에도 착실한 생활을 영위하고, 발각되는 일이나 혐의가 걸리는 일도 없이 극락왕생하고 있다. 이 사나이도 분명 그럴 것이다.

그러나 이 사나이는 위기 일발에서 벗어난 것이다. 그가 그후에 범행을 그만둔 까닭도 아마 이 위기를 당한 때문일 것이다. 그때 그가 위기에서 벗어날 수 있었던 것은 젊은 신문 기자가 잘못 판단했기 때문이다.

젊은 신문 기자는 사건의 전모를 파악하기엔 약간 시간이 걸렸으나, 파악하자 곧 신문사로 전화를 걸어 15분 동안 기사를 보냈다. 15분 뒤, 일에서 해방된 그의 육체는 완전히 지치고, 머리도 아주 혼란해져 있었다. 그러나 아직 집에 돌아갈 수는 없었다. 신문은 한 시간 더 있어야만 마감이 된다. 그래서 그는 한 잔의 술과 샌드위치라도 먹으려고 어느 술집에 들어갔다.

젊은 신문 기자는 일에 대한 것을 머리에서 내쫓고, 술집 안을 둘러보며 술집 주인의 시계 줄에 대한 취미와 주위를 비아냥거리는 태도에 감탄하고, 관리가 빈틈없는 술집 주인은 신문 기자보다 훨씬 기분 좋은 생활을 하고 있다는 따위의 생각을 하고 있을 때, 한순간 불꽃 같은 것이 마음에 번쩍였다.

그는 처음부터 '공포의 교살 사건'을 생각하지는 않았다. 마음은 샌드위치에 있었다. 그것은 술집의 샌드위치로서는 진귀한 것이었다. 빵은 얇게 잘라 버터를 발랐고, 햄은 오래된 것이 아니었다. 그것은 햄다운 햄이었다. 그의 마음은 이 음식의 발명자 샌드위치 백작으로 옮겨지고, 그 다음 조지 4세와 대(代)마다 조지, 그리고 사과 푸딩에 어째서 사과가 들어갔는지도 모르고 생각에 잠겼다는 조지의 전설로 옮겨갔다. 젊은 기자는 그저 조지가 햄 샌드위치에 어째서 햄이 들어갔는지 모르고 역시 어리둥절해할까, 누군가가 넣지 않으면 햄이 저절로 들어갈 리가 없다는 것을 알아차리기까지 얼마만큼의 시간이 걸릴까 생각했다. 그는 한 접시 더 주문하려고 일어섰는데, 그 순간 활동하던 머리 한구석이 사건의 해결을 주었다. 샌드위치 속에 햄이 있다면 그것은 틀림없이 누군가가 넣은 것이다. 7명의 사람이 살해되었다면 틀림없이 누군가가 그곳에 있어 죽인 것이다. 사람의 주머니에 들어갈 만한 비행기나 자동차는 없다. 그렇다면 틀림없이 그 누군가가 달리던가, 그곳에 가만히 서 있었을 것이다. 그렇다면······.

젊은 기자는 자기의 추리가 옳다면, 그리고 만일──이것은 억측의 범위를 벗어나지 않지만──편집장에게 대담한 배짱이 있다면, 신문 제1면을 상식할 수 있는 기사를 마음에 그리고 있는데 '문 닫을 시간입니다. 여러분, 죄송하지만 나가 주십시오' 하는 주인의 말소리가 들렸다. 그는 일어서서 안개 자욱한 밖으로 나갔다. 안개의 사이사이에 원반 같은 길가의 웅덩이와 버스의 흐르는 듯한 라이트가 보였다. 그는 진상을 파악했다고 확신했다. 그런데 진상이 증명되었다고 해도 신문사의 방침으로서 그것을 기사화할 것을 허락할지 불안했다. 그 진상에는 하나의 큰 결점이 있었다. 사실이지만 그것은 생각할 수 없는 사실이었다. 그 진상은 신문 독자가 믿고 신문 편집자가 믿어온 모든 것의 근본을 뒤흔드는 사실이었다. 세상 사람들은 터키 융단 장수가 종적을 감추는 술법을 알고 있다는 말은 믿을지 모른다. 그러나 이 사실은 믿지 않을 것이다.

공교롭게도 사람들은 그것을 믿을 것을 요구당하지는 않았다. 젊은 기자는 결국 기사를 쓸 수 없었기 때문이다. 젊은 기자는 이미 마감도 지났고, 샌드위치로 배는 채워졌고, 자기가 세운 추리에 흥분하기도 해서 그 추리를 입증하기 위해서라면 30분쯤 더 일을 해도 좋을 기분이 되었다. 그래서 그는 마음에 둔 그 사나이를 찾기 시작했다. 백발이며 커다란 흰 손을 가진 사나이. 그것 외에는 아무도 두 번 다시 주의해서 보지 않을 것 같은, 어디에나 있는 사람이었다. 젊은 기자는 자기의 생각을 느닷없이 그 사나이 앞에 꺼내 놓으려고 작정했다. 그는 단신으로 공포와 처참의 전설에 싸인 사나이의 세력권 안에 뛰어들려는 것이다. 이것은 최고의 용기가 필요한 행위로 보일지도 모른다. 당장 다른 데서 도움을 받을 희망도 없이, 한 교구 전체를 공포의 구렁텅이에 빠뜨린 인간이 하는 대로 맡기려는 것이니까. 그러나 실제는 그렇지가 않았다. 그는 위험 따위를 생각하지 않았다. 그는 고용주에 대한 의무라든가, 신문에 대한 충성이라든가 하는 것도 생각하지 않았다. 다만 본능에 따라 사건을 끝까지 쫓아 보려고 했을 뿐이다.

젊은 기자는 술집에서 나오자 천천히 걸어서 핑골 거리로 들어가 디바 마켓으로 향했다. 그는 거기에서 목적한 사람을 찾아낼 수 있다고 생각했다. 그러나 거기까지 갈 필요가 없었다. 젊은 기자는 로저스 거리 한모퉁이에서 그 사나이의 모습 ——그 사나이 같은 사람——을 발견했다. 이 거리는 가로등이 어두워 다른 것은 분명히 보이지 않았지만 흰 손만은 잘 보였다. 젊은 기자는 스무 걸음쯤 발소리를 죽이고 걸어 마침내 철도 육교와 길이 교차하는 곳까지 뒤따라붙어, 그가 목적한 사나이임을 확실히 알았다.

젊은 기자는 그 사나이에게 가까이 가자 요즈음 이 지역에서 인사처럼 되어 있는 말을 걸었다.

"어때요, 범인의 모습이라도 보지 않았습니까?"

그 사나이는 멈추어 서서 상대방을 뚫어지게 바라보았다. 그리고 신문 기자가 살인자가 아님을 확인한 다음 말했다.

"예? 살인자는커녕 사람 하나 만나지 않았어요. 아무래도 나타날 것 같지도 않군요."

"그건 알 수 없습니다. 나는 놈을 쭉 생각하다가 문득 떠오른 게 있습니다."

"정말인가요?"

"정말입니다. 갑자기 알아차렸어요. 불과 15분 전입니다. 나는 우리가 모두 장님이라고 생각했어요. 여하튼 그 놈은 우리의 얼굴을 정면으로 보고 있었으니까요."

그 사나이는 다시 뒤돌아 젊은 기자를 보았다. 그 눈매와 동작에는, 아무래도 여러 가지 일을 알고 있는 듯한 이 청년에 대한 의심이 나타나 있었다.

"호오, 그래요? 그렇게 확신이 있다면 말해 줘도 괜찮겠군요?"

"말하지요."

두 사람이 어깨를 나란히 하고 걷기 시작해서 디바 마켓과 합류하는 변두리까지 갔을 때, 신문 기자가 아무렇지도 않게 상대방 사나이를 뒤돌아보았다. 그리고 상대방 가슴에 손가락을 댔다.

"예, 내게는 아주 간단한 것처럼 여겨지는데요. 하지만 아직 한 가지 알 수 없는 점이 있어요. 아주 사소한 점이지만, 분명히 알고 싶습니다. 요컨대 동기 말인데, 어떨까요, 사나이끼리니까 말입니다. 오터모올 경사님, 말해 주지 않으시겠습니까? 당신이 그만큼이나 죄없는 사람을 죽인 이유를?"

경사는 발을 멈추었다. 신문 기자도 발을 멈추었다. 넓은 런던의 불빛이 반영된 하늘에는 경사의 얼굴이 보일 만큼의 밝음이 있었다. 신문 기자 쪽을 보고 있는 경사의 얼굴에는 품격과 매력을 갖춘, 아무런 걱정이나 거북함도 없는 듯한 미소가 떠 있었다. 그 미소에 마주친 신문 기자의 눈은 얼어붙어 버렸다. 그 미소는 몇 초 동안 계속되었다. 그리고 경사는 말했다.

"사실을 말하면 말이네, 신문 기자 군, 나도 알 수 없어. 정말로 알 수 없어. 사실 나 자신도 몹시 생각했는데 말이야. 그런데 내게도 문득 떠오른 생각이 하나 있어. 자네처럼 말이네. 누구나 알고 있는 것처럼 우리 마음의 작용은 우리 힘으로도 어떻게 할 수 없어, 그렇지? 바라지도 않는 일이 마음속에 떠오를 때가 있어. 그런데 육체라면 자기가 하고 싶은 대로 된다고 생각하고 있어. 어째서일까? 우리의 마음은 어딘지 알 수 없는 곳으로부터, 우리가 태어나기 몇백 년 전에 죽은 사람들로부터 계승해온 거야. 육체도 역시 계승해 온 것이 아닐까? 얼굴, 발, 머리, 이것은 반드시 우리의 것이 아니야. 우리가 만드는 게 아니야. 저절로 우리의 것이 되었어. 그래서 말이야, 생각이 마음에 떠오르는 것처럼 육체에도 떠오른다고 생각할 수는 없을까? 생각이라는 것은 뇌와 마찬가지로 신경이나 근육에도 깃들여 살고 있는 것은 아닐까? 우리 육체의 각 부분은 실은 우리가 아니고, 전혀 갑자기 생각이 이러한 육체의 한 부분에 몰래 숨어들어 온다고 생각할 수는 없을까? 마치 생각이……"

경사는 커다란 흰 장갑을 낀 털투성이의 징그러운 손목이 보이게 두 팔을 내밀었다. 신문 기자의 목을 노리고 휙 내밀어진 그 손은 기자의 눈에도 띄지 않을 정도였다. "내 손에 들어오듯이 말이야."

당신은 미식가입니까? 특별요리에 초대합니다

인적이 뜸한 거리 한 모퉁이, 싸늘하게 응어리진 어둠 속에 그 요리점이 있습니다.

고금을 통틀어 걸작 중의 걸작으로 불리는 아밀스탄 양요리. 이 특별요리의 맛은 영혼을 녹이고, 아니 스스로 제 영혼을 들여다 볼 수 있게 만듭니다.

미식가들의 바람은 한결같이 이 요리점에서 그 특별요리를 시식하는 것이지만 그것을 맛보겠다는 결심은, 다시 말해 제 영혼을 들여다보겠다는 의미와 다를 바 없습니다.

대표작 《특별요리》도 그렇지만, 이 단편집에 나오는 모든 지명은 별 의미가 없습니다. 에린은 평범한 일상 속에서 괴기와 공포, 그리고 비극의 세계를 펼쳐나갈 뿐이니까 지명 또한 존재하지 않습니다. 스탠리 엘린과 그 작품의 '이색성'에 대해서는 엘러리 퀸이 쓴 뛰어난 머리글에서 자세히 풀이해 주었으므로, 옮긴이의 눈에 비친 몇 가지를 적어보려고 합니다.

스탠리 엘린의 작품은 쉬운 문장으로 씌어져 있으면서도 우리말이라는 칼로 자르려고 하면 질겨서 자르기 힘들고, 자른 자리도 깨끗하지 못합니다. 아무튼 시간을 빼앗기는 일은 돈벌이와도 관계가 있으므로, 그것은 스탠리 엘린을 반가워하지 않는 이유 가운데 하나입니다. 그러나 물론 그 때문만은 아닙니다.

우리말로 옮겨놓은 것을 읽어보면 특별히 말이 안 되는 곳이 없고 원문과 대조해 봐서 심한 차이가 없는데도 전체적으로 비교해 볼 때 '글쎄……' 하고 머리를 갸웃할 정도의 차이가 있습니다. 이것을 '분위기'라고 말해 버리는 사람들을 원망해야 할지 어떨지 나로서도 의문입니다. 즉 내가 번역자가 아니고, 이것이 내가 힘을 기울인 일의 결과가 아니라면 얼마나 좋을까 생각됩니다.

이를테면 처녀작 《특별요리》는 그다지 바보가 아닌 이상 두 페이지만 읽으면 작가가 무엇을 쓰려는 것인지 알 수 있기 때문에 철두철미 '분위기'로 읽어가게 하려는 작품에 조금 지루한 느낌이 듭니다.

그다지 미인도 아닌 여자가 스트립도 하지 않고 눈에 띄는 재주를 보여주지도 않으면서, 한 시간이나 자기를 쳐다보며 재미있어하라고 정색을 하고 말하는 것과 같은 것입니다. 그러고 난 다음 알았느냐고 묻는다면 "알았소, 당신은 그냥 거기 서 있었잖소" 하고 대답할 수밖에 없는 것입니다. 사실 그 말이 옳은 대답일 것입니다. 그러나 나로서는 그것만으로도 재미있었습니다. 이 점이 곤란합니다. 당신이 그대로 해보라고 한다면 더욱 곤란하겠지요.

나의 번역으로 독자가 《특별요리》를 이해할 수 있을는지 지금도 얼마쯤 의문스러우며 내가 원작을 재미있게 읽은 것처럼 독자도 번역본을 재미있어할지 그것은 더욱 의문스러운 일이기도 합니다. 옮긴이로서 "이 여자는 그냥 서 있었을 뿐입니다"라고 말하거나, 아니면 서 있다는 사실을 나타내기 위해 그녀가 온 힘을 다해 나타낸 은미(隱

微)한 표현을 과장해 보일 자유는 나에게 주어져 있지 않습니다. 그런 짓을 하면 오히려 파괴하는 것이 되며, 옮긴이로서의 자부심 문제가 되기도 합니다.

스탠리 엘린에게는 또 묘한 데가 있어서, 《특별요리》나 《뛰는 놈 위에 나는 놈》에서처럼 자칫 작가의 분위기를 따라 결말의 뒤를 상상하면 전혀 엉뚱한 결말에 이르러 잘못하다가는 스스로 웃음거리가 된 것만 같습니다. 그리하여 이 상상이 잘못되었다면 대체 이 작품 어디가 재미있는 건가 하고 읽는 이로 하여금 불안에 빠지게 합니다. 정도와 방법의 변화는 있지만 이런 취미는 여느 작품에는 드문 일입니다. 흐릿하거나, 분명하지만 어느 하나가 허상인 두 가지 상을 아리송하게 나타낸 것을 옮긴이가 마음대로 선명하게 하거나, 어느 하나를 지적하거나 해서는 안 된다고 생각합니다. 본디 작가 자신이 일부러 확실히 정하지 않고 쓰면서 재미있어한 흔적도 있으므로 뭐라고 해야 좋을지 모르겠지만 그러나 쇠망치로 한 대 후려치면 산산조각이 날 것 같은 원작만큼 싱거운 것은 없으므로 나는 스탠리 엘린이라는 작가를 좋아하게 되는 것입니다.

옮기는 일도 원고지 매수가 만 장을 넘으면 텍스트에 따라 반응이 달라지기 마련입니다. 난이도라 해도 괜찮겠지만, 읽어서 이해하는 난이도와 번역의 난이도는 물론 차이가 있습니다. 이 두 가지가 정비례하는 경우도 있지만, 쉽게 읽히고 쉽게 이해되는데 막상 우리 문장으로 옮기려고 하면 몹시 힘드는 경우, 또 한 번 읽어본 인상으로는 어려워보여도 번역해 보면 뜻밖에 쉬운 경우도 흔히 있기는 합니다. 스탠리 엘린의 작품은 바로 이 읽으면 쉬우나 번역하기 힘든 경우에 속합니다.

이 차이는 어디서 오는 것일까, 번역자의 한 사람으로서 몇 번이나 자문해 보았습니다. 결론적으로 말해 문학이라는 장르에 대상을 한정하는 경우, 번역의 쉽고 어려움은 원작품의 문체와 구성의 긴밀도에 좌우된다고 생각합니다.

특히 스탠리 엘린의 작품의 경우에 문체의 긴밀도란 일반적인 뜻이 아니라 주로 단어 선택의 엄밀성, 또는 정확성을 뜻한다 말할 수 있습니다. 이것은 아마도 어감에 대한 작가의 결벽성에서 오는 것이겠지만, 번역해 보면 엘러리 퀸의 머리글에도 있듯이 한 마디 한 마디 애쓴 작자의 숨길이 생생히 느껴집니다.

어떤 뜻에서 말하면 번역자는 말의 선별자입니다. 번역이란 과거에 읽고, 쓰고, 이야기하고, 들음으로써 비축해 놓은 어휘 가운데 어떤 외국어에 가까운 뜻을 지닌 낱말을 삽으로 푹 떠내어 그 속에서 하나만을 남기는 작업입니다. 그런데 그 하나가 좀처럼 발견되지 않는 경우, 또는 이것이라고 명확하게 정하기 힘든 경우가 있습니다. 그 원인은 여러 가지겠지만 하나는 원어가 약점을 지닌 경우, 즉 어떤 어구에 이해 표현하려는 뜻이 엄밀치 않은 경우에는 비교적 단어 선택이 쉽습니다. 엄밀하지 않다 하더라도 무엇을 나타내려는 것인지 모를 정도로 애매하면 곤란하지만——즉 어떤 비슷한 말을 집어넣어도 되는 경우입니다. 외국어 사전을 찾아보면 약간의 차이는 있지만 비슷한 말이 꽤 많이 나와 있습니다. 사전에 있는 말로써 충당하는 경우는 여간해서 없지만, 대개 그 주변에서 골라 쓰는 것이 보통입니다.

그런데 스탠리 엘린의 문장은 명사와 대명사, 전치사 같은 정해진 것을 제외하고는 거의 한 마디 한 마디마다 애써 찾아야 합니다. 물론 영어에도 비슷한 뜻의 말에 약간의 차이는 있는 법이지만, 스탠리 엘린은 그 약간의 차이를 참으로 엄밀하게 분류하여 이 말이 아니면 딱 들어맞지 않는다고 생각되는 말로 작품 전체를 구성하고 있으므로 번역자도 우리말의 어휘 범위 안에서 그 조그마한 어감의 차이를 추궁해 나아가게 합니다.

여기서 구성의 긴밀도라는 게 문제가 됩니다. 스탠리 엘린의 작품에서 두드러진 것은 단어와 구절에 함축된 은유라 하겠습니다.

아무렇게나 늘어놓은 듯한 한 마디 한 마디가 전체를 다 읽기까지 서로 호응하고 난반사를 일으키며 그 함축이 전체의 구석구석까지 메아리쳐서 다 읽고 난 뒤에도 귓속에 여운이 남는 교묘한 구성이 스탠리 엘린의 작품에는 많습니다.

페이지를 쫓아 읽어가며 독자가 무의미한 공간이라고 허술히 보아 넘긴 것이 실은 오히려 요점이라는 사실을 깨닫고, 틈투성이로 보이던 전체가 그것에 의해 죄어들어가 하나의 완성된 긴밀한 세계를 이루는 것을 알게 됩니다.

스탠리 엘린의 작품은 '추리소설' 또는 '미스터리소설'이라고 부르기보다 오히려 유럽에서 순수문학 형식적으로 완성된 '단편소설'의 장르에 넣어야 할 것입니다. 이 점이 작품 그 자체의 성격에 있어서나 번역 작업의 과정에 있어서 스탠리 엘린을 이색적으로 만들었으리라 생각해 봅니다.

그의 작품어 일반적인 '단편소설'과 다른 것은 하나같이 '죽음' 또는 '살인'이라는 면을 통해 인생과 사회의 단면을 보여준다는 점입니다. 그것도 경우에 따라서는 '죽음'이라는 말은 한 마디도 쓰지 않고 아주 예사롭게 그리고 아주 대담무쌍하게.

스탠리 엘린의 작품이 재미있느냐고 물으면 솔직히 말해서 나는 뭐라고 대답해야 할지 모르겠습니다. 그것은 재미있기도 하고 재미없기도 하기 때문입니다. 그 첫 번째 원인은 앞에 말했듯이 그의 작품이 본격적인 '단편소설' 형식에 입각한 미스터리 문학이며, 이 작품을 감상하는 데에는 어느 정도 소양을 갖춘 독자를 요구하기 때문입니다.

시조의 표현 형식을 잘 모르는 사람에게는 시조가 조금도 재미없는 것처럼, 그 장르에 문외한인 사람으로선 그 장르 고유의 재미를 완전히 감상할 수가 없으리라 생각합니다. 스탠리 엘린의 작품이 '모두 재미있는' 반면 '재미' 그 이상의 요소를 내포하고 있는 것도 또 하나의 이유라 할 수 있겠습니다.

번역자로서 스탠리 엘린의 모든 작품은 재미있기는커녕 땀흘려 싸워야 하는 상대였습니다. 그러나 일이 힘들면 힘들수록, 대상에 대한 사랑이 없는 사람은 그 작업을 견디어나갈 수 없습니다. 원작을 사랑하는 것은 번역자가 짊어진 숙명과도 같습니다. 이런 뜻에서 나는 지금까지 손댄 일 가운데 이 책이 가장 애착이 간 작품이라고 고백하지 않을 수 없군요.

끝에 수록하는 토머스 버크의 《오터모올 씨의 손》은 세계 미스터리 문학사에 빛나는 최고의 이색 단편소설로 또 하나의 진수성찬이 아닐 수 없습니다.

《오터모올 씨의 손(1931)》은 엘러리 퀸이 'No finer crime story has ever been writeen, period'라고 단정할 정도로 미스터리 단편의 최대 걸작입니다. 이렇게 단정한 근거는 그가 1949년에 미스터리 작가, 평론가, 애독자, 출판 관계자 등 12명에게 미스터리 단편 선출을 의뢰한 결과 이 작품이 1위를 차지했기 때문입니다. 그때의 2위는 포의 《도난당한 편지》, 3위는 도일의 《붉은머리 연맹》이었습니다.

《오터모올 씨의 손》은 수수께끼나 구성에 있어 주옥 같은 작품이며, 엘러리 퀸, 세이어즈, 카, 버클리도 입을 모아 높이 평가하고 있습니다.

토머스 버크(1886~1945)는 런던의 이스트 엔드에서 태어났습니다. 그는 고아로 불우한 소년 시절을 보내다가 고서점 점원으로 일하면서 시를 쓰기도했습니다. 그의 재능이 인정된 것은 중국인 거리를 배경으로 하는 단편집 《Linehouse Nights(1916)》을 발표한 뒤였습니다.

그의 작품으로서는 자신이 태어난 이스트 엔드를 무대로 한 자서전적인 《The Wind and Rain(1924)》과 스케치적인 《Nights in Town (1915)》, 《The Flower of Life(1929)》 등의 소설이 널리 알려져 있습니다.

당신은 미식가입니까? 스탠리 엘린 《특별요리》에 초대합니다.
그리고 후식으로 토머스 버크 《모터모올 씨의 손》이 준비되어 있습니다.